潮浪王子

（下）

PAT CONROY

佩特・康洛伊 ———著　柯清心 ———譯

目次

編按：

《潮浪王子》原作於一九八六年出版，故事背景設於八〇年代前，部分用語或與當代價值觀有所衝突，但考量角色設定及故事情節，予以保留。

15

陸文斯汀醫師家的大樓門房用狐疑的眼光望著我走近，似乎認定我有犯罪意圖——不過，以懷疑的態度看待每個人，正是他的職責所在。這個穿著俗麗老式侍從服裝的壯碩男子，正經八百地問了我的姓名之後，打電話給樓上。大廳擺滿帶著裂痕的皮革家具，氣氛優雅卻沉悶，像差點要招收女會員的男性俱樂部。

門房朝電梯點點頭，又回去讀《紐約郵報》了。我雖然抱著兩個大購物袋，還是勉強摁對了電梯按鈕，電梯纜繩一抖，慢慢將我往上拉抬，感覺宛若浮出海面。

柏納德在前門等我。

「晚安，柏納德。」

「哈囉，教練。你袋子裡有什麼？」

「晚餐和其他東西。」我說著走進門廳。

我環顧四周，忍不住吹起口哨。「我的天，這什麼房子，看起來像大都會博物館的側翼。」

門廳內有絨布椅、景泰藍花瓶、邊桌、一盞小吊燈、兩幅肅然的十八世紀肖像畫。客廳裡有一架平台鋼琴，和一幅赫伯．伍德夫拉小提琴的肖像。

「我討厭這房子。」柏納德說。

「難怪她不讓你在屋子裡舉重。」

「她昨天晚上把規定改了，只要我父親不在家就可以，但只能在房間裡頭練，我得把健身器材藏到床底下，以免他看見。」

「如果他想要的話，我可以安排他上健身課，你們可以一起練舉重。」我看著壁爐上方的肖像畫說。

赫伯・伍德夫是個帥氣、骨架高雅的男人，有一對薄唇，他若不是優雅尊貴，就是刻薄成性。

「我父親嗎？」柏納德說。

「好啦，柏納德，我們開始準備吧。我先把食物放到廚房，然後你帶我參觀你的臥房。我希望在你母親回來之前讓你穿好衣服。」

柏納德的臥房在公寓的另一頭，而且跟其他房間一樣，布置得高雅奢華，完全沒有男生房間會有的浮誇服飾，沒有運動明星或搖滾明星的海報，而且整理得一絲不亂，毫無長物。我撕開袋子對柏納德說：「好了，老虎，我們得做全套的。把衣服脫掉。」

「為何？」

「因為我喜歡看男生一絲不掛。」我答道。

「我沒辦法。」他超級尷尬。

「脫衣服還需要我教嗎？我的合約裡可沒有這一項。」

「你是同性戀嗎，教練？」他緊張地問。「我的意思是說，就算是也沒關係，我無所謂，也不會覺得怎樣，我是指如果你是的話。我認為人有權利做自己想做的事。」

我沒回答，逕自從包裝袋裡拿出一對漂亮的墊肩。

「那是給我的嗎？」他問。

「不是，但是我希望在送給你母親之前，先讓你試穿一下。」

「我媽要墊肩做什麼？」他問。我把墊肩套過他頭上安好。

「柏納德，別管傳球了，看來得先訓練你的幽默感。我們每天練兩個鐘頭，教教你什麼叫做開玩笑。」

「抱歉我剛才問你是不是同性戀，你懂的，我就是有點困惑，我們這樣獨處什麼的。」

「我懂。別磨蹭了，快把衣服脫掉，孩子，我待會兒還得煮飯。不過我得先教你足球員怎麼穿球衣。」

蘇珊．陸文斯汀遲到了，我坐在客廳裡望著中央公園，太陽從我後方的哈德遜河沉落。我聞到烤箱裡的羊腿往屋裡飄送焦香，看見自己在窗上的蒼白映影，把後邊房間映得如幻似夢的巴洛克式吊燈。窗戶在夕陽下既成了鏡子，也變成這座漸暗城市的美麗肖像。下城區的高樓在逐漸消褪的陽光下轉成寶藍色，漸漸浮顯，並以大樓裡的燈光做出回應。紐約像一片變過身的建物，攤展於前方，看來虔敬而華麗。疲弱的陽光用最後的力氣裹住一整棟大樓，把數千片窗子染成珊瑚紅，方從窗上逐一滑落，消失於半途，整座城市則如火鳥般升揚，在夜裡引吭高歌。紐約抖落最後幾抹殘陽，興奮地蛻變成燭光錯落的大燭台。從我所坐之處——現在已經全黑了——紐約看起來就像用玻璃燭杯、光線、發光的餘燼構成。那些高聳的幾何圖形與瑰麗的異變形狀似乎把夕陽變大了，並藉此為自己增色。

「抱歉我回來晚了。」陸文斯汀從前門走進來說。「醫院裡有個病人出了點問題，你找到酒櫃了嗎？」

「我在等你。」

「羊肉聞起來好香。」她說，然後望著外頭的紐約市，得意地說：「這應該是你這輩子見過最美的景致吧，看到這麼美的紐約，我倒想聽你說它的壞話。」

「的確很美。」我承認道，「只是我不常見到這種景色。」

「我每晚都看得到，但我依然覺得美極了。」

「這裡真是個欣賞夕陽另一面的好地方。你和你丈夫真有品味，而且錢也很多。」我欽羨地說。

「母親。」有個聲音在我們後邊喊。

我們兩人回過頭，看到穿戴全副球衣的柏納德輕聲走入客廳，他腳上穿著吸汗襪，手裡拎著有閃亮防滑釘的新鞋。他在奇異的光照下，顯得龐大而奇異，重塑成迥異於原貌的形態。

「溫格教練今天送我一整套球服。」

「我的天。」吃驚的陸文斯汀只吐得出這句話。

「你不喜歡嗎？拜託，媽，你能說我不好看嗎。除了頭盔之外，都很合身，溫格教練說他可以調整頭盔。」

「陸文斯汀醫師，我想向你介紹令公子，殺手柏納德，江湖人稱密西西比賭王，因為他老愛在深入自己的守區，在第四檔差一碼的時候，扔長程炸彈[25]。」

「你父親若看到你這個樣子，鐵定跟我離婚。你得發誓，絕不讓他看見你穿這身球衣。」

「可是你覺得怎麼樣，媽？你覺得我看起來如何？」

「我覺得你看起來好畸形。」她大笑說。

「好了，柏納德。去換衣服吃飯了，我們再四十五分鐘就能享受國王的盛筵。你今天做重訓了嗎？」我說。

「沒有，先生。」柏納德口氣粗重地說，還是很生他母親的氣。

「舉七十五磅試試看，我覺得你應該可以了。」

「是，先生。」

---

25 long bomb：此時較安全的作法是棄踢。長傳容易被截球，使對方取得球權，從長傳地點進攻。但長傳若成功，便是險中求勝。

「等你出來吃飯的時候，叫我湯姆。我吃飯時不喜歡人家喊我先生。」

「你看起來很不一樣，柏納德。我一點都沒有要傷害你的意思，我只是得花一點時間適應你威猛的模樣。」

「所以你覺得我看起來很威猛，呃？」柏納德開心地說。

「兒子，你看起來跟野獸一樣。」

「謝了，老媽。」柏納德說著奔過東方地毯，衝回自己的房間。

「有些讚美的話聽起來還真奇怪。我去弄點酒來。」她說。

晚餐還算和平，一開始挺好的。柏納德幾乎都在談足球，談他最愛的球隊和球員。他老媽一直看著他，彷彿在家裡發現一個新的孩子。她問了幾個跟球賽有關的問題，無知程度令我嘖舌，害我不知該如何回答。

我發現這對母子的關係頗為緊張，他們似乎很高興有人陪著吃飯，轉化兩人之間的壓力。這股壓力激發我熱場的鬥志，我興高采烈得像個傻瓜，每次桌間一安靜，我就拚命講笑話。我痛恨這種角色，可是又忍不住要演。沒有什麼比彼此相愛卻默默冷戰的人更令我緊張難過的。於是我講了一整晚的笑話，像外科醫師般誇張地切著羊肉，如排練過滑稽戲的侍酒師般倒酒，胡亂拌著沙拉。等我端上焦糖布丁和義式咖啡，已經把自己搞得筋疲力盡了。吃甜點時，母子之間的沉默再次制霸全場，我聽到餐具輕敲玻璃小碗的恐怖聲響。

「你為什麼會學做菜，教練？」柏納德終於問。

「我老婆讀醫學院的時候，我必須張羅吃的，所以買了一本好食譜，三個月便練就一身切肉的好功夫。我做的麵包連鳥都不吃，不過我發現，只要我能讀字，就能做菜，我也沒有想到我會喜歡上做菜。」

「你太太都不做菜嗎？」他問。

「她很會做菜，可是讀醫學院那時沒空做。她甚至沒時間維持婚姻。自從她當了醫生、我們生下小孩之後，情形也沒怎麼變。」

「所以你的孩子小時候也不常見到母親嗎？」他說著看向他母親。

「莎莉有一陣子很少在家。」我很快地說。「可是如果只讓她圍著圍裙待在爐子邊，她一定不會快樂。她太聰明，太有抱負了，她熱愛行醫。當醫生使她成為更稱職的母親。」

「你現在要煮幾頓飯？」

「三餐都得煮，我一年多前就失業了。」

「你的意思是，你不是真正的教練？」柏納德說，我察覺到他的語氣裡有一絲受騙的情緒。「我母親甚至不願意幫我請個真正的教練？」

陸文斯汀醫師抿緊嘴，勉強控制語氣。「年輕人，你說夠了。」

「你現在為什麼不當教練？」柏納德追問道。

「我被炒了。」我啜了一口咖啡說。

「為什麼？」他又問。

「說來話長，柏納德，通常我不會告訴小孩。」

「冒牌貨，我的教練是冒牌貨。」他對他母親說。

「你立刻向湯姆道歉，柏納德。」他母親說。

「我幹麼道歉？他一直假裝自己是教練，現在我發現他不是了，應該是他向我道歉才對。」

「那麼我道歉吧，柏納德。」我用湯匙戳著自己的甜點，「我不知道你需要一位在職的教練訓練你。」

「我真受不了大人，大人真的很討厭，但願我永遠不會變成大人。」

「你大概不會的，柏納德。你可能頂多長成青少年而已。」

「至少我不會隱瞞自己的身分。」他答道。

「柏納德，我們可沒忘記，你對你爸媽說你是足球校隊，可是你不是。雖然是個小謊，但我們算扯平了。」

「你為什麼老是這樣？」醫生問，她幾乎要哭了。「你為什麼要打擊任何試著接近你，或試圖幫助你的人？」

「我是你的孩子，媽，不是你的病人，你不必用心理醫師的態度對我說話，你為什麼不能好好和我講話？」

「我不知道要怎麼和你講話。」

「我知道。」我說。男孩憤憤地轉向我，他呼吸粗重，脣上冒汗。

「你知道什麼？」

「我知道怎麼和你說話。你母親不懂，但我懂，因為我了解你。你討厭自己破壞今晚的氣氛，可是你又忍不住，因為那是你唯一能夠傷害你母親的方式，你非這麼做不可。沒關係，那是你們兩人之間的事，但我依舊是你的教練，明天早上你到同一個地方跟我碰面，你得穿整套球服過來。」

「我為什麼要接受你指導？你剛剛才承認你是冒牌貨。」

「你自然會知道我是不是冒牌貨。」我對這個可悲幼稚的男人說，「明天我也會知道你到底是不是冒牌貨。」

「什麼意思？」

「明天我就會知道你怕不怕撞了，這才是真正的考驗，看你能不能承受衝撞，或能撞人。明天，柏納德，是你此生首次玩接觸式運動。」

「哦，是嗎，我到底是要撞誰？撞樹、樹叢，還是穿過公園的酒鬼？」

「撞我。你得對我擒抱，然後我會對你擒抱。」

「可是你塊頭比我大很多。」

「你不必擔心我的塊頭，柏納德，照你說的，我不過是個冒牌貨罷了。」我冷冷地說。

「哼，真公平。」

「我說要擒抱你，你害怕了嗎？」

「才不，我一點也不怕。」他回嗆。

「你知道你為什麼不害怕嗎？」

「不知道。」

「我來告訴你吧，因為你從來沒打過足球。你若打過，就應該懂得害怕。但我也知道你很想打。不管為了什麼爛理由，那是你在世上最想做的事，不是嗎？」

「大概吧。」

「如果你學會擒抱我，並學會承受我的擒抱，明年你一定能打進球隊，這點我保證。」

「湯姆，我覺得你要擒抱柏納德，個頭嫌大了點。」

「噢，媽，拜託你好不好，你根本不懂足球。」他求他母親。

「幫我把桌子收一收。」我站起來疊起甜點盤，「然後上床去，為明天好好休息。」

「我不必收盤子，家裡的女傭會收。」

「孩子，拜託別再回嘴了，還有，拜託別再像今晚這樣傷害我和你母親。現在就收幾個盤子，給我滾到廚房裡。」我對柏納德說。

「湯姆，這裡是柏納德的家，女傭明天會過來。」

「別說話，陸文斯汀，拜託你閉嘴。」我氣沖沖地走向廚房。

我向柏納德道過晚安，回到客廳，感受這和諧而井然有序的空間裡巨大的靜謐。每樣東西都豪華昂貴，卻沒有一樣私密，就連赫伯的肖像畫看起來也是他的理想形象，不是他的本色。畫裡的赫伯拉著小提琴，觀者雖無從自畫面得知其性情，卻能感受他琴藝精湛。我看到陽台的拉門開著，在陽台上找到陸文斯汀。她倒了兩杯白蘭地，我坐下來聞著軒尼詩的香氣，酒香如玫瑰般在我腦中綻放。我喝下第一口，感覺美酒順著喉嚨滑下，如絲，如火。

「如何？你喜歡柏納德與蘇珊秀嗎？」陸文斯汀說。

「你們經常上演這種戲碼嗎？」

「沒有，通常我們會把彼此當空氣，但關係總是很緊繃，連客氣都帶刺。每次我們單獨吃飯，我的胃就打結。我覺得好難過，湯姆，被自己的獨子如此痛恨。」

「赫伯在家的時候是什麼樣子？」我問。

「他很怕他爸爸，絕少像今天這樣挑事。」她想了一下，「當然了，赫伯不許大家吃飯時說話。」

「什麼？」我看著她說。

她笑了笑，灌下一大口白蘭地。「這是家裡的祕密，也像一種儀式。赫伯在餐桌上喜歡完全放鬆，他晚餐時要聽古典樂，紓解工作一日的壓力。以前我會跟他吵這件事，但後來也就慢慢習慣了。自從柏納德進入叛逆期，吃飯不說話這點甚至令我鬆了口氣。」

「希望你能原諒我在令郎面前叫你閉嘴的事。」我對著她黑暗的剪影說。「這是我在廚房裡的執拗。我會把碗洗完，等我把餐具擦乾，你就可以叫我滾蛋，永遠別再到你家了。」

「你為何叫我閉嘴？」

「我才剛剛重新把柏納德制住，不希望你因為不忍心看到兒子受傷而破壞掉我好不容易贏來的優勢。」

「他非常脆弱，你對他說那些刻薄的話，我看到他的表情了，他非常容易受傷。」

「我們何嘗不是，醫生，我們兩人就這樣無端被凌虐十分鐘，我一點也不喜歡。」

「他只是跟他父親一樣，都被寵壞了。我覺得最令他不安的是，他一眼就看出我們是朋友，知道赫伯一定也不會高興。赫伯總是盡其所能鄙視任何我在沒有他陪同下私自結交的新朋友。以前他會蔑視我的朋友，近乎苛刻，後來我不再邀請朋友吃飯，壓根不再與他們往來了。當然，赫伯身邊有一群精英朋友，他們也成了我的好友，可是我得清楚地記取教訓——必須由赫伯親自發掘朋友，把他們變成圈內人。你覺得聽起來奇怪嗎，湯姆？」

「不奇怪，聽起來像婚姻裡會有的事。」我答說。

「你會這樣對莎莉嗎？」

我雙手扣住後腦，仰望曼哈頓上空的星子，在城市漫天的燈光映襯下，星星黯淡如鈕釦。

「好像會吧。多年來，我批評過幾個被她拖回家吃飯的醫師和他們的太太。我這輩子要是再聽到哪個醫生談所得稅，或英國的社會醫療，我就死給他們看。可是話說回來，我自己也帶過一些教練朋友回家，他們每晚在餐巾紙上寫戰術，談論高中時大敗某某隊的當年勇，莎莉也是滿臉無聊。兩個人經過這彼此荼毒的過程，都有些朋友倖存下來了。其中有個高中教練，莎莉很喜歡。我也覺得有兩個醫生人不錯，當然，其中一個不錯的傢伙現在成了莎莉的情人，所以等我回家後，或許會試著改變作法。我開始喜歡赫伯的方式了。」

「莎莉的情人是你朋友？」

「本來是。我挺喜歡那個混蛋的，雖然我氣莎莉選擇和他出軌，但我完全可以理解。那傢伙長得非常帥，成功、聰明、風趣。人家收集英國摩托車，抽海泡石菸斗，莎莉跟我招認時，這是我攻擊他的兩項缺點，但我無法苛責她。」

「為什麼不行？」

「因為我了解莎莉為什麼喜歡他多過我。如果我沒走偏的話，有可能成為傑克．克里弗蘭醫生那樣的人，我有那種潛力。」

「你何時起不再發揮潛力？」

「大概是從我選錯父母開始吧。我知道，你不認為小孩子可以選擇父母，我倒不那麼確定。我直覺地認為，人選擇了出生在哪個特定的家庭，然後花一輩子做出一連串錯誤的臆測與動作，害自己落難。你遇到的危險和災難，都是自己選擇的後果。然後你會發現，命運也在忙著陷害你，把你導入誰都不該去的境地。等你明瞭這一切，已經三十五歲了，最糟糕的已經過去了。不，不是這樣，最糟糕的還在前頭，因為至此你才明白過去的可怕，知道你後半生都得活在命運的記憶與過往裡。這才是最悲哀的事，而你知道那就是你的宿命。」

「你認為莎瓦娜就是這樣嗎？」

「她拿到的是同花大順哪。瞧她現在的狀況。她住在瘋人院，渾身都是疤，對只有她看得見的狗群狂吠。我是她軟弱的弟弟，想說些什麼話好讓你理解她的過去，修補她破碎的靈魂。可是醫師，當我回憶往日，多數時候都會遇到一堆空白和記憶的黑洞，不知如何進入那些黑暗的領域。你錄下的那些痛苦片段，背後大部分的故事我都能告訴你，通常我也能解釋那些話的出處。可是莎瓦娜忘記的事，那些空白呢？我覺得還有很多東西可說。」

「你會害怕告訴我這些事嗎，湯姆？」她問。我看不到她的臉，僅能看到巨大的光柱從她身後的紐約尖頂射散而出。

「醫生，我會告訴你任何事，我想說的是，我不知道自己能否告訴你足夠多的事。」

「到目前為止，你幫了很大的忙，真的，你已經解開我對莎瓦娜的一些困惑了。」

「莎瓦娜到底哪裡出了問題？」我靠向她問。

「過去三年，你多久見她一次？」

「很少。」我說，然後坦承道：「一次都沒有。」

「為什麼？」

「她說家人在身邊會讓她太難受，連我都不例外。」

「但我很高興這個夏季你能來。」

她站起身來拿我的酒杯，後邊是紐約輝煌的燈火。

「我去倒酒。」

我看著她消失在公寓裡邊，捕捉到她瞄了一眼丈夫的肖像畫，然後同樣迅速地移開眼神。那是我第一次感覺到這名矜持謹慎的女子心中的悲傷。在這個悲傷的夏季，她在我生命中扮演了關鍵角色。她是聆聽者、支持者、治療師——她每早醒來在房中著衣，知道自己出門之後將會面對病患的痛苦與磨難，他們或偶然或被轉介地來到了她的面前。然而我懷疑，她能否把從病患身上學到的事運用到自己的生活裡。掌握住佛洛伊德的宗旨，真的能確保她自身的幸福嗎？我知道不能，但為何她那張戴著假面，毫無表情，對於我的打量渾然不覺的面容，竟會如此觸動我？那張漂亮圓潤的臉，似乎反映出她聽過的每則怪誕故事，和所有受傷的歷程。她在自己家裡似乎變得更孤單了。她在辦公室裡要放鬆許多，有各種證書的保護，而且置身於陌生人中，她不需要為走投無路、陷於困境的病患負責。可是在家裡，她的失敗與悲傷卻如影隨形，她和兒子相處有如敵對國的議員。她丈夫的影響無處不在，那是他的盛名帶來的結果。我無法從赫伯．伍德夫的妻子或兒子對他的口述中明確得出此人的印象。他們兩人都強調他是天才，也都害怕他的不滿與報復，但我不懂他無堅不摧的非難究竟是何種形態。他吃飯時聽古典樂，不跟家人聊天，可是聽過柏納德和母親的爭吵後，我似乎能摸到一點方向了。陸文斯汀醫師為什麼要告訴我，她懷疑丈夫和我在辦公室遇到的憂傷大美女有一腿？

性，這個古老的調節者與破壞者，把強大的邪惡種子散播到各家各戶，連書香門第權貴之家也不放過——誰知道在這些深宅大院裡，會生出何種怪異的奇花或致命的異草。我自己花園裡開出來的南方變種花，也是夠可怕的了。我還以為結婚後，我就不會再去想性的問題，或者更精確地說，想到性時，我只會想到自己的妻子。但婚姻僅是進入可怕臆想世界的開端而已，因為婚姻會點燃憤怒，造成暗地的背叛，引發對世間所有美女不可控的欲念。我對陌生女人欲念橫生，卻無力抑止。我在心裡睡過成千上百個女人，我在妻子的懷裡，跟從未叫過我名字的婀娜女子做愛。我活在一個非實境的世界裡，我熱愛這個腦裡的瘋狂國度，並深受其折磨。色狼、野獸在我耳中咆哮嚎叫。我痛恨自己的荒唐；當我聽到其他男人淫蕩地竊笑著，坦承他們也有同樣的色欲，便忍不住發顫。我把做愛跟力量畫上等號，並痛恨這項缺失和危險的事實。我渴望堅貞、純潔、專一。我在性愛中注入一項致命的特質——我把所有愛我、將我納入懷中、讓我探入她們體中、輕喚她們芳名、在黑暗中呼喊她們的女人，慢慢逐步地從情人的角色轉變成朋友。我背叛了她們，把她們全都變成姊妹，把莎瓦娜的雙眼贈送給她們。我一旦進入女人體內，便會驚駭地聽見自己母親的聲音，縱使我的愛侶呼喊「我要我要我要」，但她的千呼萬喚卻及不上母親冷冷的一句「不行」。這輩子我每天晚上都帶著母親上床，但我無法控制。

這些念頭忽然襲上心頭，我看著陸文斯汀端了兩杯白蘭地走向陽台，心想，性，就是我矛盾失敗的成人生活最核心的問題。

她把我的杯子遞給我，脫掉自己的鞋，坐到藤椅上。

她靜靜坐了一會兒後說：「湯姆，記得我們曾經談過，你多麼封閉嗎？」

我在椅中挪移身子，盯住自己的手表。「拜託，陸文斯汀，別忘了我向來討厭心理醫師。你已經下班了。」

「很抱歉，但剛才我在倒酒的時候想到，你把你們家的故事一個個說給我聽之後，莎瓦娜的模樣便慢慢浮現了，還有路克及令尊。可是我還是一點都不清楚或了解你母親。還有你，湯姆，你是最模糊的一個。你在這些故事裡幾乎沒有談到自己。」

「我想是因為我從不確定自己是誰，從來不自我，我老想扮演別人，過別人的日子。我能輕易轉化成他人，我了解當柏納德是什麼情況，因此我看到這孩子受苦，特別有感觸。我發現要成為莎瓦娜也很容易，她被狗群攻擊時，我也感受得到。我想把她的疾病奪過來，套到自己的靈魂上。我覺得當自己很困難，因為我並不認識這位陌生的紳士。這種討厭的坦認，應該連最挑剔的心理醫師也沒話說了吧。」

「你能變成我嗎，湯姆？你知道做我這個人是什麼感覺嗎？」

「不行。」我不安地喝一口白蘭地，「我不知道變成你是什麼情況。」

「你說謊，湯姆。我覺得你非常懂我。」她篤定地說。

「我只在你的辦公室見你，開口講一個小時話。頂多一起喝過酒。目前為止我們吃過三次飯，可是還沒有足夠的時間把你看透。我覺得你什麼都有了，長得漂亮，是個醫生，嫁給知名音樂家，生活富裕，過得像皇后。當然了，柏納德使這美麗的畫面黯淡了一些，不過整體而言，你是那百分之一活在世界頂端的人。」

「你還在撒謊。」她在黑暗中幽幽地說。

「你是個很悲傷的女人，醫生。我不明白原因，而且深感遺憾。如果我能夠幫你，我會的，可惜我是教練，不是牧師或醫生。」

「你終於說實話了，謝謝你。我覺得你是長久以來我結交的第一個朋友。」

「我很感謝你為莎瓦娜做的一切，真的。」我極度不自在地說。

「你一直很寂寞嗎？」

「陸文斯汀，你是在跟孤獨王子說話呢，莎瓦娜在她的詩中如此稱呼我。這個城市加深我的寂寞感，就像放到水裡的發泡錠。」

「寂寞感最近快把我逼瘋。」她說，我感覺她在看我。

「我不知道該說什麼。」

「你很吸引我，湯姆。不，先別走，請聽我說。」

「別說了。」我起身要走。「我現在沒辦法想這種事。長久以來，我自覺無力去愛，光想到這點就害怕。我們當朋友吧，當好朋友，我對你的愛情生活毫無助益，我是個行走的興登堡號，無論怎麼看，都是一場災難。我正在努力挽救婚姻，雖然勝算極低，根本無法考慮跟你這樣的美人談戀愛。何況我們有天壤之別，這太危險了。

「我得走了，但謝謝你告訴我，自從到了紐約，我一直需要有人這樣告訴我，能再次覺得自己有魅力，有人要，實在很好。」

「我不太擅長這種事，對吧，湯姆？」她笑了笑。

「不，你做得極好，陸文斯汀，你一切都做得極好。」

她再次望著城市裡的燈火，我離開她，離開陽台。

16

當那群陌生人開著船來到科勒頓，對白海豚展開漫長而固執的追捕，幾乎已近夏季。母親烤著麵包，美味的麵包香與玫瑰花香把我們家變成最和諧悅人的夏日香氣。媽媽取出剛出爐的麵包，塗上厚厚的奶油與蜂蜜，我們拿著熱騰騰的麵包跑到碼頭上吃，奶油蜂蜜從我們指間滴落，院子裡每隻討厭的胡蜂都被引來了，我們得鼓起勇氣讓牠們在手上攀爬，吸食從麵包上滴下來的蜜汁。胡蜂把我們的手當成了花園、果園、蜂房。母親用美乃滋的蓋子裝滿糖水拿到船塢上，引開胡蜂，讓我們能好好吃東西。

我們看到鰤魚號時，麵包已經快吃完了。這艘從佛羅里達來的船走在科勒頓河的河道上，由於沒有海鷗圍繞，所以我們確定那不是漁船。雖然沒有遊艇潔淨豪華的外觀，卻能見到六名船員，從他們曬成琥珀色的膚色看來，必是資深水手。我們在同一天得知，那是第一艘為了活捉圈養魚類而進入南卡羅萊納水域的船隻。

鰤魚號的船員並不隱瞞他們的任務，到了下午，全科勒頓的人都知道他們到這邊水域的目的。奧圖．布萊爾船長告訴公報記者，邁阿密水族館接獲一封科勒頓居民匿名信，有一頭白子海豚經常游至科勒頓水域。布萊爾船長和其組員打算捕捉白海豚，運回邁阿密，既能吸引觀光客，也能成為科學研究對象。鰤魚號人員為了研究科學來到科勒頓，報導上說，這頭在七大洋極為罕見的生物竟是南方人的日常景象，令這群海洋生物學家大感興奮。

也許他們對海豚及其習性瞭若指掌，但他們對南卡羅萊納人的脾性卻一點也不了解，科勒頓居民打算免費給他們上幾堂課。科勒頓的人氣憤不已，戒心深重，對我們而言，謀畫偷走卡羅萊納的白雪，不啻是荒誕而令人無語的舉動。他們無意間使全郡罕見地團結起來，槍口一致對外。

對他們來說，白海豚是科學的好奇珍稀；對我們則是天工造物，是上帝對我們的恩賜，是神奇的證明，也是藝術的狂喜。

牠值得我們爭取。

鰤魚號仿效捕蝦人的作息，翌日一早便發船。他們當天並沒見著海豚，也沒有下網。船員臭著臉回到捕蝦碼頭，急著打探白雪最近的行蹤，但人人三緘其口。

過了第三天，路克和我遇到鰤魚號，聽到船員談及在河上白白找了幾天都沒看到白海豚。他們感受到居民死緊的口風，似乎急著想找路克和我談一談，從我們身上打探白海豚的消息。

布萊爾船長把我們帶到鰤魚號上，讓我們參觀主甲板的水缸，活體就放在裡頭，直至送達邁阿密水族館。他還讓我們看包圍海豚用的、半英里長的網子，男人的手可以輕鬆穿過網眼。船長是個親切的中年男子，臉上有日曬刻出的胎痕一樣的深紋。他用輕柔到幾乎聽不清楚的聲音告訴我們，他們如何訓練捕獲的海豚吃死魚。海豚通常會先餓上兩週或甚至更久，才會屈就地吞下平時在野外不吃的東西。捕抓海豚最大的風險就在於，海豚會被漁網纏住，窒息而亡。捕獵海豚需動作迅捷、技巧純熟的船員，才能確保不會讓海豚溺斃。接著船長帶我們看要放置海豚的橡膠海綿墊。

「船長，你們何不直接把牠們放到池子裡？」我問。

「通常是這樣，不過有時候水池裡頭已經有鯊魚了，而且海豚會在這種小池裡橫衝直撞弄傷自己，通常最好是讓牠們躺在這些墊子上，不斷幫牠們潑海水，免得皮膚乾掉。我們還會幫海豚翻身，保持牠們的循環通暢，差不多就這樣了。」

「牠們離開水面後能活多久？」路克問。

「我不是很清楚，孩子。我抓過的，活最久的是五天，但足夠活著回到邁阿密了。海豚很能捱。你們倆上次在這一帶水域看到莫比[26]是什麼時候的事？」

「什麼莫比？牠叫白雪，卡羅萊納的白雪。」路克說。

「『白海豚莫比』，邁阿密那邊取的名字，宣傳部某個傢伙想出來的。」

「這是我聽過最蠢的名字。」路克說。

「這名字能吸引遊客。」布萊爾船長答道。

「說到遊客，昨天早上有一整船的人要去桑特堡的途中，在查勒斯登港看到白雪。」路克說。

「你確定嗎？」船長問，其中一名船員跳起來聆聽接下來的談話。

「我自己沒看見，是從無線電上聽到的。」路克說。

第二天，鰤魚號開往查勒斯登港，在阿什利河、庫珀河一帶巡遊，尋找白海豚的蹤影。他們在華普溪和埃略特灣水域整整找了三天後，才明白我哥哥路克撒謊。他們還教我哥哥必要時如何讓海豚活命哩。

一直等到六月，鰤魚號的船員當著本地人的面試圖捕捉白海豚，船員與居民之間才起了衝突。他們在科勒頓灣看見白雪，那邊水太深，下網也很難抓得到，便尾隨白雪一整天，極具耐性地偷偷跟在後方遠處，直到白雪游到較淺的河域。

船員跟蹤海豚時，捕蝦人也不斷用短波無線電通報鰤魚號的位置。每次鰤魚號改變航向，捕蝦船隊的人便會留意並通報船位的變動，無線頻道裡滿是捕蝦人的聲音，在船與船、船與岸上之間拚命傳遞訊息。捕蝦人的妻子會監控家裡的無線電，用電話傳布消息。鰤魚號

26 小說《白鯨記》（*Moby Dick*）中，白色抹香鯨的名字。

在科勒頓郡水域活動的精確位址都會通報給一批祕密的聆聽者。

「鰤魚號轉進耶馬西川了。」有一天，我們從母親放在廚房水槽上方的無線電聽到夾著雜訊的聲音。「看來他們今天沒找到白雪。」

「『邁阿密海灘』剛剛離開耶馬西川，大概要去哈珀灣一帶，到山羊島。」

郡內的人仔細聆聽捕蝦人頻繁傳送的情報。白海豚有一週沒出現了，當牠出現，其中一名捕蝦人警告全郡。

「我是威洛．龐凱特船長，邁阿密海灘看見白雪的蹤跡了，他們沿科勒頓河追牠，船員正在甲板上備網，看起來白雪想游到鎮上。」

消息像迅速散播的謠言傳開，並發揮謠言的力量，把人吸引到河邊。人們盯著河面，靜靜交談。警長把車子停到河岸後方的停車場，監聽捕蝦人的報告。全郡的眼睛都盯著鰤魚號將在科勒頓河灣上出現的地方，那道河灣離科勒頓河水聲濤天的三道支流匯合處尚有一英里。

我們等鰤魚號繞過灣口，整整等了二十分鐘，船隻終於出現時，眾人喉中齊聲發出呻吟。船隻隨著湧入的漲潮來到沼澤。其中一名船員拿著望遠鏡，站在前甲板搜查前方的水域，他動也不動，專注有若雕像，沉浸在自己的任務中。

我、莎瓦娜、路克在橋上觀望，跟聚集的數百名鄰居一起目睹他們捕抓象徵本地好運的活體。大家原本只是好奇而已，直到白雪華麗登場，繞過最後一道河灣，柔滑優雅地穿游而過。太陽照在牠畫過小浪的蒼白背鰭上，泛著銀光。牠娉娉婷婷穿過科勒頓，渾然不知自己有多麼脆弱。完美的天光下，牠燦然生光，再次以渾然天成的絕美驚豔我們。牠的背鰭像白色的V字，於橋邊百碼處再次劃破水面，眾人本能地歡呼叫好，算是坐實了白海豚的神話。科勒頓憤怒的旗幟悄悄在風中揚起，戰壕的呼聲不知不覺在我們這些被動的旁觀者唇上積聚。交戰的口號及暗語像畫在我們潛意識盾徽上的塗鴉。海豚再次消失，然後又浮起，轉向迎接牠的掌聲。牠神祕而銀柔，呈現出百合與珍珠母的細緻色澤，像道銀光，潛入金光滾動的水面下。大伙抬起頭，看到鰤魚號追上白雪，船員把漁網擺入準備放到水上的小船裡。

科勒頓需要一名戰士，沒想到那名戰士就站在我身旁。

橋上的交通塞死了，因為開車的人直接停了車子，跑到橋邊欄杆看人捉海豚。一輛來自里斯．紐布里家農場、載滿番茄的貨車也堵在橋上，司機白費力氣地按著喇叭，想叫其他司機回他們的車裡。

我聽到路克喃喃自語說：「不行，這樣不對。」說罷他離開我身邊，爬到貨車後，把一箱箱的番茄往底下的人群裡丟。我還以為路克瘋了，但我會意過來，莎瓦娜和我用力打開一箱番茄，沿著欄杆傳遞出去。司機跑下車，吼著叫路克住手，路克不理他，繼續把木箱遞給朋友和鄰人伸出的手。司機的聲音愈來愈驚慌，因為人們從車廂裡取出修輪胎的工具撬開箱子。警長的車從停車場開出來，跑到查勒斯登高速公路上，往另一個方向開去。

鰤魚號接近大橋時，兩百顆綠番茄一齊射向甲板，把拿望遠鏡的傢伙擊到跪地。番茄又硬又綠，一個處理漁網的船員在船尾撫著鼻子，鼻血從他指間滴了下來。第二波番茄攻勢緊接著發動，幾名船員七手八腳，頭昏眼花地連忙避到貨艙和船艙裡。有個修輪胎的工具哐噹敲在救生艇上，眾人歡聲叫好，繼續傳遞一箱箱的番茄，司機還在呼喊，但沒有人肯聽他哀求。

鰤魚號消失在橋底下，兩百名圍眾連忙衝到另一頭。等船再度出現，大伙再次擲番茄攻擊，像高處的弓箭手般，朝底下排陣大亂的步兵射箭。莎瓦娜奮力投擲，精準無比，她找到節奏與風格，開心地高聲喊叫。路克擲出一整箱，重重落在後甲板上，番茄像彈珠似的滾向被擊爛的貨艙。

鰤魚號開到大伙的射程外，僅有手勁最強的人才扔得著，就在此時，白雪大剌剌地傲然折回，從跟蹤的船隻右舷游過去，迎向我們的掌聲與擁護。眾人看著白雪潛入橋下，像道乳白色的夢幻精靈掠過明亮的水波。鰤魚號猶豫地慢慢在河中調頭，有更多番茄箱遞到眾人手裡。這時連貨車司機都對我們這群歇斯底里的群眾投降了，他站在那兒舉臂拿著一顆番茄，跟大伙一起等待即將折返的鰤魚號。船隻往大橋駛來，接著突然轉向，往科勒頓河北邊駛離，因為世上僅存的白海豚，卡羅萊納的白雪，往大西洋游回去了。

第二天，議會便通過決議，特許卡羅萊納的白雪成為科勒頓郡民，任何把牠從本郡水域捉走的人，將觸犯重法。同時，南卡羅萊納州立法機關也通過類似規定，任何在科勒頓郡捕捉鼠海豚或鼻瓶海豚的人，也都將予以重判。不到二十四小時，科勒頓郡便成了世上捕捉海豚唯一會被判刑的地方。

那晚，布萊爾船長一抵達捕蝦碼頭，便直接殺到警長辦公室，要求魯卡斯警長逮捕所有對鰤魚號扔番茄的人。可惜布萊爾船長連個名字也給不出來，倒是警長打了幾通電話後，找到四名目擊者，願意在法庭上發誓作證，鰤魚號經過橋底下時，橋上半個人都沒有。

「那我的甲板上為什麼會有上百磅番茄？」船長問。

警長簡潔的回答在科勒頓家喻戶曉，他說：「現在是番茄季，船長，那些東西到處都能長。」

可是邁阿密這幫人很快重振旗鼓，擬出捕捉白海豚的新計畫。他們待在郡民的視線外，不再進入科勒頓河的主河道，而在外圍的地區獵尋，等候白海豚游出科勒頓水域的時機，不再受新規定的保護。可是鰤魚號遭到南卡羅萊納漁會船隻以及本地婦女及孩童駕駛的小艇跟監。每次鰤魚號找到海豚的蹤影，便會有小船擋到海豚與追獵的鰤魚號中間，然後故意放緩船速。鰤魚號會努力在這些船隻中間穿梭，但科勒頓的婦女和孩子駛船駛了一輩子，大家想方設法攔阻這艘佛羅里達的船隻，直到白海豚從科勒頓灣的浪潮中溜走。

我、路克、莎瓦娜每天便開著家裡的船，順著內河航道，加入反抗的船隊裡。路克把船開到鰤魚號船頭，不理會警告的船笛聲，然後稍稍放緩小船的速度，布萊爾船長的駕船技術再怎麼高明，也繞不過路克。我和莎瓦娜拿出釣具，開始拖釣馬鮫魚，路克則把船橫在鰤魚號與白海豚之間，船員常跑到船首威脅或譏諷我們。

「喂，小鬼頭，趁我們還沒發飆之前，趕快滾開！」一名船員喊道。

「我們只是在釣魚，先生。」路克回說。

「你們在釣什麼？」男人惱怒地冷哼道。

「我們聽說這邊水域有白海豚。」路克手腕輕輕一扭說，放緩馬達速度。

「是嗎，臭小子？只怕你們沒本事抓牠。」

「我們的本事跟你差不多，先生。」路克嘻皮笑臉地回答。

「要是在佛羅里達，看我們不直接開過去輾死你們。」

「可是這裡不是佛羅里達，先生，還是你沒注意到？」路克說。

「死鄉巴佬。」男人吼道。

路克控制閥門，船速幾近龜爬。我們聽見鰤魚號的大引擎在我們身後減速，船首就杵在我們上方。

「他罵我們鄉巴佬。」路克說。

「我？鄉巴佬？」莎瓦娜說。

「哇，還真傷人。」我說。

前方的白海豚轉向游入朗佛溪，雪亮的鰭沒入綠色的沼澤。溪口還有三條船等著攔截鰤魚號，如果它能先繞過路克的話。

經過三十天的延誤和梗阻，鰤魚號終於離開南方的科勒頓水域，兩手空空地折返邁阿密基地。布萊爾船長在《公報》最後一次訪談中，憤憤地列舉科勒頓居民干擾鰤魚號達成任務的惡行劣跡，表示絕不容許這種威懾頓挫科學調查的正當性。可是在他們的最後一天，他和船員在自由人島遭人開槍狙擊，身為船長，他必須斷然決定中止這次捕獵行動。捕蝦船隊監視鰤魚號通過最後幾座堰洲島，穿過碎波，然後駛往南方，朝大海航進。

鰤魚號並未駛回邁阿密，它往南走了四十英里，轉進薩凡納河的河口，在桑德浦的捕蝦船船塢停泊一週，給船上補給，等沸騰的科勒頓民情冷卻下來。他們仍在監聽短波無線電，聆聽科勒頓捕蝦人精確報告白雪的行蹤，追索牠的去向。一週之後，鰤魚號在半夜離開了薩凡納港，往北駛出界線外三英里，確定沿岸拖網的捕蝦人看不見他們後，等候無線電傳出訊號。

他們在離岸三天後，終於聽到苦候已久的消息。

「我在扎哲溪這邊撈到沉木，各位捕蝦人，如果你們往這邊來的話，請小心。完畢。」

「反正扎哲溪也沒蝦可撈，亨利船長。」另一艘捕蝦船的船長答道。「你離家挺遠的嘛，船長？完畢。」

「我在哪裡看到蝦子，就在哪打撈。完畢。」父親答道，望著白雪趕著魚群往沙洲游去。

扎哲溪不在科勒頓郡內，鰤魚號往西行，全速朝扎哲溪前進，船員準備漁網，南卡羅萊納的海岸線最後一次出現在布萊爾船長眼中。當天早上十一點半，一個查勒斯登的捕蝦人目睹白海豚被捕的經過，看到卡羅萊納的白雪驚慌失措地衝撞環繞的漁網，纏住了自己，看到船組人員以神乎其技的迅捷手法拿繩子套住牠，讓牠的頭部保持在水面上，以免溺斃，然後把牠抬上汽艇。

等消息傳到科勒頓，鰤魚號早就又遠離三英里的限界外，往南疾駛，等著五十八小時後抵達邁阿密。教堂鐘聲大作，表示抗議，也召告了我們的無力與憤怒。我們的河流像是遭到玷汙，所有的魔力瞬間清零。

「沉木」是我父親與布萊爾船長和鰤魚號船員約好的暗語，他同意到本郡邊緣的海域捕蝦，直至看見白海豚游進北邊吉比斯郡的水域。老爸就是那個寫匿名信到邁阿密水族館、告知本郡有一隻白子海豚的科勒頓人。白雪被擄兩週後，也就是白雪被放入新家邁阿密水族缸的照片刊登在《科勒頓公報》後的一星期，我父親收到布萊爾船長寫來的致謝函，和一張一千美元支票的謝酬。

「你的作法太令我不恥了，亨利。」看到父親在我們面前揮舞支票，母親怒不可抑。

「我狠撈了一千美元哪，萊拉，這是我這輩子賺得最輕鬆的一筆錢。我真希望看到的每一頭海豚都是白子，這樣我就能一輩子吃巧克力，還能買下銀行。」

「如果郡裡的人夠勇敢，他們一定會殺去邁阿密把白雪給放了，你最好別讓任何人知道這件事是你幹的。大家對海豚被捕的事還憤憤不平。」

「爸爸，你怎麼可以出賣我們的海豚？」莎瓦娜問。

「親愛的，那隻海豚會待在大城市，大口吃著美味的鯖魚，跳圈子逗小孩子開心。白雪這輩子再也不必擔心會碰到鯊魚了，牠在邁阿密退休了，你得往正面看哪。」

「我覺得你犯了一個連上帝都不會原諒的罪，爸爸。」路克陰鬱地說。

「你這麼認為嗎？」父親冷笑道。「哼，牠背上是刺了『科勒頓公有財產』的字樣嗎？我只是寫信告訴水族館，說科勒頓有個能吸引群眾的自然奇觀，然後他們獎賞我夠機靈罷了。」

「要不是每次你在河上看到牠，就用無線電通知他們，他們根本不可能找到牠。」我說。

「我是他們在這個地區的聯絡官。這一季蝦獲不好，這一千塊能讓我們衣食溫飽，還能幫你們其中一個人支付一整年的大學學費。」

「你用那筆錢買的東西，我一口都不吃。你買的短褲，我一條也不穿。」路克說。

「亨利，我看著白雪已經五年多了，湯姆曾經因為殺害一隻白頭鷹，受你處罰，而這世上的老鷹數量比白海豚多太多了。」母親說。

「我又沒殺那條海豚，我只是送牠到一處安全的港灣，牠在那裡可以無憂無慮，我可是個大英雄耶。」

「你出賣白雪，害牠失去自由。」母親說。

「他們會把牠變成馬戲班的海豚。」莎瓦娜也說。

「你背叛了自己和你的人脈。如果是生意人幹的，我可以理解，某個青年商會、頭髮油亮的爛人。可是怎麼會是捕蝦人幹的？爸，一個為錢出賣白雪的捕蝦人？」路克說。

「我是靠賣蝦換錢的人，路克。」父親吼道。

「那不一樣，你不能出賣你不能替換的東西。」路克說。

「今天我在河裡看到二十頭海豚。」

「老爸，我向你保證，牠們沒有一頭是白色的，沒有一頭是特別的。」路克說。

「那些人因為我們家而抓到白雪。我就像叛徒猶大的女兒，可是我寧可去當猶大的女兒。」莎瓦娜說。

「你不該那麼做，會招來厄運，亨利。」母親說。

「我的運氣還能比現在背嗎？做都做了，現在還能怎麼樣。」父親答說。

「我有辦法。」路克說。

三週後一個繁星點點的夜裡，爸媽都入睡、父親斷續傳出酣聲時，路克悄聲把計畫告訴我們。其實我們不該太訝異，但多年後，我和莎瓦娜只要談及此時此刻，就會憶起路克如何從熱情理想的男孩變成了付諸行動的男人。路克的大膽提案令我們害怕又興奮，但我們都不想參與。路克窮追不捨，繼續遊說，直到我們被他柔性勸誘成功。他早已下定決心，花了一夜把我們納入他勇闖天涯的陣營裡。自從看到他獨自在穀倉裡馴虎的那晚，我們便知道路克很勇敢，可是現在，我們覺得他也可能相當魯莽。

三天後的早晨，路克完成累人的準備工作，我們在十七號公路上往南疾馳，路克重重踩著油門，收音機音量開得極大。雷．查爾斯高唱〈上路吧，傑克〉，我們也隨著唱和。我們喝著保冷箱裡的啤酒，把收音機轉到傑克遜維爾的大猿電台，越過薩凡納的歐仁．塔爾馬奇紀念橋。我們在收費站減緩車速，路克把一塊錢的來回路費遞給發票券的老人。

「孩子們，你們要去薩凡納買東西嗎？」老人問。

「不是的，先生。我們要去佛羅里達偷海豚。」路克答道。

那次義無反顧殺到佛羅里達的奇異旅程，我的感官亢奮到有如眼後燒著五把大火，覺得只要往棕櫚樹一指，樹就會燒起來。我渾身是電，生氣勃發，欣喜若狂，又恐懼萬分。收音機播出的每一首歌，似乎都能表達我的歡欣。雖然本人的歌喉欠佳，但我們疾馳在海岸公路上，掠過喬治亞州路上成排的橡樹，卻覺得自己歌聲悠揚。路克僅在城中減慢車速，速度在他血液裡流竄，我們離開梅洛斯島兩小時後，便已越過佛羅里達州界，我們甚至沒在旅客中心停下來喝杯免費的柳橙汁。

傑克遜維爾市區把我們拖緩了一點，但浩大的聖約翰河卻是我們見過第一條往北流的大河。開到A1A公路，我們又在柏油路上疾馳。輪胎輾著碎石，左側時不時地見到海洋，暖風灌進車裡，海洋彷彿陪伴我們往南直衝。是的，海洋知道我們的任務，而且贊同、支持我們。

我們帶著竊賊的動機與犯罪的刺激感南行，感染著彼此的莫名情緒。我轉身看到路克被莎瓦娜的話惹得大笑，她的長髮拂在我臉上，飄著清甜的氣味，我覺得好愛哥哥和姊姊，那真實而強烈的愛意幾乎能用舌頭品嘗到，並感覺它就在我胸口深處灼燒。我靠過去親吻莎瓦娜的臉頰，左手捏了捏路克的肩膀。他抬手按住我的手，然後出其不意極其溫柔地抓起我的手貼到他脣上。我靠坐回去，讓佛州的氣息在週日清朗的陽光中澆灌我的五感。

我們結結實實地開了十個鐘頭的車，加過兩次油，經過海利亞賽馬場的標示後，看到邁阿密城從海面上升起。椰子樹在暖風中嘩嘩搖曳，開滿九重葛的花園用香氣注滿寬大的道路。我們這輩子從沒來過佛羅里達，而突然之間，我們就在邁阿密街上繞行，在檸檬樹及酪梨樹下尋找紮營之處。

「我們現在該怎麼辦，路克？總不能直接走過去說：『哈囉，我們開車到這裡，想偷你們的白海豚，你們介意用袋子把牠裝起來嗎？』」我問。

「我們先四處看看，一起想辦法。我有個初步計畫，但我們得做好準備。我們先觀察、熟悉環境，一定會有夜間警衛，某個笨蛋得確保不會有小孩子在夜裡偷溜進去，拿竿子抓海豚。」路克說。

「我們該怎麼對付？」莎瓦娜問。

「我不想殺他。」路克淡淡地說。「你們呢？」

「你瘋啦，路克？你他媽的瘋了不成？」我說。

「這只是情急時的備案。」

「不行，才不是，路克，如果這是情急時的備案，我們倆絕對不會參與。」莎瓦娜說。

「我只是開玩笑啦，水族館裡還關了一頭虎鯨，明天也可以順便看看。」

「我們又不是要救那頭虎鯨。我一聽就知道你打什麼主意，救虎鯨就別想了。」莎瓦娜說。

「也許我們可以放生這整個鬼地方的每一條魚。我的意思是，大解放。」路克說。

「牠們為什麼叫做虎鯨？」我問。

「大概是因為很強大吧。」路克解釋。

我們駛上通往碧斯肯礁島的堤道，經過右手邊的水族館。路克減緩車速，經過停車場，觀察從警衛室透出的燈光。警衛走到窗邊往外看，他的面容被燈暈框住了，五官變得很模糊，看來十分詭異。建物外頭圍著八英尺高的柵欄，頂端是帶刺的鐵絲網，防人擅闖。路克催動引擎，我們拐出停車場，碎石在車子後方亂彈。我們知道車子經過動物園了，因為我們經過一處聞起來比凱撒的籠子臭一百倍的地方，大象的鳴叫從黑暗中某處傳來，路克按著喇叭回應。

「喇叭聲聽起來不像大象叫。」莎瓦娜說。

「我覺得挺不賴的，你覺得這聽起來像啥？」路克說。

「聽起來像牡蠣在酥油裡放屁。」她答道。

路克吼了一聲，把莎瓦娜摟過來按到自己胸前。當晚我們在碧斯肯礁島的長椅上睡覺，第二天早上醒來，太陽已爬到半空。我們收拾東西，出發去水族館。

我們付了入場費，穿過旋轉門，最初的半小時就在園區裡沿著大片鐵網柵欄和難看刺網圍成的圈地繞行。路克在停車場邊的棕櫚樹林裡停下來說：「我把卡車倒車進這片林子，然後在這邊割開一個洞。」

「萬一我們被逮到呢？」我問。

「我們就假裝是跟同學打賭、從科勒頓跑來這裡救白雪的高中屁孩，我們裝出一副鄉巴佬的樣子，彷彿幹過最酷的事，就是朝媽媽晾在後院裡的被單吐西瓜子。」

「門口警衛有槍欸，路克。」莎瓦娜說。

「我知道，可是不會有警衛朝我們開槍的。」

「你怎麼知道？」

「因為托莉莎給了我一整瓶安眠藥，你知道嘛，就是她說是紅色小魔鬼的藥。」

「我們就叫警衛說聲『啊』，然後把藥丸丟進他嘴裡嗎？」我問，好害怕路克的大計畫在執行時出紕漏。

「具體怎麼做我還沒想好。我剛剛找到割洞的地方了。」路克說。

「我們要怎麼把白雪從水裡撈上來？」我問。

「用同一招，安眠藥。」他答說。

「那倒不難，我們跳進水裡，游到半死，捉住設備齊全的專家費了一個月才捕到的海豚，然後往牠嘴裡塞幾顆藥。路克，這計畫可真棒。」我說。

「不只是幾顆藥，我們得確保白雪澈底鎮定下來。」

「這將會是史上第一頭死於藥物濫用的海豚。」莎瓦娜說。

「不會的，我算過，白雪的重量大約有四百磅，托莉莎是一百磅，她每天晚上吃一粒，我們餵白雪吃四或五顆。」

「誰聽說過海豚吃安眠藥，路克？湯姆說的有道理。」莎瓦娜說。

「我也沒聽說過。」路克坦承道。「但我聽說海豚會吃魚，如果那條魚塞滿安眠藥，那麼按我的推測，吃了魚的海豚就會睡死。」

「海豚會睡覺嗎？」我問。

「不知道，我們會在這次的小冒險裡知道海豚很多事。」他答道。

「萬一不成功呢？」莎瓦娜問。

路克聳聳肩說：「那也沒有損失。至少我們知道，我們努力過了。到目前為止，我們不都玩得很開心麼？科勒頓的人都因爲失去海豚而傷心，我、你、湯姆卻跑到邁阿密來籌謀這場越獄行動，將來可以告訴我們的孩子這件事。如果我們成功救出白雪，就會有遊行、彩紙、敞篷車慶祝。可以吹噓到死的那天。不過首先，你得先能想像。目前你們都還無法預見，那是非常重要的。來，我來幫你們，閉上眼睛……」

我和莎瓦娜閉起眼睛，傾聽老哥的聲音。「好，我和湯姆抓到水裡的海豚了，我們把牠移到莎瓦娜拿擔架等待的地方。我們用繩子綁住白雪，輕輕把牠推出水面，固定到擔架上。警衛睡著了，因為我們幾小時前在他的百事可樂裡下了藥。看到了嗎？你們能看見那個場面嗎？我們把海豚搬到皮卡裡，然後離開。現在重點來了，仔細聽好囉。我們站在開到科勒頓的船上，我們帶著白雪，鬆開綁繩，然後把牠放回牠出生的河裡，牠歸屬的地方。你們能看見嗎？能看見一切嗎？」

他的聲音極具催眠與帶入的效果，我們倆同時張開眼睛，對彼此點著頭。我們都看見了。

我們繼續在公園周邊走繞，還看見停泊在水族館南端的鰤魚號，雖然看不到船員的蹤影，但我們還是避免接近船隻。我們轉向海豚館，越過一道木橋，橋高高懸在波清水深的壕溝上方，幾條巨鯊在裡頭不停緩慢繞游。鯊魚彼此相隔僅二十碼，幾乎沒有互相超越的空間或意願。我們看到一條槌頭鯊和一條年輕的尖吻鯖鯊緩緩從底下游過，人群屏息而驚奇地看著，鯊魚的巨尾擺得如此單調乏味，靈活的動作受到極大限制，生猛鮮跳的活力似乎盪然無存。在遊客的注視下，牠們看起來就像溫馴無害的觀賞魚。

遊客雖多，但十分守規矩，我們隨著一長列穿著短褲和人字拖的人群走向圓型劇場，虎鯨杜雷諾將在午時表演。根據短暫的接觸，佛羅里達似乎是個良民匯聚的地方，大家在此展露鬆垮蒼白的手臂，缺乏日曬的無毛白腿。太陽把草地灼成最蒼淡的綠色，自動灑水系統在石子路邊的草皮上灑水，紅喉蜂鳥穿梭於水仙花間。接近圓型劇場時，我們經過一道寫著「來見見白海豚莫比」的標示。

「我想我們會的。」路克說。

遊客排隊坐到環列在兩百萬加侖大水族缸旁的席位上，我們聽到一些遊客談論白海豚。等眾人坐定，一名身材健碩、雙肩古銅色的金髮男孩走到水池的木台上對群眾揮手。女主持人解說杜雷諾的歷史，這頭虎鯨在溫哥華島外的夏洛特皇后海峽附近，在為數十二頭的虎鯨群中被人捕獲，然後以特殊飛機載送到邁阿密。水族館以六萬美元買下牠，花一年時間訓練。由於虎鯨最愛吃海豚，因此無法把海豚納入表演裡。

主持人一邊說明，水底下的門也偷偷打開了，某個令人敬畏的生物從灰撲撲的水底深處竄了出來。

古銅膚色的男孩望著水裡一團朝他迎來的東西。他的台子在水表二十英尺高處，男孩拎著馬鮫魚的尾巴探向前，你可以數著他額上的皺紋，看出他有多麼專注。他抬手畫一個圈，水面便順著手勢從水池中央向外掀起波浪，虎鯨從水缸底處以穩健的速度與動力，大樓似的從底下射出水面，輕巧地咬下遞出來的魚，就像接受薄荷糖的小女孩一樣，接著又畫出長長的弧線落回水中，影子瞬間遮去太陽，當牠擊中水池表面，就像一棵自山脊摔入海裡的大樹。

接著浪花四濺，潑過欄杆，海水把第一至二十三排的觀眾噴得渾身濕透。觀眾欣賞杜雷諾表演的同時，也跟著洗了一場澡，鹹水從髮上流下來，散發著虎鯨的氣味。

杜雷諾再次繞游池子，展現牠的斑色，準備迎向佛州的太陽，躍向檸檬與九重葛的濃香，我們瞥見牠在水下的白色紋路，和牠黑色頭部上神奇的暈彩，就像漂亮的黑白色牛津鞋。牠的背鰭像一座背在背上的黑色金字塔，如割斷尼龍的利刃，嘩嘩切過水面。牠的線條簡練柔順；一顆顆檯燈大小的牙齒緊實地嵌在凶猛的口中。我從未見過如此內斂積蓄的力量。杜雷諾再次騰躍，敲響懸掛在水上的一只鐘。牠張開嘴，讓金髮男孩用清潔工的掃把幫牠刷牙。收場時，杜雷諾從水裡衝出來，大量的海水從閃閃發亮的鰭邊灑落。牠用牙齒叼起一根繩子，把國旗升至高聳在水池上方的旗杆上。每次虎鯨矯健地騰躍至最高點，群眾便歡聲雷動，然後虎鯨才優雅無比地潛回水中，再次以驚人的水浪把觀眾潑得滿頭滿臉。

「這才叫動物嘛。」路克說。

「你能想像被虎鯨追獵嗎？」莎瓦娜問。

路克對她說：「莎瓦娜，要是被那玩意兒盯上，你只有一個辦法，就是投降，你必須認命。」

「真希望能在科勒頓看到這種魚。」我大笑說。

路克突然說：「他們應該這樣處決罪犯。賞他們一件泳衣，在內褲裡塞幾條鯖魚，讓他們游過這個池子。如果他們能游到另一岸，就能獲得自由，若是游不到，水族館就能省下大筆食物費了。」

「你可真人道。」莎瓦娜說。

「我是指那些凶惡的罪犯，就是那種大屠殺的希特勒，或殺嬰的人，地球上真正的人渣，而不是胡亂穿越馬路的人。」

「那種死法好可怕。」我看著虎鯨躍過火圈，落水時反將火圈潑熄。

「不會啊，他們可以把那變成表演的一部分，讓老爸經營。虎鯨跳起來把鐘敲響，就賞虎鯨一個犯人。」

杜雷諾最後一次轟然落水，噴得觀眾全身是浪，然後我們便跟著數百個濕淋淋的遊客走出去，來到海豚館。

看過虎鯨後，海豚顯得十分嬌小，沒什麼氣勢。海豚的動作雖然遠比虎鯨靈動熟練，但在見過杜雷諾聲勢浩大的演出後，海豚的表演似乎顯得有些平淡。牠們的花招雖然較炫，但畢竟不是虎鯨。可是海豚看起來真是快樂強壯，牠們砲彈似的從水裡竄起，躍到空中二十英尺高，平滑的身體泛著寶石的光澤，臉上總是堆著滑稽的笑容，為牠們興致昂揚的表演增添幾分真誠。牠們玩棒球、保齡球、立在尾巴上舞過整個水池，把球扔過火圈，從訓練員口中搶下點好的香菸，徒勞地想讓訓練員戒菸。

我們發現卡羅萊納的白雪被關在一個封閉的小池子裡，禁止與其他海豚同游。一大群好奇的觀眾圍著牠的魚池，牠從一端游到另一端，似乎搞不清楚方向，而且有些無聊。牠還沒學會任何把戲，但確實能引起遊客的好奇。主持人形容白海豚的捕捉情形，說得像是西北航道發現以來最危險刺激的一次冒險。三點鐘，管理員帶了一桶魚來餵白雪，他在白雪游泳的池子另一端扔下一條金鯧魚，白雪調過頭，優雅無比地加速游過池子，吃掉水面上的魚。我們聆聽遊客努力形容白雪的顏色。我們這幾個要解放牠的人，驕傲地聽著陌生人談論牠的白亮美麗。

我們觀賞餵食，發現管理員不斷改變扔魚的地點，全是故意為了訓練白雪所設計。等他讓白雪固定在池子兩側來回游動後，再把過程反轉過來，讓牠愈游愈近，最後抬身立出水面，從管理員手上咬走最後一條魚。管理員耐心十足，技巧純熟，看到白雪從水裡出來，群眾紛紛鼓掌。管理員把金鯧魚放到白雪張開的口中，就像神父給戴頭紗的小女孩施聖餅。

「湯姆，我們得去魚市場。」路克低聲說。「莎瓦娜，你在閉館前，盡量去找警衛攀談，水族館八點才關。」

「我一向很想扮演邪惡的引誘者。」她說。

「你不用引誘任何人，只要跟他拉關係交朋友，然後讓那傢伙睡死就成了。」

我們在椰林區買了半打沙鮻魚和一桶肯德基炸雞。回到水族館時，離閉館只剩半小時。

我們找到正在跟夜班警衛聊天的莎瓦娜，他剛剛到班。

「兄弟們，我剛遇見一位最棒的大好人。」莎瓦娜說。

「她沒有打擾到您吧，先生？她剛從瘋人院放假一天出來。」路克問。

「完全沒有。我難得有機會跟這麼漂亮的女生聊天，通常我來上班的時候，大家都回家了。」

「畢維斯先生是從紐約市來的。」

「您要吃點炸雞嗎？」路克問。

「好啊。」畢維斯先生說著，抽出一根雞腿。

「來一罐可樂？」

「我只喝咖啡。嘿，閉館時間快到了，我得請你們離館了。這份工作唯一的缺點，就是挺寂寞的。」

他打開宏亮的霧角，播放一段錄好的公告，要求所有遊客立即離開，並播報隔日的開放時間。他走到辦公室門外，吹著哨子，走在虎鯨圓型劇場和海豚館之間。莎瓦娜拿起他桌上的咖啡壺，為他續杯，打開兩顆安眠藥膠囊，倒入咖啡，直至藥粉溶解。

路克和我隨著畢維斯先生在園區四處走動，看他親切地催促遊客快快回家，明天再來。

他在白雪的水缸前駐足，白雪不停地在兩端來回游著。

「牠是大自然的異象，卻是個美麗的錯誤。」他說。

畢維斯先生在回途中，看到一個青少年把冰棒的包裝紙扔在地上。「我的好孩子，亂丟垃圾是一種罪，違逆綠色地球的造物主心意。」

路克趁他走向男孩時，把沙鮻丟到白雪的池子裡，白雪從鮻魚邊游過兩次，才把魚吞下。

「你在那條魚裡塞了幾顆藥？」我悄聲問。

「多到可以害死你或我。」他答說。

我們揮手向畢維斯先生道別時，他正在喝咖啡。三人走向皮卡，我壓低聲對莎瓦娜說：

「幹得好，瑪塔・哈里[27]。」

路克走到我們後面，說道：「好熱，我們去碧斯肯礁島游泳如何？」

「什麼時候回來接白雪？」我問。

「大概午夜吧。」

我們望著月亮如淡色浮水印由東方天際升起，游到太陽自大西洋沉落。這裡的大西洋與我們東岸的有天壤之別，讓人覺得兩地根本不可能相關。佛州的海水明澈晶藍，以前我就算走到海水及胸處，也從來看不到自己的腳。

「這水好像哪裡不對勁。」路克說出了我的心聲。

我向來覺得海洋陰柔，佛羅里達更進一步磨去大海的戾氣，用清澈馴服了這片深邃的蔚藍。我們在岸上生平首次吃到芒果，佛羅里達又變得更加神祕了。芒果的風味既陌生又親切，像在樹梢慢慢改變的陽光。我們是這片寧靜之海的陌生人，海水的潮汐溫和到令人難以覺察，半透明的寶藍水色在棕櫚樹下平靜無波。月亮在水面上灑落百里銀光，最後停留在莎瓦娜的髮辮上。路克起身從牛仔褲口袋裡掏出手表。

「湯姆，莎瓦娜，萬一今晚我們被抓，由我來發言就好。我拖你們下水，若是惹上麻煩，我有責任幫你們脫困。現在來祈禱畢維斯先生已經睡著了。」

我們隔著小辦公室的窗口，看到畢維斯先生把頭枕在辦公桌上，睡得很香。路克把卡車倒入鐵絲網欄旁邊的樹林裡，快手快腳地用鐵絲剪，在圍欄上剪出一個大洞。我們鑽進圍欄，越過在河溝裡穿梭的鯊魚影，聽見鯊魚在底下水渠只能不斷繞圈迴游的聲音，這是作為鯊魚所能得到最殘酷的懲罰。我們聽著虎鯨的吸氣聲，沿著圓型劇場奔跑。

「等一下。」路克說著從袋子裡掏出一條魚，這是他為白雪買的，怕萬一開車回北邊時，白雪想吃點心。

「不行，路克，我們沒有時間亂搞。」我戒慎地說。

可是路克已經衝上進入圓型劇場的階梯了，莎瓦娜和我沒得選擇，只能跟過去。我們看著他在月光下爬上平台，虎鯨巨大的鰭劃破路克下方的水面，接著路克挪到平台邊緣，模仿稍早看過的金髮訓練師的動作，伸臂畫了個圈，接著我們看到杜雷諾深潛到池裡。當這頭看不見的虎鯨在我哥哥底下加速時，我們聽到凶猛的水浪潑擊著池子周圍。路克右手拿著沙

27　Mata Hari：二十世紀初歐洲知名交際花，一戰期間遭控間諜罪。

鮻，把身子遠遠探到水面上。

虎鯨從底下爆衝而上，叼走路克手上的魚，連他的手指都沒碰到，接著照例側身從空中下墜，露出美麗潔白的腹部，在入水的瞬間再次掀起巨浪，沖刷二十三排看台座席。

「愚蠢，愚蠢，愚蠢。」路克回到我們身邊時，我低聲罵道。

「美妙，美妙，美妙。」莎瓦娜興奮地說。

我們跑到鰤魚號上，走到甲板的儲物艙。我們需要的設備，船員都放在這裡。路克取出繩索與擔架，把橡膠海綿墊扔給莎瓦娜。莎瓦娜接過後奔回皮卡，把墊子整齊妥善地鋪在後斗。路克和我衝到海豚館，路克再次動用鐵絲剪，闖入囚禁白雪的地方。

我們及時趕到。在淺水區的白雪幾乎已不太動彈了，若是多耽擱一個鐘頭，只怕牠會溺死。我們進入水池，安眠藥的藥效極強，白雪連動都沒動一下。我們扶住牠的頭底和腹部，把牠移到池子邊擺好擔架的地方。牠的顏色好白，我的手跟牠的頭部一比，顯得十分黝黑。我們扶牠漂過池子，牠發出像人類的溫柔叫聲。莎瓦娜回來了，我們三人把擔架放到白雪身體底下的水裡，用繩索在牠身上三處纏綁。

我們再次穿過棕櫚與檸檬樹的陰影，路克和我像抬著擔架的戰地軍醫，低身快速前進。我們穿過毀壞的圍網破口，輕輕解去白雪身上的繩索，把牠推滾到軟墊上。莎瓦娜和我用裝在桶子及保冷箱裡的碧斯肯礁島海水往牠身上澆灌。路克關上皮卡車斗，衝回駕駛座，扭開引擎，悄悄開出停車場，來到堤道，迎向邁阿密的燈火。我覺得我們在最初兩分鐘是最容易被逮到的，因為駛在幾乎空無一人的公路時，我們三個南卡來的溫格家孩子不斷地瘋狂尖叫。

不久我們便永遠離開邁阿密了，路克幾乎把油門踩到底，暖風從我們髮間飛掠，每多開一英里路，就愈接近喬治亞州的邊界。白雪的呼吸一開始很不平順，像撕裂的紙張，還有一兩次好像停止呼吸，我往牠的氣孔裡吹氣，牠則吹著氣回應我，直等到我們在戴通納海灘停車加油，安眠藥的藥效似乎才慢慢減退。之後白雪便振作起來，一路上變得活潑了。

我們加過油後，路克把車子開到海灘，我和莎瓦娜跳下車，在桶子和保冷箱裡裝滿新鮮海水，跳回車上，路克駕車衝過沙地，再次返回公路。

「我們辦到了，我們辦到了！」他從後車窗對我們高聲喊，「再五個鐘頭，就能安心回到家了。」

我們用海水澆灌白雪，幫牠從頭到尾做全身按摩，保持循環順暢，並用小孩哄小狗的親熱語句對牠說話。牠的身體柔韌，摸起來滑若綢緞。我們為牠唱搖籃曲，念童詩和兒歌，低聲說我們要帶牠回家，牠永遠再不用吃死魚了。進入喬治亞州時，莎瓦娜和我在後斗上跳起舞來，路克只得放慢車速，因為他覺得我們會跌出車外。

就在喬治亞州的米德韋市外，一名公路巡邏員叫路克停車，因為他超速四十英里。路克隔著後車窗說：「拿張墊子蓋住白雪的頭，這事由我處理。」

太陽已經升起，年輕的巡邏員瘦得跟竹竿一樣，帶著菜鳥的盛氣凌人，但路克跳下貨車，喋喋不休說了些話。

「警官。」莎瓦娜和我忙著遮住白雪的頭，我聽到路克說，「我很抱歉，真的，可是我抓到這頭鯊魚，實在太興奮了，而且我得趕緊趁牠還活著，送牠回去讓我老爸瞧瞧。」

巡邏員走到卡車邊往裡一看，吹了聲口哨。

「好大呀，但你也不該這樣飆車，小伙子。」

「您不明白，警官。這鯊魚可是世界紀錄啊，我是用釣竿釣的，是頭白鯊，很愛吃人的。我在聖西蒙斯島碼頭附近釣到的。」路克說。

「你用什麼釣？」

「用活蝦，信不信由您。去年有人在佛羅里達抓到一條白鯊，結果在鯊魚胃裡找到一隻男人的靴子和脛骨。」

「我得給你開張罰單，孩子。」

「我知道，先生，我太興奮了才會超速，您抓過這麼大的魚嗎？」

「我是從瑪里雅塔來的，曾經在藍尼爾湖釣過一條十二磅重的鱸魚。」

「那您一定理解我的感受，先生。我給您看一下牠的牙齒，牠的牙利得跟刮鬍刀一樣，我可憐的弟弟和妹妹可是拚了小命才壓得住牠。湯姆，讓警官看一眼。」

「我對看鯊魚沒興趣，孩子，你上路吧，開慢點就是了。我想你有興奮的權利，我釣到的那條鱸魚，可是那一整天藍尼爾湖裡釣上來最大的一條，我還沒來得及拿給我老爸看，就被家裡的貓吃掉了。」

「太謝謝您了，先生，您確定不要看看牠的牙齒嗎？滿口都是哦。」

「我寧可開車也不要坐在那玩意兒上頭。」巡邏員走回車上時，對我和莎瓦娜說。

我們衝下泥土路時，母親正在晾衣服，路克洋洋得意地開車在草地上繞了幾個圈後才停下來。母親奔向貨車，在草地上舉著雙臂，得意地踢跳幾下。路克把車倒到海堤上，大伙把海豚推回擔架上。媽媽踢掉腳上的鞋子，我們四個人抱著白雪，順著海潮一起走向水深處，讓牠再次適應河水。我們讓牠自行漂浮，但牠似乎不太能平衡，而且有些徬徨。路克讓牠的頭浮在水面上，直到我感覺白雪健碩的尾巴甩開我，踉蹌地從我們身邊慢慢游開。有整整十五分鐘，白雪看起來就像快要死了，看牠如此受苦，實在令人心痛。我們站在碼頭上為牠祈禱，母親帶著我們念玫瑰經，雖然我們手邊沒有念珠。接著白雪掙扎起來，似乎無法呼吸，平衡感與節奏都亂了。接著情況在我們眼前起了變化，白雪恢復本能，潛入水中，那輕鬆流暢的潛游動作找回了原有的節奏與優雅。經過漫長的一分鐘，白雪發出叫聲，游到兩百碼外的河渠裡。

「牠辦到了。」路克高喊，我們聚在一起彼此相擁。我筋疲力盡，渾身汗濕，飢腸轆轆，但這輩子不曾感覺如此美好。

白雪再次浮現，牠調過頭，從站在碼頭上的我們旁邊游過去。我們歡呼尖叫，喜極而泣。在世上最美麗的這座島上，在湯姆·溫格一生中最美好的這一天，我們在自家的浮碼頭上，跳起了新的舞步。

17

班吉．華盛頓加入科勒頓高中的那一天，查勒斯登和哥倫比亞的電視台攝下他從父母的綠色雪佛蘭下車，獨自迎向五百個默默看他走來的白人學生的一刻。那天學校裡的氣氛冷峻、危險、緊張，走廊像颶風將臨前充滿磁力的海上空氣，教室與各個小間裡恨意瀰漫。這名黑人學生所到的教室，均潦草地寫上憤怒的「黑鬼」二字，直到緊張不安的老師走進來，才匆匆拿板擦把字擦掉。他在每間教室都選擇坐到最後靠窗的位置，第一天上課時，泰半木然地望著河面。他四周的座位全空著，沒有白人學生願意或能夠進入那塊禁區。校內男廁裡謠言四起，那是不馴的孩子下課偷偷抽菸的地方。我聽到一個男生說，在自助餐排隊時推了黑鬼一把；另一個說拿叉子戳他。黑人都沒有回應他們的挑釁，彷彿沒有情緒，學得保持木然。穿堂裡的耳語說，有人打算單獨把他約到體育館後，走廊置物櫃裡出現了鏈子和棍棒，還有關於槍的流言。我聽到足球隊的左截鋒奧斯卡．伍德賀信誓旦旦地說，要在學年結束前宰了那個黑鬼。那些梳著油頭、狂妄自大的傢伙，在屁股後塞了彈簧刀，我這輩子不曾如此害怕。

我的計畫很簡單，一向單純。我打算把班吉．華盛頓當空氣，顧好自己的事，盡可能開心地走在那批感到晦氣、激動的高中學生之間。我可以跟他們最凶的人聊黑鬼的壞話，萬一有人質疑我的忠誠，我有上千個黑鬼笑話能娛樂這些同儕。然而我的歧視，是出於被接納的迫切需求，而非真心。我可以義憤填膺地憎惡，但只有在確定這份憎惡與大多數人相同時，才會這麼做。我沒有半分道德勇氣，這很適合我，可惜我的雙胞胎姊姊不像我那麼膚淺。

我不知道班吉．華盛頓跟我一樣，都上第六節的英文課，直到看見那群尾隨他一整天的暴徒聚在教室門外。我四下環顧，尋找老師，卻不見他的蹤影。我穿過人群，像三流西部片裡的警長，把一群動用私刑的匪徒分開。

我看到黑人男孩盯著窗外，孤伶伶坐在角落位子上。奧斯卡．伍德賀坐在窗台上，低聲對他說話。我坐到前排，假裝在筆記本上寫東西。我聽到奧斯卡說：「你是個醜陋的黑鬼，聽見沒，小子？你是個操他媽、醜死人的黑鬼，但那很正常吧，因為所有黑鬼都醜，不是嗎，小子？」

我沒看見莎瓦娜走進教室，也不知道她進來了，直到她的聲音在身後響起。「哈囉，班吉。」她用啦啦隊的歡樂聲音說：「我是莎瓦娜．溫格，歡迎你到科勒頓高中。」

她伸出手。

班吉．華盛頓無疑是教室裡最驚訝的人，他勉強跟莎瓦娜握手。

「她摸到他了。」門邊的麗茲．湯普森尖聲說。

莎瓦娜說：「班吉，你若遇到任何問題，請讓我知道。如果你需要任何幫助，喊一聲就是了，這些人不像他們現在看起來那樣壞，等個兩三天，他們就會習慣你在旁邊了。這裡有人坐嗎？」

我垂頭貼著桌面悄聲呻吟。

「我旁邊一整天都沒人坐。」班吉答道，又望向外頭的河流。

「現在有了。」莎瓦娜說著，把書本放到班吉旁邊的桌上。

「她坐在黑鬼旁邊！我真不敢相信。」奧斯卡大聲說。

接著莎瓦娜從教室後方喊道：「嘿，湯姆，帶你的書過來這邊。喂，湯姆，我看見你了，是我，莎瓦娜，你心愛的姊姊，把你的大屁股挪過來。」

我知道在一屋子人面前跟莎瓦娜吵根本沒用，只好懊惱地乖乖聽話，帶著書，在眾目睽睽下走到教室後方。

奧斯卡嗤道：「哼，我才不准女生那樣對我說話。」

「沒有女生想跟你說話，奧斯卡。」莎瓦娜反嗆說，「因為你太蠢了，而且你臉上的痘痘比河裡的蝦子還多。」

「不過你不介意跟黑鬼說話，是吧，莎瓦娜？」奧斯卡喊道。

「你何不去輔導室，設法把自己的智商測驗結果提到二位數呀？爛人。」她從座位上站起來說。

「我不介意，莎瓦娜。我知道會是這種狀況。」班吉輕聲說。

「臭黑鬼！你根本不清楚究竟會是什麼狀況。」奧斯卡說。

「奧斯卡，你何不去找個賣痘痘給青少年的工作？」莎瓦娜說著，握緊拳頭朝他走過去。

「你是個喜歡黑鬼的臭婊子。」

該我出面了。我滿懷恐懼，小心翼翼地走入戰場，祈禱素來愛遲到的索普老師能夠快快出現。

「奧斯卡，別那樣對我姊姊說話。」我聲音怯懦，活像剛動過閹割手術。

「你想怎樣，溫格？」奧斯卡對我嘀咕說，很高興終於有個男生對手。

「我會告訴我大哥路克。」

「你不敢自己出來幹架嗎？」

「我不像你個頭那麼大。如果我們打架，你一定會擊敗我，然後路克必然會去找你，把你的五官重新組合一遍，我只是要略過我被打的那一段罷了。」

「叫你那個大嘴巴姊姊閉嘴。」奧斯卡命令。

「閉嘴，莎瓦娜。」我說。

「去你的，湯姆。」她甜聲答說。

「我說了。」

「我們不喜歡我們的白人女生跟黑鬼說話。」奧斯卡說。

「奧斯卡，親愛的，我愛跟誰說話就跟誰說話。」

「你知道你沒辦法左右莎瓦娜。」我對奧斯卡說。
「湯姆，你過來。」莎瓦娜表示。
「我正忙著跟我的好朋友奧斯卡說話。」我衝著奧斯卡笑。
「過來這裡，湯姆。」她重申道。
我無奈地走向她，跟班吉・華盛頓握手。
「他碰到那隻手了！」麗茲・湯普森在門邊哀嚎，「我寧可死掉，也不要碰到黑鬼。」
「麗茲，你是寧可死掉也不願意長點腦袋。」莎瓦娜對她說，接著轉向我：「把那張椅子拉到班吉旁邊，湯姆，你就坐那兒。」
「莎瓦娜，我要坐前面，你不必規定我該坐哪裡。還有，我才不要被學校裡每個南方佬指指點點，只因為你小時候讀過《安妮日記》。」
「把那張椅子拉過來，湯姆。我不是在開玩笑。」她自豪地悄聲說。
「我不要坐班吉旁邊，你想怎麼羞辱我，隨你。」
「班吉，你會參加足球隊嗎？」她從我身邊轉頭問。
「會。」
「我們會在球場上痛宰你。」奧斯卡說。
「老師他媽的跑哪兒去了？」我看著門口說。
「奧斯卡，你們痛宰不了他的。你或許長得挺壯實，但是我聽湯姆說，你在球場上完全是弱雞。」莎瓦娜冷笑道。

「溫格，你說過這種話嗎？」

「沒有，當然沒有，奧斯卡。」我撒謊。奧斯卡是那種無法把反社會的暴力行為轉換到運動上的胖痞子。南方的學校裡盡是這類不會阻擋不懂擒抱、只會在街頭鬧事耍刀的惡少。

「湯姆會在練球的時候罩你。對吧，湯姆？」莎瓦娜說。

「我罩自己都來不及了。」我說。

莎瓦娜抓住我的手腕，用指甲深深一掐，硬是掐出四個血痕。「你會的，弟弟。」

接著事情發生了——奧斯卡下了戰書。「溫格，你姊姊是個婊子，愛黑鬼的臭婊子。」

「伍德賀，把你的話收回去。」

「偏不。溫格，如果你想出口氣，放學後在樂隊室後碰面。」

「他一定到，到時整到你屁滾尿流。」莎瓦娜說。

「莎瓦娜！」我喊。

「到時宰得你屍骨無存，連一隻招潮蟹都餵不飽。」她接著又說：「喂，麗茲，打電話給醫院，預告奧斯卡今天下午需要動臉部緊急手術。」

「溫格才不會幹架，我看得出他怕到要尿褲子了。」奧斯卡說的一點都沒錯。

「他跟路克這個夏天已經練成空手道高手了，我指的是黑帶高手。他可以徒手擊斷木板。奧斯卡，你仔細瞧瞧那雙手，那是經過正式登記的，所以他才不想打架。如果他用那雙手碰你，就得去坐牢了。」

我抬起這雙致命的手，若有所思地打量著，彷彿正在欣賞一對手槍。

「空手道是像柔道的玩意兒嗎？」奧斯卡狐疑地問。

「柔道會把人打傷，空手道會把人打死。他這個暑假到薩凡納向空手道大師學的，遠東來的大師。」莎瓦娜說。

「黑鬼跟中國豬，溫格家的人都不跟白人鄉親混啦？溫格，樂隊室後邊見，帶著你那雙登記過的手來。」

那天下午，我帶著登記過的手來到樂隊室後方時，已經圍了一大批看熱鬧的人。我專注呼吸，想著自己多麼享受吐吶，以及等奧斯卡解決我後，我會多麼想念呼吸這件事。我畏畏縮縮地出現，人群突然爆出歡呼，我看到莎瓦娜帶著其他九名啦啦隊隊員朝我奔來。她們圍著我，我走向奧斯卡，十顆絨球在我頭邊揮舞，她們高聲喊唱科勒頓高中的凱旋之歌。

科勒頓科勒頓，戰，戰，戰。

勝利使我們勇往無懼。

我們戰鬥徹夜，不遺餘力，

我們為寶貴青春而戰。

奧斯卡露出最冷酷憤怒的眼神，身邊圍著一群捕蝦人的兒子，這些人我認識一輩子了，他們高捲著袖子，團結一致地抿著唇，瞪著我，一副遭到背叛的樣子。路克就站在奧斯卡面前，我走向路克，啦啦隊的絨球像一片躁動的菊花般隨我移動。我原本希望僅在幾個瘦巴巴的河上男孩面前挨揍，沒想到莎瓦娜竟然把這場暗殺變成了加油大會。

「伍德賀，聽說你罵我妹妹是臭婊子。」我聽到路克說。

「她跟黑鬼說話。」奧斯卡答道，看著路克肩後的我。

「她想跟誰說話，沒必要得到你允許。伍德賀，向我妹妹道歉。」

「我知道你想幹麼。」奧斯卡說，我發現他對路克特別小心恭敬，「你想找我幹架，好讓你那個娘娘腔弟弟不用和我對幹。」

「錯了。湯姆會親手料理你，如果你因此傷到我家小弟，你就得跟我打，那會毀掉你整個下午。我要你向我妹妹道歉，因為你罵她臭婊子。」

「對不起，莎瓦娜，我不該罵你是喜歡黑鬼的臭婊子。」他朗聲說，聲音蓋過群眾。絨球不再揮舞了，一群男孩緊張地笑著。

「我要你好好道歉，伍德賀，誠心誠意地道歉。如果聽起來言不由衷，老子就扭斷你的脖子。」

「我很抱歉我說了那些話，真的對不起，莎瓦娜。」奧斯卡乖巧地說。
「我覺得聽起來不是很真誠。」我說，語氣相當可悲。
「你只是不想幹架而已。」奧斯卡說。
「湯姆，你想要我動手嗎？」路克問，緊盯著奧斯卡的眼睛。
「我確實可以慢慢等輪到我的時候再說。」我說。
「溫格，這是你自己的事。」父親也是捕蝦人的阿堤·佛洛倫斯對我說。
「先讓我跟湯姆談一分鐘，然後他再踢爛你的屁股。」路克表示。
路克攬著我的右肩，帶我離開其他人，莎瓦娜則領著啦啦隊員熱場子。
「湯姆，你知道自己有多快嗎？」路克問。
「你要我逃跑嗎？」我不可置信地問。
「不是，我是指你的手，你知道自己的手有多快嗎？」
「什麼意思？」
「除非你失誤，否則他打不到你。他雖然很壯，可是動作遲緩，你別讓他沾到身，繞著他轉就行了，好好地玩，別靠近他，等逮到破綻，攻上去猛K一頓，可以的話，盡量打他手臂。」
「手臂？」
「沒錯，他的手要是累了，就會垂下去，抬不起來。你一看到這種狀況，就可以攻過去了。」
「我好害怕，路克。」

「每個人要幹架都會怕，他也怕。」

「他沒有我一半害怕。厄爾．華倫那個臭小子死哪兒去了？我現在正需要他。」

「你的動作太迅速了，不可能輸給他，別讓他把你撲倒在地上，他會扣住你的手臂，揍你的臉。」

「噢，天啊，我在開打前，能不能先揍一下莎瓦娜？都是她給我惹的禍，為什麼我們家偏偏是科勒頓唯一喜歡黑鬼的家庭？」

「想打她以後再說吧，目前先揍伍德賀，別讓他近身，他會亂揮拳。」

我往前走到草地上，面對奧斯卡．伍德賀，群眾往後退開，把空間騰給我們。我會因為一九五四年最高法院的決定，為了族群融合，為了班吉．華盛頓，和我那個大嘴巴姊姊，而被揍慘。奧斯卡喜滋滋地舉著拳頭朝我走來，出其不意地揮出第一拳，我的下巴差點被他的右掄拳擊中，我沒能站穩，他追著我在草地上跑，一拳接一拳地猛攻，同時發出野獸般的嚎叫。

「你要四處跳動。」路克命令說。

我移到奧斯卡的左側，避開他可怕的右手。一記拳頭擦過我頭部，我用手臂擋掉另一拳。我繞著圈，從他身邊躲開，移繞閃躲了整整三分鐘，看得出他追得愈來愈心浮氣躁，接著我本能地開始觀察他，仔細打量他的身體，注視他的眼睛，我知道他何時要出拳了，但他卻摸不清我何時會出手，因為我迄今還沒打算做無效的攻擊。

「你給我站好幹架，你這個孬種。」他氣喘吁吁地說。

我一站定，他就衝上來，他這麼一衝，等於闖入我遠比他更擅長的運動領域。我受過三年嚴格的訓練，對付朝我撲來的敵隊線衛。我避開奧斯卡，他從我身邊擦過時，我出乎自己意料地朝他耳朵結結實實揍了一拳。他順勢跌到地上，人群大聲叫好，興高采烈的莎瓦娜帶領啦啦隊再次高唱科勒頓的戰歌。

可是奧斯卡立即站起來，氣憤不已地再次緊追我不放。我聽到他粗重的喘息，感覺他急於了結這場打鬥。我又避開了六拳，或更精確地說，我只是繞著圈往後退，遠離他的拳頭。接著我捶擊他的臂膀，重擊他的手腕與二頭肌，我突然往前逼，他吃驚地往後退開，又奮力而徒勞地朝我的臉部連連揮拳，我在群眾的呼聲中往後退開，繼續攻擊他的手臂。

接著他定下步子，企圖把我逼到學校牆邊。他開始更謹慎地出拳，接著擊中我的眼睛上方，害我的右臉都麻了。

「保持跳動。」路克大聲喊道，我往左做了個假動作，然後移到右邊，緊跟著一記右拳正中他的臉部，我看到他往後踉蹌退開，手從臉部垂放下來。

「就是現在。」路克喝令道。

我逼上前，開始用左拳揍他，他試著舉臂擋臉，手卻舉不起來，不聽使喚，他的手垂在胸前，嘴巴鼻子冒出鮮血。打他的人明明是我，但感覺卻不是我，而且跟我一點關係都沒有，雖然我能感覺到自己的左手正動作不斷，穩健地傷害前方的血肉。接著路克進入我的視線內，終止了這場打鬥。

我跪在地上，心情一鬆，哭了起來，因為害怕，也因為左眼的痛楚。

「幹得好，小弟。」路克悄聲說。

「我再也不要跟人打架了。」我淚流滿面地說，「我討厭打架，我真的痛恨這種事，告訴奧斯卡我很抱歉。」

「你可以稍後再告訴他，我們得去練球了。我早跟你說了，你動作很快。」

莎瓦娜拿著一顆破舊的絨球往我臉上揮舞：「你到底怎麼了，湯姆，你打贏了呀。」

「我從小就認識奧斯卡。」

「他那時候就是個混蛋了。」莎瓦娜說。

「我不喜歡。」我說著，發現有六十個人正在看我哭，突然尷尬起來。

「四分衛是不哭的，走，練球去了。」路克說。

當天的第一階段練習結束了，山姆斯教練一向要我們以四十碼的短距離全速衝刺作結。護鋒和中鋒先跑，用笨拙的步態從達陣區衝向在前場吹哨的教練，然後換截鋒排好隊。我看到路克輕而易舉地超過一大票豬隊友。

我和後衛站成一排，結果發現班吉．華盛頓就在我旁邊。

「聽說你跑得很快。我是去年隊上速度最快的人。」我說。

「去年的。」他說。

哨音吹響，我拔腿衝往前場，我起步早，領先在前，聽到鞋釘在後方刨出土來。我以最快的速度自信滿滿地奔馳，因為自小學一年級開始，我就是全班跑速最快的，但這時班吉・華盛頓從我左側超前五碼，贏了這次短跑。

在接下來的後衛衝刺訓練中，我帶著全班第二快的自知之明，努力奔馳。我看到山姆斯教練再次檢視碼表，他是去年最堅決反對黑白融合的教職員，但他的碼表正在拓展他的視野。班吉的四十碼衝刺僅花了四點六秒，我的最佳成績是四點九秒，而且還是背後有颶風助力的情況下跑出來的。球場上再次響起哨音，我再度衝向教練，也再一次看到班吉・華盛頓極度輕鬆優雅地超越我，掠過地上的標記朝教練飛奔而去。

「那隻黑鬼會飛。」我聽到其中一名後衛說，但語氣中的欣賞多過惡意。

我們跑了十回衝刺，班吉十次全贏，我十回都是第二。等山姆斯教練吹哨，球員紛紛奔向置物櫃時，這個球季的性質與風向已經變了。我們光靠去年留下的老將，就已經是很棒的隊伍，但現在，我們的後場又添加一個南方最快的人類，我已開始遙想州冠軍了。

18

一九六一年九月的梅洛斯島，是我們此生最痛快的一年。蝦獲源源不斷，父親的船每天晚上滿載著魚蝦回港，這是他自一九五六年以來最豐收的一年。父親以輕快昂揚的好心情，向慷慨的大海致上無言的敬意。蝦價維持在一磅一美元，父親檢查蝦船碼頭吃重的磅秤時，濶氣得有如富豪。夜裡，他誇誇其談地說著要擁有一支自己的捕蝦船隊。他告訴母親，說在銀行遇見里斯．紐布里，里斯向一群人表示，亨利．溫格娶了科勒頓郡最漂亮的女人。母親聽了很開心，臉一紅，表示自己只是個盡量不糟蹋上帝美意的中年婦女罷了。

莎瓦娜為第一場球賽穿上啦啦隊的制服，從房裡走出來時，臉上掩不住喜悅。她纖柔的美引起一股騷亂，我們轉身看她走來，被她含苞待放的美給輕輕觸動了。我們沉默而驚歎地望著莎瓦娜，差點鼓起掌來。不知何時，莎瓦娜竟已出落得亭亭玉立，站在客廳等待我們讚美。她緩緩旋著圈，在我們面前展露女性的美，無瑕的肌膚嫩若鮮果，金髮梳理得光滑柔亮，彷若駿馬的鬃毛。路克從椅子上站起來開始鼓掌，我也起身加入，大伙歡呼起來。她抬起手臂向我們走來，以為我們在取笑她，發現我們是真心讚美時，又停下腳步，眼中盈滿淚水。莎瓦娜是個愛作夢的女孩，卻從不敢奢望自己有一天會變漂亮。我們手足間有種樸質節制的感情，我再次感到自己深深愛著姊姊和哥哥，也感受到他們對我的愛。母親從爐子上抬起頭，知道自己無法介入這一刻。父親懂的不多，也不想參與。這是溫格家漫長而異乎尋常的一季之始。我們將展現傲骨與義氣，遇到善與惡的試煉。我們將歷經駭人的一小時，人生從此變調。我們將遭逢一場屠殺、謀殺、破壞。等事過境遷，我們都以為自己熬過此生最痛苦的一日，忍過天地給我們的最慘境遇，但我們都料錯了。而這一切，始於姊姊以她迷人的身姿為兄弟旋轉，始於她初綻芳華的一瞬。我們的第一場足球賽再過三小時就要開打，梅洛斯島又來到了九月。

父親是第一個把科勒頓高中威虎隊跟每晚在屋外咆哮的孟加拉虎聯想起來的人。他用一場比賽十美元的價格，把凱撒租給學校家長會，雖然這點蠅頭小利還不夠支付一星期的雞脖子，但這場交易讓父親異想天開，覺得可以把凱撒變成搖錢樹。

「孩子們，大家覺得如何？」我們出發去球賽前，父親問。「我可以把凱撒租給生日派對、萬聖節派對，可以拍下凱撒吃生日蛋糕的照片，或小孩過生日的時候騎凱撒的照片。我們可以做個鞍子。」

「凱撒又不吃蛋糕。」路克說。

「但是牠喜歡小孩啊。我們可以拍下孩子最後一次生日派對上，凱撒吃掉他的照片，然後拍下孩子媽媽歇斯底里地把凱撒從獨子身上拉開的照片，再拍下凱撒吞食媽媽的照片。」我說。

「我們能對凱撒做的最大善舉，就是讓牠安樂死。」母親說，凱撒的話題令她怒不可抑。

「我們連金魚都養不起了，何況是老虎。」

「哈，凱撒每場球賽可以從家長會賺十美元，不是嗎？六場主場比賽乘以十，那就是六十美元淨利，加上我拍攝球賽賺的二十五美元，財源就滾滾而來了。」

「你何不騎上凱撒，老爸？」我建議。

「我是出主意的人。」老爸聽了有些不高興，「何況我會坐斷可憐的虎脖子，我不像騎師那麼矮小。仔細想想，莎瓦娜是家裡體重最輕的。」

「想都別想，老爸。我騎大象就行了，老虎給湯姆騎。」莎瓦娜說。

「什麼大象？」老媽問。

「我相信老爸很快就會買頭大象了，你知道嘛，就是幫共和黨募款之類的。」莎瓦娜解釋。

「我還是覺得應該把凱撒安樂死，那是最人道的作法。」母親說。

「我們不可以殺死凱撒。」路克說。

「我會想些別的點子。」父親保證道。「生日派對可能行不通。你們該去比賽了，我得把凱撒的籠子鈎到卡車上。」

「我跟孩子一起去。」母親說。

「為什麼？」

「因為我還有點尊嚴，我才不要拖著老虎跟我參加每場球賽，我們已經成為全郡的笑柄。」

「萊拉，凱撒能提振學校的士氣，能幫助男孩們擊敗北查勒斯登。」父親說。

「湯姆，你記得我們讀高一那年，跟他們比賽的情形嗎？」路克問。
「怎麼會不記得？他們以七十二比零殺得我們沒臉見人。」我說。
「比賽最後，他們的樂隊還演奏〈田納西華爾滋〉，我們圍聚的時候，所有球員都在跳舞。」
「你準備好了嗎，隊長？」我問。
「我準備好了，隊長。這場比賽結束的時候，跳華爾滋的人會是我。」他答道。
「而我將猛力扭著我的小屁股，兄弟們。」莎瓦娜說著在路克肩上捶一拳，「全世界的男人都瞧不起女人，我就以女人的姿態為你們加油。」

我們四十個球員全副武裝，穿過長長的走廊，從更衣間來到會議室。鞋釘刮過水泥地，聽起來像一群越過大片燧石的野牛。懸掛的燈泡照亮我們的白色運動衫，在牆上映出幢幢巨影。一行人穿著超人般的怪異行頭走了進來。

我們進入會議室，不慌不忙地坐到折疊椅上。外頭的群眾在漫長的昏暮中交頭接耳，打氣的樂隊連續奏著戰曲，接著我們聽見凱撒的吼聲，在路克帶頭歡呼下，我們也吼了回去，然後教練說話了。

「今晚我就會知道，誰才是我手下的悍將，而觀眾也會知道。到目前為止，你們全都證明了你們懂得穿墊肩、懂得在球賽後把馬子參加派對，但除非親眼看見你們在場上的表現，否則我不會知道你是不是真正的狠角色。真正的悍將，是會用頭去撞敵人胸口的獵頭者，如果敵人球賽後還在呼吸，他就無法稱心快意。真正的狠角色不懂什麼叫害怕，只會在即將被他劈成兩半的帶球者眼中看到恐懼。真正的狠角色熱愛疼痛，喜歡戰壕裡的慘叫、汗水、鬥毆、恨意。他喜歡鮮血飛濺、牙齒橫飛的戰場。這就是足球的本質，好嗎？就是戰爭。今晚，你們要在場上殺到他們片甲不留。有誰敢亂動，就衝上去，有人呼吸，就撞上去，看到娘們，就撲上去。」

屋中迸出笑聲，但不多。山姆斯教練已經連著四年在賽前講同樣的話，連笑話都一字不改。他一講到足球，就歇斯底里得像狂犬病末期。

「我手下有狠角色嗎？」他尖喊問，太陽穴上青筋爆突。

「有，先生！」我們吼回去。

「是他媽的狠角色嗎？」

「是，先生！」

「有他媽的獵頭者嗎？」

「有，先生！」

「我會看到血嗎？」

「會，先生！」

「會看到他們的內臟掛在你們頭盔上嗎？」

「會，先生！」

「會滿場聽到他們骨頭折斷的聲音嗎？」

「會，先生！」我們這些快樂的狠角色大聲喊道。

「我們來禱告。」他說。

教練帶領球隊念起主禱文。

然後他把球隊交給路克，自己離開房間，到外頭等大家。

路克站起身，穿了墊肩的路克看來異常壯碩。他環視房間，二百四十磅的路克是科勒頓郡最魁梧的男人之一，當然也是最強壯的。他的出現令人安心；他的冷靜使大伙鎮定下來。

「你們幾位年輕隊員不必太在意山姆斯教練的話，他喜歡誇大，其實不全是那個意思。還有，他忘了告訴你們一件事，忘了告訴我們大家，我們之所以打這場球，是為了樂趣。總的來講就是這樣，我們出去盡興地玩，阻擋、擒抱、盡情奔跑，團隊合作。我想把團隊討論集中在一件事情上，其實應該從球季一開始就談。我們得討論班吉的事。」

房裡一陣牢騷，每個人四下張望，尋找黑人男孩的身影。他獨自坐在房中最後一張椅子上，默默而堅定地面對全隊的眼神，如同他走在學校走廊一樣。他面無表情地望著路克。

「我們沒有人希望班吉進我們學校，但是他來了。我們也不希望他進我們球隊，但他進來了。練球時，我們使盡手段整他，我們擒抱他、揍他、打他、試圖傷害他——使盡一切辦法逼他退隊。我也沒少欺負他，班吉吞下我們使出的一切花招。班吉，現在我希望你知道，你是這個足球隊的一員，我以隊上有你為榮。我認為，你使這支球隊提升很多，今晚如果有人敢反對，我一定叫他好看。班吉，過來這裡，坐到前排。」

班吉猶豫著，我聽到大家吸了口氣。他起身從中間走道走來，每個人、每隻眼睛都盯著他，班吉的眼神從未離開過路克。

「今天晚上，北查勒斯登隊的人一定會針對班吉。班吉，他們會罵你黑鬼和各種髒話，這點我們完全無力阻止，但我要所有人知道，我們一走出那扇門，班吉就不是黑鬼，而是我們的隊友。對我而言，沒有什麼比隊友這兩個字更美。他現在不是黑鬼，往後這一年也不是，他跟我們其他人一樣，是科勒頓高中威虎隊的一員。如果他們攻擊班吉，我們就攻擊他們。我就是這麼想的。班吉，希望我這番話不會讓你難堪，但我覺得這是該說的話，非講不可。有誰反對？」

我們聽到樂隊、群眾、鞋釘緊張輕敲地面的聲音，但無人出聲反對。

「湯姆，你有什麼話要跟大家說嗎？」

我站起來轉身面對隊友，然後高喊：「我們去贏球！」

我永遠記得當運動員的那段時光，以及那些改變我一生、酣暢贏賽的夜晚。我在球場上跟其他男孩拚比強度、速度、性格。我為了球隊津貼和群眾的讚美而活，為了樂隊高亢的樂聲，為了啦啦隊伴隨鼓聲節奏的高踢畫面而活，聽她們用發情似的語調，迫切而虔誠地為球賽加油。看到戴著黑色頭盔、一臉嚴肅的對方球隊，我興奮到背脊發顫。我像盲人似的倚著滿是小鳥的窗口，聆聽他們用力暖身的韻律。球賽、球賽、球賽，我在心中歡唱。老哥與我帶著隊友做柔軟操，在這片科勒頓的綠色球場上，我將品嘗生平第一次，也是最後一次的不朽。鹹鹹的海風自河面吹來，熟悉的潮水飄著刺鼻的氣味，間夾著海島上的莊稼香氣。我的五感變得異常敏銳活躍，我精力充沛，像伊甸園開園首日，某種似人非人的東西，直視著上帝的眼睛。我可以感受到上帝的呼吸，如閃電般在我血液裡流竄。我咆哮著為隊友打氣，裁判的哨聲劃破空中，我帶著少年足球精英的傲氣輕狂，跟路克一起走到球場中央，準備拋擲硬幣。裁判將銀幣往空中一拋，路克喊道：「人頭。」果然喊中了。我們選擇進攻。

這一夜，我揚拳和班吉．華盛頓一起在後衛的位置站定，等待北查勒斯登高中的藍魔隊起腳開球。我看著他們的踢球員走向球，看他們的球員分開跑了起來，球高起旋飛，越過球場的燈光，我聽見自己大喊：「班吉，接球。」

他在達陣區接到球，衝到三十五碼線，然後被兩名北查勒斯登的球員接連重重撞倒。他消失在一疊藍色運動衫底下。北查勒斯登的球員脫鈎似的、瘋狂失控地躍起，嘲班吉狂吼。從北查勒斯登南下觀賞這次球賽的五百名球迷在球場客隊一側不斷喊罵：「黑鬼！黑鬼！黑鬼！」

「我們會宰了你，黑鬼！」背號二十八的安全衛對著慢慢從地上起身的班吉咆哮。

他們奔向班吉，追著他跑，幾乎像意在褻瀆的暴徒般推擠在他身後。

「黑鬼，黑鬼，操你媽的黑鬼！」他們對他吼叫。

當我在本季球賽首度召集球員，對方仍叫罵不休。我的隊友都嚇壞了，班吉則是嚇傻了。

我們排好隊伍，北查勒斯登隊的一整排人都在喊罵：「宰了黑鬼！」我在中場區彎下身子，他們的安全衛還對我喊：「把那個該死的黑鬼交給我！」

我抬起頭，指著那名安全衛，開心地吼道：「操你媽的，王八蛋！」

哨子響了，球賽的巡邊員示意對我方做十五碼罰球，因為我們違反運動精神。他說「違反運動精神」這句話時還拖著鼻音，聽起來像個下了班的三K黨員。在南卡羅萊納這種鄉下地方，我沒辦法在裁判間找到最高法院。

「喂，裁判，你幹麼不叫他們別再亂罵四十四號了？」我說。

「我沒聽見他們亂罵誰啊。」裁判說。

「那麼你應該也沒聽到我對那個滿臉痘的傢伙說『操你媽的王八蛋』。」

哨聲第二度吹響，裁判把到得分線的距離扣去一半。到目前為止，我超群的四分衛技能已使我方痛失二十五碼攻距，而我還沒從中場發球。

「閉嘴，好好打球。」裁判命令說。

「來搶球啊，黑鬼。」他們的安全衛對班吉大喊。「我要踢爛你的卵蛋，黑鬼，今晚咱要痛宰一隻黑鬼，吃他的肉啃他的骨。」

北查勒斯登的觀眾繼續高罵「黑鬼」，喊聲愈來愈響，科勒頓的球迷則安靜戒慎。我看到班吉的父母逕自坐在看台頂端，他母親對著球場別過臉，父親則堅定地望著，我明白班吉冷漠倨傲的態度像誰了。

我喊出暫停。

我隊簇擁在一起，就像垃圾場上那些靠垃圾維生的可憐獵犬。我這個有先見之明的四分衛發現隊友還沒凝聚起來，他們頹靡不振，令我怒從中來。我好想吞掉一根球門柱，或揍扁他們的臉。我看到前場跑道邊在籠子裡睡覺的凱撒，竟然完全沒受到惡言的侵擾。

我跪下來跟隊友說：「好了，各位，我身為四分衛，身為隊上天殺的黃金球員，我湯姆．溫格要來為大家打氣。」

「黑鬼，黑鬼，黑鬼。」叫罵聲在校舍牆上迴盪，科勒頓的居民只敢默默看著。

「我希望大家放輕鬆。班吉，我知道你辛苦，我們大家也都不好過。這件事很嚇人，不過在我們讓他們大開眼界，見識到你是世上最快速的黑人之前，大家得先做件事。大伙現在死氣沉沉的，我要你們展現一點活力，我要聽到一些聲音。」

大伙發出沒半點屁用的小聲歡呼。

我抓住魁梧老哥的墊肩，用巴掌敲打他的頭盔側邊。「路克，去叫凱撒咆哮。」

「啊？」

「讓凱撒咆哮。」我再次下令說。

路克離開，朝北查勒斯登隊走過去，望向陰影中的籠子。他幾乎快走到爭球線了，路克看向球場遠方，然後揚聲一吼，蓋過群眾的鬧聲，直達溫格家的愛虎耳中。凱撒被燈光和比賽弄得百無聊賴，正在一堆魚骨頭和剩下的雞脖子中打盹，這時牠聽見自己最心愛的人類對牠高喊：「吼吧，凱撒，咆哮吧。」

凱撒走到籠子的鐵條邊，牠不是寵物，不是笑話，不是吉祥物，而是一頭孟加拉虎，牠對本郡個頭最壯的右截鋒發出愛的吼嘯。

路克也以自己的愛之聲回應凱撒。

凱撒再次以咆哮回應，嘯聲飛機似的飛過球場，淹沒微弱的「黑鬼」，穿越五十碼線直灌我們耳中。虎嘯劃過停車場，擊中體育館磚牆再回彈，如同有第二頭大貓在我們後邊誕生。凱撒應和著自己的回聲，我朝隊友大喊：「就是現在，你們這群王八羔子沒鳥的孬種，跟著凱撒吼回去。」

隊友協心齊力，虎群似的咆哮著回應凱撒，大伙一遍遍地高吼。燈光下的凱撒並非菜鳥，牠帶著成為目光焦點的本能，生來就該在中央舞台表演。凱撒用源自印度溽熱森林、宏亮的野性之音回應我們。凱撒的父母曾在夜裡驚擾印度部落，刺激象群的腎上腺素，此時的凱撒正對我隊的球魂傳遞一個訊息。接著科勒頓的觀眾也被喚醒了，他們想起球賽的精神，老虎的威力在觀眾席上蔓延開來，觀眾的吼聲振動了球場。

我衝到邊線，高聲要樂隊指揮柴佩先生演奏〈狄克西〉。凱撒聽到樂隊演奏〈狄克西〉，整個大暴走。我看著北查勒斯登球隊瞅住這頭成熟的孟加拉虎憤憤咆哮，瘋狂攻擊籠子的鐵欄，前爪探到鐵欄外，張著利爪，簡直凶性大發。路克氣憤地衝來找我。

「你為什麼要那樣做？你明知道凱撒痛恨那首歌。」

「牠是在找海豹。」我無比驕傲地說。「好好享受吧，路克，這是足球史上最偉大的一次暫停。」

我走向北查勒斯登隊，他們目不轉睛地看著老虎，他們的球迷漸漸沉默而困惑。

「喂，你們這群小鬼，再敢惹我，老子就放老虎到球場上。」我壓過鼓噪聲喊道。

哨音響起，我們因延遲比賽而受罰。

接著我們圍聚起來，神奇的事發生了。我從隊友眼中看到團結合一的聖光，看到堅定的兄弟情誼，這是最動人的運動精神，這些感覺雖深埋心底，卻能從眼神中透出。我看到大家團結一致，凝聚為一支隊伍了。

「黑鬼，黑鬼。嘿吼，嘿吼。」我們被聲音包繞。

我說：「科勒頓威虎隊本季的第一場進攻賽如下：四分衛偷偷進攻，但你們別幫我阻擋。等那群混蛋嚷嚷著來追我，我要班吉以外的每一個隊員都去追那個混蛋安全衛。我會在後場跑一會兒，給你們時間撂倒那個混蛋。」

「黑鬼，黑鬼。嘿吼，嘿吼。」群眾喊道。

我接到球後，朝左衛騰出的小空檔才跑了幾步，便給五百磅重的人肉和厚皮衝上來撞倒在地，臉壓在草地及我方的五碼白線上。哨音響，我起身，看見他們的安全衛仰躺著，揪住自己的臉和膝蓋。我們的球隊因犯規動作再次受到十五碼處罰，裁判扣掉了一半的得分線距離。我是故意犯規挨罰的，我隊因此從最初的爭球線退了三十二碼，但我愉悅地看著他們把那名安全衛抬離球場。路克樂呵呵地說，那傢伙七孔都在流血。

「那個黑鬼得付出代價。」對方一名線衛吼道。

大伙集合時，我跪姿說道：「幹得好，各位。我喜歡你們聽湯姆叔叔的話。好，下一輪進攻，我們要努力達陣得分。」

「輪到班吉發揮了。」路克說。

「還不行，高明的戰術家還不會讓班吉出面，不過他可以當誘餌。班吉，我要派你到中場，我會告訴他們，要把球傳給你，並且讓他們看到你要穿越的空檔。」

「老天。」班吉說。

「這太蠢了，湯姆。」路克說。

「可是我不會把球給你，我會把球傳到左方達陣區，來幾個人到對方防守區阻截，到二碼就散開。」

我走到邊線，在還沒把手放到米列奇．摩瑞斯軟軟的屁股底下之前，再次走向那批單調地不斷喊罵「黑鬼」的傢伙，朗聲對北查勒斯登全隊說：「你們要黑鬼是吧？我就派他去鑽這個洞給你們瞧。」我指著中衛和左衛之間的空檔。「你們沒有人攔得了他。」

語音方落，就看到他們的線衛動起來了，防守後衛也朝那空檔挪了幾步。

「準備，十四，三十五，二。」

我低持著球，聽到線衛的頭盔和墊肩在我後邊匡匡撞響，我低伏著身子，把球塞到奔過去的班吉腹部，看他竄進空檔，在被南方白人的手臂阻擋之前，巧妙無比地把球傳了出來。

我把球拿在臀後往回看，假裝放慢速度，看到一群穿藍球衫的傢伙把班吉撲倒在地。接著我衝到角落，沿邊線奔馳，從那些突然想起科勒頓隊也有白人球員的北查勒斯登球迷面前衝過去。奔到二十碼時，路克也加入了，我們邊跑邊盯著那名沒有被騙的防守後衛。他衝上來想在邊線攔阻我，我往右做了個假動作，作勢要反向跑。他緩下來站直身體，路克飛撲過去阻截他，我則馬不停蹄地躍過他們兩人，衝進我們自己空無一人的二十五碼線。

我留著父親拍下的這場比賽，那段沿邊線衝刺九十七碼的狂奔影片，我看了不下百遍，在我死前還會再看上一百遍。我看著年輕的自己，讚歎他的飛速，在看來很不真實的粗粒子影片中觀看他的進攻，邊爬梳著自己日益稀少的頭髮。我試著重溫當時衝向達陣區，攻入自己地盤的一刻，那個男孩被一群慌張無措的藍衫男孩徒勞地追著。到了五十碼線，我已被觀眾拱上天了；我的腿感受到美妙的人聲，催促我奔往那段輝煌歲月的顛峰。我是個讓全郡折服的科勒頓男孩，世間沒有什麼比一個飛快奔馳的男孩更開心、更天真、更純粹。我是年輕的天生好手，沒有人捉得到我，我奔過邊線，跟著我的裁判被遠遠甩在揚塵裡。我迅捷而耀目地穿過照明燈，飛掠高聲尖叫的父親眼皮底下，他拿著攝影機跟拍我的進攻；我越過在邊線扭動跳躍的雙胞胎姊姊，她狂歡不已，因為她深愛著我；我經過母親，她的美無法掩蓋她的自卑，但這一刻——在這神祕如輓歌的一刻——她是湯姆．溫格的母親，她生下的那雙腿和那份速度，就是她送給這個世界的厚禮。我越過四十碼線，在接下來的一秒奔到三十碼線，飛越過我的一生，奔往達陣區。然而我在觀賞這部影片時，不免常想，片中的男孩並不知道自己究竟奔往何處，等待他的並非達陣區，在那十秒鐘的馳騁中，奔跑的男孩在某一瞬蛻變了，蛻變後的男人看出了男孩所看不到的隱喻：他將善於逃離，一如他向來擅長奔跑，他將永遠逃開會傷害他的事物，躲避愛他的人，逃離有能力拯救他的朋友。可是沒有了群眾，沒有燈光，沒有達陣區，我們還能跑去哪兒？細看自己年少時的影片，這個教練如是說。當一個男人失去賽球這個藉口，他還能跑去何處？當他回首顧盼，發現只有自己在追趕他時，他能跑去哪裡，或躲到何方？

我越過達陣區，把球往空中拋高五十英尺。我撲倒親吻草地，衝到凱撒的籠邊，晃著鐵欄：「歡呼啊，你這黃色的臭老虎。」驕傲的凱撒根本懶得理我。

接著路克一把抱住我，把我從地上抱起來一圈圈地轉。我和路克終於可以跳華爾滋了。

大伙氣勢如虹，從隊員英勇攔阻持球者的氣勢看來，我知道今晚是我們的天下了。從第一次爭球，路克便摃上對方的後衛，把他往後推開五碼，讓他摔在草地上。當對方千方百計地衝向達陣區，右邊線衛則奮不顧身地擒抱。路克在第三檔發動突襲，把他們的四分衛逼退七碼。全隊勢不可擋，彼此敲著墊肩與頭盔，每打完一節，便相互擁抱，高聲為第一個攔阻的線衛加油。球場上有種堅不可摧的氣勢，一種尋求認可與揚眉吐氣的使命感。

棄踢員踢出一顆五十碼的球，球在五十碼線出界了。

現在我打算讓班吉表現了。我達陣得分時，班吉被一堆人壓在底部，戳了眼睛，咬了小腿，他正在火頭上。

「班吉，我們來教訓這些可憐的傢伙，讓他們知道跟黑人打球可不是好玩的。四碼擒抱槽位線衛。解散。」

我老是為防守路克的線衛感到難過，球賽剛開始，他還好手好腳的，到了球賽結束，他至少會半身不遂一天。路克人高馬大卻靈活，難怪他對老虎有天生的好感。

當我走向五十碼線，北查勒斯登藍魔隊的人已經不再叫罵「黑鬼」了。

我把球遞給班吉．華盛頓，這是我們南方首次有白人男孩把球交給黑人男孩。班吉突破截鋒（路克幾乎生吞活剝他前面的男孩），扭身擺脫撞上他的線衛，奔過試著擒抱他的邊鋒，然後用一連串絕妙敏捷的欺敵動作殺入對方的後場。班吉瘋狂地東躲西閃，沒有人碰得到他，他殺出重圍，不斷變換方向，接著越過右防守後衛，來到邊線，然後奮力衝刺，跟整隊的北查勒斯登球員賽跑，直奔達陣區。三名球員撲向他，但全都沒掐準他的速度。我們這群腳速慢的男生跟著他奔往得分線，在不到兩分鐘的時間裡，第二次達陣得分。我可以感受到科勒頓觀眾又愛又恨的心情，一時間，觀眾席響起不知所措的客氣掌聲。這是一群白人觀眾，道地的南方人，深陷在我們那個年代的非人道框架裡，他們心底希望班吉輸球──即使意謂著我方會輸；也許有些人甚至希望班吉掛點。然而在那七秒鐘的衝刺裡，科勒頓對種族融合的抗拒稍稍減少了。當晚，每次班吉．華盛頓拿到球，南方人對運動的熱愛便會蓋過傷痕累累的歷史，是歷史把美國南方速度最快的人類帶到了我們後場。

大伙圍著班吉，粗魯地對他又捶又拍。班吉對路克說：「天啊，那些白人男孩也太慢了。」

「不對吧，明明是你怕被他們逮到。」路克回答。

那晚，有了班吉．華盛頓在後場壓陣，我這個四分衛有如神助。我派他衝過線衛，或繞過邊鋒三十次，我看著他突破中線到五碼、飛奔二十五碼、斜衝到十一碼。在第三節時，我衝向右邊傳球兼跑陣，看到防守邊鋒奮不顧身，我朝班吉做了個橫向傳球的假動作，我鑽過左截鋒身邊的破口，衝向邊線，直到被外線衛擊中。我落地時把球傳給班吉，班吉接住球，一路沿邊線疾馳八十碼，對方連一根手指都沒能摸到他的身體。

第四節，北查勒斯登達陣兩次，但分數得來艱辛。他們兩次都是在漫長的拉鋸戰中推進後場，全衛也都是在被擊退兩次後才衝破一碼線。距離終場時間愈來愈短了，我們以四十二比十四領先。我方樂隊奏起了〈田納西華爾滋〉，圍聚的北查勒斯登隊散開時，發現我們正在爭球線上，頭盔抵著頭盔翩然起舞，看台上的觀眾也跟著唱和。

接著哨子響起，比賽結束，科勒頓居民歡聲雷動地衝到場上，我們在上千名學生和球迷的簇擁下走回更衣間。莎瓦娜找到我，往我脣上猛親，看到我紅著臉便大笑不止。路克從後面給我一個擒抱，在草地上跟我扭打。三名北查勒斯登的線衛擠過人群來找班吉握手，他們的中線衛為剛才罵他黑鬼一事道歉。凱撒再次咆哮，人們也跟著吶喊起來。我父親拍下一切，母親跳到路克懷裡，路克把她一路新娘抱回更衣間，她環著兒子的脖子，稱讚他好厲害，說她有多麼驕傲。

大伙在更衣室裡把山姆斯教練連人帶衣服地扔到淋浴間裡。奧斯卡·伍德賀和查克·里柴斯抓住班吉，近乎恭敬地把他抬到淋浴間，幫他做勝利的施洗。路克和我也被抬起來了，直到全隊的人欣喜若狂，得意洋洋地滴著水站在瓷磚上尖叫，攝影師拚命拍照，一群球員父親則在更衣間外抽著菸，討論這場比賽。

我沖完澡後，坐到老哥身邊的木頭長凳上，兩人不疾不徐地穿著衣服，感覺賽後美好的痠疼，像效力遲緩的藥物慢慢滲入體內。我套上衣服，勉強抬起左手扣最上端的釦子。隊友都正在穿西裝，更衣間裡飄著蒸氣、汗水、鬍後乳液香。左邊鋒傑夫·蓋洛威朝我走來，把黑髮往後一梳。

「湯姆，你會去舞會嗎？」他問。

「我們大概會去一下。」

「你不會穿這身衣服去吧？」他看著我的上衣問。

「不會，我要穿的衣服掛在凱撒的籠子裡。廢話，我當然穿這身衣服去了。」

「你們兄弟的穿衣風格實在是我見過最差的。你們幹麼不打扮一下，買件 Gant 牌的襯衫穿？而且你們是學校唯二不穿樂福鞋的，拜託，隊上每個人都有樂福鞋。」

「我不喜歡樂福鞋。」路克說。

「最好是啦。我想你一定更喜歡那些破破爛爛的布鞋。」他哈哈笑說，我繫著鞋帶。「湯姆，你穿的是哪牌的衣服？」

他拉開我的領口讀著標籤。

「貝克牌。」他不可置信地冷笑。「貝克牌的馬球衫，我的天哪，太難堪了吧。我要提名你們二位當高年級最佳衣著代表，你已經連著兩週穿同一件卡其褲了。」

「不，我沒有。我有兩條卡其褲，會換著穿。」我抗議道。

「真可悲，實在太可悲了，一點也不酷，不符合你的形象。」

「你不喜歡我們的穿著嗎，傑夫？」路克問。

「有哪一點可以喜歡的？你們倆顯然不在乎外表。所有男生賽後都會打扮，我們不僅球打得好，還是學校的時尚指標。我們結伴走在學校走廊，所有女生和樂隊的書呆子就會說：『足球隊的來了，天哪，足球隊的來了，他們看起來好帥啊。媽的，人家班吉也懂得打扮，而他只不過是個……』」

「黑鬼。」路克幫他把句子說完。「他已經走了，別擔心，他剛剛為我們打贏球賽，可是你可以恢復老樣，再罵他是黑鬼。」

「班吉是黑人。」傑夫糾正自己。「他只是個黑人男生，他這輩子都是黑人，而且跟你們兩個一比，人家穿得跟王子一樣。貝克牌，媽呀，想到我們兩個隊長都在貝克百貨買衣服，就覺得尷尬。」

「你都去哪裡買衣服？操他媽的倫敦嗎？」路克問。

「不是，老兄。我跟一些兄弟開車到查勒斯登，去柏靈男裝和魁雀克男裝專賣店逛一整天，而不是去什麼貝克牌。你不能去一般大雜燴的商行買，兄弟，任誰都會這樣告訴你。我的意思是，柏靈男裝的店架子上掛了很多鱷魚皮帶，他們都可以開自己的鱷魚場了。你們應該去那些店看一看，你們得開始培養品味。」

「我很高興我跟你的品味不一樣。」路克說著關上置物櫃門。「你不用穿我們的衣服，所以閉上你的嘴吧。」

「嘿，我是好心給你建議，我得看著你的衣服，所以我有權利發表意見，同意吧？你知道教練規定我們比賽當日都得穿獵裝，不覺得很棒嗎？早上穿三件式獵裝，比賽時在場上揮汗，然後淋浴，噴點英式皮革古龍水，然後穿著三件式西裝到舞會上迷死一票女生。我這套三件式，是在魁雀克用不到一百元買下的。」

「難看死了。」路克頓了一下，打量傑夫的淡藍色獵裝說。

「哈，這是他們這個價位最棒的一套。那些粗製濫造的卡其褲會比較好嗎？」

「我喜歡卡其褲。」路克酸酸地說。

「舞會見吧，兩位型男。也許你們看不到我，我會被幾百個想摸我衣服的女生團團圍住。不過二位，這場球打得很棒。」傑夫說罷，離開更衣間。

我們聽見舞會的樂隊在學校餐廳裡演奏搖滾樂，我關上置物櫃，鎖上鎖碼。路克也一樣。

「路克，你想去舞會嗎？」

「你想嗎？」

「不怎麼想。」

「我也是，尤其現在大概每個人都會盯著我，心想『那就是穿貝克牌馬球衫的可憐蟲』。」

「我才不在乎，問題是我不會跳舞。」

「我也不會。」他說。

山姆斯教練把頭探過角落說：「同學，要關燈了。湯姆、路克，是你們啊。我還以為你們去舞會了。經過今晚的球賽，你們兩個搞不好會被硬上。」

「我們正要去，教練。」我說。

「嘿，你們的獵裝呢？」山姆斯教練問。「我叫每個人盛裝出席球賽，你們可是我們的隊長，拜託好不好。」

「忘了嘛，教練。我們太興奮，只想到球賽。」路克回他。

「嘿吼——」教練捶了路克的手臂一下。「精采的比賽——嘿吼。」

「嘿吼——」我們重述。

「嘿吼——嘿吼——嘿吼。」他朝我們倆咧嘴一笑，「精采極了。」

我們陪他走到更衣間後門，看著他關掉球場的燈光。

路克和我朝樂聲走去。

每次回想小時候母親的聲音，我就會聽到她哀嘆家裡的經濟狀況，她以各種方式傳達堅信不移的信念：我們家的日子貧困到無以復加。我沒法告訴你當時到底窮不窮，我不確定母親到底是吝嗇還是節儉，但我知道，我寧可要求吸她的右乳，也不願意向她討十塊錢。錢這個議題，會從她靈魂深處召喚出另一個新的女子，也貶低了她在孩子心目中的地位。不是因為她沒錢，而是因為我們向她要錢時，她給我們的感受。我向來懷疑家裡的錢比她說的還要多，也一向害怕她愛錢多過愛我，但我永遠不可能知道實情。

我的心被沒有獵裝可穿這件事占據了。球賽隔天早晨，我吃完早飯跑去找母親：「媽，我們能聊一下嗎？」

「當然，湯姆。」母親邊說邊在後院晾衣服，我跟在她旁邊掛衣服。「我希望你覺得隨時都能來找我談話。」

「我能幫忙做點家事嗎？」

「你已經有要做的事了。」

「我是說，讓我能賺點小外快的事。」

「我做那麼多家事可沒拿半分薪水。你想想看，如果我煮菜做飯打掃洗衣都要拿錢，我們就不夠錢買食物了，對吧？我做家事並不是想賺錢，而是因為我愛這個家。」

「我也愛這個家。」

「你知道家裡有點困難吧？」她壓低聲，用那種將你拉到一邊，私下告訴你，讓你分享她最大煩惱的語氣說。「雖然蝦獲還不錯，但你父親買下加油站和老虎後，我們家經濟狀況壞透了。我不想跟你提這件事，因為我知道你很擔心我，可是我們隨時可能破產。我試著讓你父親知道，但我還能怎麼辦？」

「我需要買件獵裝。」

「太可笑了。」她嘴中含著晾衣夾，「你不需要獵裝。」

「不，我需要。」我答說，覺得自己像在要求買帆船。「山姆斯教練要求我們比賽日穿獵裝，這是規定。昨天在學校裡，路克和我是隊上唯二沒穿西裝的人。」

「那項規定太荒謬了，我們家不必遵守。你也知道去年蝦獲很差，你知道你父親投資加油站損失慘重，這些你全都知道，可是你竟然不在乎。我不得不拒絕你，又會多難過啊。你不知道我為了讓大家溫飽，過得多辛苦。我們不是買不起獵裝，問題是那不是優先的事。你父親要是聽見你在這個節骨眼上要求買獵裝，一定會氣炸。你這種想法太自私了。老實說，你讓我吃驚，而且非常失望。」

「其他人都有獵裝，我們可以買二手衣。」

「你不是其他人，你是湯姆．溫格，而且你比其他人優秀多了。其他人或許穿得比較體面，但我的兩個兒子可是球隊隊長呢。」

「為什麼莎瓦娜總是有好衣服，而路克和我總是穿得像去捕蝦船上工作？」

「因為莎瓦娜是女生，年輕女生給人留下好印象非常重要，我犧牲自己，讓女兒好好打扮，一點也不覺得有錯。沒想到你竟然有意見，不懂其中的必要性。」

「為什麼必要？告訴我啊，媽媽。」

「如果她想嫁個好人家，就得好好打扮。好人家的兒子不會想跟不懂打扮的女生約會，衣著是女人吸引男人的第一要件。呃，也許不是第一要件，但至少是首要條件之一。」

「媽，女生看男生的第一要件是什麼？」

「肯定不會是他的衣著。」她嘲弄道。「對男人來說，服裝一點意義也沒有，除非他在外經商或在法律事務所工作。年輕女生看的是男人的性格、前途、家世，以及企圖心。」

「你嫁給老爸的時候，就是看中他那些嗎？」

「我還以為我嫁的是不同的人，我當時很蠢，草草把自己給賣了。我不希望莎瓦娜跟我犯一樣的錯。」

「你不認為女生會介意我的衣著？」

「當然不會，除非她沒腦、膚淺又小鼻子小眼。」
「那麼男人為何要在意女人的打扮？」
「因為男人跟女人不一樣，男人天生比較膚淺。」
「你真的這麼認為嗎，媽媽？」
「我知道是真的，我吃過的米比你多。」
「你能給我一點置裝費嗎？」
「我一毛錢都不會給你，我希望你學著掙到自己所需的一切，每件你真正想要的東西。等你努力賺到一件獵裝，才會懂得珍惜。湯姆，用掙的。如果你的一切並非平白用銀盤子端到你面前，你將會更尊敬自己。」
「我從來沒有平白得到過任何東西。」
「那就對了，湯姆，你也永遠不會。反正我不會那樣慣你，我知道你覺得我吝嗇。」
「是的，媽媽，我沒法不這麼想。」
「我無所謂，因為我知道一件你不知道的事。我知道你隊上所有男生將來回顧這一年的時候，根本想不起自己的獵裝是什麼顏色。」
「那又如何？」
「他們不了解事物的價值。可是你，湯姆，當你回顧這一年，你將永遠記得你欠缺的那件獵裝，你會看得到、感覺得到，甚至聞得到。」

「我不懂你要說什麼，媽媽。」

「等你終於有了獵裝時，你會非常珍惜。而且你穿獵裝時，會永遠想起媽媽，想起我拒絕幫你買獵裝，你將會問自己為什麼。」

「我現在就在問你。」

「我是在教你珍惜你所無法擁有、超過你能力的東西。」

「太蠢了。」

「也許很蠢，湯姆，可是你一定會愛惜你的第一件獵裝，我敢向你保證。」

「媽，這是一九五六年以來最棒的一個捕蝦季，我們家裡有錢的。」

「但沒錢買獵裝。我把錢存下來，好應付你父親下一個亂七八糟的投資。要不是因為他，你可以擁有一切想要的東西，我們全都可以。」

19

我在莎瓦娜的公寓裡尋找線索，或許能讓我了解，她割腕前過著什麼樣的神祕生活。她不在家，我可以像偷窺狂一樣恣意探索她的日常。她陷入瘋狂時疏於整理的各種跡象顯然可見。我找到未拆封的郵件，包括一疊父母親和我寫來的信。她的開罐器壞了，架子上有兩瓶辣椒粉，但沒有馬郁蘭或迷迭香。我在臥室找到一雙她從沒穿過的 Nike 跑鞋。浴室裡沒有阿斯匹靈和牙膏。我剛到時，食物櫃裡僅有一罐鮪魚罐頭，凍箱則多年沒除過霜。一輩子有潔癖的莎瓦娜竟讓架子蒙上層層灰塵，這是間厭世者的公寓。

然而我如果耐著性子，便能看出公寓裡還有待解的祕密。我訓練自己不急不躁，明察秋毫，找出能解釋她發瘋的線索。

我到紐約第六週的星期天下午，把莎瓦娜所有詩作再三讀過，包含已經出版的和在家找到的，試著從中尋找線索，解讀疊加在她長長短短詩句裡的祕密。我雖然知道姊姊一生的重大事件與創傷，卻覺得沒能掌握到她的核心經驗，她在離開我的三年裡，創造出一種絕望而暫時性的生活，不許我接近。

莎瓦娜小時候有個習慣，喜歡把禮物藏起來。她絕不會把禮物擺在耶誕節早晨的耶誕樹下，但她會提供詳細的地圖，協助尋找我們的禮物。有一次，她把送給母親的蛋白石戒指藏起來，那是奶奶幫忙一起買下的，戒指藏在島嶼中央一帶的黑水沼澤中，結果藏得太好了。莎瓦娜把戒指藏在一隻畫出來的頰白鳥巢裡，用草莖和青苔圍住，放在樹的空幹中。可惜她寫的指示太過模糊不明，母親怎麼都找不著那個巢。蛋白石總是令莎瓦娜想起那些遭竊的失落的耶誕節，她在搞丟戒指後，便改用較傳統的送禮方式。

後來莎瓦娜寫到那只遺失的戒指，把它形容成最完美無瑕的禮物。她寫道：完美的禮物總是藏得太深，但永遠躲不過詩人的追尋。想了解她的詩作，有個重要關鍵，莎瓦娜稱詩為「貓頭鷹的情婦」。當詩人閉上她的眼睛，大鵰鴞便張開寬濶的雙翼，用黃褐色的飛影覆在綠油油的大片森林上。大鵰鴞回到頰白鳥遷徙後遺下的鳥巢，進入柏樹林完美的核心範圍，找到錯置的蛋白石，奶白色的蛋白石帶著紫色雜斑，長爪的雌鴞本能地用邊緣尚沾著兔血的殘酷鳥喙叼起戒指，飛越一場場美麗的幻夢，穿過飄旋著瑰麗語言的空中，一遍又一遍地把遺失的戒指送給詩人，寫出一首又一首的詩文。對莎瓦娜而言，沒有什麼是真正丟失的；她將一切轉化成神祕感性的語言花園。她的詩作技巧內斂，文字不露鋒芒，從失去與噩夢中生出朵朵馨香。她沒有幽暗陰晦的詩作，只有花朵環繞的美麗水果，讓品嘗的人在撒了氰化物的荊棘上永遠沉睡——就連她的玫瑰，都是致命的。她所有詩作都有謎樣的拼圖，有誤導、假象、轉折。她從不開門見山，就是戒不掉藏匿禮物這項終生習性，就連書寫自己的瘋狂，也會描繪得魅力十足，像被天堂寵壞的地獄，一片撒滿麵包果和芒果的沙漠。她可以在描寫灼燒的烈日後，高興地以一身銅色皮膚為傲。她有詩人獨特而深邃的弱點，她可以走在阿爾卑斯山，走在她故鄉的邊陲，卻無法修剪那對能帶她飛向高潮的羽翼。她該要報失那只戒指時，戒指卻總是歸還到她手上。就連她的尖叫都是無聲、蒼白而柔弱的，就像囚禁在海螺殼裡的海潮聲。她佯裝在貝殼裡聽見音樂，但我知道她沒有，她聽見的是狼嚎，她聽見所有黑暗之音，撒旦的牧歌。然而她在幽靈般的貓頭鷹，以及蛋白石之夢的協助下，寫下的這些聲音卻又如此優美。她歌讚漂浮在瘋人院庭池裡宛若天鵝靈魂的睡蓮。我姊姊愛上了瘋狂的壯麗之美。我在公寓的隱密處找到一些她散落的、最後的詩作，它們就像絕美的訃文，懷念自身的死亡，讀來格外詭異。

我借住她公寓的期間，幫她付房租、帳單，幫忙收信。在鄰居艾迪．德塔威的協助下，我把公寓漆成溫暖的亞麻色。我按主題整理她的藏書，她的書房對藏書家而言應會極具價值，只可惜她的看書習慣不利藏書。幾乎每一本書，她都會拿原子筆在喜歡的段落下畫線。我曾說，我寧可看博物館被轟炸，也不想看到書被畫線，但她覺得我只是感情用事。她在自己的書上作記，以免錯漏精采的意象與靈思。她在閱讀與寫作之間有豐碩的交流。她有個有趣的習慣，喜歡蒐集自己一無所知的主題書籍。我找到一本書密密麻麻畫著線，寫的是蕨類的生命週期，還有一本《平原印第安人手語》、六部氣象學各面向的書、三本十九世紀談性偏差的書、食人魚飼養指南、水手辭典，還有一本喬治亞州的蝴蝶專書。她曾寫過一首詩，描述飛到梅洛斯島上母親花園裡的蝴蝶，我從書頁空白上的筆記，發現姊姊如何從燕尾蝶、翠灰蝶、紅灰蝶中，找出可用的資訊。她善用手邊的書籍，熱中搜尋，沒有什麼能逃過她的法眼。她的詩中若需要用到瓢蟲，便會買下十本昆蟲學的書，找出完全正確的瓢蟲種類。她拿冷門書中截取的無價資訊，創造無數的神祕世界。由於她在閱讀過程中極盡蹂躪書本之能事，因此我得以藉由書中的滿是注記或一筆未畫，追尋她的閱讀軌跡。我覺得瀏覽姊姊的藏書、留意她在哪些主題上寫過注釋或畫線，是一種了解她的確切方式。雖然這也算背叛了彼此的信任，但我努力彌補兩人三年期間不曾交換一言半語的隔閡。

這個夏季一開始，我先閱讀她所有詩人朋友的作品。他們在贈予莎瓦娜的詩集上題字，從活潑但正式的題字內容，看得出他們大多很欣賞莎瓦娜的作品，但跟她並不熟。這些詩人大都過著清高隱密的美式生活，在拜讀過他們的大作後，我明白其中的道理了。他們全是著眼於微觀頓悟的吟遊詩人，描寫花萼啦，石榴啦，卻盡是些了無意義的主題。我向莎瓦娜坦認，她的詩，我一首都沒看懂，她卻再開心不過了。她認為這表示她一直忠於自己的才華。讀過她那些友人的作品後，我真覺得應該嚴禁所有現代詩人使用艱澀深奧的語句。不過莎瓦娜畫線的句子有種幽暗而不協調的美，我把句子全抄到自己的筆記簿裡，試圖從她閱讀的軌跡中建構她的生活。

我在她的詩作中發現，她視「告別南方」為一種主題。我依稀能找到她過往的吉光片羽，但她把自己轉化成所想望的那種人——一名紐約的詩人。我讀到一系列與地鐵相關的詩作，賦予午夜過後的城市噩夢一種雪花紛落、莊重的對稱性。我看到關於哈德遜河、布魯克林的詩，她寫完詩後，不再於作品後署名了。公寓裡四處堆著一疊疊沒有署名的詩作，但魔幻而才情璀燦，絕對是她的手筆無誤。過去幾年，她的詩愈來愈激越、憂鬱，也愈來愈美。可是我有一件事弄不明白，若非在她床頭櫃的聖經底下找到了那本藍白色的紀念冊，只怕我還是不得其解。我看到白條紋中央綠色的菱型圖紋中寫著「塞斯洛中學」的字樣。我拉開生鏽的拉鍊，翻開首頁，裡邊有一張八年級女孩的照片，女孩名叫蕊娜塔．賀本，這名字有點熟悉，但我不太想得起來。女孩面容清麗，有些緊張，可惜被一副眼鏡遮去了美顏。女孩笑得僵硬而不自然，我幾乎可以看到愚蠢的攝影師擰著臉說「茄子」，露出一口難看的牙齒。女孩在接下來的書頁中寫道，她的老師有撒丁女士、卡爾森女士、崔佛斯女士。蕊娜塔．賀本於一九六〇年六月二十四日從塞斯洛中學畢業，她不是班級幹部，但席尼．羅森是備受尊重的班長。席尼在蕊娜塔的紀念冊上寫道：「致蕊娜塔：要拚命約會，不管走什麼路，不達成功絕不罷休。」蕊娜塔最要好的朋友雪莉以特別娟秀的字跡祝福她：「致蕊娜塔：祝你永遠約會不停，一閃一閃亮晶晶，粉撲、冷霜、眉筆——還有口紅，會使你變成大美人。恭喜塞斯洛的『紅心皇后』。」

真奇妙，我心想，我的新朋友蕊娜塔．賀本竟然是塞斯洛中學的紅心皇后，但我不懂，她的生活跟莎瓦娜有何交集。老姊有一整個書架的廢棄年鑑，這是她從城裡各地二手書店搜來的。莎瓦娜喜愛窺探陌生人的私密，但這名字有點熟，我確定自己以前見過。

我走回客廳，搜尋她所有詩人朋友的書封，接著看到她最後一週收到的那疊郵件，想起曾在信封上見過這個名字。

《卡尼恩評論》寄了最新一期的雜誌給蕊娜塔．賀本，卻寄到莎瓦娜的住址。第一次檢查郵件時，我考慮過直接接收那本雜誌，可是我擔心惹莎瓦娜的朋友生氣，說不定她只是用莎瓦娜的地址代收信件而已。我打開棕色信封袋，發現雜誌裡面夾了一封《卡尼恩評論》的編輯寫給蕊娜塔的信。

親愛的賀本女士：

我想再度向您表示，《卡尼恩評論》有幸出版您的第一首詩，是莫大的榮幸。我想特別強調，未來您若願意讓我們搶先讀您的任何作品，敝社都會非常歡迎。我們希望趁那些「大出版社」把您從我們身邊偷走之前，盡可能出版您的作品。我相信您的大作必然精采可期。

羅傑．莫瑞敬上

P.S. 恭喜您的童書付梓出版

我翻閱《卡尼恩評論》，翻到第三十二頁，拜讀蕊娜塔．賀本的詩，讀了八行，便發現這詩是我老姊寫的。

我以夢幻之手，製出如樂的大衣，
但唯有獵人知曉其中的風險。
他拿起老虎的斑紋毛皮，把臉埋入了
一千個孟加拉之夜的星光與力量中。
這毛皮是完美之作，是神聖的野地花油，
柔軟華麗的皮衣，在虛榮的女子胴體上化成了金光。
白色的貂毛，是上帝籌畫羽毛與雪之乳白夢境
頑皮的印記
但老虎的皮毛，是與刀刃結合的婚禮之歌

女兒啊，帶著所有血的語言、薰衣草、時間。
帶它們到清晰的明光下。
仔細搜尋它們的瑕疵。
要知道，老虎在狡獪而精心設置的陷阱前困惑徬徨時
鼻中飄滿了死亡的芳息。

牠無懼地看著持刀的陌生人逼近。
披上牠毛皮的女人，該何其莊嚴肅穆。

我親手裁製這奢華的毛皮
當作皮貨商送出的情書，
捐給那些纖瘦多情，讚歎我手藝，
款擺生姿，披著無比性感毛皮的女子。
為了你，女兒，我挑出自己最精美的作品，
皮貨商唯一的詩作。
這份禮物，是我尋思如何讚美你曼妙胴體
從貂兒的脊骨上剔下來的文稿。

我的毛皮，是你的美，新的保管人。
詩人在夢想皮毛之前，須先掌握毛皮之美
並學習從兄弟與老虎的鮮血中，創造藝術。

看完詩，我告訴自己，一切都找到解釋了，原來竟然有簡單的解法，而且及時地攤在我面前。就我所知，姊姊對於猶太人知之甚少，對皮貨更毫無所悉，但我確信這首詩就是她寫的。老虎是個大破綻，更甭提她那風格鮮明的詩文節奏。我重新翻開蕊娜塔的紀念冊，再次閱讀前面幾頁，沒多久就讓我找到了：「母親職業：家庭主婦；父親職業：皮貨商」。

我知道自己碰觸到姊姊生命中的重要核心了，但不清楚那代表何意。那應該與姊姊強烈排斥南卡羅萊納的過去有關，皮貨商把詩人的聲音重新引回那座島嶼和她的童年，對我而言，詩中的畫面清晰而扣人心弦。她用我們無法辦到的方式闡釋故事，但她的隱晦不明弱化了作品；她的詩作不是欺瞞的藝術，卻拐彎抹角，模糊曖昧，似有主題，又不直接挑明。我心想，莎瓦娜，如果你想寫老虎，就直接寫天殺的老虎，別躲在皮貨商的背後，別用被冬日殘酷陷阱所傷的動物的毛皮或皮革粉飾你的詩。皮貨商使人溫暖，詩人則在自己的靈藥中煎熬；皮貨商用搭配的水貂與花豹皮縫製大衣，詩人讓水貂復活，並在牠口中放上一條扭動的魚，讓花豹回到草原上，在牠鼻中灌入狒狒發情的氣味。莎瓦娜，你把自己藏匿在皮毛與精裁的毛大衣下。恐懼應該赤裸裸地立於嚴寒之中，你卻硬要用貂皮、羊毛、絨鼠毛將之輕輕包覆，把恐懼變得溫暖，變得美麗。

可是親愛的姊姊，你還是靠近它了，你迎向它，而我會陪著你。

我又回去細讀《卡尼恩評論》編輯的信：「恭喜您的童書付梓出版。」他是指蕊娜塔．賀本本尊的童書？還是老姊用出版詩集的同一個筆名寫了童書？我花了一小時，仔細檢查公寓裡每個書櫃，尋找蕊娜塔．賀本寫的童書，卻連一本都沒找著。不知她怎麼會打算寫童書。我挫折地正想放棄，想起了《卡尼恩評論》一向會在雜誌背後放上作者群的簡介。我很快翻到最後幾頁，在H字母下頭，讀到蕊娜塔．賀本的簡介：

蕊娜塔．賀本住在紐約市布魯克林區，於布魯克林大學圖書館任職。本雜誌中的詩作，是她第一首出版的作品。她的童書《南方之道》，去年由蘭登書屋出版。作者目前正在撰寫詩集。

思桂納書屋的店員在童書區把書遞給我時，我僅微微一顫。封底書衣上並沒有作者的照片，書封插圖是三個女孩在碼頭上餵海鷗。女孩後方，遠處地平線的樹林前，有一棟跟我從小長大的小白屋一模一樣的房子，而且連穀倉的位置、房屋正面的奇數窗戶，也都沒變。

我打開書讀了第一頁，便知道這本書毫無疑慮出自莎瓦娜之手。

我知道自己誤打誤撞地找到了無價而重要的東西，但這項發現帶給我的疑慮遠多過解惑。對我而言，莎瓦娜與蕊娜塔的結合，似乎是另一種形式的迴避，又是一種在島嶼周邊環航而不是拾好登陸工具直接回岸的架勢。我殺到艾迪．德塔威的公寓，大聲敲他的門。

艾迪應門時說：「晚餐八點開飯，親愛的，你只早到了四個小時，不過還是請進來吧。」

「喂，艾迪，你一直沒說實話。」我走進他的公寓，重重坐到維多利亞式沙發上說。

「還真的呢。」他嘲諷地說。「我先幫你弄杯喝的，然後你再告訴我，艾迪叔叔隱瞞了什麼。來杯馬丁尼如何？」

「蕊娜塔．賀本是誰？」我問，艾迪在酒吧調酒。「還有，你之前為什麼沒提這個人？」

「我的理由很充分。」他用令人惱火的平靜語氣答說，「因為我從來沒聽說過蕊娜塔這號人物。」

「你說謊，艾迪。她是莎瓦娜的朋友，莎瓦娜連在自己的作品上署名，都會用這名字。」

「那就麻煩你把她介紹給我，我很樂意見見她。酒給你。我建議你喝一大口，讓酒精進入血流裡，然後再解釋你幹麼生我的氣。」

「因為你不可能不知道蕊娜塔是誰。我的意思是，她一定會跑來拜訪莎瓦娜，她們一定經常廝混，我相信莎瓦娜一定對你提過她這位精采的新朋友。除非她們關係緊密，否則莎瓦娜絕對不會隨便用筆名。」

「莎瓦娜和我都覺得沒必要測試彼此的底線，理由應該連你這種人都可以理解。」

我打開塞斯洛的紀念冊，翻出蕊娜塔的照片，問道：「你見過這個女人嗎？在信箱附近，或等電梯的時候？」

他打量照片幾分鐘，然後搖頭說：「沒有，我這輩子沒見過她，不過長得挺可愛的，可惜是女的。」

「這照片是二十多年前拍的，努力想想看，這張臉現在會變老，說不定已經有灰頭髮，長皺紋了。」

「我從沒見過長那樣的人。」

「那這本書呢？」我把那本童書遞給他。「我認為這本書是莎瓦娜寫的，她給你看過嗎？」

「我不太看童書。也許你沒注意到，但本人已經四十二歲了。我在昏暗的燈光下看起來一定是年輕多了，感謝電阻器的發明。」

「所以，你是說，你最好的朋友莎瓦娜，從來沒給你看過這本書？」

「是的，福爾摩斯，我就是這個意思。」

「我才不信，艾迪，我根本不相信你的話。」

「你信不信，關我屁事。我幹麼對你撒謊？」

「為了保護我姊姊。」

「保護她什麼，親愛的？」

「也許她跟蕊娜塔是同性戀，而你認為我沒有辦法接受。」

「湯姆，如果她跟同性戀談戀愛，我會很開心，非常開心，我壓根不在乎你能否接受。不過，要是我告訴你，我對蕊娜塔或這本書一無所知，麻煩你相信我。」

「是嗎，我還以為你可以解釋這整件怪事，我太習慣莎瓦娜一團亂了，可是發現她的狀態有可能比我想像的還糟，我真的很害怕。」

「過去幾年她過得很糟，那段期間她甚至不太想見我。老實說，我們不太常見面，只有在我的花心情人跑去找小鮮肉的時候才碰面。莎瓦娜就像個公主，朋友有難，總是不吝相助。」

「你也是，艾迪。我八點再回來，晚餐吃啥？」

「我的冰箱裡有兩隻沮喪得發抖的龍蝦，我得被迫宰掉牠們；然後我會逼你吃下我殺死的東西。」

「祝福你，艾迪，抱歉剛才對你亂吼。」

「這樣才能給無聊日子添刺激。」

我拿起莎瓦娜公寓的聽筒，撥給查號台，接線員接聽後，我說：「我想查住在、或曾經住在布魯克林區六十五街二四〇三號，賀本家的電話號碼。」

「有名字嗎？」接線員問。

「對不起，我不知道名字，那是很久前的小學同學，我甚至不確定她是否還住在那裡。」

「有位西蒙·賀本住在那個地址，號碼是二三二七三二一。」

我撥打號碼，響第四聲時，一名女子接電話了。

「哈囉，請問是賀本太太嗎？」

「也許是，但也許不是。」她用戒心重重的東歐腔答說。「請問是誰打來的？」

「賀本太太，我是席尼・羅森，我不知道你記不記得我，但我是蕊娜塔中學班上的班長。」

「我當然記得你，席尼。蕊娜塔以前除了談席尼・羅森，什麼都不談。她非常喜歡你，不過你也知道，她很害羞。」

「我打電話來是想問問看，蕊娜塔近況可好？我到附近想找些老朋友，我一直很好奇蕊娜塔過得怎樣。」

對方沒有回答，半點聲響都沒有。

「賀本太太，你還在嗎？」

對方在哭，過了好一會兒才擠出話說：「你還沒聽說是嗎，席尼？」

「聽說什麼，賀本太太？」

「席尼，她死了。兩年前，蕊娜塔在東村的地鐵跳軌自殺了，她太憂鬱了，我們試盡一切幫她，可是都沒有用，我們的心都碎了。」

「她是個很棒的女孩，賀本太太，真的很遺憾。」

「謝謝你，她很崇拜你。」

「也請替我向賀本先生致哀。」

「我會的，你能打電話來真好，蕊娜塔一定會很高興，你是她班上唯一打電話來的人，這樣就足夠了。」

「再見，賀本太太，祝您一切都好。我真的很難過，蕊娜塔是個很善良的女孩。」

「可是她好悲傷，席尼，非常悲傷。」

我掛掉電話，立即撥打蘇珊．陸文斯汀的電話。電話響了三聲，蘇珊本人接起電話。

「陸文斯汀醫師，明天不談我們家的事了。」

「為什麼，怎麼了嗎？」

「明天你要告訴我一切有關紅心皇后蕊娜塔．賀本的事。」

「我們會談的。」

我掛上電話，再次打開那本童書。這回我慢慢細品，仔細寫著筆記。

南方之道

——蕊娜塔・賀本 著

南卡羅萊納海岸邊的一座島嶼上，住著一位黑髮母親，和她三名棕髮的女兒。母親名叫貝蕾絲・麥奇希，三個孩子年幼的時候，覺得氣質嫻靜的媽媽好美好美。貝蕾絲把美貌無私地傳給了三個女兒，她們的臉看起來就像是同一朵花的三種不同版本。

貝蕾絲的丈夫果葛里在六月初的暴風雨中，在海上失蹤了。他原本要去海灣川打漁，捕撈長鰭鮪和海豚，結果便沒回來了。貝蕾絲見果葛里一去不回，跑去求助海巡隊，鎮上的人也駕著小船幫忙尋找她丈夫。郡裡每艘船都出動了，在大西洋大大小小的海灣和河口搜尋，找了整整兩週，希望能找到果葛里或他的船。每天晚上，三個女孩在碼頭等候母親，她們在陽光下、在雨裡等候，望著母親從寒冷的薄霧中慢慢出現。

經過杳無音訊、希望渺茫的十四天後，眾人放棄搜尋，宣布果葛里的死訊。他們辦了一場喪禮，按當地漁民的習俗，把果葛里・麥奇希的空棺埋到白屋附近的橡樹下。全鎮的人都來參加喪禮，小地方的居民心腸極暖。

可是喪禮過後，鎮民和他們的妻小又都回歸各自的生活與家庭。島上那棟曾經充滿笑聲的白屋子變得好安靜，每天夜裡，女孩們目送母親出門掃墓，墓地四周的空氣聞起來就像母親擺放小水晶瓶和神祕香水的化妝台。她去探訪丈夫之前，總會先坐到化妝台前，穿過屋子時，身上總是散發著香氣與憂傷，可是更令三個女兒煩惱的是，自從爸爸去世，媽媽就不再說話了。她們跟母親說話時，她會笑一笑，試著說話，卻發不出一語。

大家很快便習慣了安靜，她們用同樣的方式哀悼父親，交談時也總是輕聲細語，因爲覺得她們的聲音會使母親想到父親在世的時候，她們不想害母親更加傷心。歲月在無聲中悄然流逝。

三個女孩出落得各成一格。蘿絲·麥奇希年紀最長，最漂亮，也最多話。她是最受寂靜和父親離世所苦的孩子。她與父親相處最久，也是最受偏愛的孩子，因爲她是這個家第一個孩子。蘿絲很難憋住心裡的話，她想談談父親，想構築天堂的模樣，以及父親在天堂會做些什麼。如果有人認爲父親跟上帝聊上了，他們會聊些什麼。可是她無人可問，這令她感到害怕。她十二歲了，胸部已開始發育，她想跟母親討論這件嚇人的事，想了解那代表什麼含意。她還想問母親，爲何她會如此輕易地忘記父親的面容，她已難以記起他確切的長相。有時她在睡夢中，能清晰地看見父親的臉，父親會笑著抱住她，講個蠢笑話給她，搔她癢。她會看見烏雲從父親身後湧來，她知道其中一片雲帶著利刃般的閃電，將劈死她的父親。烏雲現在成了麥奇希家孩子的敵人了，蘿絲活在一個害怕暴風雨的家庭中，但她又是三個孩子裡最難以從寂靜的家裡找到快樂的。

對琳瑟·麥奇希而言，安靜從來不是問題。她天生就是個安靜的孩子，在這十年中也一直如此。她像母親，每字每句都要細細斟酌才會開口，那甚至不算是習慣。她在思忖良久後解釋：「我就是這樣的人。」除此之外，她還說：「反正蘿絲在的時候，誰能插得上話？」琳瑟即使在襁褓時，也不常哭，她的沉靜讓大人既憂心又喜歡。大人老是懷疑琳瑟對他們有意見，覺得他們可笑。他們通常是對的。琳瑟覺得大人塊頭太大，且太呱噪。她非常樂於當個小孩，凡事慢慢來。她擔心自己花太多時間陪伴爸爸，怕他死的時候，不知道她多麼愛他。琳瑟糾結著此事，使得原本就安靜乖巧的她變得更加封閉內向。她會躺在前院的吊床上凝望大河，她的藍眼看似灼烈，像暴雨中的湍流或野花般憤怒，但她眼中所含的不是怨怒，而是對父親的愛，對一個她再也看不到、也永遠不會了解她的父親的愛。

莎朗．麥奇希八歲，她完全能感受到當老么的壞處。莎朗覺得家裡沒有人把她當一回事，因爲她太小又脆弱。每個人都叫她「寶寶」，直到她六歲，提醒大家說她有名字，名叫莎朗，大家才改口。沒有人花時間好好解釋父親是怎麼死的，因爲她們認爲她太小，無法理解。父親喪禮當天，母親來到她房間，用顫抖的聲音告訴她，父親睡著了。她問母親：「要睡多久？」母親一聽就哭了，害她後來不敢再問任何問題。她看著青草從父親墳上長起，最初僅從土裡冒出幾根細芽，然後有一天，墳頭就全綠了，就像在父親安眠的地方蓋上一條漂亮的綠色床罩。從她窗口可以看到父親的墳，夜裡想到父親也許會寂寞，她就感到不安。當河風輕起，她便爬下床，望向窗外父親墳墓的方向。她可以在月光中看到墳地，雖然那似乎與父親無關。她試著想像天使聚在父親墓碑四周，協助他度過河風颯然的寂寞夜晚，可是什麼都沒用。莎朗對自己發誓，如果她有個八歲的孩子，她一定讓孩子知道一切有關生命、死亡，以及介於生死之間的事情。等她到了九歲，會讓大家見識到，那時大家就會仔細聽她說話，她絕對言之有物。

這座島嶼叫耶馬西，以島上的原住民部族命名，後來白人來了，把島嶼據爲己有。果葛里·麥奇希生前告訴女兒，耶馬西族人的幽靈仍會在夜裡漫遊森林。當貓頭鷹在林間呼呼嗚叫，人們依然會聽到酋長的喊聲，當屋子四周林間傳來啾啾蟬鳴，大家會聽到部落的婦女閒聊，印第安孩童騎在鹿背上，默默在島上漫步。可是島上已經沒有印第安人了，只有她們父親每年春天在島中央犁過沃土時刨出來的箭頭，宛如土地爲亡靈拋出的禱文。每個女兒都有自己私藏的箭頭，這些面容白皙的女孩蒐集著象徵滅絕的箭頭。可是父親告訴她們，由於文字的關係，這些部族在南卡羅萊納沿海區倖存下來了。有些印第安語言的殘片，像箭頭一樣，以對稱的形式保留下來了，像銳如刀刃的詩文。「耶馬西。」她們的父親喃喃說著，「耶馬西，奇瓦，康比。康比，埃底斯托，萬多，耶馬西。[28]」在島上長大的三個女孩，擁有豐碩的箭頭，會說流利的消逝部族的語言。

每個女孩賞玩自己收集的箭頭時，都會想到父親。印第安部落滅了，她們的父親也走了，沒有留下讓她們緬懷他的箭頭。如果她們足夠安靜，便能再次聽到父親的聲音。他會化作貓頭鷹、知更鳥或老鷹，她們知道且確信會再次聽見他，看見他。父親對她們說過，這些島被巫師施過法，她們會尋找騎在鹿背上的父親，或騎在綠色大海豚的背上、在島邊弄潮的父親。

這些女孩相信魔法，而且各自於不同的時間，以自己的方式，在自己的世界中找到了魔法，因爲她們細心而沉靜。

一天，蘿絲在自己的動物醫院幫一隻小鳥治療翅膀時，發現了魔法。這家醫院是某天夜裡，父親的卡車撞死一條野狗後，蘿絲找到野狗所生的一窩小狗後建立的。她把小狗帶回來，用滴管餵食，把牠們培養成有規有矩的家庭寵物。等狗狗稍大，蘿絲幫牠們安排到懂得疼乖狗狗的人家，而那只是開始而已。蘿絲發現整個自然界似乎需要她的服務，松鼠寶寶和小鳥老是落到巢外。獵人在非獵季時射殺了負鼠和浣熊媽媽，害躲在窩裡的幼獸活活餓死。蘿絲總是有辦法找到這些樹木和樹樁，救出等待爸媽回來的孤兒。她會在森林裡漫步，聽到有聲音對她喊道：「再往前一點，蘿絲，往左邊一些，蘿絲。在水塘附近，蘿絲。」她忍不住循著這些聲音，她知道被拋棄的感受。蘿絲發現自己有治療的天賦，能安撫害怕的幼獸，慰藉受傷的動物。她一點也不覺得奇怪。令她訝異的

28 耶馬西（Yemassee）、奇瓦（Kiawah）、康比（Combahee）、埃底斯托（Edisto）、萬多（Wando）：皆為南卡羅萊納州地名或河流名。

是，她在照顧動物時，可以跟牠們說話。她在河中看到一隻受傷的狐狸被獵犬追殺，朝耶馬西島游來。狐狸的鮮血染紅了河水，彩帶似的拖在身後。狐狸抬頭看到蘿絲正在河岸上望著，獵犬已經快追到牠了。

「救我。」狐狸說。

蘿絲的喉頭發出奇怪的低聲，一種不像人類且不自然的聲音。「停止。」蘿絲命令獵犬。

「這是我們的職責。」狗狗抬起頭低吼。

「今天不行，回你們主人身邊去。」

「是蘿絲。」其中一隻獵犬說。

「就是那個棕髮女孩，我們媽媽被殺後，救了我們的女孩。」

「啊，是蘿絲。」第二隻獵犬說。

「謝謝你，蘿絲。請照顧好那隻狐狸，幸好你來了。」第三隻說。

「你們爲什麼要狩獵？」

「那是我們的天性。」三隻獵犬調過頭往對岸游回去時，第一頭獵犬解釋。

狐狸掙扎上岸，在蘿絲腳邊倒下。她把狐狸抱到穀倉，幫牠清洗傷口，照顧牠一整夜。這是第五十隻向她求助的動物了。狐狸告訴她，狐狸怎麼過日子，她聽得津津有味。她在家中十分孤單悲傷，但是在穀倉裡卻從來不會。

琳瑟在寂靜無聲的房子裡，聆聽田野裡的聲音。她照顧放養在島嶼南側美麗牧場上的肉牛。她坐在母親的皮卡後方，母親每隔三十碼便會停車，讓她把一綑綑的乾草扔下來。牛群跟在皮卡四周，白色的面容平靜可愛——只有大公牛阿強例外，阿強會遠遠站著，用一對黑色的大眼睛打量她。阿強渾身肌肉，十分凶猛，但琳瑟會回瞪牠。琳瑟知道阿強是牧場上的霸王，但她希望阿強知道，毋須畏懼她。她的眼神透露出對牛群的喜愛，但阿強用眼神回答：你和他們是一伙的。我沒辦法選擇自己的身分，她回瞪著說。我也是，阿強說。

琳瑟隻身在牧場上漫步，跟小牛玩耍，幫牠們取悅耳的好聽名字。有碧冬、卡士白、別西、耶路撒冷薊、小不點、華盛頓特區。她總是跟阿強保持距離。有一次，阿強在查勒斯登附近的農場差點殺死一名闖入者。阿強在哪片牧草上，琳瑟一定會把牧場的門上鎖，然後走在親善無懼的母牛和小牛之間。每次有母牛生小牛，她就會等在母牛旁邊的草地上，輕聲對母牛說話，必要時爲母牛助產。她好喜歡這些溫馴有耐性的巨大動物，牠們是很棒的媽媽，日子過得簡單純淨。可是琳瑟深受霸氣的阿強吸引，阿強像極她父親，沉默安靜，僅透過一雙眼眸說話。直到一天晚上，魔法改變了她的生活。

琳瑟睡著了，雨水在錫片屋頂上唱歌。她夢見自己是頭剛出生的小牛，踉踉蹌蹌地步入陽光下。她的母牛媽媽有張漂亮的白臉，爸爸在一旁看著她，是頭溫和慈善版的阿強。她聽到一道聲音，但並不訝異，令她吃驚的是自己的反應。有道可愛的喃喃聲煙霧一般從她夢中傳來，她的聲音在房中響起，用的是牛群的神祕語言。

「你必須過來，有人需要你。」有道低沉的聲音說。

「誰要我過去？」

「牛群之王，你得快點。」

她張開眼睛，阿強巨大凶惡的頭就在窗外，五官被雨水淋到模糊，冷著眼神看她。琳瑟下床走到窗邊打開窗子，雨水溫暖地落在臉上。她爬過窗户，騎到阿強背上，環抱阿強的頸子，手指抓住牠的毛皮，緊抱住火速衝過院子的大公牛，奔下泥土路，朝牧草地疾馳而去。黑暗中，琳瑟感受牠強大的力氣，穿過幽暗的橡樹林下，垂掛的濕苔像晾在森林天使祕密洗衣店裡的衣服般碰觸著她。大地從她底下退開，她看到阿強巨大雙角間的路面從沼澤拐開了。她用雙足抵住公牛兩側，身體隨之起伏，感覺自己的髮裡冒出了角，覺得自己成了公牛的一部分，生出了蹄子，變得十分凶猛，成爲南方牧草上的一部分。琳瑟跟著阿強一起奔馳，在美妙的一英里路中，她以阿強的身分狂奔。公牛來到牧草地，放慢了速度，在三棵巨大的棕櫚樹邊停下來，那是牧場東邊的界線。年輕的母牛瑪格莉特正在生頭胎。早產了，而且有些不對勁。阿強蹲低身子，琳瑟跳下來奔向瑪格莉特。是臀位向下的難產，她看到小牛的腿自母體中以奇怪的角度突露出來，感覺母牛極力掙扎。琳瑟抓住小牛的腿，輕輕把小牛往自己拉，花了一個多小時，耐著性子拉出母牛體中的小牛。她的頭髮都濕了，而且能感受到靜靜待在身後觀看的阿強，聞到牠強大的能量。琳瑟雖然不清楚自己在做什麼，但她感到某個東西終於滑到該去的地方，轉正過來了。一隻小小的母牛躺在草地上，雖然筋疲力竭，卻是活的。瑪格莉特用銀色的大舌頭舔著小牛，然後天開始下雨了。琳瑟幫新生的小牛命名爲芭舍芭，用臉磨蹭小牛。

阿強再次伏下身子，琳瑟像抓著五月柱[29]似的順著牠的右角往上一盪，騎回牠的背上，歡勝地騎回家裡。琳瑟離開牧場時，所有母牛都爲她鼓掌，輕聲哞叫，向她致意。大公牛在奔馳的途中十分安靜，但琳瑟不在意。她把鼻子貼在牛背上，吸聞牠潮濕的力量，舔著牠頸上的雨水。她脫胎換骨地回到家中，成了煥然一新、狂野而美麗的女孩。她從寢室窗口爬回去，小心地擦乾身體，對家人則隻字不提。

神力降臨她身上，但她不會濫用，也不會聲張，否則就像背叛。在這個安靜的屋子裡，在這個失語的家中，要做到並不困難。

第二天，琳瑟沿著昨夜奔馳的同一條路走向牧場，看到阿強踩在軟土上的巨大蹄印。她做了一個花圈，想套到瑪格莉特的脖子上，可是經過沼澤時，她聽到一聲粗啞可怕的叫聲，她在島上從來不曾聽過。接著那種奇怪的感覺又來了，有道發自她喉嚨的聲

29 Maypole：源自古代夏至節，為歐洲地區的慶祝儀式。

音做出回應。這回她並不訝異，而且不疑有他。這種與荒野的連結使她覺得不再脆弱，生氣勃發，對一切敞開了胸懷。

她喉中發出可怕的聲音，那惡魔般的嘟囔聲令她害怕，但那是對剛才呼喚她的縹緲之音所做出的回應。

「拜託你。」那聲音喊道。琳瑟衝進父親不許她們進入的林子裡，她踩著堅實的地面，躍過水面，避開不牢靠的軟土。她經過時，幾條水蝮蛇的頭像潛望鏡似的從水面冒出來。牠們沒對她說話；水蝮蛇並不在她的魔法範疇內。

她聽到沼澤中央傳出劇烈的翻動聲，她繞過一棵柏樹，看到老野豬杜納被流沙埋到肩膀了。她父親曾經追獵杜納多年，結果連個影子都沒見著。野豬一掙扎，就被流沙拖得愈陷愈深。這是跟拯救掙扎出生的小牛一樣的任務。杜納的獠牙在陽光中狂亂閃動，牠眼色黃亮，背上黑毛直豎，有如荒山山脊上的松林線。琳瑟抓起一根懸鈴樹的枯枝，趴躺下來，朝泥地匍匐前行，直至感覺自己滑入流動的沙土時才停住。她平衡好自己的重量，再次往前推進，把枯枝扔向杜納。

「求求你。」那聲音再次傳向她。

她慢慢逼近，直到枯枝觸及野豬的口鼻，杜納用凶惡的牙齒咬住枝子，琳瑟再一寸一寸往後挪退。

「別急，就當在水裡漂浮。」她命令。

野豬放鬆渾身肌肉，背上的豎毛平躺了下來，從致命的流沙中浮上來，齒齦間感覺到十歲女孩小小的拉力。她非常有耐心，一次僅拉動幾寸。島上所有野豬全聚集到女孩的身後，看牠們的國王垂死掙扎。琳瑟有力氣時便拉扯，必要時便休息，她渾身疼痛，可是她得爲魔法服務。杜納的一隻蹄子終於搆到了一根倒木，牠顫顫抖抖地把自己從泥淖裡拉出來，對著森林發出鬆快的獲救之吼。牠蹣跚地沿著倒木行走，每一步都審愼地測試地面。十五英尺長的鱷魚路西法游過淺淺的水域，看著野豬踏上旱陸。

「太遲了，路西法。」野豬大喊。

「還有別的機會，杜納，上星期我吃掉你一個兒子。」

「我也吃掉了你們家上千個鱷魚蛋。」

說罷，杜納轉向琳瑟，牠的長牙只要一劃，便能把她從頭到腳劈成兩半。被一群野豬圍繞的琳瑟，差點對魔法失去信心，可是野豬在帶領牠那群凶惡的同黨離開之前，安慰了女孩。

「我欠你一份恩情，女兒，謝謝你救我一命。」

說罷，一群野豬便像影子似的沒入林中，島上的蛇都發著抖，避開牠們。琳瑟試著跟鱷魚路西法談話，可是牠已悄然無波地潛入三十英尺遠的黑水裡。她心想：「原來我沒有辦法跟鱷魚說話。好吧，無所謂。」但這是她頭一回領會到這份天賦的極限。

⚓

對於家中的死寂最感到困擾的，是最小的孩子，莎朗。她想談談自己的父親，談她最喜歡的、跟父親相關的事。如果母親和姊姊能談一談她們最喜歡父親什麼，她便能更輕易地記住他。莎朗相信，等到自己九歲，大家一定會聽她說話。

她也是那種老盯著地面或抬眼凝望天空的小孩，對於周遭的事一點也不在乎。她常常撞到樹，因爲走路時抬頭看南來北往的飛雁。她很喜歡鳥類的自由自在，覺得上帝沒給亞當和夏娃安上翅膀眞是一大疏失。每天太陽西落時，莎朗便帶著滿滿的麵包和麵包屑到碼頭盡頭餵海鷗。她把麵包往空中高高一拋，海鷗便飛過來啣住，四周環著瘋狂撲拍的翅膀和鷗鳥急切的叫聲，幾百隻海禽每晚等候她的到來。莎朗的母親和姊姊隔著門廊紗窗緊張地望著她。她常常被撲擊的翅膀和羽毛淹沒，但所有的鳥都令莎朗感到快樂。

還有蟲子。莎朗的母親養蜂，她是唯一敢幫忙到蜂窩採蜜的女兒。對莎朗而言，蜜蜂是一種完美的生物，不僅會飛，還肩負了美妙的工作。蜂兒整天去探訪花朵和花園，然後回來跟朋友閒聊，在夜裡製蜜。注意到蜜蜂後，她也開始研究並喜歡起蜜蜂的鄰居。莎朗的屋子裡擺滿了裝昆蟲的小盒子，有漂亮的甲蟲、大螳螂、把菸草汁吐在她手上的蚱蜢、一整窩養在玻璃箱裡的螞蟻、各種蝴蝶。她熱愛昆蟲的高效率，牠們本領不多，但每項都爐火純青。兩個姊姊很看不起她的嗜好。

「媽呀，蟲耶。」有一次蘿絲走進莎朗的房間，忍不住說。

「任何人，任何人都會喜歡狗或母牛，但眞正有個性的人才會喜歡昆蟲。」莎朗回道。

她姊姊聽了大笑。

事情就發生在莎朗穿過附近的森林，尋找新螞蟻窩時。她拎著滿滿一袋巧克力豆餅乾，每次找到蟻窩，她就在蟻丘附近放一片餅乾，喜滋滋地看著工蟻找到這份大餐，然後派一隻螞蟻回去報喜訊。接著螞蟻大隊便會開心地從蟻丘湧現，一點一滴地拆解餅乾，把所有餅屑運回地底下。她今天找到兩座新的蟻丘，正在尋找另一座時，聽到有個細小的聲音呼喊她的名字。

她循聲望向出處，看到一隻被園蛛的巨大銀網纏住的胡蜂。園蛛正朝著胡蜂移動，像水手溜下索具似的，俐落地從網上滑下來。胡蜂再次高喊，慌急地在網中扭動掙扎。莎朗感到舌中吐出奇怪的話，但那並不是語言，而是神祕的聲音，聽到自己說出人類從未說過的話語時，她感到害怕。「停。」

蜘蛛停下動作，一隻黑腿正搭在胡蜂的肚子上。

「大自然就是這樣。」蜘蛛說。

「這回不成。」莎朗答道。

她取下髮夾，放胡蜂自由，細密如蕾絲的蛛網斷碎地垂在樹枝間。她聽見胡蜂飛過樹稍，對她唱著愛之歌。

「對不起。」莎朗對蜘蛛說。

「這樣不對，這是我的本能。」蜘蛛不悅地說。

莎朗在樹葉間搜尋，找到一隻死掉的蚱蜢，放到蛛網上端。莎朗碰到蛛網時，細網像豎琴似的顫抖。

「抱歉我弄破了你的網，我沒法眼睜睜看你殺掉胡蜂，太可怕了。」

「你見過胡蜂開殺戒嗎？」蜘蛛嗆說。

「看過。」她坦承說。

「那不會比較不可怕，自然之道就是這樣。」

「我眞希望能幫忙修補你的網子。」

「你可以的，現在。」

莎朗感覺雙手一顫，生出一股力量，手上的血中飽漲著絲線，她的手探向破掉的蛛網，銀線便從指甲底下流洩出來。一開始她抓不到竅門，該直線的地方亂繞，但蜘蛛耐心十足，不久她便織出一張漂亮的網，蛛網像漁夫的網，掛在兩棵樹之間。接著她與蜘蛛聊到牠孤寂的工作：有隻住在附近椽木樁裡的蜥蜴，兩度差點把牠吃掉。莎朗建議牠搬到離她家近一點的地方，這樣他們才能更常互訪。蜘蛛同意了，便爬過她的手臂來到她肩上。莎朗帶著蜘蛛走回家，她聽到一窩窩的螞蟻在地底下唱歌，讚美她和她的巧克力豆餅。幾隻胡蜂飛來親吻她的嘴脣，翅膀搔著她的鼻子，她從不曾如此快樂過。

她幫蜘蛛找到一個沒有蜥蜴的新家，安置在兩株茶花之間，然後一起織出一張更美麗的網。看到太陽西落，莎朗向蜘蛛道別，她聽到海鷗在碼頭盡頭呼叫。

海鷗在等待，牠們盤旋在河上的氣流中，像上百只拉線長短不一的風箏。莎朗拎著購物袋離開家，裡頭裝滿媽媽幫她留下的麵包屑。莎朗奔跑著，聽到草中蟋蟀和甲蟲的聲音，提醒她要小心腳步。她幾乎沒法好好走到碼頭，因爲怕危及一些小生物。

莎朗來到碼頭底端，往空中拋出一大把碎麵包。每個碎片在落水之前，便已被接走了。她又扔了一把麵包，空中再次飛滿麵包與翅膀。她並不訝異自己能聽懂海鷗之間的談話，牠們很愛爭執，脾氣焦躁，吵著說有些鳥比其他鳥搶到更多麵包。上方高處有隻魚鷹在河上盤繞，等候捕魚。一小條梭魚劃過水面，莎朗聽到魚鷹長嘯一聲「來也」，往水面直衝，等到起身，魚已經在牠爪子裡發顫。

一隻奇怪的海鷗盯著她瞧，這隻陰沉黑背的海鷗比其他海鷗來得大，懸在河面上打量她。莎朗大聲向牠打招呼，可是沒有回應。等餵完鳥群，莎朗向大家道晚安，黑背海鷗飛到碼頭底端擋住她的路，眼中盡是長途跋涉後的疲累。

「你找我嗎？」莎朗問。

「你父親還活著。」

「你怎會知道？」

「我見過他。」疲累的海鷗說。

「他遇到危險了嗎？」

「他遇到很大的危險。」

「回到他身邊，海鷗，求你幫幫他。」

海鷗倦累地拍著巨大的翅膀，升入空中，往南飛去。莎朗目送著，直到鳥兒消失不見。蟋蟀在草地裡唱歌，莎朗明白歌中的每個字。

她回到家中，母親正在爐邊煮晚餐，屋子裡都是奶油炒洋蔥的香氣，她好想把海鷗說的話告訴母親，卻不知道如何解釋自己的魔法，可是她很高興得知父親還活著的消息。莎朗幫兩位姊姊擺碗盤，廚房裡播著收音機，貝蕾絲整日開著收音機，以防有先生的消息傳來，卻始終沒聽到期待的重大音訊。豬肉跌價了，雨水損毀番茄的收成，三名囚犯殺害警衛後逃出哥倫比亞的州立監獄，據判應是逃往南卡羅萊納。

第二天傍晚，森林裡一片寂靜，三名囚犯從林子裡研究這棟房子。他們每個人都有張忘記何謂笑容的臉，他們仔細觀察三個女孩和她們的母親進出屋子的情形，發現這個家沒有男人的行跡。他們偷偷潛向屋子，但有人瞧見了。在茶花樹間的蜘蛛看到他們走近了。杜納的小野豬女兒也發現他們靠近了。一隻海鷗盯緊他們的每個動靜，一隻胡蜂飛到他們上方的樹林裡。穀倉裡有隻蘿絲剛找到、還不太會走路的小狗，小狗嗅著空氣，不確定那是什麼氣味，但感覺安靜的地方飄入了一股邪氣。三名男子朝房子逼近。

他們從三道不同的門闖進房子裡，而且極爲暴力，讓人無處可逃。

蘿絲看到他們的臉和手槍，放聲尖叫。女孩們跑到母親身邊，她正坐在椅子上看書。矮個子男人跑到槍架邊，從槍架上取下三把槍，把三盒彈藥扔進紙袋。胖男人衝到廚房裡，在垃圾袋裡裝滿各種罐頭。大個頭男子拿槍指著貝蕾絲和她的女兒，他目不轉睛地看著貝蕾絲。

「你們想幹什麼？」貝蕾絲問，女孩們聽出母親聲音裡的恐懼。

「快點。」矮個子從廚房裡喊，「咱們得走了。」

男人依舊盯著貝蕾絲，他說：「殺掉她們之前，我要帶這個女的到後邊房間。」

「沒時間了。」胖男人抱怨說。

大個子走向貝蕾絲，粗暴地抓住她的手腕，往自己身上拉過去。蘿絲突然怒火中燒，奮力攻擊男人。她衝向男人，曲指用指甲去劃破他的臉，抓出血來。男人重重甩她巴掌，她摔跪在地上，淚水衝入眼中，但她把頭貼到地板上，喉中發出憤怒而恐懼的怪聲，聽起來很不像人類，三個男人聽了大笑。

可是穀倉裡的小狗沒有笑，牠是當天早上被蘿絲帶回的。小狗被棄養在校舍的台階上，蘿絲發現牠，便帶牠回家。小狗從穀倉跑出來走向河邊，一度還被自己鬆垂的耳朵和過大的腳絆了一下。牠氣喘噓噓地來到碼頭邊，停下來喘口氣。小狗望著河流，揚起尖細的聲音，哭喊求救，稚嫩的聲音傳過河面，但沒有回應。牠又試了一遍，還是沒有反應。可是蘿絲從獵犬手下救回的狐狸聽見了，牠在自己的巢穴附近高呼。河對面農場裡的狗兒聽見了，把訊息從一個農場傳至另一個農場，直至消息傳到鎮上。蘿絲繼續在地板上尖叫，她以爲一定沒有人聽到她的叫聲。

然而與此同時，鎮上所有的狗兒開始在這個廣大青翠的郡裡騷動起來。牠們在自家的籬笆下挖洞、從狗窩中逃開、打破主人家房子的窗子，所有的狗都這樣。郡裡的高速公路因成群跑來的狗兒弄到交通打結。收留所中有一群等待被安樂死的狗兒，一隻流浪犬在鐵絲網上咬出洞口，五十條一週內便要處死的狗兒一起奔往小島。牠們是一群骨瘦如柴，團結一致，被飢餓攻占的狗。有壞人要欺負蘿絲——欺悔我們荳蔻年華，喜愛狗狗，肯花時間學習狗語的蘿絲。狗群迅速前移，奔赴牠們共同的任務。

琳瑟看見姊姊在地上哭泣，便掏起菸灰缸，擲向高個子男人。她頭一低，撞向男人兩腿之間。「不許你傷害我母親。」她尖叫道。大個頭扳起她的臉重重掌摑，琳瑟旋身摔過房間，鮮血從鼻子噴出來，可是她竟然沒有哭，男人聽見她用驚駭憤怒、令人無法理解的語言，淒厲尖吼。她發顫的聲音赤裸而原始——那是屬於生著蹄子、長角和獠牙的野獸之聲。她對著在稻田裡吃草的牛群，對著在島中央採食的黑色大野豬呼嚎。

小屋附近，琳瑟幫忙接生出世的小牛芭舍芭，離開了母親身邊。小牛還不太熟悉這套語言，對於這套涵蓋牧場與青草間的祕密之語，僅懂得幾個詞彙。可是芭舍芭知道，小白屋出大事了。牠用纖細瘦弱的腿，奔馳在穿越島中央的主要道路上，直至穿出森林，看到吃草的牛群。小牛直接跑向離群獨自吃草的公牛阿強身邊。

公牛冷冷地打量牠說：「你這是在做什麼，女兒？回你母親身邊去。」

「女孩。」小牛上氣不接下氣地說。

「女孩？什麼女孩，你嗎？」公牛答道，用蹄子跺著草地。

「藍眼睛女孩。」

「你是指我們的女孩，琳瑟，牛群的女孩嗎？」

「是的，牛群的女孩。」

「她怎麼了？快說清楚。」

「救命。」

「救什麼命，女兒？救誰，什麼時候？」

「女孩說救命，女孩說她需要牛群。」

牛群一陣騷亂，阿強抬起頭，及時看到野豬杜納衝到小牛身邊。公牛擋到野豬和牛群之間，垂頭亮出利角，以示警告。

「野豬。」公牛說道。

老野豬停下來，母牛都討厭醜陋凶殘的野豬。野豬群從杜諾後方的森林裡走出來，獠牙在陽光下閃亮如長矛。

「我剛才聽見了什麼，女孩怎麼了？」

「她是我們的女孩，她屬於我們牛群。」公牛說。

「她愛野豬。」杜納堅持。
「她愛的是牛。」公牛憤憤地說。
「兩個都愛。女孩就是那麼說的，她兩個都愛。她說救命。」小牛芭舍芭說。
接著野豬和牛群的語言交相混和，這些蹄足動物整齊對稱地朝河邊的屋子移動。杜納和阿強帶頭，領著所向無敵的大軍，聽到前方通往小島的橋上不斷傳出狗吠。
貝蕾絲看著在地上淌血的女兒琳瑟，瞄向三名帶槍的男人，他們的邪氣像花朵腐敗的味道散在屋中。貝蕾絲看到窗外的河水，一如既往地平靜流動。
她對三個男人說：「如果你們放過我的三個女兒，不傷害我們，我就跟你們三人進房間。」
「你沒得選擇，小姐。」大個頭說著抓住她的上衣，撕破衣肩。這時小女兒莎朗走向男子。
「滾出我家。」她邊往前走邊說，接著結結巴巴地說著新學的美妙語言，屋裡的人都聽不懂。
園蛛像舞者似的爬上閃亮的網子，來到窗台上，朝客廳窺望。牠聽見莎朗的話，便轉身發出警告。牠感覺蛛網在底下一顫，看到一隻帝王斑蝶在看不見的網上拍翅掙扎。牠用蜘蛛古老而駭人的方式往蝴蝶移去，蝴蝶對著空中哀唱輓歌。園蛛用黑色的腿觸著蝴蝶，輕輕釋放蝶兒。蝴蝶頭昏目眩而困惑地飛入空中。

「帝王蝶，去傳遞警告，說女孩有麻煩了。」

蝴蝶飛至島上高空，對森林吟唱淒楚的樂聲。牠聽到蜘蛛在網上高聲警告，螞蟻聽到了，知了聽到了，上百萬隻蜜蜂離開蜂巢，不再採花，朝屋子飛去。胡蜂像戰鬥機似的穿過樹林，海鷗聽到帝王蝶的警告，鳥群鳴叫不已，小島上空被憤怒的海鳥翅膀遮黑了。

野豬、牛群、狗群都全速往屋子衝去，大家都注意到樹葉上充滿各種動靜，樹林裡布滿了蟲子，林地湧出數不盡的昆蟲，小小的蟲子像河流般湧向屋子。整座樹林都在移動，大地震動。

大個子男人粗暴地把貝蕾絲推到房屋後方，三個女孩尖叫著要他停手。男人對她們高聲狂笑，笑得一發不可收拾，直到聽見屋外的鬧聲。一開始是低沉詭譎的低鳴，但那聲音逐漸揚高，變得狂亂。他們面面相覷，摸不清那奇怪的聲音是什麼。聽起來像天地創建之始，萬物初試啼聲之時。伊甸園的所有恐懼與榮耀，被河水灌注成一首環繞白屋的復仇之歌。印第安男孩的幽魂騎乘著鹿隻，在河邊巡行。天空被飛翼遮蔽，草地上覆滿各種顏色的昆蟲，牛群哞叫，野豬隆隆踏蹄，鳥群尖嘯。

屋中的三個男人定住不動。

女孩們繼續用新的語言說話。

「殺掉他們。」三個人用各自的語言說，「殺掉他們。」

大個子高舉起手槍，爬到窗邊往外一瞧，然後慘叫一聲。那叫聲很容易翻譯，是恐懼的尖叫。另外兩個男的也湊過去，同樣發出慘叫。

「他們是我的。」公牛阿強怒吼說。

「讓我們解決他們。」野豬杜納說。

「蜜蜂和胡蜂會很快解決他們。」有個細小的聲音嗡嗡地說。

「狗群會把他們撕成碎片。」獵犬表示。

「鳥群會拿他們餵魚。」一隻盤旋的老海鷗喊道。

男人從窗口看見的，是從光線中迎向他們的自然界王國，他們沒看見的，是默不作聲的火蟻大軍，火蟻正從門縫湧進來，爬到他們穿著褲子的腿上，越過他們的衣衫。他們沒看見蜘蛛傘兵似的從天花板垂降至他們髮裡，或衣夾似的附在他們衣服背後的胡蜂。

他們呆若木雞地看著死亡朝自己迫近，空中盡是可怕的獸語、振翅聲、踏蹄聲、匡匡撞擊的牛角、唧唧的蟲聲、憤怒的蜂鳴，以及四面八方而來的獵犬怒吠。他們在最後一刻才領悟到，原來森林不會饒過他們，絕對不會，而他們走投無路。

園蛛爬上大個子的上衣，沿他的背脊爬行，等來到男人的頸部後，挑了耳下的一片軟肉，向莎朗道別，把毒液注入男人的血管裡。男人慘叫一聲，一個巴掌拍死蜘蛛，接著，所有胡蜂在收到訊息後紛紛刺入男人的肉裡，螞蟻叮得他們有如全身著火。三人在屋子裡踉蹌跌步，狂拍自己的身體。他們衝往前門，奔向外頭奇異的鬧聲，一打開門，卻闖入一片蹄子、獠牙、翅膀、獸口之中。

貝蕾絲和三個女兒坐在沙發上，聆聽三個男人的慘叫。貝蕾絲不肯讓女兒接近窗口，因爲她們是人類，會同情那些男人。現在她們除了拒絕觀看，什麼也沒法做了。一會兒之後，慘叫聲消停，島嶼又恢復了寧靜。

等貝蕾絲往窗外望，僅看到綠草、流水、天空，三個男人了無蹤影，連一片衣服、一塊骨頭或一束頭髮都沒留下。

那天晚上，她們把蜘蛛埋到家裡埋寵物的墓區，爲牠的靈魂祈禱，祈願牠的絲網能織到千里之遠，連接植物與星辰，天使將睡在牠的銀絲中，而牠的織物將永遠取悅上帝。

兩天之後，果葛里．麥奇希的船漂入了喬治亞洲的坎伯蘭島。當他回到家中，說起了在海上漂流數星期的故事。他說，他原本可能死掉，可是有一隻黑背海鷗總是從空中把魚丟到他船上。

果葛里回來，全家終於團圓。三個女孩愈來愈大，也逐漸失去了她們的異能。她們從來不提三個男人來到的那一天。蘿絲這輩子持續照顧流浪狗，琳瑟始終如一地喜愛牛群和野豬，莎朗對鳥禽和昆蟲的熱愛未曾消滅。她們喜愛大自然，也愛她們的家。她們聽見母親再度唱起了歌，大家都過著幸福快樂的日子。

這是屬於她們的自然之道。

20

我一生氣便會抿薄嘴唇，嘴角下垂。我能完美控制臉部肌肉，但我的嘴卻背叛了我，大肆宣揚我的懊惱與憤怒。善於解讀本人嘴形的朋友，總能精準地掌握本人的情緒變化。由於這張嘴，我從來無法對朋友或敵人發動奇襲，不管我們之間有多大的事，他們都能自行決定要撤離或攻擊我。我一生氣，這張嘴就會壞事。

然而即使不在盛怒之下，我也非冷靜自持的蘇珊．陸文斯汀的對手。她能一步步用完美而淡漠的教養化解掉我的憤怒。每回我攻擊她，她就拿博學自信的知性來擋我。棕色眼眸凝視著我，平抑我的怒氣，那對眼眸就像圓花窗，照亮了某些史前冰河時期的記憶。當我失控，那對眼睛令我自覺像反常的自然現象，像一場肆虐海岸小鎮的颶風。我在心平氣和時，覺得陸文斯汀醫生是旗鼓相當的對手；被激怒時，她就讓我覺得自己像南方的混球。

我忿忿不平地擰著嘴，去找她算帳。我把那本童書扔到茶几另一頭給這位心理醫師。

「好吧，陸文斯汀。」我說著坐下來，「『你這個週末過得如何』這類的客套話，我們就省了，直接切入重點。蕊娜塔他媽的是誰？她跟我老姊有什麼關係？」

「你這個週末過得還愉快嗎？」她問。

「我要去有關當局告發你，讓他們吊銷你的執照。你沒有權利對我隱瞞我姊姊的任何事。」

「原來如此。」

「所以你給我老實全說了，有話直說，這樣也許你岌岌可危的事業還有得救。」

「湯姆，你必須了解，一般狀況下我真的很喜歡你，可是每次你受到威脅或覺得不安的時候，我就發現你特別討厭。」

「醫生，我每天二十四小時全年無休地感覺受到威脅和不安，但這不是重點。我只是想知道蕊娜塔究竟是誰。她是關鍵，對不對？如果我能搞懂，便能了解我這個夏天為了什麼待在紐約。這整段期間，你都知道有蕊娜塔這個人，對不對？你知道，卻選擇不告訴我。」

「湯姆，是莎瓦娜選擇不告訴你。我只是配合她罷了。」

「可是那能幫助我了解莎瓦娜的問題癥結，不是嗎？這點你能否認嗎？」

「或許能幫助你了解吧，但我不確定。」

「那麼你欠我一個解釋。」

「等時機對了，莎瓦娜可以親自告訴你。她特別要我保證，絕不跟你提蕊娜塔的事。」

「但那是在我知道蕊娜塔跟我姊姊有關聯之前。而且，陸文斯汀醫生，我的意思是，我們談的是一種奇怪的關係，莎瓦娜現在用蕊娜塔的名字出版她所寫的書和詩文。」

「童書的事，是誰告訴你的？」

我沒理會她的問題，自顧自地說：「我打電話去蕊娜塔布魯克林的老家，發現她兩年前跳軌自殺了，蕊娜塔的母親告訴我的。這可以推導出幾種結論。如果不是蕊娜塔假裝自殺，喜歡折磨她那位善良的布魯克林母親，就是我姊姊腦子真的有問題。」

「你讀過這本童書了嗎？」陸文斯汀醫師問。

「當然讀了。」

「你覺得如何？」

「你以為我天殺的會有何感想？故事跟我們家有關。」

「你怎麼知道？」

「因為我不是白痴，因為我會識字，還有因為我可以在故事裡看到一千件莎瓦娜知道、也只有她可能知道的事。我可以理解莎瓦娜為何用筆名寫這篇故事，我母親如果讀到這東西，一定會瘋掉。莎瓦娜根本不必自殺，我娘會親自用牙齒把莎瓦娜撕成碎片。誰是蕊娜塔？我要知道她跟莎瓦娜的關係。她們是戀人嗎？告訴我沒關係。莎瓦娜以前也有過女友，我見過她們，跟她們吃過口袋麵包，幫她們做過豆芽三明治，餵她們喝過用馬鈴薯皮做湯底的濃湯。她喜歡美洲最窩囊的男人和女人。你已經好幾個星期沒讓我見莎瓦娜了，為什麼？一定有個理由。傷害莎瓦娜的是不是蕊娜塔？如果是，我會找到她，狠狠修理她。」

「你會揍女人？還真沒想到。」

「如果她傷害我老姊，我就揍到她半死。」

「蕊娜塔曾經是莎瓦娜的朋友，我只能告訴你這麼多。」

「去你的，你不可以這樣對我，我一切都按你的要求做了，我把家裡的事，記得的全告訴你了，而且我……」

「你撒謊，湯姆。」她淡定地表示。

「什麼意思？」

「你沒有把一切告訴我，真正重要的事，你都還沒對我說。你只挑你願意記得、願意保留的家庭故事告訴我。你奶奶是號人物，爺爺是怪咖，爸爸有點奇怪，酒醉的時候會打你們，可是媽媽像公主一樣，用她的愛凝聚全家。」

「我還沒把故事說完。我還在努力把來龍去脈講清楚。我才第一天見到你，你就給我一堆莎瓦娜的錄音帶，她喊的全是胡言亂語，有些我根本聽不懂。我試著整理出順序，但除非你把開頭搞懂，否則我沒法把故事講完。」

「你連開頭都在撒謊。」

「你又知道了？有件事我有十足把握，那就是我比你更清楚我們家發生過什麼事。」

「也許你只是知道比較好的版本而已，那是對你有意義的版本，也一直挺管用的。可是湯姆，你捨棄的那些事物，跟你取用的一樣重要。別說那麼多你們兄弟倆當年有多頑皮的事，多告訴我關於那個一輩子都在幫忙佈置餐桌的女孩，我要知道的是那個女孩的事。」

「她一直在說，莎瓦娜一直在說，但你卻不讓我見她。」

「你明知道是莎瓦娜決定不見你的，可是你所陳述的童年，對她極有幫助。那些故事幫她憶起她壓抑已久的事。」

「我告訴你的童年，她連一件都還沒聽到。」

「有，她聽了。我全錄下來了。去醫院看她的時候，我放了一部分給她聽。」

「你在搞水門案嗎？」我吼著站起來，在房中踱步。「打電話給西瑞卡法官[30]！我要把那些帶子洗掉，否則下次你在陽台烤牛排，我會用那些帶子去點你家的煤炭。」

「湯姆，我常在看診時錄音，這很正常，而且你告訴過我，你願意做任何事來幫助姊姊，我是聽你的話才錄的。所以請坐下來，別再試圖霸凌我了。」

「我不想霸凌你，我想揍扁你。」

「坐下，湯姆。我們得冷靜地解決彼此的歧見。」

我重重坐到沙發椅上，再次瞪著面無表情的蘇珊．陸文斯汀。

「等你終於能再見到莎瓦娜，我最害怕的，就是你那自憐的男性自我。」

「醫生，我是個沒出息的男人，你沒什麼好擔心的，我已經被生活和環境閹割了。」我煩亂地說。

「少來，我從沒見過哪個男孩不會千方百計地想當個男人，而你是最嚴重的一個。」

「你根本不懂男人。」

「把你知道的一切告訴我，我們有十分鐘。」她大笑說。

「你說這話太不經腦袋了，當個男人沒有你想的那麼容易。」

「哦，這種自憐我早就聽過了，有半數男性患者都向我訴這種苦，想博取我的同情。我先生也用相同的招數，卻不知道我一週要聽上五十遍。現在你要開始告訴我當男人有多悲哀了，是不是？『高處不勝寒哪，小女孩，身為一家之主，責任實在太沉重了』——這種話我以前就聽過了。」

「陸文斯汀，身為男性，只有一種辛苦，是現代女性無法理解的。莎瓦娜和她激進的女性主義友人肯定無法體會。以前路克和我來紐約探望莎瓦娜的時候，她的朋友都對我們倆亂吼。我姊姊好像覺得有人罵她兩個可憐的鄉下兄弟也不錯，因為我們在現代世界長了老二，是件很罪惡的事。去他的女性主義激進分子！老天保佑我。拜莎瓦娜之賜，我比任何活著的南方男人挨過更多女性主義激進分子的責罵。她們以為在圍攻你四十八小時後，你就會覺得與君一席話勝讀十年書，然後感恩戴德地把老二塞到攪拌機裡，按下按鈕。」

「湯姆，我第一次見到你的時候，你對我說，你是女性主義者。」

「我是女性主義者沒錯。我是那種老婆在解剖屍體、安慰癌症患者時，會百無聊賴地在家裡學習打舒芙蕾、做蛋黃醬的男人。我這麼說是因為我知道，一個自稱女性主義者的男人，總是會變成這個爛時代裡最可笑的人。我這樣告訴我的男性友人時，他們嘲笑著告訴我

---

30 Judge Sirica：水門案當時的華盛頓地方法院首席法官，偵辦時要求尼克森總統交出竊聽錄音帶。

最新的辱女笑話。當我告訴大多數南方女性，她們則鄙視地看著我，說她們很享受當女人，喜歡有人幫她們開車門。當我對女性主義者這樣說，她們比誰都態度更差，把我當成混身長毛的敵營間諜，只是虛情假意，惺惺作態。可是我確實是他媽的女性主義者。由於以上種種，我湯姆．溫格，是個女性主義者、保守主義者、白人自由主義者、和平主義者、不可知論者。我根本無法嚴肅看待自己，別人也是。我正在考慮申請鄉巴佬俱樂部終身會員，這樣我就能贏回一點自尊了。」

「我認為你骨子裡依然是個南方鄉巴佬，不管你怎麼抗議。」

「錯，真正的南方鄉巴佬正直多了。」

「你剛才要告訴我，當男人的一些事，是什麼？」陸文斯汀醫師問。

「你會笑我。」我發牢騷說。

「也許吧。」她承認道。

「當男人只有一件辛苦的事，醫生，只有一件。人們不會教我們如何愛人，不告訴我們愛的祕密。我們一輩子都在找人教我們如何愛人，卻從來不得其門而入。我們唯一能愛的，就是其他男人，因為我們了解這種被拒絕的寂寞。女人愛上我們，我們便會不知所措，對女人滿懷害怕、無助、虧欠。女人不能理解男人的原因，就在於我們永遠無法全然回報她們的愛，我們沒有什麼可以回報或回贈的。」

「男人在談論作為男人的難處時，總是擺脫不了一再重複的主題——自憐。」

「而女人在談論女人難為時，也永遠擺脫不開一再重複的主題——怪罪男人。」我說。

「在這個社會當女人並不容易。」

「少來。我告訴你一件事吧，陸文斯汀。當男人倒楣透了。我厭惡做個強壯、能提供支持、有智慧、有風骨的人，若要我再假裝任何其中一種特質，我會吐。」

「我看不出你有其中哪個特質，湯姆。」冷靜的陸文斯汀醫師說。「大部分時候，我都看不出你是哪種人，或代表、支持哪種人。有時候，你是我見過最貼心的男人，但有時候，你會出乎意料地變得難搞而暴躁。這會兒你告訴我，你無法感受到愛。其他時候，你宣稱你愛著每個看得見的人。你一再宣稱愛你姊姊，可是當我盡一切力量協助，你又對我發脾氣。我無法完全信任你，因為我不了解你是什麼樣的人。假如我告訴你莎瓦娜的事，我不確定你能否應付得來。所以湯姆，我想要求你的是，展現出男人的樣子，我希望你拿出堅強、智慧、負責、冷靜的一面，我需要你做到，莎瓦娜也需要。」

「醫生，這次的討論始於我問一個簡單的問題：蕊娜塔和我姊姊是什麼關係？我覺得這麼問很公平，而你竟然舌燦蓮花地把我逼成防守方，在過程中把我變成人渣。」我喃喃說。

「這次討論始於你衝進辦公室，把那本書扔過桌子給我，對我大吼大叫。我收費不是為了讓人對我亂吼。」

我遮住眼睛，感覺她淡定冷靜地盯著我的手，評估我。我垂下手，與她的棕眸對視，她深邃而性感的美，一如既往地擾動我。

「醫生，我想見莎瓦娜，你沒有權利把我們分開，一點也沒有。」

「我是她的醫生，如果我認為對她有幫助，我會讓你在她餘生都見不到她，而我覺得這個可能性很大。」

「你到底在說什麼？」

「莎瓦娜相信——而我也開始明白她的意思了——如果她想活命，也許必須切斷跟家人的所有聯繫。」

「那會是最糟的作法。」我表示。

「很難說。」

「我是她的雙胞胎，你不過是個他媽的心理醫師。」我尖刻地說。「告訴我，誰是蕊娜塔？我想知道，而且我認為我有權利知道。」

「蕊娜塔是莎瓦娜一位特別的朋友。她非常脆弱、敏感，且極度憤怒。她是女同性戀，激進的女性主義人士，而且是猶太人，我想她不喜歡男人……」

「我的天，她跟莎瓦娜在這裡交的那些混蛋朋友，聽起來一個樣子。」我呻吟說。

「閉嘴，湯姆，否則我就不說了。」

「對不起，我不是故意的。」

「莎瓦娜兩年多前精神出過一次狀況，蕊娜塔全程照顧她。她們是在莎瓦娜主持新學院某次新詩工作坊的時候認識的。莎瓦娜崩潰的時候，蕊娜塔不肯讓莎瓦娜去精神病院，她對莎瓦娜保證，一定全程照顧她到康復。當時的莎瓦娜跟你在醫院看到的狀況差不多，但蕊娜塔協助她度過最困難的時期。據莎瓦娜表示，蕊娜塔就像她的守護天使。然而就在莎瓦娜搬回自己公寓後的三週，蕊娜塔跳軌自殺了。」

「為什麼？」

「誰知道為什麼？跟任何意圖自殺的人理由相同：生命變得難以忍受，人生似乎只有一種出路。蕊娜塔跟莎瓦娜一樣有自殺紀錄，蕊娜塔死後，莎瓦娜又進入另一次漫長的惡化過程。她在街上漫步，迷失方向，無法自控。她會在徹夜遊走於市區後，在陌生的門口醒來，而且對那漫長矇矓的過程毫無記憶。她在稍稍恢復後回到自己的公寓，然後試著寫作，結果什麼都寫不出來。她試著回想童年，但什麼都想不起來，關於她的童年，她僅有噩夢。有天晚上，她夢見三個男人跑到你們島上，她知道這個夢很重要，是問題核心。她知道發生過類似的事，可她就是想不起足夠的細節。童書的故事，便直接取材於這場夢。

「於是莎瓦娜決定以蕊娜塔作為筆名，向蕊娜塔致敬。她把故事寄給不同的經紀人，看能否出版。後來莎瓦娜覺得，她想到了一個或許能救自己命的好辦法。」

「願聞其詳。」我說。

「她決定變成蕊娜塔・賀本。」陸文斯汀向我微微欠身說。

「什麼？」

「她決定變成蕊娜塔・賀本。」她重述道。

「麻煩倒帶一下，醫生，我好像聽漏了什麼。」

「湯姆，莎瓦娜第一次來的時候，告訴我，她的名字叫蕊娜塔．賀本。」

「當時你知道她其實是莎瓦娜．溫格嗎？」

「不知道。我怎麼會知道？」

「你的候診間裡就有她的書。」

「候診室裡也有索爾．貝婁的書，可是他若走進我辦公室，說他叫喬治．貝茲，我也不會曉得。」

「噢，天哪，我快瘋了。那麼麻煩告訴我，你是什麼時候發現，莎瓦娜就是蕊娜塔，或蕊娜塔是莎瓦娜，或莎瓦娜是索爾．貝婁之類的？」

「假裝自己是猶太人，很難騙得過我。」

「她說她是猶太人？」

「她說她是蕊娜塔．賀本，提起父母時，說他們都是集中營的倖存者，她甚至記得他們臂上的刺青號碼。她說她父親是服裝街的皮貨商。」

「我真搞不懂，人們做心理治療不都是來尋求幫助的嗎？我的意思是，她為什麼要裝成別人來找你？為什麼拒絕依據自己的病史尋求協助，而要用她杜撰的身分？」

「她大概想試試，用新的身分能否整理清楚自己的故事。還有，我覺得無論她宣稱自己是誰，她都深陷麻煩。她已經瀕臨崩潰邊緣了，不管她說自己是誰，真的沒有差別。不管她是蕊娜塔或莎瓦娜，她已經退無可退，自稱蕊娜塔，僅是她狀態的一部分。」
「她何時招認她不是蕊娜塔？」
「我問她一連串關於她過去的問題，她都答不上來。我問她去哪個會堂，結果她不懂會堂指的是猶太教堂。我問她，她上哪座教堂，還有她小時候的拉比叫什麼名字。她說母親都煮猶太食物，但我問她有沒有吃過 trayf[31]，她卻聽不懂。她雖表示父母來自加利西亞的猶太區，對意第緒語卻幾乎不懂。最後我告訴她，我不相信她說的故事，如果要我幫她，我得知道真相。我還對她說，我覺得她長得不像猶太人。」
「你有種族歧視，我一看見你就知道了。」
「你姊姊有張典型的非猶太臉。」她笑著說。
「這算一種無法原諒的侮辱嗎？」
「不算，只是一種無可否認的事實。」
「你揭穿她後，她怎麼做？」
「她站起來走出我的辦公室，連聲再見都沒說。下次的約診也沒來，但打了電話取消。再下一次見面，她告訴我，她以前叫莎瓦娜．溫格，但她打算換個新身分，搬到西岸去，以

31 意為不符合猶太教義的食物。

蕊娜塔．賀本的身分度過餘生，只要她活著，便永遠不再跟任何家人聯絡。她說，見到任何一個家人都令她痛苦不堪，她再也無法承受那些回憶，而且她正在逐漸流失記憶。她拒絕繼續活在巨大的痛苦裡，她已經痛苦太久了。她覺得當蕊娜塔．賀本還有機會過正常生活，可是做莎瓦娜．溫格，她一定活不過一年。」

「天啊。」我閉上眼睛，試著回想小時候，卡羅萊納陽光下三個瘦小的金髮孩童。我看見了一條河：沼地的飛鳥在河口沙洲捕魚，我們三個小孩在綠色的河中泅泳，滿潮的水面靜止如布面。我們很小的時候，就發展出一種儀式，全世界僅有我們三個人知道。每次一挨打、受傷或難過，每次爸媽處罰或打我們，我們就跑到浮碼頭盡頭，躍入陽光烘暖的河裡，游出十碼，到渠道中手拉手環成一圈。我們一起漂浮，緊拉著手，形成牢不可破的圓圈。我拉著莎瓦娜和路克的手，三個人在水中圍成一個血肉相連的環。路克會打手勢，然後我們吸氣沉入河底，手仍緊緊牽著。我們會在水底待到其中一人用力握住另外兩人的手，才一齊浮上去衝破水面，迎向陽光大口喘氣。我在河底時，會在陰暗的鹹水裡張開眼睛，看著哥哥姊姊幽黑的身影，胚胎似的漂在身旁，感受到彼此的脣齒相依。我們以無聲而充滿愛的三角形朝水面升起，脈搏彼此緊貼，迎向生命的光明與恐懼。潛在水底時，我們知道那是個沒有父母親、安全而寂靜的世界；只有當我們的肺部再也撐不住，才會返回殘破的世界。安全之境僅供造訪，提供短暫的庇護。我們終究得回歸現實，面對河邊那個充滿傷害與悲痛的家。

此刻，在陸文斯汀醫生的辦公室裡，我好想躲進緩緩的水流和深深的河底。我想帶著姊姊，把她抱在懷裡，一起潛入蔚藍的海中，緊擁住她。我這個脫胎換骨的男人，將痛扁或毀滅任何傷害她的事物。當我思及或夢見莎瓦娜，我總是能夠為了保護她而奪下最精良銳利的大型武器。可惜在現實生活裡，我甚至無法阻止發狂的莎瓦娜割傷自己腕上柔弱的血管。

「我對莎瓦娜說，我會盡一切力量幫她，可是我必須知道她在逃避過去什麼事，否則施不上力。除非她解決掉莎瓦娜．溫格的問題，否則我不認為蕊娜塔．賀本有機會活下去。」

「你為什麼要協助病人變成別人？我的意思是，這樣做合乎道德嗎？不合乎的話，你依據的是什麼心理治療的統計數據？你究竟如何知道，這樣做對莎瓦娜最有幫助？萬一你錯了呢？」

「我從沒看過這樣的病例，所以我並非依據任何專業文獻，我也不贊成協助莎瓦娜變成蕊娜塔．賀本，我僅告訴她，我會盡量幫她變成身心最融合、裡外一致的人。她得做艱難的選擇，我會輔助她為自己做出適切的抉擇。」

「陸文斯汀醫生，你沒有權利對莎瓦娜那樣做。你沒有權利把她變成永遠跟家人斷聯的人。我無法接受這種把我南方的姊姊變成猶太作家的治療方式。你現在做的不是心理治療，是妖法、巫術，是所有邪術的綜合。如果莎瓦娜想變成蕊娜塔．賀本，那只是表示她瘋了。」

「也有可能是健康的一種表徵。我真的不知道。」

我突然倦極了，從靈魂深處感到倦怠。我把頭靠在椅背上，閉起眼睛，整理思緒，絞盡腦汁，想擠出反駁陸文斯汀的合理論述，卻感到疲累而疏離，想不出理由。

終於，我擠出力氣說：「陸文斯汀，這就是我痛恨這個時代的原因。為什麼我要生在佛洛伊德的世紀？我痛恨他的胡言亂語，討厭他狂熱的追隨者、他奧祕難解的心靈咒語、無法證實的夢的理論、對人性做全面無止境的分類。我想聲明——這是我仔細推敲且深思熟慮後想說的——操他媽的佛洛伊德，操他媽、他爸、他兒孫子女、操他家的貓狗和鸚鵡，還有維也納動物園裡所有的動物。操他的書、他的點子、理論、白日夢、骯髒的幻想，操他坐的那把椅子。我要年復一年、日復一日、一小時又一小時地操這個世紀，把這悲慘失敗的百年歲月中的一切，沖到佛洛伊德的臭馬桶裡。最後，去你媽的陸文斯汀，去他的莎瓦娜，去他的蕊娜塔．賀本，去他的所有我老姊將來想變成的人。只要我一能走，我就要離開你這間設備齊全的辦公室，收拾簡單的行李，找個不會說話的計程車司機載我去機場。老湯姆要回到他那愛上心臟專科醫師的老婆身邊了，那件事雖然很糟糕，至少能夠理解。但莎瓦娜和蕊娜塔的事，我完全沒法懂。」

「你說完了嗎，湯姆？」

「沒有，等我一想到能真正羞辱你的話，我就要再大罵一回。」

「我一開始沒告訴你，或許是我錯了，但那是我的決定。因為莎瓦娜事先警告過要我小心你。莎瓦娜太了解你了，她知道你雖然會作勢幫忙，骨子裡卻以她的問題為恥。你害怕那些問題，你會不計一切地擺脫它們、否定它們、把它們扔進黑暗裡。但她也知道你的家庭意識強，又有責任感。我的工作便是平衡這兩股力道。如果我不需要你就辦得到，老天保佑，我一定這麼做。我一直怕你知道這件事的這一天——我害怕你的自以為是與憤怒。」

「你期望我怎麼反應？如果我對柏納德做同樣的事呢？如果我不是教這個憂鬱到病態的孩子打球，而是教他如何擺脫可悲的家庭生活呢？『換個名字，柏納德，跟我到南卡羅萊納，我們會讓你加入足球隊，幫你找個好人家，讓你重新來過。』」

「這不同，你很清楚，我兒子沒有自殺過。」

「給他一點時間，陸文斯汀。再給他一點時間，他就會變那樣了。」

「你這個混蛋。」她說。我沒看見她拿起茶几上的《美國傳統英語辭典》，神準無比地朝我扔過來。

辭典正中我的鼻子，從我腿上彈開，掉在地板上，掀開在第七六四頁，我震驚地垂著眼，看到「排水量」一詞。接著我看到自己的血，模糊了俄羅斯數學家羅巴契斯基（Nikolai Ivanovich Lobachevski）的簡介。我抬手摸摸鼻子，血從指間湧出。

「噢，我的天。」她為自己的失控感到驚駭，把手帕遞給我。「痛嗎？」

「嗯，挺痛的。」

「我有一些鎮定劑。」她說著打開皮包。

我大笑，血卻流得更快，我只好打住。「你以為在鼻孔裡塞兩顆鎮定劑就能止血嗎？你沒去當外科醫生真是世界的福音。」

「藥有可能幫助你鎮定。」

「我沒有情緒激動，我只是在流血，你把我弄傷了，我可以告你醫療失當。」我說。

「是你把我逼瘋的，我這輩子從來沒有動粗過。」
「現在有了，剛才扔得真準。」
「血還在流。」
「因為你差點打掉我的鼻子。」說著我把頭仰靠到椅背上，「麻煩你出去的時候，靜靜把門帶上，我會失血過多而死。」
「我覺得你應該去看醫生。」
「我現在不就跟一個醫生在一起。」
「你懂我的意思。」
「你何不去精神病院，幫我找個思覺失調的患者來，我會用他壓住鼻子一、兩個小時。醫生，放輕鬆，我又不是沒流過鼻血，這次也不會有事。」
「我真的很抱歉，湯姆，真的很不好意思。」
「我永遠不會原諒你。」整件事荒謬到害我差點笑出來。「我的天，這是什麼鬼日子。我被辭典給砸了，還發現姊姊想當個布魯克林的猶太人。老天！」
「湯姆，等你止血，拜託讓我請你吃午餐。」
「我要吃貴的，陸文斯汀。老子今天不吃熱狗、起司披薩，我想到了，我們去路堤斯或海岸餐廳，或四季飯店，我點的每樣東西都要現做，我要讓你破財，大破財。」
陸文斯汀醫師說：「待會午飯時，希望我們能嚴肅理性地談一談，我必須進一步解釋莎瓦娜、蕊娜塔的事，還有我為何……」

她說不下去了，因為被我的笑聲打斷。

我走進路堤斯餐廳，感覺像在夢遊，在揭開蕊娜塔的祕密，又流了一堆鼻血後，整個人暈頭脹腦的。梭納夫人喊著蘇珊的名字招呼她，兩人以流利的法文聊了一分鐘。蘇珊如此輕鬆自如，展現她高雅迷人的生活風貌與禮儀，再次令我讚歎。她不急不躁，進退有據，就像上流社會和富貴人家精心培育出來的女子。她是我在紐約遇見的，第一位沒被這座喧囂城市的巨大力量變得麻木不仁而可笑的人。她走在街上，泰然自若，舉止恰如其分。對我而言，她的自信是一種天賦。但話說回來，我只遇過來到紐約生活的外地人，蘇珊．陸文斯汀是我認識的第一個曼哈頓在地人。我發現在她淡定的外表下藏著熱情，我鼓脹的鼻子即是證明。

梭納夫人領我們到位置很好的桌席，僅困惑地瞄了一眼我塞在左邊鼻孔的衛生紙。我想她應該很少領著流鼻血的客人走進安靜的路堤斯餐廳吧。我表示歉意，到男廁拿掉可怕的衛生紙，等確定血止住了，才洗了把臉，回到主廳。我的鼻子腫得像膨鬆的麵團，我不帥，但我很餓。

一個渾身像被「傲慢」漿過的侍者為我們點好酒，我探過完美無缺的桌布，悄聲說：「酒送來後，我若把鼻子泡在酒裡幾分鐘，你不會太糗吧？酒可以消毒傷口。」

她點起一根菸，朝我吐了口煙。「至少你還能開玩笑。湯姆，我還是無法相信我竟然朝你丟書。有時候你真的很惹人生氣。」

「有時候我就是個混蛋。柏納德的事，我說了一些不可原諒的話，鼻子被書打扁是我活該，我欠你一個道歉。」

「我沒有善盡母親的責任，這對我一直是種折磨。」

「你不是個壞母親。柏納德還是青少年，青少年在定義上就是不合群，他們的本分就是搞叛逆，讓父母痛苦。」

侍者送上菜單，我仔細而緊張地研究著，這是我第一次離世界級廚師那麼近，我不想亂點菜，被廚師聽見，毀掉這次機會。我小心翼翼地詢問陸文斯汀在路堤斯吃過的每一道菜，坦承說，如果我點了某道大菜，結果跟她點的美味餚饈相較卻黯然失色，整頓飯就會毀了。最後她表示要幫我點餐，我坐著看她請侍者為我送上第一道鴨肝慕斯配杜松子。她幫我選的第二道菜是螃蟹魚湯，還對我擠擠眼，保證好吃。我的腦子快樂地轉著，聽她列出那些無可挑剔的主菜。她再次發現我的猶豫不決，難以取捨，於是她指示侍者，請梭納大廚準備兔肉。

「兔肉！」我吃驚地說。「所有暢銷美食雜誌都把這裡奉為美食聖堂，而你竟然點小兔子給我吃，這不是羞辱人嘛？」

「這將是你吃過最棒的一餐，你就信我吧。」她信心十足地說。

「你會介意我告訴侍者，我是《紐約時報》的美食評論家嗎？我要給廚子施加巨大壓力，讓他在廚房裡有超常表現。」

「你最好別那麼做。我來點些酒，然後我想談談莎瓦娜的事。」

「我能請侍者挪走桌上所有可能朝我飛過來的東西嗎？或者你能容許我戴上捕手面罩？」

「湯姆，你的朋友和家人會不會有時覺得你的玩笑有點多餘？」

「會啊，他們都覺得很煩。這頓飯我就不再多話了，醫生，我保證。」

酒送到桌上，一瓶瑪歌酒莊的上等好酒，鴨肝慕斯也同時上菜。我喝了口酒，香醇可口，感覺嘴巴歡快地唱著，後味如弦音般在舌上流連，感覺嘴裡一片花海。鴨肝慕斯令我高興自己還活著。

「我的天，陸文斯汀，這慕斯也太好吃了吧。」我呻吟說。「感覺卡路里大軍正邁向我的血管，我好想在這間餐廳找份工作增胖。」

「莎瓦娜非常壓抑她的童年。」陸文斯汀說。

「那跟鴨肝慕斯有什麼關係？」

「她一生中有些記憶空白的時候，她稱之為白色間隔。那些時候，好像就是她幻覺失控的時候。它們似乎存在於時間、空間或理性之外。」

「她記性一向差。」

「她告訴我，成長期間一直有記憶力的問題，卻不敢提，那是她可怕的祕密。她說因為失憶，她總覺得自己與眾不同，沒有安全感，又孤獨。她被失去的時間、記不得的日子給囚困了。她最近很煩惱，因為她的寫作受到影響，覺得瘋病攻擊得她快招架不住。她最害怕的，就是進入零記憶的白色間隔期，再也回不來。」

我看著陸文斯汀說話，她的表情愈加柔和，這轉變來自她對這份職業的熱愛。我在她辦公室裡也感受過這份熱情，她身處受傷被虐的靈魂之間，熱切地扮演過客的角色。她生動地回憶莎瓦娜最初到她辦公室的幾個月，談著生活、青春、工作，但莎瓦娜總是有不可置信的失憶、模糊與斷鏈的記憶，令她一再受挫，遇到瓶頸。某個深藏在莎瓦娜潛意識裡的東西在作祟，抹去整段青春。每次回顧童年，僅能想起殘破的片段，而這些回憶全與隱晦不明的恐懼有關。每次莎瓦娜想起童年的景象——一隻慵懶飛翔的水鳥，捕蝦船隆隆的引擎，母親在廚房裡的聲音——莎瓦娜便會遁入一片黑暗、沒有時間的領域裡，進入到一個不屬於自己的生命中。這種情形持續了兩年，她憑著意志力，訓練自己只專注在紐約的生活上。她的詩集《曼哈頓思錄》，就是在她覺得恢復力氣，感受到語言的張力，看到自己再次成為世界中心時，用短短三個月一口氣完成的愛之歌與安魂曲。

童書的撰寫，把她捲回悄然共存的瘋狂裡。她在夢魘中撞見那篇故事，之後一口氣寫了八小時，把夢中的故事一五一十寫下來。寫稿的時候她才發現，自己寫下的正是生命中失憶的一段。她覺得故事有所欠缺，而且欠缺的元素比她捕捉到的力量更為強大。三個男人特別觸痛她的心，他們闖入家門，擾動她心中的某個聲音，那聲音飄忽遙遠，像教堂散在風中的鐘聲。她仔細研究故事，當它是失落的神聖經文，裡頭寫著她謎樣人生中難以理解的典故。

她再三閱讀，相信這個故事等同或勾勒出某種更重大的意涵。她曾經有過某種遭遇，但她僅能從自己所寫的故事中看出一項缺失的元素：她父親從二戰帶回來，放在前門邊桌上的聖嬰像。她不知道聖嬰像在這個故事裡扮演什麼角色，但她知道雕像應該要在那裡。蕊娜塔自殺之後，聖嬰雕像便會醜惡地在她發病時出現在幻象裡。聖嬰像加入她腦海裡的雜亂聲音，跟叫她自殺的黑狗和復仇天使同聲一氣。這些幻影從小就無時無刻不對她疲勞轟炸，譏諷她毫無價值，誘哄她尋死。她看到狗群掛在公寓牆面的肉鈎子上，身體痛苦扭曲。成千上百隻釘在十字架上的狗兒高聲吼叫，聲音交疊綿長，喊著要她自盡。「牠們不是真的，牠們不是真的。」莎瓦娜不斷對自己說，聲音卻被刺穿的狗群邪惡淒厲的控訴掩蓋住了。莎瓦娜會從客廳椅子上起身，走進浴室，躲避狗群。結果她看見流著經血的天使掛在浴簾桿和天花板上，斷頸的天使發出痛苦的呻吟，用細柔的聲音懇請她陪祂們回家，回到遼天濶地的安全之境，回到可悠然長眠的走廊，回到寂靜無聲的長夜，天使在那裡將完整無缺，仁慈可親。祂們霸道地一齊朝她伸出雙臂，黑洞般的眼窩裡流著膿水。莎瓦娜看到天使上方垂著聖嬰的小腳，他被處死掛在天花板上，面部扭曲瘀紫，聖嬰用母親的聲音對她說話，喝令她保持安靜。每次莎瓦娜拿出刮鬍刀片開始數著，就聽見掛在肉鈎上的狗群歡喜扭動，容貌盡毀的天使發出尖銳且無所不在的狂喜之聲。莎瓦娜每天晚上數著刀片，聆聽妖異世界的瘋狂叫囂，或喃喃禱求她自殺。

「我在莎瓦娜企圖自殺前兩個月才為她看診，當時並未完全了解她有自殘的風險。治療的過程令人激動，其實心理學家不應該有這種感覺，得保持冷靜、距離、專業態度。可是莎瓦娜的詩深深觸動了我，她的文字與意象令我神馳。我犯了一個錯，湯姆，我想成為治好詩人的人，讓她能重拾寫作的心理醫師，我犯了傲慢的大錯。」

「這不是傲慢，你只是覺得事情太奇怪了，就像我。」我切著盤子上的兔肉說。

「我不懂。」

「舉我的經驗為例。我聽說姊姊在快樂的曼哈頓島上割腕，便趕來此地扮演救命恩人的角色，成為一個我能演出的角色，二十世紀的耶穌。對了，在我的夢裡，我在樂隊中跟著行進，或兩手綁在背後。因為此事讓我覺得被需要，自覺高人一等。偉大的雙胞胎弟弟騎上駿馬，前去解救他那瘋狂又自殺未遂的詩人姊姊。」

「如果我第一天就告訴你，莎瓦娜打算從紐約消失，搬到陌生城市，以蕊娜塔・賀本的身分過日子呢？」

「我一定會笑掉大牙。」我承認道。

「一定。我們見面第一天，你就很坦白地表示不信心理治療這一套。」

「醫生，我是在幸運之城長大的，我們連精神科醫生是什麼都不曉得。」

「是，一個非常幸運的城鎮，按照你對科勒頓的描述，整個地方好像被某種集體精神病折磨。」

「科勒頓再也不受任何折磨了。」我把注意力轉到兔肉上，然後接著說：「你還沒解釋，莎瓦娜為何無法對你說出我講的那些故事。」

「我曾試著告訴你，可是你不是不聽，就是不相信我的解釋。她的記憶中有很大段的空白，有些斷層長達數年之久。有一次莎瓦娜告訴我，你可以填補這些故事的空缺。你總對我說，你與莎瓦娜有雙胞胎間特有的親近。一開始我不太相信，因為我覺得你是她問題的一部分，但你說服我了。」

「謝了。」

「在你們成長期間，你對莎瓦娜很重要。你和路克幫她防範世界，尤其是她的世界。雖然莎瓦娜從一開始就十分特異，但她的兄弟給了她正常的外在世界。你們兩人帶引她，度過極度艱困的童年。而你，湯姆，扮演了關鍵角色。她從很小就會阻斷記憶，從致命的回憶中抽離自己。我稱之為壓抑，但我知道你討厭我使用佛洛伊德的術語。於是莎瓦娜從很小便賦予你一項工作，你成了她的記憶，你是她面對過去的窗口。你總能在她從抑鬱中恢復過來時，告訴她發生過什麼事，她人在何處，曾經說過什麼話。」

「如果她沒有記憶，她如何能成為詩人？」

「因為她才華洋溢，而且她的詩，來自於身而為人、身為女人，在我們社會中掙扎求存的痛苦。」

「你覺得她最早是在什麼時候把記憶的重擔託付給我的？」

「她對你們幼年時期的記憶記得比你還多。她記得你們很小的時候，母親很凶暴。」

「胡扯，媽媽雖不完美，但並不凶暴，莎瓦娜把媽媽跟老爸搞混了。」我慢慢咀嚼說。

「你怎麼知道？」

「因為我在場，你可以稱我為目擊者好嗎，陸文斯汀。」我反嗆道。

「可是你有沒有發現，你對我講述家族史的開端，是先從你們在暴風雨中出生說起，那件事你根本不可能記得。你只是重述自己聽來的家族神話，這很自然，湯姆。然後你就直接跳過六年，講到在亞特蘭大上一年級的事。那最初六年裡發生什麼事？」

「我們那時還是嬰幼兒，我們嘔吐、大便、喝母奶、長大。我哪會記得那麼多？」

「莎瓦娜就記得，她記得的事情有點太多了。」

「全是胡扯，狗屎屁話。」我說，但我只能想起人生那段時期的一個畫面：月亮打東邊升起，被母親召喚出來的月亮。

「有可能，但莎瓦娜的話，對我這個資深心理醫師來說，確實反映出一些事實。」

「拜託別跟我講心理治療的事，陸文斯汀，在我離開紐約之前，千萬別破壞我對心理醫師的厭惡。」

「湯姆，我完全不介意你痛恨心理治療。」她冷靜地說。「這點你已經說得很清楚，我也不會掛意了。事實上，我覺得你在這個議題上蠢得反而可愛。」

「這事以後再討論。」我指指餐廳，「這裡是路堤斯，我一直很想來這裡吃飯，我讀過這間餐廳的報導，《紐約時報》形容這裡是美食天堂。我想坐在美食天堂裡好好品嘗食物。這瓶酒是在本人口中流轉過最美味的液體。這裡氣氛一流，低調優雅，當然了，我比較喜歡高調的奢華，因為本人是鄉巴佬，還沒進化到能欣賞低調。不過這裡很棒，真的很棒。當你這輩子第一次也是最後一次來到路堤斯用餐，你會想談藝術、詩、美食，也許談點哲學，反之，談到莎瓦娜看到眼窩流膿的天使，這家餐廳的魅力就扣分了。你明白嗎？這裡是美食天堂，而且我的鼻子很痛，我需要時間消化這一切。三小時之前，我還以為莎瓦娜只是單純的發瘋。我對整件事真的很難接受。陸文斯汀，麻煩你從我的角度看。今天早上你向我重新介紹了我原本認識了三十六年的雙胞胎姊姊：哇，我們要給小湯姆一個驚喜！湯姆，這不是你真正的姊姊，她是蕊娜塔．賀本。不過等等，鄉巴佬湯姆，這還不是全部哦，她打算搬走，而且後半生都不想再見到你。而當我發現自己被蒙在鼓裡這麼久，覺得不高興的時候，姊姊那位受過專業訓練的心理醫師就對我的鼻子丟字典，害我流了一堆血。這頓飯是你害我流失寶貴的鮮血所做的補償，現在我想改變話題，談談最新的電影或本月新書。」

「我們來談談她的童年故事。」她建議說。

「哈，要研究羅塞塔石碑[32]了嗎？莎瓦娜試過要刻畫邪惡，但她寫不出來。她寫得很唯

---

32 Rosetta stone：公元前一九六年的石碑，碑上的刻文使學者得以解讀出失傳千年的埃及象形文字字意與結構。

美，她背叛了自己和天賦，把邪惡變得討喜。」

「那是虛構的，只是個故事。」

「那不該寫成小說，應該寫出冰冷的事實。莎瓦娜有足夠的功力寫出那篇故事，讓它震撼全世界，那故事不該被美化，當成床邊故事讀給孩子聽，而應該讓男男女女因悲憫與憤怒而跪倒發顫。莎瓦娜沒有忠實地寫出故事，她用唯美圓滿的結局呈現那個故事，是一種罪惡。讀者讀完後，理應傷心流淚才對。明天我會把故事告訴你，裡頭沒有多話的蜘蛛或可愛的狗或口齒不清地對牛王傳訊的小牛或任何狗屁倒灶的東西。」

「藝術家並非只能刻畫事實，湯姆。」

「她確實沒有。」

「你明白我的意思，藝術家以他們自己的方式呈現事實。」

「或以自己的方式撒謊。我可以向你保證，莎瓦娜的那篇故事是謊話。」

「也許她講出了她能力所及的所有事實。」

「胡扯。我向來知道，她總有一天會寫到這件事。我知道我母親一直擔驚受怕，就怕莎瓦娜把它寫成白紙黑字。可是我們從來沒有人大聲說出當天在島上出了什麼事。我開始讀她的書的時候，以為她終於要公諸於世了，結果卻在書中的三個孩子獲得魔法時，看到她失去勇氣。我們根本沒有能夠保護自己的魔法。」

「湯姆，她在書中已經說出夠多事了，多到她企圖自殺。」

「你說的對，可是你能幫我帶個話給她嗎？告訴她，如果她決定成為蕊娜塔・賀本，我會去舊金山或香港或任何她決定落腳的地方看她，而且永遠不讓任何人知道我是她弟弟。我會假裝成她在南方詩歌朗誦會或藝術展上認識的朋友。對我來說，最糟的事，莫過於她人間消失，我會受不了，我真的無法承受，沒有人比莎瓦娜更了解其中的原因。我希望她活著，希望她快樂，如果我無法見她，我還是會愛她，無論她做什麼，我都愛她。」

「我會轉告她的，還有，湯姆，我向你保證，你若繼續協助我，我一定把你姊姊還給你，她很努力在拯救自己，她真的非常努力。」

陸文斯汀伸過桌面握住我的手，拉起我的手送到自己脣邊，咬住我的手背，那是我在路堤斯吃飯時，最深刻的記憶。

21

在路堤斯吃午飯的同一天晚上，我打電話到查勒斯登的母親家中。我灌了兩份波本威士忌，才有辦法撥打那個會聽到她聲音並把我失控地帶回過往的恐怖號碼。母親在電話上僅花一、兩分鐘時間，便憑著機智一本正經地毀掉我的生活。

我花了大半個下午，研讀陸文斯汀醫師借我看的各種精神病史的案例。全都是些受盡折磨、童年遭受嚴重創傷的靈魂，他們精心創造出各種護欄，保護自己，抵抗生命中難以承受之痛。這裡充滿各種幻象與苦痛，他們都不幸地出生在失能家庭中。報告病史的心理學家在文字與評論中表現出自得自喜的語氣，頗令人厭煩。這些醫師似乎都是些優秀的專家，讓那些自我分裂的靈魂回歸郊區，自在地種起草皮。全是宣告勝利與肯定的文獻，充滿讚譽，令我害怕，但我知道陸文斯汀想說什麼。無論我覺得莎瓦娜的狀況有多麼可怕，還是有理由抱持希望。莎瓦娜若是運氣不錯，如果陸文斯汀真的很厲害，而且所有的牌都終於都攤到桌上，姊姊確實可能從這次崩潰中復原，並拋下一生所有的心魔。

聽到查勒斯登那方的電話響，我又喝了一份波本酒。

「哈囉。」母親說。

「嗨，媽，我是湯姆。」

「噢，湯姆，親愛的，莎瓦娜還好嗎？」

「莎瓦娜還好，我想會沒事的。」

「我剛才正好讀到，精神疾病的治療有一些神奇的突破。我剪了一些文章，你一定要拿給莎瓦娜的心理醫師看。」

「我會的。」

「我要你站在醫生身後，確定她仔細看過。我能打電話給莎瓦娜了嗎？」

「也許很快就可以了，我不確定。」

「呃，你整個夏天在那邊做什麼？我真的覺得你太忽略老婆跟孩子了。」

「是啊，你說的對，不過我很快就回去了……媽，我打電話給你，是要告訴你，我打算告訴心理醫師，那天在島上發生的事。」

「那天什麼事**都沒**發生。」我母親明確冷靜地說。「我們約定過的，湯姆，我覺得你應該信守諾言。」

「媽，那是個愚蠢的諾言。我知道那是困擾莎瓦娜的往事之一，如果說出一切，或許能幫到莎瓦娜和她的醫生，這些談話都會保密的，都是過去的事了。」

「我根本不想聽你提這件事。」

「媽，我知道你想讓我有罪惡感，我根本不必打電話知會你，我大可直接告訴醫生，可是我覺得說出來或許能幫助我們大伙，包括你在內。」

「不會，你絕不能提，那件事差點毀掉我們一生。」她高吼道。

「那已經毀掉我們部分的人生了，媽。我甚至無法大聲說出那天出了什麼事，莎莉完全不知情，路克絕口不提，莎瓦娜甚至不記得了。那件事就是如此醜惡、可怕地活在我們所有人心裡，該是時候把它說出來了。」

「我不許你那麼做。」

「媽，我說定了。」

一陣死寂，我知道她在想辦法。「湯姆……」我聽到她用熟悉而令人難安的語氣說，我繃緊皮，準備接受攻擊。「我非常不想告訴你這件事，兒子，不過莎莉大剌剌地在醫院裡跟另一個醫生搞外遇，這件事已成了查勒斯登的八卦。」

「媽，你明明就很享受告訴我這事，謝謝你珍貴的小道消息，不過莎莉已經跟我招認了。我能跟你說什麼呢？我們是現代夫妻，我們喜歡泡熱水澡、愛吃中國菜、看外國電影、跟陌生人亂搞。媽，那是莎莉個人的事，不是你的。」

「可是你打算揭露的是我的事。湯姆，如果你告訴莎瓦娜，她遲早會寫出來。」

「原來你是在擔心這個。」

「不，我擔心的是會造成可怕的新傷害，湯姆，那件事我已經全都忘了，根本不會去想，你答應過絕口不再提的。」

「說出來並不會造成任何傷害。」

「會對我造成極大的傷害，我可能會失去擁有的一切，我丈夫要是知道了，我可能會失去他。湯姆，我若是你，我會更難啟齒，到時你得把自己當天的遭遇也供出來。」

「我會說的，媽。很高興跟你聊天，孩子都還好嗎？你最近見過她們嗎？」

「她們似乎還不錯，三個被爸媽遺棄不管的孩子，能過成那樣算是可以了吧。你要我去跟莎莉談談，說我不高興她外遇嗎？」

「天啊，不要，拜託別找她談，那是最糟糕的作法。任由她去吧，過去兩三年，我一直不是好丈夫。」

「你跟你父親一模一樣。」

「我知道，媽，意思就是，我就是一文不值的狗屎，如果你能不對莎莉提半個字，我會很感激的。」

「罷了，也許我們可以做個交換條件。你若不說那件事，我就不提這檔事。」母親說。

「媽，我這麼做是為了幫莎瓦娜，我知道你不相信，你以為我說出來只是為了傷害你，但那不是真的。」

「一扯到我的孩子，我就不知道該相信什麼了。我被自己的孩子傷害過這麼多次，連他們待我好，我都不敢相信。我老是懷疑他們想要什麼，他們要如何背叛我。早知道你們幾個將來會變成這樣，我就該趁你們還是嬰兒的時候，在睡夢中弄死你們。」

「就我們的童年來看，弄死我們聽起來倒像是一種慈悲。」我覺得太陽穴充血，很想打住話頭，卻收不住……「媽，再說下去沒完沒了，在我們開始互相傷害前先住手吧。我打電話來，是因為覺得欠你一個解釋，那幾乎是二十年前的事了，不能怪我們任何人，那是上帝的旨意。」

「我認為是魔鬼的旨意，親愛的。但我會建議你假裝什麼都沒發生地活下去，對莎瓦娜會好很多。你曉得她多病態，而我知道，那對你我也比較好。」

「媽，你這套理論是從哪兒來的？你怎會覺得，如果假裝一件事沒發生，那件事就不會影響你？」

「那是常識，湯姆，我若是你，就不會活在過去，我會往前看。我就是那麼做的，我從來不去回顧。你知道我過去兩年，連一次都沒想到你父親嗎？」

「媽，你和他結婚三十多年，他一定會以吸血鬼的身分，出現在你的噩夢裡或之類的。」

她對我保證：「一次都沒有。我一旦向過去某件事道別，就會把門封住，再也不去想了。」

「那麼路克呢？」

「什麼？」她說。

「你有沒有想起過路克？」我冷冷地重申一遍，話一出口，透過電纜傳到查勒斯登，我便後悔了。

「你太惡劣了，湯姆。」母親啞聲說，輕輕放下聽筒。

我考慮回撥給她，可是我們之間有太多未解的心結。我得費盡心力，才能從母親的善意中恢復過來，在電話上，我做不到從容與智巧。我和母親已許久不以朋友相待；多年來，她講的任何一個字，都會被我解讀成是對我靈魂的溫柔攻擊，是害我惶然無助的狡猾手法。我雖然恨她，卻不得不佩服她。由於我無法了解母親，因此在面對世上所有女人時，我會將她們視為陌生人與敵人。由於不了解母親對我強烈而危險的愛，我永遠無法心無罣礙地接受女人的愛。對我來說，愛總是披上美麗的偽裝，會因溫柔而變形。把自己母親當成敵人雖非世上最糟之事，但亦不遠矣。

我再次撥打電話，鈴響四次，我聽到莎莉在另一頭接起。

「嗨，莎莉，是我，湯姆。」

「哈囉，湯姆。」她用姊妹淘的語氣說，「我們今天收到你的信了，三個女兒全坐在餐桌上給你寫信。」

「太好了。莎莉，我母親剛才威脅說要打電話給你，表達她的道德譴責。不知怎的，她知道你和那個醫生的事了。」

「你沒告訴她吧，湯姆？噢，天啊，我只要求你這個。」

「沒有，我當然沒說。」

「你告訴她，那只是個惡劣的謠言，說你相信我的清白嗎？」

「沒有，真希望我是那樣說，我只當我們是兩個漸老的浪子，像郊區的貂鼠一樣到處亂鑽。我告訴她我全都知道。」

「她怎麼回應？」

「她挺高興她兒子落難到綠雲罩頂，然後威脅要打電話給你，把你訓斥一番。我想我最好先警告你，她聲稱全查勒斯登的人都知道你外遇了。」

莎莉沒說話。

「你做出任何決定了嗎？」我把頭往後靠在姊姊最愛的椅背上問。「我是指關於我們兩個人，關於你，關於他，關於這個討厭的世界。」

「湯姆，別再說了。」

「他告訴他老婆了嗎？那才是關鍵時刻——當他向他老婆坦白時。」

「他考慮下週說。」

「那麼我該回家了。」

「湯姆，那樣恐怕不方便。」

「到時你可以從家裡搬出去，住到法蘭西斯旅館。聽著，莎莉，我希望你在家，希望你還是我老婆，我想追求你，在海灘、餐桌、車頂上做愛，一起在銅河橋廝混。我會跳踢踏舞，幫你全身塗滿鮮奶油，然後慢慢舔掉，你想怎樣，我都為你做，我保證。我在紐約想通了很多事情，其中一項就是我愛你，我會努力爭取你留下來。」

「我不確定，湯姆。」

「你不確定。」我大喊。

「湯姆，聽起來很棒，可是如果你能去掉機巧的玩笑話，會更受用。你知道嗎，你從來沒有正經八百地說過你愛我。」

「莎莉，你清楚那不是真的。我會在夜裡害羞尷尬地告訴你，我愛你。我說過很多次。」

「傑克總說他愛我，他從不覺得尷尬難堪，只是坦白地、情真意切地說他愛我。」

「電話上很難深談。幫我抱抱孩子。」

「明天早點打過來，好讓她們跟你說話。」

「我會的，好好照顧自己，莎莉。這件事你別急，好好考慮。」

「我幾乎很少想別的事。」

「再見，莎莉。」

我在掛電話時說「我愛你，莎莉」，我對著空蕩蕩的漆黑屋子，說得坦白、情真意切，不帶半分機巧與玩笑。

22

畢業那晚，母親拿出兩個大盒子，給正在著裝準備參加畢業典禮的我和路克。她給莎瓦娜一份精心包裝的小禮物。

「我如果有錢，就會是三輛停在草地上的凱迪拉克，我只要遞上三把鑰匙就好了。」母親聲音哽咽，十分感傷。

「說到有錢，前幾天我想到一個絕佳的點子……」父親說，但被母親一瞪，就不敢再往下說了。

莎瓦娜率先打開禮物，拿出一枝鍍金的鋼筆，她拿到燈光下看。

「你可以用它寫在紐約的第一本書。」母親說。

莎瓦娜用力抱住母親。「媽媽，謝謝你，這筆好美。」

「筆很貴，但我是在打折的時候買的，我想如果你能用枝漂亮的筆，一定能寫出更美的詩。」

「我會拿它寫出優美的詩，媽媽，我保證。」莎瓦娜說。

「寫一首關於偉大老爸的詩。偉大的詩人，得描寫像我這樣真正偉大的主題。」父親說。

「這點子太蠢了，亨利。」母親說。

「我一定會寫很多關於你們的詩。」莎瓦娜衝著我們笑。

「打開你們的禮物。」母親要求我和路克。

我和路克一起拆開禮物，我先打開我的，看到母親做的一件深藍色獵裝。路克從他的盒子裡拿出一件一模一樣但大上許多的。我們套上衣服，合身極了。母親趁我們上學時，坐在縫紉機前趕工好幾個月，就為了這一刻。我走到母親房間，用她的穿衣鏡自照，這是我生平首次覺得自己帥氣。

母親雲朵似的輕輕飄到我身後，感覺很不真實，她悄聲說：「我告訴過你，你一定會記住自己的第一件獵裝。」

「我看起來怎麼樣？」

「我要是夠年輕，一定倒追你。」

「媽，別亂講。」我臉紅了。

「我只是講實話而已，你比你爸爸最帥的時候還要好看。」

「我聽到囉，那是個大謊話。」父親從客廳裡喊。

畢業典禮在體育館舉行，高三學生兩兩成行，伴著畢業進行曲的樂聲從前方入口進去。宣布莎瓦娜擔任代表致辭時，母親、爺爺、奶奶起身大聲歡呼，莎瓦娜走到講台上發表，父親站在講台附近拍下她整場演說，打算留給後人觀賞。莎瓦娜演說的開場白是：「我們在河流樸實無華的樂聲中，不知不覺地長大了，我們在水邊度過童年，在卡羅萊納南方最迷人的小地方接受熏陶。」她的演說令人印象深刻，道盡烙於眾人心中的一幅幅影像。這是詩人首次公開露面，她意氣風發地揮灑文字，如孔雀開屏般歡欣地展現華麗的尾羽。莎瓦娜用她縱橫的才氣做最終幕的演出與道別，以她別出心裁、教人難忘的方式，揮別我們即將離去的世界。

地方教育官員摩根．朗道爾逐一遞上我們的畢業證書，祝福大家鵬程萬里。汗流浹背的群眾客氣地給予每位學生鼓掌，可是當班吉．華盛頓走向朗道爾先生，領取他的畢業證書，看看台上響起竊竊私語。高三生則二話不說全體起立，為肅然接過畢業證書的班吉鼓掌，看著他以一貫的寂寞孤傲越過舞台，回到座位上。同學如此大張旗鼓，令他既訝異又難為情。我轉身看到班吉的母親寬慰地把臉貼在丈夫肩上，兒子漫長的苦難終於結束了。我們是在為歷史鼓掌，我為班吉．華盛頓歡呼時，想著我們是在為歷史，為改變，為前所未見的超人勇氣，以及為理想燃放的烈焰鼓掌。班吉快回到座位時，全場掌聲雷動，我想到今晚的南方不知有多少個班吉．華盛頓、多少位黑人兒女，在生來學習敬愛耶穌痛恨黑鬼的白人小孩環伺下，在千苦萬難的環境裡，試煉他們的底氣。

大伙再度配合音樂，步入六月的暑氣中。我汗水淋漓，因為堅持在畢業禮袍下穿上新獵裝。

畢業典禮後的午夜，我們坐在橋上，這座橋把梅洛斯島及我們的生活與美國大陸接連。明月在漲潮的水面上震顫，蒼淡的圓月映在流水中，上方是橫跨夜空的星子，底下是潮汐倒影中閃亮重生的星群。位於兩側的沼澤兼容並蓄地包納四方湧來的海潮，飄散著濃郁新鮮的熟悉氣味。對於造訪南方的旅客而言，沼澤的氣味並不討喜，可是對本地人來說，卻是地球的一股香氣。這股家鄉的氣味使我們鼻孔發顫，那是來自故鄉的強力慰藉。半島頂端兩側列著棕櫚樹，溪流像血管化分成微血管似的，分送出更小的溪流。一條黃貂魚在水面下游動，有如噩夢裡的小鳥。島上刮起一陣風，送來鼠尾草、金銀花、茉莉的香氣。夜的氣息轉瞬改變、退卻、加重，然後再次退去，像油醋醬般刺鼻，像鬍後水般獨特。

莎瓦娜坐在兩兄弟中間，楚楚動人。我攬住姊姊的肩膀，手掌勉強扣住路克粗厚的脖子。路克喝了一口野火雞牌威士忌，然後輪番遞給我們。路克買下這瓶波本威士忌，並非因為價格昂貴，而是因為令他聯想到在寒冷的冬晨獵殺火雞。

「現在都結束了，這一切表示什麼？」莎瓦娜說。

「這只是他們在放我們離開之前，我們必須經歷的過程。」路克說。

喝了波本的我放鬆下來。「也沒那麼糟，我敢打賭，以後我們回顧此時，這會是我們人生最美好的時光。」

「這時光很可怕。」莎瓦娜說。

「唉呀，別這樣，要往好處看。你老是往壞處想。」我把酒瓶遞給莎瓦娜，「就算碧空萬里，你也嚷嚷說會有颶風。」

「我很務實。」她用手肘頂我的肚子，「而你只是個可憐的笨蛋，你是我認識的人裡面，唯一喜歡高中生活的人。」

「所以我這個人很糟糕，是嗎？」我答說。

「我永遠沒法信賴任何喜歡高中生活的人。」莎瓦娜不理我，自顧自地繼續說，「我永遠無法信賴任何看來能忍受高中生活的人，我甚至會拒絕跟任何看似打過高中足球的人說話。」

「我就打過高中足球。」她的絕情令我受傷。

「我不就說了嘛。」她說著仰頭大笑。

「我不懂你幹麼那麼痛恨高中？你書讀得那麼好，你是畢業生代表、啦啦隊長、高三幹部，還獲選模範生。」

「模範生！」她酒喝多了，對著沼澤大吼大叫，「說得像這個頭銜很難拿到似的。我是這所高中裡少數有品格的人好嗎。」

「我的品格就很好。」我說。

「你傳球得分很在行，但不會用品格照亮世界。」莎瓦娜說。

「是啊，湯姆，你哪有什麼狗屁品格。」路克嘲弄說。

「你左邊的大塊頭是何方妖孽，莎瓦娜？」我掐緊路克的脖子說。「他當人類塊頭太大，當河馬又嫌太笨。這句話聰明吧，這就叫世界級的品格。」

「我倒是想當河馬，只要坐在河底，偶爾發點威就好了。」路克說。
「湯姆，你何不去上大學，探尋真正的自己？你何不花點時間，探究那個住在墊肩底下的靈魂，究竟是什麼樣的人？」她問。
「我清楚自己是什麼樣的人，我是湯姆．溫格，一個不折不扣，生於斯長於斯的南方人，我只是個想過平凡日子的平凡人。我將娶個平凡女子，生下平凡的孩子，即使我生於這個瘋癲的家庭，還有個不介意當河馬的哥哥。」
「像你這麼膚淺，一定會娶你遇見的第一個波霸妹。」莎瓦娜說。
「聽起來挺好的。」路克灌了口酒說。
「你呢，路克，你想怎樣？」莎瓦娜問。
「什麼怎樣？」
「怎樣過你的人生。今晚是我們的畢業之夜，我們應該談談自己的未來，為我們的命運做打算。」莎瓦娜說。
「我要像老爸一樣，當捕蝦船船長。夏天結束後，老爸會到銀行幫我籌錢，買一艘我自己的船。」
「他在銀行的信用紀錄那麼輝煌，我敢打包票，銀行連漁網和釣竿的錢都不會借他。」我說。
「他得先清償一些債務，我們才會去銀行。」
「你太大材小用了，路克。你可以發揮更多潛能，你太相信他們對你的評價。」莎瓦娜說。

「路克，你何不打電話給克萊門森或卡羅萊納大學的教練，告訴他們你決定替他們打足球？如果你肯加入，他們的球隊必然如虎添翼。」我說。

「你們知道我的分數進不了大學。若不是你們幫我作弊，我連高中都畢不了業。我不需要讓大學來提醒我很笨。」路克說。

「你才不笨，路克。那是他們餵給你的謊言，你竟然照單全收。」莎瓦娜說。

「莎瓦娜，謝謝你的美言，可是我們得面對現實。上帝給我肌肉，卻忘了附上腦子。我是班上倒數第二名畢業的，只有瓦倫．岡特墊在我後頭。」

「這個學期末，我在輔導室工作，幫羅帕卡先生登記成績，我在他去吃午飯的時候，看到我們三個人的智商。」莎瓦娜說。

「真的假的，那可是最高機密。」我說。

「反正我看到了，真的很有意思，尤其是路克的。你知道你的智商比湯姆高嗎？」

「什麼？」我很不高興地說。

「哈！」路克高聲狂喊，把長草裡一隻秧雞嚇到從窩裡竄出來。「把酒拿給湯姆，這件事會毀掉他的畢業之喜。」

「為什麼？大家都知道，智商不代表任何意義。」莎瓦娜問。

「你的智商多少，莎瓦娜？」我問。

「我一百四，是天才等級。對崇拜我的兄弟來說，我想應該不會訝異。」

「我呢？」路克問，我實在受不了他那種得意的語氣。

「路克，你的是一百一十九。湯姆一百一十五。」

「我是你的雙生弟弟欸，他媽的我們是雙胞胎。我要求重算。」我大聲說。

「我向來覺得湯姆有點遲鈍。」路克咧嘴笑說。

「放你媽的屁，路克。」我生氣又擔心。「我還以為雙胞胎的智商會一樣。」

「連同卵雙胞胎的智商都未必一樣了，不過你真的是比較倒楣的那個。」莎瓦娜樂呵呵地說。

「想想看，我竟然比你聰明，為了這點，我得喝酒慶祝。」路克說。

「可是我更善用自己的資質。」我說。

「是啦，你的確是，小弟。你挺善用你那點智商的。」路克答說，他和莎瓦娜仰倒在橋上大笑。

「哼，反正我將來決定當足球教練，不需要世界級的腦袋。」我伸手拿酒。

「你根本就不需要腦袋，真是白白浪費了，湯姆。」莎瓦娜說。

「你為何那樣說？」

「我想帶個暗殺小組，殺掉世上所有的教練。我們會到處去折磨每個二十一歲以上，穿運動衫，帶哨子的男男女女。」

「你打算怎麼折磨他們？」路克問。

「首先，我會逼他們聽古典音樂，要他們上一星期的芭蕾課，再強迫他們讀珍・奧斯汀全集，最後給他們做變性手術，連麻醉都跳過。」

「好暴力啊，莎瓦娜。你那美麗的腦袋瓜裡究竟轉著什麼奇怪的點子。」我說。

「如果湯姆想當教練，就讓他當教練吧。」路克插話說。「他為什麼不能做自己想做的事？」

「因為他可以更出色。」莎瓦娜堅持說，轉向我。「他把自己賤賣給了南方。湯姆，很遺憾，你是南方瘟疫的受害者，而且目前沒有可以救你的疫苗。」

「我猜，你想成為紐約那個鬼城市的大紅人。」我說。

「我一定會豔驚四座。」她簡單地說。

「媽媽還是希望你接受康佛斯學院的獎學金，前幾天我聽到她對托莉莎說了。」路克說。

「我寧可死，也不要在南卡羅萊納多待一天。你知道媽媽希望我怎樣嗎？她希望我嫁給在大學裡遇到的律師或醫師，然後在南卡的某個小鎮安家落戶，生四五個小孩。如果我生的是男孩，媽會希望我培養他們當醫生或律師。若是女孩，就要我栽培她們嫁給醫生或律師。對我來說，連她的夢想都飄著死亡的氣息。我才不吃她那一套，我要成為自己想做的人。在科勒頓，每個人對你都有既定的期許，每個人都期待你不會太過偏離那份期許。女孩全都得亭亭玉立，男孩都要勇猛威武。我才不要，我受夠隱藏自己、壓抑心中的感受了。我要去紐約那種不必害怕發掘真正自我的地方。」

「你在害怕什麼？」路克問。一隻夜鷺像害羞的飛蛾般飛過沼地。

「我怕自己待在這裡，最後會變得跟福魯特先生一樣發瘋或癲痴，到餐廳酒吧後門乞討三明治。我要去一個萬一我暫時發瘋也不會有人注意到的地方。在這裡，光是假裝自己跟其他人一樣，就快把我逼瘋了。我向來知道自己不同，我雖然生在南方，但這輩子沒有一天像南方人。這件事快把我逼死了，湯姆、路克，我從很小就病了，極度重病，我會看到東西，聽見聲音，作駭人的噩夢，每次我跟媽媽說，她就只會講『吞兩顆阿斯匹靈，晚飯後別吃任何甜點』。我用盡氣力才撐到現在。」

「你為什麼都不告訴我們？」路克問。

「你們能怎樣？」

「我們會叫你吞三顆阿斯匹靈，略過飯後的甜點。」我說。

「你知道我在底下的水裡看見什麼嗎？」她低頭凝視月亮照亮的潮水說，「裡頭有成千上百隻淹死的狗，睜大眼睛瞪著我。」

我俯望水中，僅看得到水。

「好吧，也許你應該搬去紐約。」我說。

「閉嘴，湯姆。」路克說，愛憐地看著莎瓦娜。「小姑娘，水裡沒有狗，那只是你的腦子在惡整你。」

「有時候我會看到聖嬰，你知道的，就是爸爸從德國帶回來的那個聖嬰像。聖嬰的眼球流著膿，招手要我跟隨，有時爸爸媽媽一絲不掛地吊在肉鉤子上，彼此咆哮，用利牙張咬對方，像狗一樣狂吠。」

「智商一百四也太慘了吧。」我說。

「閉嘴，湯姆。」路克語氣更加嚴厲地制止，我乖乖住口。

三人一陣靜默——詭異而不安的靜默。

「天啊，這太奇怪了。路克，酒傳過來。莎瓦娜，我建議你最好灌掉半瓶。老實說，要是我聽到那些聲音，看到那些景象，我會一直把自己灌醉，一早醒來就開喝，喝到晚上醉昏過去。」

「湯姆，你何不改當醫生，別當教練了？我們家姊妹出了問題，有大事想告訴我們，你卻只會坐在那兒說風涼話，我們得設法幫她，不是嘲笑她。」路克說。

「你們使不上力的，路克。我獨自面對這問題很久了，我曾要媽媽帶我到查勒斯登看心理醫師，可是她發現每小時收費要四十美元。」莎瓦娜說。

「四十美元一小時！」我吹哨說。「他們得幫我打手槍，外加一盒雪茄，才值一小時四十。媽的，也許我要改行當心理醫師。假如我一天工作十小時，一週六天，一年五十個星期，幫那些瞧見他們老媽掛在肉鈎子上的人，媽呀，那麼我每年稅前就能海撈十二萬。我都不知道幫瘋子忙可以賺大錢。」

「你醉了，湯姆。我不會再叫你閉嘴，我會把你扔進河裡，讓你清醒清醒。」路克說。

「你以為你能把我扔進這條溪裡？」我失控狂笑，「你是在對『可以更出色』的人說話。你是在對一個『大學足球員』說話呢，可不是那些高中娘炮。」

「不好意思，小姑娘，我得教教我老弟必須尊重長輩。」路克輕輕捏著莎瓦娜的臉頰說。

「別弄傷他，路克。他只是醉了。」

「醉了？」我嘻嘻哈哈尖聲說著，灌一大口酒。「我可以把郡內任何一個男人拚到醉掛。你坐好，路克，我不想讓你在女生面前出糗。」

路克從碼頭上站起身，我搖搖晃晃地迎向他，渾身酒膽。我歪歪斜斜走過去挑戰他，撲上去想把他的頭挾到腋下，結果卻清清楚楚看到北斗星，因為路克把我整個人抬起來丟進溪裡了。我嗆咳著站起來吐著水，聽到莎瓦娜的笑聲在沼地上迴盪。

「你這個大學足球員太遜了。」路克對我說，我在潮水裡掙扎，游回橋上。

「你最好別毀掉我的新獵裝，路克，否則我們這個暑假會每天拳腳相向。」

「這種大熱天，你根本就不該穿獵裝。」路克跟著我跳入溪裡，兩人在水中扭打，他把我按到水裡好幾回，直到我討饒。

「來吧，莎瓦娜。脫掉鞋子，我們像小時候一樣游回家。」路克喊道。

我脫掉鞋、長褲、獵裝，把衣服遞上去給莎瓦娜。她脫下棉洋裝，只著內衣褲站在我們上方，在月光襯映下美若雕像。

她把酒瓶高舉空中大喊：「對我們的未來敬最後一次酒。首先，我要敬湯姆。四分衛，你希望過什麼樣的生活？」

我仰漂著，抬眼望著姊姊被月光照亮的面龐，說道：「我想當個平凡善良的公民。」

「我們為平凡乾一杯。」她說罷灌一口酒。「路克，輪到敬你。」

「我是捕蝦人，我要過安穩日子。」

「敬安穩日子，乾杯。」她說。

「你呢，紐約嗎？我們也要敬你。」我說。

「我打算寫詩、撒野。我不但要撒野，還要當壞女孩。我要脫光衣服在第五大道上遊行，我要跟男人女人動物談戀愛，我要買隻鸚鵡，教牠說壞話。我要像老爸一樣，把一切拍下來，寄回來當家庭錄影帶。」

「把酒瓶給我。」路克朝大橋游去，從莎瓦娜手上接過酒瓶，喝了一口，然後順著潮水漂向我。「敬撒野。」他喝著酒，把酒瓶高舉在水面上遞給我。

「敬莎瓦娜．溫格，她是穿過荷蘭隧道[33]的女人當中，最他媽狂野的。」我大聲喊叫。

「再見，科勒頓。」她對亞特蘭大高喊。「再見，南方。再見，足球。再見，所有的鄉巴佬。再見，媽媽。再見，爸爸。還有，你好，大蘋果。」

我喝乾酒瓶，莎瓦娜做了個完美的前翻，幾乎沒濺起半點水花地落入水裡。

三個人任由輕蕩的潮水，把我們漂送回家。

那是我在島上所度過最美好的夏天。我慢慢做好離去的準備，結果竟發現沒有家人在身邊的我，不知道如何過活。我這輩子僅有幾次不是與家人同眠，我還沒做好準備，要拋開自己唯一知道，或目前僅知的生活方式。成長無法回頭，分離的恐懼襲捲而來，浮現在我每個道別的脆弱手勢裡。我想吶喊出心中無以名狀的激情。這場悲喜交錯、為期十八年的宴會就要結束了，而我無法承受，無法把心中的感受告訴他們。家庭也是大自然中的可溶物，如同雨裡的鹽分，會及時溶化。夏天再度降臨，河岸寂靜潺熱，我們在報上讀到，火蟻已經越過薩凡納河，攻占南卡羅萊納。路克在奇瓦島附近歷經一小時的纏鬥，好不容易捉到第一條海鰱，大魚健壯如馬，在水浪裡翻騰扭跳，等我們好不容易把海鰱拖上船，路克親吻著魚，以敬畏感激的姿態放生。莎瓦娜整個夏天都在畫水彩，模仿英國詩人狄蘭．湯瑪斯的詩作。日子在無聲中結束，螢火蟲在暮色中忽閃忽滅。

我努力整頓小時候在島上學來的片斷智慧，將之排列成序，就像未發現的列島一樣，以便能隨心所欲地回訪。我數著緩緩流逝的日子，就像細數在我手裡融解掉的玫瑰經念珠。每天清晨醒來，我目送父親離家上船捕蝦。夜裡，螢火蟲像偶現的星群飛過漆黑的暗夜，在這綠意盎然的初夏六月，緊張而不知所措的我們對彼此格外溫柔。

我們看到母親的眼神變得黯然，我們將之解讀成中年恐懼，她失去了人生目標，不知道

33 Holland Tunnel：連接曼哈頓與澤西市的隧道。

如何面對空巢期。三個孩子獲得了自由，她卻失去自我的定義。我們不放心丟下她與父親獨處。她生我們的氣，覺得我們長大成人是一種無可原諒的背叛。那個暑假，她一次都不許我們上捕蝦船陪父親工作，要求我們在最後一次難忘的夏日當全職小孩。她三十七歲了，為人母的日子已告結束，一想到要維持一個沒有子女歡笑與淚水的家，就無法忍受，我們所有時間幾乎都在陪她。蝦子再次游滿溪河，牛背鷺像新鮮的鹽柱，在島嶼中央的田野裡形成小小的柱廊。一切看似如常，卻即將掀起翻天覆地的巨變。我們就要遭遇瓦解一切慣常、改變一生的橫禍了。

七月十九日，母親三十七歲生日，我們為她慶生。莎瓦娜做了巧克力蛋糕，我和路克駕船到鎮上，在莎拉．柏司頓的店裡，買了最大瓶的香奈兒五號香水。柏司頓太太保證，只有「très élégante」，優雅的女士，才會噴香奈兒。雖然她的銷售技巧遠勝過她的法文，我們還是買下香水，看著她用淡紫色包裝紙把禮物包妥。

母親生日當晚，吹了三次，才吹熄所有蠟燭，大伙笑話她，她還擔心自己是否因年紀大而患上可怕的肺病。在燭火的金光下，母親的臉龐散放出異常美豔的光。她對我微笑時，我覺得在她私藏的濃烈愛意中得到了淨化。那晚母親親吻我時，我聞到她頸部維血管上的香奈兒甜香。母親抱著我，我好想大聲高呼，喊出一名男孩對母親的熱愛與柔情。我好想告訴她，我什麼都明白，對於我們在島上所過的日子，我一點也不怪她或父親。但我只是靜默不語，把頭枕在她肩上，聞著她甜美的髮香。

那晚，路克聽我和莎瓦娜聊著八月底要離開梅洛斯島的事，竟然崩潰了。路克和母親一樣，拒絕承認我們的生活將有所改變，童年已經一去不返，如一段失落於時間洪流裡的音樂，無可言喻。路克顫身哭泣，如淒苦的輕緩慢板，但他的悲傷自帶一股力量與肅穆，路克的淚水彷若君王的愁緒，像害怕的獅子，被奪去了傲氣。我想抱住哥哥，用自己的臉貼住他的，但我辦不到。莎瓦娜把路克擁入懷裡，信誓旦旦地對他說一切都不會改變。路克屬於這座島，莎瓦娜與我只是出生在梅洛斯島上罷了，我們骨子裡從來不是這座島嶼的一部分。至少我們靠著這份迷思撐到現在，培育我們擺脫家庭束縛、外出冒險的夢想。

「這裡哭哭啼啼是怎麼回事？」父親問。

「路克只是難過我們要離開他。」莎瓦娜解釋說。

「拜託，自制一點，兒子。你現在是捕蝦人了，捕蝦人可不是哭包。」

「別吵，亨利。你讓這孩子靜一靜。」母親說。

「我怎會養出這麼敏感的一家子。」再次被孤立的父親說，「我最討厭這種敏感兮兮的家庭。」

那晚我們躺在浮碼頭，感覺海水源流附近充沛盈滿的大河。在新月的微光下，我們看著上帝在世界的這隅，應允人類肉眼所能及的每顆星辰。銀河像道白色的光河，在我上方湧動，我把手舉到面前，以手掌遮去半條星河。潮水正在退降，招潮蟹從泥穴裡跑出來，公蟹詭異地齊一揮動牠們的大鉗子。牠們與潮汐、星子和風同時動作，以乳白的鉗子表示，世界將一如既往，不會改變。成千上萬的招潮蟹對上帝示意，潮水已降，飛馬星座的大小適中，海豚在滾滾海水中唱著狩獵之歌，月兒也一直信守盟約。這些動作是一場舞蹈，一種信賴，一種神聖的確認儀式。我像招潮蟹似的抬起一隻手臂，對好戰的獵戶座揮手，它以整齊的軍容從容邁步，它的腰帶離我的眼睛千里之遙，感覺卻比家裡的燈光更近。

八月三日，我又跑到碼頭睡覺，東南方刮起一陣風。到了中午，潮水已經漲滿，風向轉了，潮水被阻得無法退去，波濤洶湧。強風大肆破壞果園和成排的豆子。午餐過後，路克邀我和莎瓦娜陪他去島嶼南端，他打算下午過去幫兩年沒結果子的山核桃林施肥。我愉快地告訴老哥，就算梅洛斯島的山核桃在往後五十年都結不出半顆果子，也無所謂，因為我不想在這種爛天氣在島上到處跑。我和莎瓦娜留下來陪母親，路克則離開家，走小路穿越沼地，狂風在他背後吹襲。

我們聆聽喬治亞區的電台，每當電台播出我們喜歡的曲子，三個人便一起跟著唱，可惜怎麼也唱不到一塊兒。母親這個夏季最愛的歌開始播放了，我們大聲唱著歌詞，假裝對著看不見的麥克風，為情緒激昂的觀眾演唱。歌曲結束後，我們彼此鼓掌，輪番鞠躬，對熱情的觀眾傳送飛吻。

我們閒聊著，這時新聞打斷我們的演唱會。全國新聞在不知不覺中切換成了地方新聞，喬治亞州政府要求聯邦政府支援，預防泰碧海灘進一步遭受侵蝕。另外，三名男子從喬治亞中部的里茲維爾監獄攜械逃往佛州，這幫人十分凶狠，越獄時殺害了一名監獄的農場守衛。薩凡納歷史協會對允許開發商在歷史區域建造旅館一事表示抗議。一名男子因在河川路的酒吧販賣烈酒給未成年人士被捕。在那一個小時裡，母親快樂的歌聲與新聞交相疊錯。

氣象預報宣布，薩凡納地區下午降雨機率為百分之四十，雨便開始落下。

新聞結束後，收音機播出當紅的雪莉兒合唱團的歌，母親尖叫一聲，和莎瓦娜跳起搖擺舞。我和同世代大多數高中運動員一樣，老早就學會擒抱，而後才是跳舞，我看著她們性感的舞姿，覺得興奮又羞愧。我天生害羞，不敢要求姊姊或母親教我跳舞，連想到要拉她們的手都覺得尷尬。母親負責帶舞，優雅又霸氣地在客廳裡帶著莎瓦娜轉圈。

我們並不知道，這間屋子已經受到監視。母親開心天真地帶著姊姊跳舞，我則隨雪莉兒的歌聲唱和，隨音樂節奏拍掌。河上傳來雷聲，但家中滿是音樂、舞蹈，以及雨水輕敲屋頂的聲音。我們即將明白，恐懼這門黑暗藝術，需要完美的老師。我們將在血腥中，把我們的名字寫入祈禱書頁裡。傳授這門課的老師已經到來，但一切都從音樂開始。

前門傳來一記敲門聲，我們面面相覷，因為都沒聽到駛近屋子的車聲。我聳聳肩，走過去應門。

我打開門，感覺槍枝冰涼的金屬抵在太陽穴上。我抬眼看向男人，他沒有蓄鬍，但我熟知他的面容。我透過時光的窗口，想起了那對蒼淡殘酷而瘋狂的眼睛。

「卡蘭沃德。」我說，母親在我身後尖叫。

另外兩名漢子從後門闖進來，收音機再度提及三名從里茲維爾攜械越獄、推斷逃往佛羅里達的逃犯。新聞播出他們三個人的名字：奧提斯・米勒，也就是以前被我們稱為卡蘭沃德的人；佛洛德．梅林、朗迪．湯普森。我驚嚇到惶然失措，怯懦地雙膝一跪，只會哭嚎。

「我從沒忘記過你，萊拉。坐牢的這些年裡，我就只記得你，我留下這個，提醒自己別忘記你。」巨人說。

他拿起一封髒汙的信件殘片，那是韓戰期間，母親在亞特蘭大寫給爺爺的信，那封信從來沒能寄到島上。

另一名胖壯的男人掐住莎瓦娜的喉頭，逼她走向她的臥房。莎瓦娜拚命掙扎尖叫，但胖子粗暴地揪住她的頭髮，把她推入門內。

「咱們該好好樂一樂了。」胖子說著對另外兩人擠眼，用力甩上房門。

「這女人是我的。」卡蘭沃德盯著我母親說，眼神飢渴淫穢，似乎連屋裡的空氣都被毒化了。

「湯姆，拜託救我。」母親說。

「我沒辦法，媽媽。」我喃喃說，但我撲向遠處架上的槍架。

卡蘭沃德攔住我，一掌甩來把我打倒在地，他走向我母親，舉槍瞄準她的臉，說出我聽不明白的話：「朗迪，男孩歸你，我覺得他看起來挺不賴。」

「鮮肉啊。」朗迪說著朝我走過來，「我最愛小鮮肉了。」

「湯姆，你得救我。」母親又說。

「我辦不到，媽媽。」朗迪拿刀抵住我的頸靜脈，我閉上眼睛。卡蘭沃德把母親推入門內，扔到母親懷我的那張床上。

朗迪從背後割開我的衣服，命令我鬆開皮帶。我不知道他想幹什麼，只能鬆開皮帶，褲子落到地板上。我是南卡長大的孩子，根本不懂男生也會被強暴，我的老師不請自來地上門了。

「很好，非常好，你叫什麼名字，美少年？告訴朗迪，你叫什麼名字。」他用刀子緊緊抵著我的咽喉，我聽到母親和姊姊的尖叫聲在屋中迴響。男人的口氣飄著嗆辣的金屬味。我感覺他的嘴唇貼在我的頸背上，吸吮我的脖子，空下的一隻手在我的生殖器上亂撫。

「在我割斷你操他媽的漂亮喉嚨前，告訴我你的名字，漂亮男孩。」他喃喃說。

「湯姆。」我用自己都無法辨識的聲音說。

「你以前有過男人嗎，湯米？」朗迪說，我聽到莎瓦娜在臥室裡哭泣。「沒有，當然沒有。湯米，我會是你第一個男人。湯米，我會好好地操你，然後再割斷你的喉嚨。」

「求你不要。」男人用左手緊緊掐住我的喉頭，我覺得自己快昏過去了。我感覺刀鋒在腰際遊走，感覺他割破我的內褲，接著揪住我的頭髮，逼我跪下，我不知道他在幹什麼，直到感覺他的老二抵在我的臀上。

「不要。」我哀求說。

他把我的頭髮往後用力一扯，緊抵在我臀上的刀子都割出血了。男人壓低聲說：「湯米，我要在你失血死掉的時候一邊操你，對我來說都一樣。」

他進入我體內，我想尖叫，卻叫不出聲。受到這種凌辱，我連聲音都出不來。他巨大的老二硬是挺進，把我撕裂，我感覺液體沿著大腿流下，我以為他射了，但是在我大腿上流下的，是我自己的鮮血。男人扭著身子進入得更深，我聽到母親和姊姊呼喊我的名字，求我去救她們。

「湯姆，湯姆救我——」莎瓦娜聲嘶力竭地哭求，「好痛，湯姆——」

我眼中噙滿淚水，男人開始用力撞我，他低聲說：「說你喜歡，湯米，說你有多喜歡。」

「不。」我喃喃說。

「那我現在就割斷你的喉嚨，在你失血死掉之後，我會鑽在你屁眼裡。告訴我，你愛死了，快。」

「我愛死了。」

「好好說，湯米。」

「我愛死了。」我好好地說。

我不曾如此受辱，男人大聲呻吟，深深進入我體內，我覺得血管中有個東西靜靜起了變化。男人並未察覺那細微的一刻——我渾身竄起一股殺意。我抬起頭，企圖擺脫心中的恐懼，環顧屋內，眼神落在斜靠在壁爐架上的鏡子。我看到鏡中有哥哥路克的臉，他從南邊窗戶向屋裡張望。我搖搖頭，對路克無聲地說：「別進來。」我知道來福槍都在屋子裡，路克得跑去求救，我們才有機會。等我再次看向鏡子，路克已經不在了。

「跟我說話，湯米。」朗迪再次低聲說，「說點好聽話，小甜心。」

接著我在風聲中聽到了，那聲音以前也聽過，但一時半刻聽不明白，感覺像是被鷹爪從田裡揪起的兔子在怯叫。狂風在樹林裡呼號，樹枝敲打在屋頂上。我再次聽到那個聲音，但依舊無法辨識或釐清聲音的出處。他們會聽到嗎？不知道。我大聲呻吟，掩蓋聲音。

「我喜歡你呻吟，湯米。我非常喜歡。」朗迪．湯普森說。

「求求你，求求你。」我聽到母親哭喊，接著又聽到外頭雨中傳來的聲音。這回我聽明白了，那是輪子在未上油的輪軸上轉動的聲音，是鬥志昂揚的夏末，我和路克為最後一季足球賽備戰時的聲音；是八月初，我們套上墊肩釘鞋，為九月的球賽展開自主訓練，強化體能的聲音。我和路克一起站到虎籠後方，合力在路上來回推動籠子，直至力竭倒地。我們在惡劣的條件下，把自己逼到人類的極限，讓自己比所有其他越過攻防線朝我們撞來的凶狠男孩更強大。我們每天以自創的嚴酷方式，努力不懈地鍛鍊體魄，折磨自己。我們在路上來回推動虎籠，直到膝蓋打結，無法撐立。第一週，我們一次僅能數碼，等到球訓開始，我們已能推到四分之一英里，直到兩人都被八月的暑氣熱到頭昏眼花，倒在路上。

此時我聽到路克獨自拚命把虎籠推向房子，輪子深深吃進潮濕的土裡，咿呀亂響的左輪輪軸洩漏了他的動靜。

我大聲哭叫，男人進入我體中，他的精液與我的鮮血融合為一。

男人從我身上站起來，抵在我喉上的刀子壓得更緊了，他說：「好啦，湯米，你想怎麼死？刀子還是槍？你更怕哪一種？」

他讓我背貼著牆，用手槍抵住我的頭，一手拿刀壓住我胯下。

他舉刀抵住我的睪丸說：「刀子嗎？我想也是，我要割掉你的蛋蛋，然後拿給你。你覺得怎樣？我要一次一點地把你割開，我剛剛操了你的屁眼，現在你是我的啦。等他們找到你，你的屁眼都開花了。」

我閉上眼睛，伸長兩臂，男人的臉幾乎貼在我臉上；他吻著我，我感覺他的舌頭在我嘴中四處攪動，我的右手掌摸到冰涼的大理石。男人吻我時，眼睛依然張著，但我的手指慢慢抓住父親在大戰後從柯洛斯神父的教堂裡偷來的聖嬰像的脖子。

莎瓦娜和母親在她們的臥房裡哭叫。

我聽到母親再次哭著尖喊：「湯姆！」聲音令我心碎。

我聽到輪子再次轉動，後門傳出輕聲的撞擊。

接著後門重重一敲，像是有鄰人來訪。

「不許動，湯米，一個字都不許喊，否則你死定了。」朗迪．湯普森低聲對我說。

卡蘭沃德從我母親房裡衝出來，拉起褲頭的拉鍊。母親裸躺在床上，用手臂遮在眼上。強暴我姊姊的男人也衝出來加入卡蘭沃德，他穿著內褲，還看得出勃起正在消退。兩人在屋內站定，拿槍對準門口。

「快跑，路克，快跑！」母親在臥房裡高喊。

卡蘭沃德火速打開門，我看到籠子的門滑開。

那個剛強暴我母親的男人，與一頭孟加拉虎面對面。

強暴我的朗迪．湯普森呆若木雞地盯著籠子口，看凱撒在昏暗中咆哮，走入光亮的屋裡。

我看到老虎從陰影中撲過來，卡蘭沃德失聲尖叫之際，槍聲響起。他厲聲慘叫，搖搖晃晃地往後退，整張臉嵌在老虎的口中。朗迪．湯普森舉起槍，我兩手掄起大理石聖嬰像，像加持過的球棒似的抓著。凱撒咬爛強暴我母親的男人臉龐時，朗迪．湯普森的腦漿也跟著噴濺在客廳另一端的牆上。他的頭差點被盛怒的我揮斷，他舌上的味道仍鮮明地留在我口中。我跨到他身上，渾然忘記老虎、忘記第三個男人和不絕於耳的慘叫聲，朝朗迪．湯普森的臉擊打，直到那再也不像人類的臉。我冷血地瞄準後，把他碎掉的腦殼敲進他腦瓜子裡。

佛洛德．梅林邊慘叫邊開槍，他胡亂射著，凱撒肩部受傷湧出鮮血。被老虎壓住的卡蘭沃德輕聲呻吟，直到凱撒大爪一揮，把他喉嚨撕裂，直見脊骨。佛洛德．梅林開著槍往後退開，一邊尖嚎。屋裡一片狼藉，宛若戰場，瀰漫著死亡與腦漿的腥甜味，收音機播著傑瑞．李．路易斯的曲子，佛洛德．梅林死前終於明白，他們挑上溫格家，根本是惹錯人。他朝老虎開出最後一槍，一邊往後退，看到我拿著聖嬰像站起來。我火速切到左邊，阻去他逃往後門的退路。莎瓦娜已經跑去她更衣室，把獵槍上滿子彈，怒吼著從房裡衝出來，活脫脫是世上最危險的女子。這個剛被佛洛德．梅林強暴的女孩，用獵槍的槍管抵住他胯下，扣動扳機。她把佛洛德．梅林射成兩半，他的血和內臟噴得我差點看不見，這時路克從我身邊衝過去，抓起餐椅奮力一扔，擊在老虎臉上。

「別動，我得讓凱撒回籠子。」路克說。

「如果凱撒不回籠子，我就開槍送牠上天堂。」莎瓦娜哭著說。

老虎轉過身，流著血，踉蹌地走向路克。凱撒的嘴上都是血，牠受傷吃痛，搞不清方向，朝椅子揮著爪子，弄斷了一根椅腳，但路克持續逼牠退向門口。

「放輕鬆，孩子，回籠子裡，凱撒，你幹得很好，凱撒。」

「路克，凱撒快死了。」母親說。

「不會的，媽媽，別那樣說，求你別那樣說。牠救了我們，現在我們得救牠才行。」

老虎往後門退去，在地板上留下一朵朵的血印，有如突然刻在細紋木頭上的可怕玫瑰。牠回頭看了一次，蹣跚地走向安全的牢籠裡。路克拉下籠門，把門鎖上。

接著我們一家崩潰倒地，像受傷的野獸般放聲痛哭起來，狂風吹擊屋子，收音機繼續播放，沒有半絲的悲憫。我們泣不成聲，雙手、臉上、家中的牆壁、家具、地板上，盡是入侵者的血痕，躺在我身旁的聖嬰像上覆滿鮮血。我們在一分鐘之內，殺掉蹂躪全家的三個男人，也使他們成為我們永恆的夢魘。在我們的睡夢裡，他們將從恐懼的塵土中爬起來，強暴我們百遍千回。他們將永無止境地重新拼湊碎裂的身體，像邪惡的異族和亂兵，闖入我們房間，征服我們，而我們將再次聞到他們的氣味，感覺衣服從身上被扯開。強暴是一種抵抗睡眠與記憶的罪，事發之後，那些景象將深烙於腦中，有如攝影機暗箱中不可逆轉的負片。我們一生中，這三個被屠殺的男人將一再讓我們領會到伴隨心靈創傷而來的持久傷害。我們的肉體雖已癒合，靈魂卻恆久受創，無法獲得補償。暴力會根植於心，不分四季，且長青不凋。

我渾身哆嗦地哭著，抬手摀住眼睛，全然不知自己全身都是朗迪．湯普森的血。我感覺他的精液從我體內流出，他在死前對我說了一個事實：我有一部分永遠屬於他。他抵押掉我一部分的童年，竊走我純真的世界觀——這個由愛我的上帝喜心創造治理的聖潔天堂與世界。朗迪．湯普森毀了我的宇宙觀，讓我對伊甸園不再抱持虛妄的幻想。

我們在地上躺了整整十五分鐘，這個屠宰場原本是我們的家與避難所。路克率先發話。

「媽，我最好打電話給警長。」

「你敢。」我聽到母親憤憤地說。「我們是溫格家的人，今天的事情要是傳出去，我們還要做人嗎？」

「可是我們非報警不可，媽媽，家裡客廳有三個死人，我們得解釋清楚。」路克說。

「他們不是人。他們是畜牲，是禽獸。」

她對強暴莎瓦娜的男人屍體吐口水。

「我們得送湯姆去看醫師，媽媽，他受傷了。」路克說。

「你傷在哪裡，湯姆？」她問，但聲音縹緲虛幻，語氣冷淡，彷彿在對陌生人說話。

「那個男的強暴湯姆，媽媽，湯姆在流血。」路克說。

媽媽大笑，但笑聲詭異瘋狂：「路克，男人不可能被另一個男人強暴。」

「沒有人告訴那個男人，我看到他對湯姆做了什麼。」路克說。

「我要那些屍體滾出這裡，我要你們兩個把屍體拖到林子深處埋掉，永遠不要讓人發現。莎瓦娜和我會用水管沖刷屋子，你們爸爸今晚回來的時候，我不希望這些畜牲留下任何痕跡。莎瓦娜，你冷靜冷靜，事情過去了，專心想一些好的事情，例如買新衣裳。去把衣服穿上，別在你兄弟面前光著身體。湯姆，你也去穿衣服，現在馬上去。我要你們把這幾具屍體拖走。莎瓦娜，別再哭了，我是說真的，穩住自己，想想美好的事——像搭乘浪漫的河船，沿密西西比而行。有美妙的音樂，醇酒飄香，涼風拂在臉上，一位富裕的紳士從月光中出現，邀你跳華爾滋，你在宴會上見過他，知道他來自紐奧良最富有的家族。他只培育純種馬，只吃生蠔，喝香檳……」

「媽，你瘋了。」路克輕聲說。「我去打電話給警長，他會知道如何處理。我得打電話給獸醫，看他能否幫幫凱撒。」

「不許你打給任何人。」母親凶惡地說。「這件事根本沒發生，你明白嗎？你們都明白嗎？這件事沒有發生過。你們父親若知道我被男人強暴，永遠也不會碰我了。一旦話傳出去，說莎瓦娜不是處女，就再也不會有好人家想娶她！」

「天啊。」我不可置信地看著母親和雙胞姊姊裸露的身體。「親愛的上帝，請祢告訴我，這是個玩笑。」

「去穿衣服，湯姆，現在就去。我們有很多事情要做。」母親說。

「我們得告訴某個人，媽媽。」路克哀求她。「我們得把你們都送去看醫生，我們得救凱撒，牠救了我們的命，媽媽，這些男人本來要殺掉你。」

「我是為溫格家在這兒的地位設想！我們不能毀掉阿莫斯和托莉莎，不能毀了我們自己。我拒絕走在路上時招人非議，說我給那關在監獄的怪物寫了信，他們會利用那封信攻擊我，說我活該。我不容許，我絕不落人口舌。」

「媽媽，我的肛門裂開了。」我說。

「不許在家裡講那種粗話，我不許我的孩子說粗話，我從小教你們要謙恭有禮，要當循規蹈矩的良民。」

路克和我把三具屍體抬上皮卡，疊放在車斗上。母親給了我一張衛生棉，讓我塞到內褲裡止血。她和莎瓦娜趁我們離家時，把一桶桶肥皂水往木地板上倒，然後母親在後院生了一堆火，把染血的兩塊小地毯和一張安樂椅燒掉。她大聲對我們發令，整個人詭異、脆弱、顛狂。受了重傷的凱撒不肯讓路克靠近籠子照護傷口，莎瓦娜在災難過後一直哭泣，半句話也不肯說。

我們在林子深處，草草把屍體埋到一棵葛藤吞沒的老樹附近。我們知道及至明年夏天，葛藤便會覆蓋他們的墳地，綠色的葛根將穿纏他們的肋骨。我在哥哥身邊突然害羞起來，恥於被他撞見那個場面，於是兩人疲累地默默工作。下午的震撼逐漸消散後，我渾身倦乏，又亟需鎮定。我全身寒戰，孱弱力竭地坐在墳邊。路克只得扶我起身，把我背回車上。

「我很難過他們傷害了你，湯姆。很抱歉我沒能早點趕到，我忘了拿東西，否則便不會折返家裡。我現在甚至想不起來自己忘了什麼。我在路上看到他們的腳印。」他說。

「媽媽瘋了。」

「不，她沒瘋，她只是害怕罷了，我們得配合她。」

「她把事情說得像是我們的錯。不會有人責怪我們的，大家若是知道了，一定會替我們難過，會幫助我們。」

「媽媽受不了別人同情，你又不是不知道，而且她絕不會接受任何人的任何幫助，她就是那樣。我們得彼此扶持，並幫助莎瓦娜。」

「這樣是不對的。為什麼這個該死的蠢家族沒有一件事能做對？」

「我不知道，我們就是很奇怪。」

「我們全家剛被人強暴，然後殺掉三個歹徒，路克，是殺到眼紅的那種，他們的內臟噴得滿屋子都是，老媽竟然還逼我們假裝什麼事都沒發生。」

「太詭異了。」他重述道。

「太瘋了，太誇張，甚至病態。而且因為媽和老爸是瘋子，就表示我們這輩子會澈底完蛋，我們也跟著毀了，愈來愈糟，至死方休。莎瓦娜被害慘了，路克，這件事對她會造成什麼影響？告訴我。莎瓦娜只不過每天跟爸媽生活在一起，就已經會看到狗群掛在肉鉤子上，她以後會怎麼樣？」

「她該怎麼辦就得怎麼辦，跟我們其他人一樣。」

「還有我，我會怎麼樣？」我又哭了起來。「我的意思是，你怎麼可能不付出任何代價就忘掉這一天？我在兩個小時前被男人強暴了啊，路克。他拿刀子抵住我喉嚨，我還以為自己死定了，以為他會在客廳裡像殺豬一樣屠宰我。他吻了我，路克，然後打算殺掉我。你能想像殺掉一個剛被你吻的人嗎？」

「不能，我沒辦法想像。」

「我們不能讓媽媽這麼做，路克，這是不對的。」

「我們已經讓她那麼做了，湯姆。我們剛剛掩埋了所有證據，現在要再解釋太麻煩了。」

「人們會理解的，路克，因為我們受到太大驚嚇了。」

「一個月後，你甚至不記得出過這種事。」

「路克，就算我活五百年，也不會忘記。」

「最好別談這件事，事情已經發生了，只能這樣。我得想辦法幫幫凱撒。」

我們到家時，籠子裡的凱撒已奄奄一息，牠呼吸侷促，黃黑相間的龐大身軀伸攤到鐵欄外。路克撫摸虎兒的頭，牠並未反抗。路克用頭蹭著凱撒的頭，撫著牠背脊上耀目的毛皮。

「你真棒，凱撒。」路克低聲說。「你真的好棒，我們沒有權利把你鎖在這個小小的爛籠子裡，可是你終於當了雄糾糾的老虎了。老天，你真是威震八方的猛虎，我會非常想念你，你是世界上最威風的老虎，我發誓。」

路克舉起來福槍對準凱撒的頭，淚流滿面地用子彈射穿虎兒的頭。

我在一旁看著，無力安慰哥哥，知道自己再也看不到來自南卡的男孩為一頭孟加拉虎哀哭的場面。

那晚父親從捕蝦船碼頭回到家時，我們已經埋葬凱撒，清除下午那場混仗後所留下的痕跡，抹去這改變一生的遭遇所有的跡象。我駕著拖拉機，輾過三個男人在潮濕的島嶼路上留下的車痕。我們找到他們從喬治亞偷來的車子，和前座一張用原子筆圈起梅洛斯島的地圖。我和路克把車子推到橋下，讓車子沉入十五英尺深的河渠裡。家裡潔淨得發亮，因為盛怒的母親一心想刷除三個男人的每道痕跡。她拿著鋼刷跪在橡木地板上狂擦，膝蓋都流血了。聖嬰雕像泡在一缸血染至殷紅的氨水裡。莎瓦娜在淋浴間待了一個多鐘頭，死命刷洗自己，想清除留在身上的陌生人。母親指揮路克和我重新擺放家具，不許有任何擺設跟那天一樣。我們清洗窗戶、窗簾，刷淨家飾及地毯邊上乾涸的血漬。

晚上，父親進門時，母親已備好酒在等著，爸爸說他那天只撈到四十磅的鮮蝦。屋子裡都是氨水和清潔液的味道，但他跟平時一樣渾身蝦腥，根本沒注意到。對他來說，整個世界上只有一種氣味。他把一桶魚放到廚房的水槽裡，讓我和路克清理，自己跑去沖澡了。

母親小心翼翼地煮魚，晚餐時，兩人的談話乏味至極，我拚命忍著尖叫和翻桌子的衝動。莎瓦娜待在房裡，母親輕鬆地說莎瓦娜可能患了小感冒。父親沒有察覺絲毫異狀，他在捕蝦船上跟莫名從東南方刮來的強風作戰一整日，已經累壞了。我被迫逼著自己不洩漏半個字。我認為強暴對我的影響，比不上母親逼我們緘默保密。晚餐那一個鐘頭裡，我發現沉默是最高明的撒謊。後來每一次吃到比目魚，我都會想起朗迪．湯普森沾在我手上的血，或他在我口中的舌頭。

母親在父親返家前，把我們叫到客廳，要我們一個個答應，絕不跟任何人提起這天發生的事。她用疲憊但不容妥協的語氣表示，如果我們違背承諾，她就跟我們斷絕關係。她發誓，我們若敢洩漏災難日的一絲細節，便永遠不再跟我們說話，她不在乎我們能否理解她的苦衷。母親太清楚小鎮的特質，她知道居民會同情但也鄙視受害的婦女，她拒絕成為其中一員。我們從未違背許諾，一個人都沒有，甚至對彼此也絕口不提，這份私屬的盟約，使我們成為這個愚昧家族的一員。否定這場災難，對我們造成了巨大的傷害，我們以沉默揚顯這場私密的恥辱，使它變得無法言說。

只有莎瓦娜打破這項約定，她用無聲的可怕方式抗議——三天後，莎瓦娜第一次割腕自殺。母親養出一個可以沉默但無法說謊的女兒。

我說完自己的故事，再次看著房間對面的蘇珊．陸文斯汀。一開始，兩人都沒說話，然後我說：「這下你明白莎瓦娜的童書故事為何令我發飆了吧？我不相信她不記得那一日，而且我不希望她用唯美的方式處理。」

「你們家有可能被滅門。」

「或許那不是最糟糕的事。」

「你剛才說的，是我聽過最糟糕的家庭際遇。」

「我原本也這麼想，但我錯了，那只是暖場而已。」

「我不明白，你是指莎瓦娜和她生病的事嗎？」

「不，陸文斯汀，我還沒告訴你遷鎮的事，也還沒說路克的事。」

23

教練在男孩的人生中占有崇高的地位。這是我那不怎麼有用的職業中，光彩的一面。如果孩子運氣好，好的教練或許能成為年輕男孩夢想中的完美父親，他們在自己家裡很難找得到。優秀的教練會形塑、規勸、激勵他們。觀賞運動比賽的過程，是美妙的。我這輩子幾乎每年秋季都在指導練球，讓一批批年輕男孩衝過大片分區的草地。我在八月末的烈陽下，聆聽他們體操的喊練聲，看著訓練一開始，那些笨拙胖碩男孩和眼神驚惶的矮小男孩克服他們的恐懼，我則監控他們在阻截和群體擒抱時的力道。我可以藉訓練過的球隊數量計算自己的年歲，我記得每個訓練過的球員名字。每年，我會耐心等候自己帶出來的孩子融會貫通所有技巧，截長補短的神奇時刻。當那一刻到來，我會環視球場，看著我的學生，自覺無所不能地想對太陽大聲喊道：「上帝啊，我創造了一支球隊。」

男孩的可貴，就在於他站在成長的門檻上，而且總是心存恐懼。做教練的理解那份天真永遠神聖，然而恐懼不然。教練可以透過運動，為男孩提供慢慢蛻變成男人的祕訣。

這個夏天，我把所有祕訣傳授給柏納德．伍德夫。我在中央公園的兩小時課程中，把對足球所知的一切，毫不藏私地傾囊相授。柏納德藉著擒抱我來學會擒抱，而且學得很到位。

他不是天才型運動員，但他是那種不介意傷害對手的球員。他在練習中弄傷我多次，我則弄傷他更多次。一個才一百四十磅重的男孩，用身體飛撲一名成年男子，真的得具備很大的勇氣。我們在四周林立的高樓大廈前比球。

可惜我們的球季在我傳授柏納德阻擋傳球時，突然告終。

我在公園裡擺好防守線衛的四點站姿，準備阻擋柏納德。

「柏納德，你後面那棵樹就是四分衛，如果我碰到那棵樹，就算是擒殺四分衛了。」

他穿著全套球服面對我，站在草地對面，可是我比他重六十磅。

「腳不要離地，保持平衡，別讓我靠近你們的四分衛。」

「我想打四分衛的位置。」他說。

「我們現在是在教你要尊重隊上的防守線衛。」

我衝過爭球線，手掌拍擊他的頭盔，他被擊倒在地。我摸到樹之後對他說：「我剛剛惹毛了你們的四分衛。」

「你只是惹毛了防守線衛而已。再試一遍。」他說。

這次他起身阻擋我，用頭盔抵住我的胸口，我閃到他左側，但他繼續撞我。他微微後退，曲著膝蓋不斷地移動雙腳，調控重心。我試圖從他身邊衝出去，他竟然撲向我的腳，從底下抄起我的腿。我重重摔在草地上，連氣都喘不上來。

「我剛剛讓四分衛開心了，對吧，溫格教練？」柏納德得意地說。

「你剛剛弄痛教練了。」我喘著氣掙扎起身，「我太老了，不該這樣玩。剛才做得很棒，柏納德，你有資格打四分衛了。」

「我剛才摺倒你了吧，教練。」他誇口。「你怎麼跛腳了？」

「我跛腳是因為很痛。」我搖搖晃晃走著，測試自己的左膝蓋。

「好球員不會把小傷放在心上。」他嘲弄說。

「誰教你的？」我嗆道。

「你啊。跑一跑就沒事了，教練，就像我每次扭到腳踝，你跟我說的一樣。」

「煩死了。」我嘟囔。

「我們瞧瞧你怎麼去碰那棵樹，教練。」他對我露出不可一世的傲慢笑容。

我在他對面再次擺好陣勢，兩人的臉僅隔了一英尺。「這次我會宰了你，柏納德。」他再次主動出擊，但我又以手掌擊倒他。他起身攔阻我撲向大樹。我抵住他，感覺他被我壓到步履搖晃。我正打算繞過他，沒想到他朝我的腳踝攻來。我再次摔到地上，壓在我下方的柏納德咯咯地笑。

我們躺在地上扭打嬉鬧。

「你這臭小子打得可以啊。」

「沒錯。」我聽到身後傳來一名男子的聲音。

「爸！」柏納德說。

我轉身，看到赫伯．伍德夫冷眼旁觀我們的即興摔跤。他雙手交疊胸口，像瑞士刀裡兩片整齊的刀刃，立姿挺拔，精實優雅，有如佛羅明哥舞者，而且還配上帥氣黝黑的長相，冷著一張臉。

「原來你母親就是這樣放任你浪費這個暑假，你看起來可笑極了。」他尖酸地對兒子說。柏納德一副可憐兮兮的樣子，不敢對他那故意把我當空氣的父親頂嘴。

「葛林柏格教授剛打電話來，說你這星期已經蹺了兩次課。他收你這個學生，純粹是看我的面子。」

「他太凶了。」柏納德說。

「他是嚴格。好老師的要求一向都很高，柏納德，你必須用努力補足天分的不足。」

「哈囉。」我打斷他說，「伍德夫先生，我是湯姆．溫格，柏納德的足球教練。」

我伸出手，然後聽到他說：「我不跟人握手。」他對著陽光舉起一對修長美麗的手說：「我的手就是我的生命，我是小提琴家。」

「還是你比較想蹭鼻子？」我開朗地問，希望把他的注意力從柏納德身上轉移開。

他不理我，逕自表示：「女傭告訴我你在這裡。回你房間，等你給葛林柏格教授打電話道歉完後，練三小時琴。」

「足球課還沒結束。」柏納德說。

「已經結束了，柏納德。你後半輩子的足球課都結束了，這又是你跟你母親合謀的詭計。」

「我們今天就練到這裡，柏納德。跑步回家，照你爸爸說的去練提琴，也許我們再想別的辦法。」我說。

柏納德快速奔向中央公園西大道，留下我和赫伯．伍德夫站在草地上。

「他是個相當不錯的足球員，伍德夫先生。」我說，兩人一起看柏納德穿越交通擁擠的大街。

赫伯．伍德夫轉向我說：「誰在乎啊？」

「柏納德在乎。」我努力抑住脾氣說，「尊夫人請我這個暑假教柏納德練球。」

「她沒跟我商量。但我想，你已經看出來了，呃……你剛才說你叫什麼來著？」

「溫格。湯姆．溫格。」

「內人經常提起你，你是她那位南方友人，是吧？」

「我在查勒斯登的斯波萊托藝術節看過你，你的演出很精采。」

「是的，謝謝。溫格先生，你知道巴哈的無伴奏夏康舞曲嗎？」

「我不太懂音樂，很汗顏。」

「真可惜。我才十歲，就能精確無誤地演奏夏康舞曲。柏納德一直到今年才開始練，還拉得亂七八糟。」

「你十歲的時候，足球打得如何？」

「我一向看不起運動和所有跟運動相關的人，溫格先生。柏納德很清楚，或許他覺得比起他自小生長的演奏廳，足球顯得很新鮮。」

「我不認為足球會造成任何永久傷害。」

「足球可能永久傷害他當小提琴家的渴望。」

「蘇珊說，你發現我在教柏納德練球，很不高興。」

「內人對柏納德太婦人之仁了。我跟她不同，我青春期過得也辛苦，但我父母絕不會慣我，他們相信紀律是最高形式的愛。柏納德若渴望做體力活，大可以去練夏康舞曲。」

我撿起躺在地上的足球說：「你何不偶爾在吃晚飯前，陪柏納德一起到這兒擲個球？」

「你真幽默，溫格先生。」

「我是說真的，伍德夫先生。足球目前只是柏納德的嗜好罷了，但你若肯對足球稍微表示興趣，他一定會愛上足球，說不定能因此加速消磨掉他對運動的喜好。」

「我已經採取行動加速那個過程了。我安排他在剩下的暑假去阿第倫達克山參加音樂夏令營。是內人放任你偷走他對音樂的專注。」

「先生，雖然不關我的事，但我不會這樣處理。」

「你說的完全正確，溫格先生。」他不可一世地說，「這不干你的事。」

「如果你送他去夏令營，他永遠成不了你所期望的小提琴家。」

「我是他父親，我向你保證，他將成為我期望的小提琴家。」說罷，他扭身朝他家的公寓大樓走去。

「我是他的教練。」我對著他的背影喊道，「而你剛剛創造了一名足球員，先生。」

⚓

我回到老姊的公寓時，電話正在響。聽到電話上是柏納德的聲音，我一點也不訝異。

「他把我的球服扔了。」柏納德說。

「你不該蹺掉小提琴課。」

他沉默一會兒後說：「教練，你聽過我父親拉小提琴嗎？」

「當然聽過，而且令堂下星期要帶我去聽他演奏。」

「他是世上前十五名小提琴家之一，至少葛林伯是那麼說的。」

「這跟你蹺課有什麼關係？」

「我連夏令營裡的前十大都排不上，溫格教練。你明白我想說的意思嗎？」

「我明白，你什麼時候去夏令營？」

「明天。」

「我能送你去車站嗎？」

「好，太棒了。」他說。

翌日，我們搭計程車到中央火車站，柏納德去買火車票，我幫他看行李。我們走往火車月台，柏納德拎著小提琴箱，我幫他拿手提箱。

「你這個暑假長高不少。」我說，兩人坐到長椅上。
「長了一英寸半，重了八磅。」
「我寫信給埃斯特高中的足球教練了。」我說。
「為什麼？」
「我告訴他，我幫你做了一個暑假的足球訓練，我推薦你擔任明年學校二隊的球員。」
「我父親禁止我再打足球。」
「很遺憾，我認為你原本可以成為傑出的足球員。」
「真的嗎？」
「你很有韌性。昨天你擊倒我的時候，我其實已經拚盡全力了，我努力想跑贏你。」
「再說一遍，教練。」
「說什麼？」
「說我很有韌性，從來沒有人對我說過。」
「你是個他媽的韌性超強的孩子，柏納德。我以為這個暑假，你在第一週就會被我操到累掛，結果你讓我驚喜，你做完我要求的一切，還回頭要求加碼。教練最喜歡這樣了。」
「你是我遇過最棒的教練。」
「我是你遇過唯一的教練。」
「我指的是老師。我從五歲就有許多音樂老師，你是我見過最棒的老師，溫格教練。」

男孩的一番話令我動容，我一時半刻說不出話。最後我終於表示：「謝謝，柏納德，很久沒有人這樣對我說了。」

「你當初為什麼被解聘？」柏納德問。

「我當時精神崩潰。」

他很快表示：「對不起，我不該亂問。」

「你當然能問。」

「精神崩潰是什麼狀況？」他問，然後又說：「對不起，請叫我閉嘴。」

「不是太愉悅。」我尋找他要搭的火車。

「你為什麼會崩潰？」他望著我問。

「我哥哥死了。」我轉向他。

「真遺憾，我真的好遺憾。你們兩個很親嗎？」

「我很崇拜他。」

「我會寫封信。」柏納德說。

「寫給誰？」

「我會寫信說你是很棒的教練。你只要告訴我該把信寄到哪兒就成了。」柏納德說。

我笑了笑。「別擔心信的事，不過我希望你能為我做一件事。」

「什麼事？」

「我想聽你拉小提琴。」

「沒問題。」說著，他打開小提琴箱的鎖。「你想聽什麼？」

「夏康舞曲如何？」

火車抵達車站時，他正在演奏夏康舞曲，樂音悠揚，而且帶著令我驚異的熱情。柏納德奏罷，我對他說：「柏納德，我若能把小提琴拉到這種程度，我就絕對不會碰足球了。」

「兩者都做有什麼不對？」

「沒有什麼不對。寫信給我，我希望明年能收到你的消息。」

「我會的，教練。」他答應道，把小提琴收起來。

我遞給他一個梅西百貨的袋子。

「這是什麼？」

「一顆新的足球。你得在夏令營把球吹飽，然後找個朋友陪你丟球。還有，柏納德，努力成為友善的人，交幾個朋友，善待你的每個老師，要懂得體貼。」

「我父親超討厭你，溫格教練。」

「但他很愛你。再見，柏納德。」

「謝謝你所做的一切，教練。」柏納德．伍德夫說，我們在月台上擁抱。

我回到公寓後，接到赫伯．伍德夫的電話，邀請我週六晚上在他的演奏會結束後共進晚餐。我不明白赫伯為何要邀他討厭的人陪他和朋友吃飯，但我是南卡羅萊納人，永遠無法理解大都會人士的作風。

我在演奏會開演前幾分鐘到場，蘇珊．陸文斯汀已經坐在位置上了。她穿了一襲光滑的黑色長禮服，我坐下時，她探過身子親我一下。黑色使害羞美麗的她更添性感。

「湯姆，你還沒見過我的朋友金斯利夫婦吧？這是梅德森和克莉斯汀。」她說，我靠過去跟美國最著名的劇作家和他的妻子握手。

「你還認識其他什麼名人，蘇珊？」我低聲問。「我想跟他們全見上一面，這樣等我回南卡，就能大肆吹噓。」

「他們住在我們家同一棟的三樓。梅德森和赫伯是私校同學。對了，赫伯告訴我，他打斷了你和柏納德在公園的訓練。」

「他好像不太開心。」

「今晚要小心赫伯。」她警告地搯了搯我的手臂，「他可以迷人，也可以難搞，但他根本難以預料。」

「我會小心的。你訝異他邀請我嗎？」

她轉向我，一頭烏髮垂在白皙的肩上。她的皮膚白若蛋殼，像最潔白的中國風藝品。她在辦公室的時候，以幹練俐落的衣著掩飾自己的美，今晚則毫無遮掩。漂亮的女人穿上黑色，其他顏色便顯得黯然無光了。她的眼神帶著我習以為常的淡淡憂傷，然而此刻她望著我，在演奏廳的柔光下，顯得格外嫵媚動人。她的香水令我血脈賁張，我對姊姊的心理醫師生出了最美妙的欲念——雖然為此略感羞愧，但也僅此而已。

「是的，我非常震驚，一定是因為他喜歡你。」

我聽到布幕後方發出各個樂器的調音聲，當布幕在掌聲中拉起，赫伯・伍德夫風度翩然、玉樹臨風地向觀眾致意，他揮手請樂團起身，行禮開場。

我差點忘記還有這麼一號人物——我在蘇珊辦公室遇見的憂鬱金髮長笛家，直到我見到她隨著其他音樂家起身，向鼓掌的觀眾行禮。我想起她叫摩妮克，我這輩子沒見過這麼漂亮的女人，而且我騙她說自己是律師，蘇珊認為她正在跟赫伯・伍德夫搞外遇。摩妮克坐下，我看著她優雅華麗地把長笛舉到嘴邊，豐滿的雙唇深吸口氣，吹出歡快跳動的音符。摩妮克用她的飛指、氣息、嘴唇，讓韋瓦第在廳堂裡嶄新重生，赫伯・伍德夫舉臂倏地畫向琴弦，熱情激昂地以韋瓦第的語言回應她，兩人的樂音纏綿悱惻，交相合鳴。赫伯的琴聲彷彿從裁縫桌上掀起一片絲綢。他的下巴抵住女體狀的小提琴，音樂似乎透過他的肌肉與血液激盪而出。他的手臂與手腕有股健朗的力量，表演時既像舞者，又似運動員。音樂融合匯集，先是以甜柔的樂句提問，繼而以暴雨的狂烈給出回答。這個室內樂團把演奏廳變成蝴蝶與天使降生的地方。整整兩小時，觀眾如痴如醉地聆聽樂器的對話，而赫伯・伍德夫更是為大家展現出天才高縱橫溢的才情。他以小提琴奏出的每個樂章都是神聖的經典。

他是技巧的權威，他以他的投入、熱情與游刃有餘，打動所有的觀眾。我這輩子不曾如此嫉妒過一名男子，以前我可以把足球擲到五十碼外，但直到此刻，我才感覺自己的獨門絕活顯得如此卑微而不值一提。當巴哈的最後一首奏鳴曲如雲隙洩下的陽光般傾落在演奏廳內，我想起，我們家沒有一個人讀得懂樂譜。

觀眾起身為赫伯．伍德夫及三位音樂家歡呼，在這三位音樂家的襯托下，更顯得赫伯的技勝一籌。我鼓著掌，知道這將永遠成為我的負擔，倒不是因為我欠缺天分，而是因為我的充分自覺。

我獲邀加入他們的好友圈，到赫伯．伍德夫的公寓參加演奏會後的聚餐，實在詭異得令人難安。我、蘇珊、金斯利夫婦一起搭計程車回去，直到那時，我才知道聚餐人士是嚴選過的一小群人。蘇珊心煩意亂地把大多時間花在指導廚房助手上，我弄了調酒給克莉斯汀和梅德森，與他們聊南卡羅萊納的生活。這時赫伯勾著摩妮克的手從門口走進來了。他健壯的身形仍散發表演後的光芒，渾身血管仍灌注著萬眾矚目的舞台激情。我常在運動員身上看到球員在打完畢生最精采的球賽後，雖疲累不已，卻仍興奮難消。赫伯也一樣，企圖緊抓住那無法複製的時刻；他眼神炯亮，帶著狂喜。

他故作驚訝地對我一笑：「南方人，很高興你能賞光。」

「你們太棒了。」我說。

「我們從來沒有合奏得如此契合過。」摩妮克在赫伯為我們引介時說道。

「我們見過面。」摩妮克表示，幸好我從她的語氣聽出她並不想多談。

「我幫你倒杯酒？」我問。

「湯姆，幫我弄杯威士忌加冰塊，還有，給美麗的摩妮克一杯白酒。你去張羅酒的時候，我來特別為你演奏一曲。告訴我，你想聽什麼？今晚我還不想讓這把史特拉底瓦里名琴休息。」赫伯說。

我倒著威士忌說道：「我不太懂古典樂，什麼曲子都好。」

「摩妮克，我們這位朋友湯姆，是從南卡來的足球教練。」赫伯說著，把小提琴夾到下巴。

「我以為他是律師。」摩妮克說。

「我不明白柏納德的小提琴為什麼拉得如此不入流。」赫伯接著說，「直到我發現湯姆在對柏納德傳授足球這項男性藝術。」

「我還以為柏納德連足球長什麼樣子都不知道。」梅德森．金斯利說道。

「我覺得柏納德終於能對某件事產生興趣，是件好事。」克莉斯汀．金斯利表示。

我感覺四周空氣一緊，但我面帶淺笑地把白酒遞給摩妮克，然後把赫伯的威士忌放到茶几上。南方人老愛犯一種錯誤，以為只要自己夠周到，便能從格格不入或被他破壞掉的派對中隱形。我感覺到赫伯虎視眈眈的眼神，突然領悟到自己根本不該接受他的邀請，可惜為時已晚，我只能全心投入這場演奏會後的娛興節目裡。我擁有，或自認擁有變色龍般的適應與隱身能力，我想像自己是個絕佳的聆聽者，懂得欣賞別人的機智，且具備南方人與生俱來的自知之明。當我涉入危險的水域，能瞬間做出評估。

在重重的顧慮底下，我心中反而難得地感到舒坦暢快。我在莎瓦娜的公寓獨自熬過太多長夜，我被迫一週接著一週獨處，實在吃不消。光是這屋子裡低靜舒緩的人聲，便能擊中我的血脈，融化我那顆被大都市的孤寂繃到冷硬的心。何況我這個局外人對名人私底下輕鬆地吃著沙拉時會聊些什麼，感到非常好奇。我想參與這個夜晚，而且我將用南方人的坦白豪爽搏取這些人的喜歡。

這時赫伯．伍德夫拿起他的名琴演奏〈狄克西〉。〈狄克西〉這首曲子，從不曾演奏得如此完美，亦不曾如此刻意諷刺。赫伯誇張地加大動作，以突顯滑稽的效果。等他演奏完畢，還狡獪地咧嘴看著我笑，我看到蘇珊又驚又怒地從廚房走進客廳。

「湯姆，你覺得如何？」赫伯終於說道。

「這個貝多芬寫的曲子可真好聽。」我說。

眾人被逗笑了，蘇珊要大家進餐廳，並指示大家拿著自己的酒。

赫伯喝乾威士忌，又為自己倒一杯，然後加入眾人。他坐在桌首，摩妮克坐在他左手邊，克莉斯汀．金斯利在右側。菜肴精心地擺設在法國利摩日的瓷器上，顏色似乎都搭配過，看起來比吃起來美，不過，來自波爾多的葡萄酒則非常合我的胃口。我鬆了一大口氣，覺得今晚又恢復了之前沒有的和諧。赫伯似乎忘記了我的存在，在桌首專心跟摩妮克私語，接著紐約開始發揮它最擅長的魔力，赫伯和梅德森・金斯利的談話逐漸變得肆無忌憚，口無遮攔。

兩人淫言狎語，用語遣詞似乎字字精選，卻又渾然天成，極盡毒舌之能事。梅德森在譏諷其他名氣遠遜於他的劇作家時，我好像笑得有點太大聲。三位女士偶爾插幾句話，通常是輕快地評述或迅速總結兩位男士所談的主題。儘管我努力參與，卻發現自己試圖努力記住劇作家與音樂家之間的對談。當赫伯談到與小提琴大師曼紐因的義演，描述那次合作的每個細節與所做的調整，桌上變得異常安靜。赫伯在討論自己的藝術時，極為嚴肅。等他說完，梅德森則談到處理新劇本時遇到的問題。兩個男人自顧自談著，脣槍舌劍，機鋒相對。功成名就的他們自帶光環，也深知自己才應主導席間談話，展現個人風采，娛樂大家。兩人實力堅強，我很享受在飯局中當顆袖手旁觀的衛星。有一度我跟蘇珊對上眼神，看到她對我眨眼，我笑了笑。我完全沒料到赫伯・伍德夫會再度尖酸起來。

梅德森大致描述了新劇本《乾季的天氣》的劇情，內容是二戰前維也納的反猶主義。他解釋，要把一個恰巧信奉納粹的好人寫到充滿戲劇性，在處理上的難度。赫伯在梅德森講到一半時打斷他，對我問道：「湯姆，在你住的查勒斯登，反猶主義嚴重嗎？」

「挺嚴重的，但一般來說，查勒斯登那些傲慢的傢伙並不會特別歧視猶太人，他們純粹只是討厭每個人而已。」我說。

「我實在無法想像住在南方的情況，我無法想像為何會有人想住在那兒。」摩妮克說。

「若是出生在那兒，大概就會習慣了。」我答說。

「我從來不習慣紐約，可是我從沒住過別的地方。」克莉斯汀．金斯利說。

可是赫伯還不打算放過我。「你怎麼應付這種事，湯姆？我的意思是，當你遇到這種情況，看到反猶主義的醜陋面貌，當你的朋友說出討厭猶太人的言論，你如何反應？」

「赫伯，你別再找湯姆麻煩了。」蘇珊放下叉子說。

「這是個好問題。」梅德森說，「我在這部新劇本裡，就是企圖解決這類問題。霍斯特．沃克曼這個角色雖然是納粹，但他並不反猶。所以你如何處理，湯姆？」

摩妮克搶在我之前表示：「每次我面對任何歧視主義，我都乾脆離開現場。」

「但湯姆才是主角。湯姆．溫格會怎麼處理？我們這位來自南卡羅萊納的貴賓，這位高中足球教練會怎麼做？」赫伯問。

「有時我會跟著嘲諷。」我不安地看向蘇珊，「或者我會出其不意地嗆回去，然後把他們摜到地上，在其他反猶分子衝上來救同伙之前，用牙咬斷他們的咽喉，啐到房間對面。我對反猶分子很不客氣。」

「說得好，湯姆。」克莉斯汀緩頰道，「赫伯，這算你活該。」

「你腦子挺快嘛，湯姆。」赫伯譏諷地鼓掌說。「表演時間過了，現在可以告訴我們，你真正的反應了吧？我是真的感興趣。」

「我感興趣的是你能否閉嘴，親愛的。」蘇珊說。

赫伯探向前，手肘靠在桌上，姿勢頗像祈禱中的螳螂，他眼中透出獵獸的凶光。我什麼都看不透澈，但我約略意識到，自己闖入了蘇珊與赫伯之間常有的可悲鬥爭裡。赫伯以一種貪婪的態勢控制這場對話，我確信席間的每個人都在其他聚餐中見識過赫伯這一套。餐桌上的氣氛繃到最高點，我絞盡腦汁，設法客氣緩頰。摩妮克察覺我的侷促，美麗的嘴唇勾出一抹淺笑。我努力釐清這群人到底怎麼回事，這男人為何帶情婦到家裡吃飯，而他的妻子為何容許這種事情發生？赫伯為什麼非要置人於死地不可？我因為教他兒子打球，跟他老婆成為朋友，而罪無可赦，但我摸不清他們夫妻間的鬥爭，我知道赫伯就要對我亮出所有招式了。

「你說不出話了？」摩妮克終於打破沉寂問。

「我得走了，蘇珊。」說著，我從桌邊站起來。

「別走，湯姆，請別離開。」赫伯說，「你太往心裡去了，你是足球教練，把這當成飯後運動就成了，就是愛賣弄小聰明的紐約客的運動。我們家從來沒有教練或南方人來過，我們自然想知道你的立場。內人是猶太人，湯姆，這點你一定猜到了吧。你不覺得她還死守著她那難聽的娘家姓氏，保留以前那一丁點猶太身分，挺可愛的嗎？我對蘇珊說過，我猜你是個反猶太主義者，那沒什麼好奇怪的，我相信南方到處是這種人。」

「你是哪裡人，赫伯？」我坐回位子上問他。

「費城，你真貼心，想到要問。」

「你夠了吧，赫伯。」克莉斯汀說。

「別這樣，克莉斯汀。我們應該給梅德森找點新的素材，否則他就過時了。」柏納德說完大笑。

「我不是反猶主義者，赫伯。但我討厭所有來自費城的人。」

「很好，湯姆教練。」他說，看起來真的喜歡我的回答。「也許我低估我們南方的小伙子了，不過我們想再次追問，你一直避而不答的痛苦問題。你在南方聽到反猶言論時，會怎麼做？」

「我什麼都不做。」我終於表示。「跟我身處在一群討厭南方白人的人當中一樣，我什麼都不做，只是坐在那兒聽著。」

「我對南方人的感覺，就跟對納粹德國一樣，湯姆。我認為南方人很邪惡，所以我才會如此感興趣。對了，我參加過賽爾馬運動[34]，知道南方是什麼樣子，我曾冒著生命危險前去改變南方。」赫伯說。

我笑了笑說：「我們南方的黑人和白人，都將永遠感謝您，伍德夫先生。」

「我建議大家改變話題。」蘇珊的聲音變得尖細而急切。

「為什麼，親愛的？」赫伯問。「這話題很棒，比紐約晚宴上大多的閒聊精采多了，你難道不同意嗎？而且這是我們欠你的，你是發掘小湯姆，把他引進我們生活裡的人；造成緊張

34 Selma march：一九六三年，非裔美國人團體發起的選民登記運動。

或帶著敵意的人是他——我的心理學家妻子會解讀為——真實的情感。我們所有人都感受到真實的情感了，這一切都拜賜於我們的朋友湯姆。老實說，這場派對在湯姆打開心扉之前，其實有點無聊。誰知道今晚我們能見識到檔次多低的東西。」

「梅德森，叫赫伯別再說了。」克莉斯汀說道。

「他們都是大人了，親愛的。」梅德森表示。看到這個旁觀者幸災樂禍的表情，我知道他以前也鼓勵過這種場面。「他們自己可以喊停。」

「你為何那麼好奇？」摩妮克問赫伯，連正眼都不瞧我一眼。

「因為小湯姆太有意思了。」赫伯答道，在他敵對的注視下，我開始萎頓。「內人幾乎不談別的，她向我提起湯姆的家常絮語和機智幽默，把他捧得宛如馬克吐溫再世，我挺喜歡他的態度，喜歡他的不羈和難馴。」

「湯姆，別理他。」蘇珊在燭光昏幽的肅殺氣氛中說。「赫伯，湯姆是我們家的客人，我希望你別再煩他。你答應過不會這麼做的。」

「你說的對，親愛的。我實在太不體貼了，人家湯姆來紐約，是為了他姊姊，著名的鄉下女性主義詩人，最近在我妻子的照護下，還企圖自盡。」

「請原諒我洩漏這項訊息，湯姆。」蘇珊可憐兮兮地說。「有時人會犯錯，因為我以為做妻子的可以信任自己的丈夫。」

「蘇珊，就今晚而言，這根本不算什麼。」我說。

「別那麼誇大行嗎，親愛的。」赫伯說著從我身邊挪開，探向他的妻子。「我們都知道，你很以幫那些發瘋的文學客戶治療為傲。湯姆，我的妻子是被紐約藝文精英挑中的心理醫師，她老愛提他們的名字，然後假裝是不小心說溜嘴的。我們都覺得這樣很可愛。」

「蘇珊是很棒的心理醫師，這是我的親身體驗。」摩妮克說。

「摩妮克，你不必在赫伯面前替我說話。赫伯是那種會等到在眾人面前的機會，才攻擊、羞辱妻子的丈夫，這種情形比你想像的更普遍，我看診的時候常聽到。還有，湯姆，我要為赫伯的行為向你致歉，你是我的朋友，在赫伯眼裡，沒有什麼比這更罪大惡極的，連他兒子也愛你。」蘇珊說。

「我無法相信你們兩位真的是朋友。」摩妮克揮著優雅的纖指，很不屑的樣子。

「閉上你的臭嘴，摩妮克。」蘇珊厲聲說著站起來。

「什麼？」摩妮克目瞪口呆地說，「我只是表達意見而已。」

「給我閉上你的狗嘴。」蘇珊仍提著嗓子，「還有，赫伯，如果你再對湯姆多說一個字，我就把桌上每個該死的盤子砸到你醜陋的小頭銳面上。」

「親愛的，親愛的，別人會以為我們婚姻有問題呢，我們不想讓人家誤會吧。」赫伯微笑道。

怒不可抑的陸文斯汀醫生尖聲道：「還有，摩妮克，把你的手從我丈夫的老二上拿開，就是那樣，不動聲色地把手挪開，假裝他剛才在侮辱我的朋友的時候，你沒在桌底下幫他打手槍！到目前為止，我已經看你幹那種無聊的齷齪事二十遍了，我受夠了。為此，我通常盡可能把你排在離他老遠的位置上，我可以忍受你私下和他上床，可是看你公然把玩他的屌，我覺得太過分了！」

摩妮克從椅子上起身，先看著蘇珊，然後看看赫伯，接著踉蹌地走出房間到大廳。看來赫伯已經無法宰制他的晚宴。當他看著我，我說：「風向轉了，小伙子。」

他不理我，瞅著蘇珊說：「你立刻去向摩妮克道歉，你竟然敢如此羞辱一位客——」

「你說出來啊。」她吼道。「一位我們天殺的幸福家庭的客人。我剛才看著你在我們家羞辱湯姆，我看過你這樣對每位我帶回這個家中的朋友。不管是克莉斯汀或梅德森或我，都沒有勇氣阻止你，因為我們害怕你會把矛頭轉向我們。你自己進去向那個廉價的蕩婦道歉。」

「我覺得該好好道歉的人是你，蘇珊。」

「今晚的派對你們都很享受嗎？」我問梅德森和克莉斯汀，兩人只敢盯著自己的盤子。

「你還不能從桌邊起身，對吧，赫伯？」蘇珊大笑說。「赫伯，告訴大家為什麼，因為她在桌下幫你打手槍，你還在勃起狀態！站起來呀，赫伯，讓大伙瞧一瞧。我相信她把玩長笛或任何類似形狀的東西，技巧都是一流的。餐桌上每個人都知道你跟她搞外遇兩年了，湯姆除外。我們真是一個緊密相依、相互支持的小團體，支持到克莉斯汀和梅德森去年冬天還在他們巴貝多島上的房子招待你們。」

「我們不知道她會來，蘇珊。」梅德森辯解。

「這件事我們以後再談。」赫伯說。

「等你跟你的長笛手結束外遇再來談。」蘇珊回嗆。

「我只是逢場作戲而已，親愛的。但我實在無法苟同你的交友品味。」他恢復鎮定說。

「赫伯，我們的交友有一點小差異，湯姆跟我可沒有上床。」蘇珊說。

「就算是你，品味也不該差成那樣。」他說。

「天啊，赫伯。」梅德森哀號。

「噢，閉嘴，梅德森，別一副痛苦又關切的樣子，你不是沒見過我和蘇珊吵架。」赫伯說，接著轉向蘇珊：「你愛的是當赫伯．伍德夫的夫人。親愛的，名聲是你的死穴。你知道嗎，湯姆，讓我分析我老婆的性格給你聽：她只喜歡名人權貴，你是個無名小卒，但令姊，噢，是的，你姊姊抬高了你的身價，但我再重複一遍，你一文不值。好了，蘇珊，你去向摩妮克道歉吧。」

「除非你先向湯姆道歉。」她說。

「我對你的小朋友沒什麼話好說。」他表示。

我打破兩人間短暫的沉寂說：「蘇珊，我可以叫赫伯向我們兩個道歉。」

「你還在啊，湯姆？真可惜。你打算如何讓我道歉？」赫伯說。

「嗯，我正在考慮幾種選擇。第一，我想，也許我可以踢你屁股，把你踹下樓梯，但我否定了那個計畫，因為那只會證實我就是你認定的野蠻人。把你痛揍一頓雖然爽快，但顯得太粗俗了，所以我想出另一個比較機智，顯得有文化的辦法。」

「赫伯從不曾為任何事情，向任何人道過歉。」克莉斯汀說。

我走到房間一頭的餐邊櫃，為自己倒了一大杯白蘭地。

「我得喝點酒，才能辦這檔事。」

白蘭地很順口，酒氣在我的血液裡點爆。

接著我走出餐廳，來到客廳，快速經過平台鋼琴，打開擺放赫伯・伍德夫的名琴的提琴箱。很好，我心想，我夠醉了。

「赫伯，南方人拿到你的小提琴了，你最好趕快跑著過來。」我大喊。

大伙衝到我所站的陽台，看著我把提琴拿在陽台外邊，中央公園西大道八樓高的地方。

「湯姆，那是一把史特拉底瓦里名琴！」梅德森說。

「沒錯，我今晚聽你們提過五、六十遍了，這小傢伙挺花錢的，是吧？」我愉快地說。

「那把琴值三十萬美元，溫格。」赫伯說，喉頭似乎有些發顫。

「如果我把它扔下去，就都沒了。到時連五分錢都不值。」我說。

「湯姆，你瘋啦？」蘇珊問。

「是發過幾次瘋，蘇珊。但這回沒有。赫伯，向你老婆道歉。我很喜歡你老婆，我覺得她大概是我這輩子交過最好的朋友。」

「你只是在虛張聲勢而已。」我聽到他的語氣又恢復強勢。

「有可能，但吹噓得挺真的，不是嗎，王八蛋？」

我把小提琴往空中一拋，身體從陽台邊欄往外遠探，在中途接住提琴。

「琴保了全險。」赫伯說。

「也許吧，赫伯，但如果我讓它飛出去，你就永遠無法擁有另一把史特拉底瓦里了。」

「那是一件藝術品，湯姆。」克莉斯汀說。

「向你老婆道歉，混蛋。」我對赫伯說。

「我很抱歉，蘇珊。」赫伯表示。「現在把我的提琴還給我，溫格。」

「還沒，先生。向你的兩位好人朋友道歉，誰叫你帶女朋友去巴貝多。」

「克莉斯汀、梅德森，我非常抱歉。」他說。

「誠心誠意，赫伯。要十足的誠心，不許有一絲嘲諷的語氣，否則你的小提琴就會跟海灘球一樣，在底下那些計程車之間彈跳。」

「克莉斯汀、梅德森，我真的很抱歉。」他的嘲諷盡失。

「我誠心接受你的道歉。」克莉斯汀說。

「好多了，赫伯。你很誠心，現在換我了。為你今晚在餐桌上的無禮道歉。我很遺憾你不許你夫人交朋友，但那是你的家務事，不過你沒有權利那樣對待我，你這個無恥的鼠輩，你沒有權利那樣對待世上任何人。」

他看看蘇珊，然後看著我，說道：「我道歉，湯姆。」

「還不夠謙卑，赫伯。」我悲傷地說。「我們試著用更優雅的方式來忍受這種羞辱，只要再謙卑一下子，我就會永遠走出你家前門，否則，路上的酒鬼就會用你的小提琴碎片剔牙。」

「對不起，湯姆，我真的很抱歉。」他說，然後又添了一句：「還有，蘇珊，就算他沒有威脅我，我也是誠心道歉的。」

「好孩子。」說著我把小提琴還給他。「蘇珊，如果我冒犯了你，我很抱歉。」

我走到前門，直接摁電梯，懶得客套向他們說再見。

我在中央公園西大道招計程車，聽到身後傳來蘇珊．陸文斯汀的聲音。

「你總是鬱鬱寡歡，原來就是因為這樣。」她向我走來時，我說。「我還以為你擁有一切。」

「你跟心理醫師做過愛嗎？」她問。

「沒有，你跟足球教練做過愛嗎？」

「沒，但我打算明早給出不一樣的答案。」

我吻住蘇珊．陸文斯汀，她穿黑色極美，我們站在街頭，展開我在曼哈頓度過最美的一夜。

週日早晨，我們醒來，再次共赴雲雨。我們彼此相悅，在姊姊的床上歡合，陽光照在我的背上。然後我們四肢交纏，相擁直睡到十點鐘。

我先起床走到客廳窗邊，對著底下的街道大喊：「我愛紐約，我愛這城市，我他媽的愛死紐約了！」

根本沒人抬頭看我，我走進廚房幫陸文斯汀做一份完美的歐姆蛋。

「是什麼讓你改變對紐約的看法，湯姆？」蘇珊從臥室裡喊道。

「你魔鬼般邪惡的肉體。」我回喊道。「你曼妙的胴體，和身體擺動的絕美方式，讓我看到自己的不足。我之前從來沒愛過紐約，因為你而有了不同。我的心情棒透了，今天沒有任何事能掃我的興。」

她走進廚房，我們親吻，培根在爐子上滋滋煎響。

「你很會接吻。」她喃喃說。

「陸文斯汀，等你吃過本人的無敵煎蛋後，你將永遠離不開我，你會跟隨我到天涯海角，求我把打好的蛋倒進熱鍋裡。」

「你享受跟我做愛嗎，湯姆？」

「陸文斯汀，你必須牢記一點，我是天主教徒。我喜歡性，但唯有在黑暗中，且事後不必討論，才能全心享受。我會一整天覺得罪惡，因為那實在他媽的太美妙了。」

「很美妙嗎？」

「有那麼難以相信嗎，蘇珊？」

「因為你是跟我做愛，我在這方面，一輩子都在聽我的男人抱怨。還有，我很神經質，在性愛上需要大量的安慰。」

這時客廳的電話響了，我說：「唉，那通電話裡，不知會有什麼可怕的消息在等我？」

「你要接嗎？」她拿起一根叉子，把培根翻面。

我拿起話筒，聽到母親說嗨，差點沒跪下來。

「噢，天啊，是你啊，媽。」

「我人在紐約，正要叫計程車去莎瓦娜的公寓，我想跟你談一談。」

「不行。」我大喊一聲。「看在老天的分上，媽，這裡一團亂，而且我還沒穿好衣服。」

「我是你媽，我不在乎你有沒有穿好衣服。」

「你跑來紐約幹麼？」

「我想跟莎瓦娜的心理醫師談一談。」

「噢，媽呀，你想跟莎瓦娜的心理醫師談。」我重述說。

「告訴她，我得先穿上絲襪。」蘇珊從廚房門口悄聲說。

「媽，今天是星期天，心理醫師週末全跑去鄉下的別墅放假了，城裡半個心理醫師都沒有。」

「對不起，先生，我剛好就是心理醫師。」蘇珊低聲說。

「湯姆，我今天想找你談談。我從沒看過莎瓦娜的公寓，我想去看看。」

「給我半小時把公寓打理一下。」

「不必麻煩了。」我母親說。

我聽到公寓門口傳來叩門聲。

「再見，媽，半小時後見。」

蘇珊打開門，我看到艾迪・德塔威抱著一袋新鮮可頌站在門口。

「哈囉，莎莉。我是隔壁鄰居艾迪・德塔威，我常聽湯姆和莎瓦娜提起你。」

「哈囉，艾迪，我是蘇珊。」

我掛掉電話，聽到艾迪說：「湯姆，我最討厭隨便的異性戀。」

母親進公寓時，親吻我的臉頰說：「我聞到女人的香水味。」

我關上門。「住隔壁的是個同性戀，他剛剛來這裡借糖。」

「那跟香水味有什麼關係？」她疑心重重地問。

「媽，你也知道同性戀是什麼樣子，花蝴蝶似的來去，全身噴滿香水，還養阿富汗犬。」

「我知道你不想看到我來紐約。」她走進公寓說。

「正好相反，媽。」我慶幸她不再追問香水的事。「自從我聽到你要來的大好消息，就在街上跳起舞了呢。你要我幫你做份完美的歐姆蛋嗎？」

「我在旅館吃過早餐了。」

「你丈夫沒陪你來？還是他跑去把印尼或什麼的買下來了？」我在廚房問。

「他知道你不想見他，他留在旅館裡。」

「真有洞見。」我為她端上一杯咖啡。「他可以透視我的靈魂。」

「你要為我的這項罪懲罰他多久？」她問，然後說：「咖啡很好喝。」

「也許他臨終前我會原諒他。我原諒所有臨終的人。」

「甚至是我嗎？」她問。

「我很久前就原諒你了。」

「才怪，你一直對我惡言相向，你還在生我的氣，連正眼都不看我一眼。」

「媽，我不是只生你的氣。我生每個人的氣，我對世上每件事，都不由自主地感到憤怒。」我低語。

「我真不該生孩子。為孩子張羅一切，為了他們好，犧牲自己一輩子，他們卻恩將仇報。我真該在十二歲就去結紮，我要那樣建議每個遇見的年輕女孩。」

「媽，每次你見到我，就一副巴不得找醫生回頭幫你墮胎的樣子。」我摀住臉說。「唉，我們別再廢話了，是什麼恐怖的風把你吹來紐約？這回你又打算怎麼折磨我？」

「你聽到自己說的話了沒，湯姆？誰教你這麼殘忍的？」

「是你，媽媽。你還教我，即使有人毀掉你的一輩子，你還是可以毫不動搖地愛著那個人。」

「做母親的聽到這種話該高興嗎？你對我說的每句話，都故意要傷害我。」

「媽，我唯一能對抗你的，我唯一使用過的武器，就是無所避諱的誠實。」

「我若說，我愛我的子女勝過世上任何事物，你大概也覺得沒差吧？」

「我相信你的話，媽媽。若不是我全心相信，我大概會徒手勒死你。」

「你剛不是才說你愛我。」她激動道。

「你又曲解我的話了。我剛才說，我原諒你，但我沒提到愛。在你那堆乾枯的情感裡，它們是一樣的東西，但在我心中不一樣。」

「你太殘忍了。」她眼中含淚。

「確實。」我承認道。「我為此道歉，不過我們必須承認，我們之間有大段的過往，讓我覺得你大概懷著鬼胎。」

「介意我抽根菸嗎？」她問，從皮包裡掏出一包菸。

「當然不介意，我不在乎從親生母親那兒得到肺癌。」

「能幫我點個菸嗎？」她問。

「媽，我們正值所有女性即將解放的年代。我明知你甚至不認為女人應該投票，還替你點菸，豈不是很怪。」我疲累地說。

「你錯了。不過我在其他方面相當老派，我就是喜歡當女人。我喜歡有人幫我開門，坐下時有紳士幫我拉椅子。我覺得女人應該穿胸罩，也不相信平權修正案。我向來認為女人遠優於男人，我從來不想做任何讓男人以為能與我平起平坐的事。好了，麻煩幫我點個菸。」

我擦了根火柴幫她點菸，她觸著我的手腕。

「把莎瓦娜的事都告訴我吧。」

「她看起來很適合穿約束衣。」

「湯姆，如果你想當搞笑演員——說真旳，我樂意看你努力保住一份工作——請容許我幫你租個表演廳或俱樂部，而不是拿我當彩排對象。」

「莎瓦娜的情況很糟，我到紐約後，只獲許見過她一次。我把莎瓦娜成長期間的遭遇對陸文斯汀醫師都說了，把我們童年的可怕細節全告訴她了。」

「所以你覺得有必要說出那天島上的事。」

「是的，我覺得有必要。我覺得那件事非常重要。」

「你認為陸文斯汀醫師能信賴嗎？」

「通常我對她講過一些恥為人知的祕密後，故事就會莫名其妙地出現在隔天的《紐約時報》。她當然可以信任好嗎，媽，人家是專業人士。」

「我的自尊不容許我對陌生人坦露這種顏面掃地的事。」母親說。

「我這個人就是愛逢迎拍馬，我喜歡對陌生人全盤托出，『嗨，我是湯姆．溫格，我被逃犯強暴後，用聖嬰雕像殺了他。』這樣說可以立即拉近跟陌生人的距離。」

母親冷冷地打量我，問道：「你對醫師坦承了你自己的問題嗎，湯姆？你很擅長揭露我家所有的祕密，但我懷疑你揭露了多少自己的事。」

「我沒有什麼好揭露的，任何人都看得出來，我是個抑鬱且一敗塗地的男人，那些細節只會讓人乏味。」

「你告訴過她，我和莎莉去年押著你去醫學院的十樓嗎？」

「沒有，我沒說。」我撒謊。「我本來想讓醫生以為，我是因為飽讀詩書才看不起她的專業，不是個人經驗使然。」

「我覺得她應該知道，她聽到的這些故事，都是一個住過瘋人院的人說出來的。」母親說。

「媽，我傾向說那是一所學院的精神病學部門，這樣我感覺比較有尊嚴。」我閉上眼睛。

「媽，我知道自己在十樓住過一星期，害你難堪，但我比你更覺得丟臉。我當時很憂鬱，我還能對你說什麼？我現在還是憂鬱，但好些了。雖然莎莉跟她的醫生朋友有一腿，但這個暑假我過得不錯。我仔細檢視了自己和家族的一生，在人生的低谷能享有這種罕見的特權，實在奢侈。在幾個難得的瞬間，我甚至又喜歡自己了。」

「我要告訴醫師，說你被強暴、你告訴她的其他一切，全都是謊話。然後我會要求她，得幫你的腦子做電擊，讓你回歸正常。」

「醫院幫我做過兩次電擊治療，我花了很久才恢復記憶。」

「我要告訴醫師，治療害你記憶錯亂，讓你亂編故事。」母親熄掉香菸。

我為她點上第二根菸。「媽，美國每天都有人被強暴，那不是我們的錯，只是剛好發生在我們身上罷了。美國每天有許多婦女遭到性侵，強暴犯全都是一些變態，監獄裡男生被強暴的比例高得嚇人，那是一種可怕的暴力，會永遠改變你。但假裝沒有發生過，對誰都沒有半點好處。」

「我沒有被強暴。」母親說。

「什麼？」我說。

「你又沒親眼看見房間裡發生什麼。」她說著卻哭了，「他沒有強暴我，你沒有證據。」

「證據？媽，我需要什麼證據？我不認為你們在房裡討論亨弗萊・鮑嘉的電影。當你光著身子從房間衝出來，已經算昭告天下了。」

母親哭得更凶了，我拿起手帕遞給她。

「我們給他們教訓了，不是嗎，湯姆？」她啜泣著說。

「當然是，媽媽，我們狠狠教訓他們了。」

「他在房裡對我做那種事，太可惡了。」她痛哭說。

「我看到那傢伙死前的樣子，他正在幫老虎檢查口臭。他那天很不好過，我看那天晚上葛藤就從他眼球裡冒出來了。」我說。

「世事太難料了，湯姆。若不是你父親買下那間加油站，我們現在恐怕早就死了。那天唯一拯救我們的，是那頭老虎。」

「路克應該會想出其他辦法的，路克總是有辦法。」

「那倒不一定。」她說著頓了一下。

「莎瓦娜會見我嗎？」

「她現在不想見任何家人，她在考慮，是否永遠不見我們。」

「你知道她已經有三年沒跟我說話了嗎？」母親說。

「她也沒跟我說話，也沒找老爸。我們家遭遇過一些悲慘的事。」

「所以我們家跟世上所有其他家庭一樣。」

「莎瓦娜一直認為，我們家是史上最不正常的家庭。」

「莎瓦娜的話聽聽就算了，她的話不客觀，她住在瘋人院。」

「我倒覺得那使她的說法更有分量。你為什麼來紐約？」

「因為我希望你們兩人能再開始愛我。」她哽咽地說。

我靜靜等她恢復自持。母親似乎十分脆弱，且深受傷害。我很難相信自己竟會愛憐一個我完全無法信任的人。

她大口喘著氣說：「我無法改變過去，如果可以，我會回頭改變每一分鐘，但是我無能為力。我不認為我們有任何理由，後半生都彼此仇視。我無法忍受被自己的孩子鄙視，我希望重新獲得你們的善意，我渴望你們的愛，湯姆，我覺得這是我應得的。」

「我原本很生你的氣，但我從未停止愛你，你讓我學會，怪物也是人——這是個笑話，媽。」

「是個爛笑話。」她抽著鼻子說。

「我想再次成為你的朋友，媽。我沒有開玩笑，也許我比你更需要這份關係。我知道我說的每一句話都會惹毛你。我會努力不再口出惡言，我是真心的。從此刻開始，我會試著當個完美貼心的兒子。」

「你今晚能跟我們一起吃飯嗎？這對我意義重大。」

「我們？噢，天啊，媽，你的要求太多了。為什麼我不能只跟你重修舊好，但同時繼續討厭你丈夫？這種事在美國應該不算異常吧。我是繼子，討厭繼父天經地義，而且令人驕傲。你知道哈姆雷特或灰姑娘這些人都這樣。」

「拜託，湯姆。我是在請你幫忙，我希望你能友善地對待我先生。」

「好吧，媽。我很樂意與你們吃飯。」

「我很想你，湯姆。」她起身準備離去。

「我也很想你，媽媽。」我說，兩人擁抱良久，分不清誰哭得比較凶。多年失和，使我們都亟欲觸摸對方。

「別再當個混蛋了，媽媽。」

「我有十足的權利當個混蛋，因為我是你母親。」她又哭又笑。

「我們糟蹋了很多年的美好時光，媽媽。」

「我們會彌補過來的。路克的事我很遺憾，湯姆，我知道那是你恨我的原因，我每天都為路克流淚。」

「路克的確讓我們哭斷腸了。」

「莎莉要你打電話給她，我離開前跟她聊過。」

「她打算離開我。我到紐約後，一直在練習過沒有她的生活。」

「我倒不那麼認為，我覺得她被甩了。」

「她幹麼不拿起電話，自己打給我？」

「我不知道，也許她不敢打，她告訴我，你在電話上聽起來開始像以前的湯姆了，信裡也是。」

「以前的湯姆。我討厭以前的湯姆，我也討厭這個新的湯姆。」

「我好愛以前的湯姆。而新的湯姆將要陪我和我丈夫一起吃飯，為此我也愛他。」

「多給我一點時間，媽。你說的話，大部分還是會惹惱我。」

「湯姆，如果我們答應好好愛對方，其他的事自然水到渠成。」

「我要你丈夫請我吃頓好的，我要他為這次和解花一大筆錢，我要他在看到帳單的時候血壓飆高，折壽幾年。」

「我們在四季飯店訂了桌子，三個人的。」

「你太奸詐了，你早就算準，我無法抗拒你的魅力。」

我在聖瑞吉飯店的酒吧與母親會合。她獨自坐著，突然抬起頭，我轉身看到她丈夫走進酒吧裡。我起身跟他打招呼。

「哈囉，湯姆，感謝你能賞光。」

「我一直表現得很不友善，我很抱歉。」

說著，我與繼父里斯・紐布里握手。

24

一九六二年八月末，我早早就到南卡羅萊納大學的大一足球隊練習報到。我是家中第一個讀大學的，在家族史中，即使是這種小成就，也算得上是大事。抵達大學的同一天，路克開著他的新捕蝦船在科勒頓水域上撈蝦，他把船命名為「薩凡納小姐」，捕的蝦子已經多過父親。莎瓦娜直到十一月才離家去紐約，而且還是強烈違抗父母才成行的，爸媽希望她留在科勒頓，等「頭腦冷靜下來」。我依舊誓守沉默，帶著負罪感開始練球，覺得自己可能是隊上唯一倒楣被逃犯強暴的男生。我在淋浴間裡十分害羞，擔心自己裸著身會讓隊友看出身上受辱的痕跡。我對自己發誓，我要重新展開人生，重拾災難後失去的熱情，讓自己在大學生活各個方面都有所表現。可是我的運勢已經變了，大學讓我領悟到，自己只是人生的過客，縱有鴻鵠之志，卻欠缺該有的天賦。

練球第一週，教練告訴我，我不夠格當大學四分衛，他指派我去當防守安全衛，這一來，我當運動員的大夢便算毀了。我在冷板凳上看人開球、棄踢，一看便是三年。大四那年，我攔截了四個傳球，被提名為校隊二隊球員，可是我從來沒傳過一次球或從爭球線攻過一次。我的天賦實在不高，而且眼高手低。我很能死纏爛打，幾位教練這些年來益發喜歡我。當跑者衝過防守線，我會讓他們記住我。我惡狠狠地擒抱他們——這並不需要天分，只有我自己知道，這股狠勁來自恐懼。我心底深處從未擺脫對球賽的畏懼，但我永遠不會跟世界分享這個祕密。我把恐懼化成優點，在四年乏味的練球期間用以定義自己。我懷抱著恐懼打球，但沒讓自己丟臉。恐懼使我深深愛上足球，也使我珍惜這個能把恐懼轉化成熱情——甚至是崇拜——的自己。

上大學之前，我根本不知道別人覺得我有多麼土氣。一年級的球員來自全美各地，我幾近驚奇地聆聽四個來自紐約市的男生談話，完全不懂為什麼跟我同年紀的人如此泰然自若、昂首濶步、自信滿滿。他們就像土耳其人一樣新奇，活潑鋒利的談話聽起來像某種不懷好意的外星語。

大學的新事物令我手足無措，從小島鄉巴佬到大學生的轉變太大，我第一年根本沒交到幾個朋友。我勤快機靈，便自己看著辦，眼觀四面，努力擺脫土氣，效仿那些光鮮自信、令我稱羨的南方城市男孩。那些從查勒斯登來的大三大四學生，走路有如君王，我極力模仿他們優雅的儀態、自然流露的教養、靈巧與慧黠。我的室友來自查勒斯登，名叫鮑斯福勒．葛利亞德，他喜歡人家叫他阿鮑。阿鮑一看就是權貴人家的孩子，名字聽起來像法國菜，他有個胡格諾派[35]的祖先，在人民推翻喬治三世之前擔任殖民地的總督。我很慶幸自己運氣好，能有這麼個室友。我媽聽到溫格家的孩子跟南卡羅萊納的葛利亞德家族攀上關係，樂不可支。現在我才知道，當時阿鮑得知室友是個老土，簡直嚇壞了，但深受南方文化薰陶的他顧及禮數，並未在我面前表現出來。事實上，阿鮑度過最初的震驚後，似乎把我當作某種社交矯正計畫，安置到他的羽翼下了。他僅定下一項規則：無論在何種情況，都不許我借他的衣服穿。他的衣櫥裡滿是漂亮的西裝與獵裝，我寒酸的衣櫥似乎嚇著他了，但他還是沒說什麼，僅在我驕傲地把母親在畢業典禮為我裁製的獵裝拿給他看時，眼神略帶詫異。阿鮑知道我打足球，頗為高興，問我能否幫他家人弄幾張克萊姆森的球賽免費票。我表示樂意幫忙，並在往後四年，他早已不再是我室友之後，仍免費提供他們家球票。當時我並不知道，鮑斯福勒會是我遇到的第一位南方在地文化代表，也是天生的政客。我們相遇的第一週，阿鮑就對我說，他四十歲要當州長，我在期限屆滿的前兩年，看到他宣誓就職，一點也不訝異。他要我幫忙留意校園裡有沒有適合當州長夫人的女孩，我答應了。我從沒遇過像鮑斯福勒這樣的人，我是鄉下孩子，還不善於覺察哪些人是混蛋。

因為阿鮑，我也想成為兄弟會的會員。那年兄弟會與姊妹會的招生週，我跟著他一個會所接一個會所地跑攤，我們一進入菸霧瀰漫、人聲嘈雜的屋子裡，他就從我身邊消失。屋中滿是精心打扮佯裝成希臘人的兄弟會員，他們似乎全是我見過最友善的人。我喜歡所有的兄

35　Huguenot：十六至十七世紀，法國基督新教信奉加爾文主義的一支教派。後文的叛變指美國脫離英國殖民獨立。

弟會，也喜歡裡面所有的弟兄，但阿鮑說服我，SAE[36]是最棒的，也是我唯一應該認真看待的兄弟會。不過我還是出現在所有邀請大一新生共餐的會所，逢笑話必笑，並盡可能參與每場對話，提出對所有事物的看法。

填寫申請卡時，我仔細閱讀，列出校園裡最受歡迎的五個兄弟會，作為我的首選。各兄弟會在下午五點公布邀請，一大票大一男孩女孩擠在郵局外頭等候結果寄達。某個男孩或女孩接到自己選擇的兄弟會或姊妹會的入會邀請，便一陣開心尖叫，氣氛歡樂極了。我屏息期待，不斷往我郵箱的投遞口窺探。

到了七點鐘，我還在那裡，還在檢視空無一物的郵箱，心想是不是出了什麼可怕的錯。八點鐘，阿鮑找到沮喪難過、依舊在幽暗郵局裡苦苦等候的我。

「我拿到五份邀請，但我天生就是SAE的成員。走吧，我請你喝啤酒慶祝。」

「我看不用了，阿鮑，他們明天還會寄入會邀請函嗎？」

「不會的，如果讓人等到明天，大家一定瘋掉。」他笑說。

「我沒收到邀請。」

「你應該不訝異吧，湯姆？」他溫和地說。

「我非常訝異。」

「湯姆，我應該早點警告你，但我不想傷你的心。你是班上的笑柄，每個人都在談論你。」

「為什麼？」

「你在每場派對、每次聚會、每場校園活動裡，都穿同一套獵裝，後來有人發現獵裝是你母親做的，大家就瘋了。有些姊妹會的女生認為，那是她們聽過最溫馨的事，但那當然無法使你成為希臘社團[37]的成員。我的意思是，誰聽過兄弟會的人穿家庭手工的西裝四處晃？那種景象放在諾曼·洛克威爾的鄉鎮畫作裡還說得過去，可是跟任何兄弟會的形象實在搭不起來。戴克兄弟會的人也拒絕你了嗎？」

「我想是的。」

「如果你連戴克都進不去，那就沒機會了。不過校園裡有很多厲害的傢伙，根本不想跟兄弟會有任何瓜葛。」

「我希望自己當初也夠識相，和他們一樣。」

「我請你喝啤酒吧。」

「我得打電話回家。」

我走到郵局入口附近的一排付費電話，坐在漆黑的電話亭裡，整理千瘡百孔的思緒，然後才打電話回家。我難過又羞愧，拚命想分析自己在連串炫目派對裡的舉止。我是不是笑太

---

36 Sigma Alpha Epsilon：美國最大的大學兄弟會之一。

37 兄弟會、姊妹會皆為美國大學社團，名字通常由希臘字母組成，因此又稱希臘社團。

大聲，用錯文法，或太巴結了？我向來理所當然地以為人們會喜歡我，我從不擔心，但這會兒卻憂心如焚。如果我能跟兄弟會的成員談一談，說明那件獵裝的原由，他們一定能夠理解，重新考慮。可是連我，都知道這種可悲的作法不會有結果。我根本不了解我想打入的環境本質，我想加入兄弟會，結果發現科勒頓聯盟成了我的絆腳石，我從母親身上竟然沒有學到高攀的教訓。

我打電話給母親，是莎瓦娜接的。

「嘿，莎瓦娜，你好嗎？我是湯姆。」

「哈囉，大學生。」大難後的她，聲音依然虛弱沙啞。「我沒事，我每天都在康復，別擔心，我會挺過去的。」

「媽媽在嗎？」

「她在廚房裡。」

「我沒被選入兄弟會。」

「你在意嗎，湯姆？」

「非常在意，我也不想這樣，但我在意。我喜歡每個人，我以為他們是我見過最友善的一群人。」

「他們全是馬屁精，如果他們不喜歡你，他們就不值得一提，全是些馬屁精。」她壓低聲音，以免母親聽見。

「我一定是做錯什麼了，但我想不出來。很多我以為進不了兄弟會的人，都收到邀請了。大學是個奇怪的地方。」

「我很遺憾。要不要我這個週末過去看你？我手腕的傷疤已經好了。」

「不用了，我只希望你知道，我多想念你和路克。沒有你在，我實在沒那麼好，世界也沒那麼好。」

「永遠記住一點，我一直都在的。媽媽來了。」

「這事我想我不會告訴媽。」

「我理解。我愛你，好好用功。」

「湯姆，今天是大日子，你一定很興奮。」母親說。

「媽，我上大學後想了很多，我決定今年不申請兄弟會了，我想等一、兩年。」

「我覺得那樣做不妥當，要記住，你在兄弟會認識的人，將來畢業後會是在事業上幫助你的人。」

「問題就在這兒，兄弟會占掉太多讀書時間了，我之前參加太多派對，沒空管我的功課。」

「聽起來好像挺成熟，但我不盡然同意。我覺得最好第一年就進兄弟會，不過如果你的學業落後……」

「是啊，上星期我有兩次考試沒及格，教練把我找去訓話。」

「你知道萬一你失去獎學金，我們家沒錢供你念完大學吧？」

「我知道，媽，所以我才認為兄弟會的事可以緩一緩。我覺得學業得暫時先擺在社交生活之前。」

「好吧，你現在是男人了，可以自己做決定。莎瓦娜的狀況好多了，不過我希望你寫封信給她，看能否讓她斷了去紐約的念頭。南方女孩走在紐約街頭實在太危險了。」

「那也不會比住在島上更危險。」我差點提起強暴的事。

「告訴我你都修些什麼課。」母親改變話題說。

我掛掉電話後，在電話亭裡坐了幾分鐘，思忖該如何再度面對那些二面倒、投票否絕我的男生。我考慮轉到離家較近、較小的大學，算計著何時返回宿舍，才不必面對知道我沒收到半張邀請而面露同情的同學。

我沒看見那個從身邊經過、走進我後方電話亭的女孩。我聽到她往投幣孔裡扔錢，請接線生要求對方付費。我還來不及離開，便聽到她哇的一聲難過地哭出來。我僵在當場，動都不敢動，因為我不希望女孩知道有人撞見她難堪的一刻。

「噢，媽媽，沒有一個要我，沒有半個姊妹會邀我加入。」女孩哭道。

她在我後邊的電話亭裡放聲痛哭，我仰頭靠著，聆聽她哀哭。

「她們就是不喜歡我，媽媽，她們就是不想要我。不，你不了解，媽，我沒有對她們任何人做任何事，我很友善，媽，真的很友善。你懂我是怎樣的人，媽媽，我好難過，渾身都難受。」

女孩哭訴整整十分鐘，邊聽母親努力安慰，最後她掛斷電話，頭靠在電話上繼續哭。我探出電話亭說：「我今天也遇到同樣的事。你想不想去喝杯可樂？」

女孩嚇一跳，抬起頭，淚水滑下臉龐，說：「我不知道這裡有人。」

「我剛剛打電話給我母親說同樣的事，只是我撒了謊，我沒有勇氣告訴她，我沒進任何兄弟會。」

「你？可是你長得那麼可愛。」她看著我說。

我臉一紅，為她的坦誠感到吃驚。

「想喝可樂嗎？」我結結巴巴地問。

「我想喝，但我得先洗把臉。」

「我叫湯姆．溫格。」

「我叫莎莉．皮爾森。真的很高興認識你。」她含著淚說。

我就這樣遇見了我的妻子。

我們在自傷與擊敗自憐的那一刻，共同展開兩人的生活，這點在彼此心中都留下深刻的印象。受拒一事令我痛定思痛，明白自己在這個大環境裡的立場。那是我最後一次異想天開，我變得謹慎、多疑而麻木。我學會寡言慎行，伺機於未來。我的樂觀主義終於打了折，不再像以前那樣一味接受這個世界及其丟給我的一切，那原本是我的強項與救贖。儘管童年悲慘，又遭性侵，我依然覺得世界美妙，直到SAE兄弟會拒收我入會。

莎莉．皮爾森與我迥然不同，她來自南卡羅萊納的佩爾澤，父母都是紡織廠的工人。莎莉從小就受到排擠，姊妹會拒收她，只是成長中一連串社交災難的一環。莎莉覺得捕蝦人家既特別又勤懇，可見她多麼天真。她拿的是父母工廠給的獎學金，工廠每年都會頒給學業最優秀的員工子女。莎莉高中時從未掉到B，讀大學時也僅得過兩次B。她讀書時，腦中就會出現紡織機的聲音，看見身形佝僂的父母多年辛勞，就為了讓獨生女擁有他們不曾有過的機會。我們邂逅的那晚，莎莉告訴我，她想當醫師，未來生三個小孩。她像作戰似的把人生都規畫好了。我們在一起的第二個晚上，她對我說，她雖然不想嚇到我，但她已經決定要嫁給我了。她沒有嚇到我。

我從未遇過像莎莉．皮爾森這樣的女孩。

我們每天晚上約在圖書館見面，一起讀書。她大學讀得認真，她的用功感染了我。除了週六，我們每晚從七點到十點鐘坐在文學書區後方的同一張桌子用功。她容許我每晚寫張愛的紙條給她，但僅止於此。她在高中時便明白，用功讀書有獨特的報償，只要我們勤奮念書，便能歡欣收割。她從未寫情書給我，倒是寫過幾份長長的清單，列出她對我倆的期許。

親愛的湯姆：

你將成爲斐陶斐[38]的一員，成爲美國大學名人錄中的一名，成爲足球隊隊長，以及英語系第一名高材生。

——愛你的莎莉

（我回信，並將紙條從她桌上遞過去）

親愛的莎莉：

什麼是斐陶斐？

——愛你的湯姆

親愛的湯姆：

鄉下男孩，那是你唯一進得去的兄弟會。好了，傻子，專心讀書，不許再寫紙條了。

——愛你的莎莉

---

38 Phi Beta Kappa：一七七六年成立，為全美首個以希臘字母為名的榮譽學會，只有成績優異的學生得以受邀加入，後續發展出各大學的兄弟會、姊妹會。

莎莉跟莎瓦娜一樣了解白紙黑字的力量──兩年後，一個驚奇的夜晚，我們同時被引介進入斐陶斐學會。大一時，我訝異於自己是班上唯一聽說過威廉．福克納的男生，更別說閱讀他的文學作品。我熱愛各種英文課，我無法相信自己如此幸運，能靠閱讀最優秀的讀物餬口。我與南卡羅萊納大學的英文系展開一場漫長的戀愛，系上的老師簡直無法相信，一個足球員竟能寫出精確無誤的標準英文句子。他們不知道我同一個屋簷下長大的姊姊，後來成為美國南方最優秀的詩人，也不知道我跟一個女孩每晚一起苦讀三個鐘頭，女孩的目標清單上只寫著：第一名畢業。

母親得知我跟紡織廠小鎮的女孩約會很不高興，想方設法從中阻攔，連番來信勸我應該找什麼樣的女人當妻子。我把那些信讀給莎莉聽，她同意母親的看法。

「我不可能甩掉紡織小鎮的出身背景，我永遠無法給你其他女孩能給你的東西。」

「我也無法刷掉我甲板上的蝦子。」我回答。

「我喜歡蝦子。」

「我喜歡棉花。」

「湯姆，我們證明給他們看。」她親吻我。「你和我聯手讓他們瞧瞧，我們雖然無法擁有一切，且永遠會欠缺一些什麼，但我們的孩子將擁有一切，我們的孩子將什麼都不缺。」

那些是我等待了一輩子的話，我知道自己遇到對的人。

我在足球場上苦苦掙扎三年，自覺技不如人，身邊個個超級運動員每天讓我見識到自己在球場上的不足。但我在非球季時，整天泡在舉重訓練室，努力健身。我剛上大學時，體重一百六十五磅，四年後畢業，重達兩百一十磅。大一時，我只舉得了一百二十磅重的臥推舉；大四時，可舉到三百二十磅。大二大三時，我負責阻擋回攻隊伍，擔任三線防守後衛，直到大三那年，對上克萊姆森大學的比賽，回攻員艾佛列．庫柏受了傷。

克萊姆森隊得分時，我聽到拜思教練喊我的名字。

自此，我在大學的日子從黑白變成金光閃閃。

我回去接開球，看台上除了我父母親、莎莉、路克以外，沒有人知道我的名字。克萊姆森踢球員往球跑過去，球竄入卡羅萊納純淨的陽光中，凌空飛越六十碼距離，我看到前場一堆橘色頭盔壯觀地移動，聽到六萬名觀眾齊聲吶喊，我在達陣區截住球，帶球跑往球該去往的地方。「各位女士先生，他的名字叫溫格。」我把球夾在腋下，嘶吼著在球場左側狂奔。我在二十五碼處被人撞上，但扭身閃過擒抱員的雙臂，衝過球場，一名克萊姆森球員撲過來，但沒擒抱住我。我擋掉一名防守後衛，躍過兩名撲倒克萊姆森隊的我方球員，一路過關斬將，最後終於接上幫忙阻擋的我方球員，看到了夢寐以求的空隙。我直搗而入，感覺後面有人撲來；我絆了一下，但用左手穩住自己，立穩雙腳，我看到三十碼線有個射門員，那是克萊姆森隊最後一個有機會阻擋我進入達陣區的。

可是看台上有六萬名不知道我名字的觀眾，四位我深愛的家人，他們的聲音在這個名叫死亡谷的體育場中，催促我向前進攻，我可不想被射門員擒住。我頭一低，用頭盔撞在他的球號上，對方便如冰雪般融化了，在上帝的注視下，他被球場上唯一知道拜倫或拜倫詩句的男孩撂倒了。兩名克萊姆森球員在五碼處攔截到我，我免費送他們一程，三個人連滾帶爬，一起滾進將改變本人一生的達陣區裡。

比分為十三比六，我聽到播音員說出那幾個美妙的數字，比賽只剩最後一節的十五分鐘。「四十三號球員湯姆．溫格跑了一百零三碼距離，他跑出了大西洋沿岸聯盟的新紀錄。」

我回到邊線，被隊友和教練們團團圍住。我經過板凳邊，站在那兒往看台高處瘋狂揮手，我知道莎莉、路克和爸媽在那裡站著為我歡呼。

喬治．拉尼爾多踢出了一分，我們在第四節進攻時，落後克萊姆森猛虎隊六分。

球賽剩兩分鐘，我們在克萊姆森的二十碼線把他們擋住了，我聽到其中一名助理教練對拜思教練喊說：「讓溫格棄踢[39]！」

「溫格！」拜思教練大喊，我朝他跑過去。

我調整頭盔時教練說：「再做一遍。」

那天我變成了金童，拜思教練對我吐出了神奇的魔咒，我在我方三十五碼線站定，努力回想自己曾在哪裡聽過那句話，完全聽不到群眾的呼聲。我看到中鋒火速把球傳給棄踢員，想起三歲時看到的遠方落日。母親帶我們散步到碼頭上，讓月兒從我們島上的樹林後方滾出來，姊姊用稚嫩的聲音狂喜地說：「噢，媽媽，再做一遍！」

「再做一遍。」我說，看著在球場上空旋飛的高球，落入這個一日之間成為金童的男孩懷裡。

我接住球，望向前場。

我踏出絕妙的第一步，此番衝殺，將使我在往後一年成為南卡羅萊納最知名的球員，令我回味餘生。我在我方四十碼線接到球，沿右邊線長驅而上，只見一片橘海朝我撲湧而來。三名克萊姆森球員從我左側攻過來打算擒抱，我硬生生停下，朝反方向我們自己的得分線跑，企圖衝到球場的另一側。一名對方線衛差點在十七碼線截住我，但被我方凶悍的線衛吉米・蘭登攔腰撲倒，我奔往前場，他們兩人正好同步跟著。我抬眼望向遠處邊線，看到神奇的景象。我隊在棄踢後，阻截員都往全場散開，我往球場反向折跑，每個跟著往前場衝的隊友只能眼睜睜看著我被十一個克萊姆森球員狂追猛撲。此時我看到我方的阻截大軍在對方防守區裡擺開五十碼長的陣勢。總在我快被對方球員截住時，便看到一名南卡隊友擋到我和擒抱員中間，從膝處將對方撲倒。這感覺就像跑進一道柱廊裡。那天我春風得意，覺得自己是快捷如風的美少年，肺裡吸的都是克萊姆森爽脆的空氣。我以超常的速度衝到對方三十碼線，球場上已經看不到一個站著的克萊姆森球員了。我越過得分線後，雙膝往地上一跪，感謝上帝賜我速度，讓我能在年輕時，享有君王般光輝而無可複製的一天。

喬治・拉尼爾多踢出一分後，我們在我方二十三碼線擋住克萊姆森的攻勢，結束的哨聲

39 punt：美式足球術語，進攻隊員把球扔下，在球落地之前將其踢向遠處的進攻手法。

響起，我還以為自己會被衝到球場上的卡羅萊納球迷淹死，但我也死得心甘情願。一名攝影師拍到莎莉在人群中找到我，跳入我懷裡，尖叫著吻我的一瞬。第二天早上，那張照片登在卡羅萊納州所有報紙運動版頭版，連佩爾澤地方報紙都登了。

當天晚上，爸媽請我們到往日餐廳用飯，午夜，我走在餐廳外的五岬區，悵然這美妙的一天就這樣逝去了。

接下來的一週，南卡羅萊納到處看到車子的保險桿上貼著貼紙：「克萊姆森，把球踢給溫格。」哥倫比亞州報的賀門．韋斯在緊接而來的第一個星期日寫了一篇關於我的專欄，稱我為「學者運動員」，是南卡羅萊納足球史上最偉大的祕密武器。「他其實不是那麼厲害的球員。」文中引用拜思教練的話，「但就算我說破了嘴，克萊姆森的人也不會相信。」

賀門在最後一段中提到，我正和班上第一名的女生交往，她本人跟照片一樣漂亮，那是全篇報導中莎莉最喜歡的一段。

才不過幾個星期，便有一堆SAE的人跑來找我，包括阿鮑．葛利亞德，問我有沒有興趣加入他們的兄弟會。我予以婉拒了，如同我在同一年裡所拒絕的其他七個兄弟會。我從沒說「不」說得這麼痛快過。三德爾塔會派出一票學校裡最漂亮最受歡迎的女生，邀請莎莉加入她們的姊妹會。莎莉回了一句我愛極的話，她叫她們「閃到紡織小鎮涼快去」。

此後我再沒有像那天如此一鳴驚人，我在卡羅萊納剩餘的時間，足球雖然打得不賴，但我知道老天爺不會天天往家裡送金子。我若真擁有不世出的天分，應該會出現很多那樣的日子，但我了解，自己能擁有那樣的一天，已經十分獨特而幸運。我在大學足球隊最消沉的時期，遇到我後半生的真愛；在鼎盛時期，把自己的運動天分發揮到極致，在一天中嘗到成名的滋味，但我並沒有太特別的感覺，這倒頗令我訝異。

畢業後，我和莎莉在佩爾澤結婚，路克當我的伴郎，莎瓦娜是莎莉的伴娘。我們在梅洛斯島上度蜜月，住在路克為自己打造的一棟兩房小屋裡，老爸把近橋邊的兩畝海角地給了路克。莎瓦娜陪爸媽住了一個星期，路克則住到自己的捕蝦船上，我帶著莎莉，一一為她介紹南方生活的一切。

夜裡，躺在莎莉懷中，她會輕聲對我說：「等醫學院畢業，我們就會生幾個漂亮的寶寶，現在我們的職責，就是學著享受當下。」

我們一起在長長的夏季裡，相鎖在彼此甜美的懷裡，再三重溫這世界有史以來最溫柔的篇章。我們輕柔地釋出羞藏在肉體中的所有祕密，我們做愛，用烈焰譜出一首長詩。

蜜月結束，我到捕蝦船上為路克打工。我和莎莉在天亮前起身，到船塢與路克會合。路克會跟隨父親的船，我負責確認側邊的木門沒有纏到線纜，等我們在貨艙裡塡滿蝦子，放滿冰塊，我清洗甲板，路克則把「薩凡納小姐」駛回鎮上。我們拿蝦獲去秤重，路克付我一磅十美分工資，在我到科勒頓高中教書及擔任教練前，銀行的戶頭裡就已經有錢了。

八月末，莎瓦娜的第一首詩作登上了《週末評論》年輕詩人特輯，同一天，路克收到通知，他的徵兵級數已升至1-A。與此同時，莎瓦娜寫了一首反戰詩，這場戰爭衝擊了我們家的良知。

第二天晚上，路克在家中問道：「湯姆、莎莉，你們對越戰有什麼看法？」

「戰事一吃緊，莎莉就叫我退出大學儲備軍官訓練團了。」我遞給路克一杯黑咖啡。

「死掉的丈夫，只當得了差勁的父親。這場戰爭對湯姆沒有任何意義。」莎莉說。

「他們不會放過我的，昨天我打電話給徵兵局的老杜賓斯，他說他們不會再緩徵捕蝦人了，因為河上捕蝦人已經太多。」路克說。

「看來他找到成功減少捕蝦人的辦法了。」我憤憤地說。

「他們也會徵召你嗎，湯姆？」他問。

「他們不會徵召南卡鄉下的男教師，他們只是付我們血汗薪資，希望我們永遠不會去找真正的工作。」我答道。

「你遇過任何從越南回來的人嗎？」他問。

「有一次我在哥倫比亞遇到一個開中國餐館的傢伙。」

「人家是從中國來的，那不一樣。」莎莉說。

「對我來說一樣。」

「媽媽說我得去參戰，因為我們從小被教育要愛國。」路克說。

「我們愛美國，可是那關越戰什麼事？」我說。

「我說我不愛美國，我只愛科勒頓，其他都送給越南人我也無所謂。但最糟的是，我得把捕蝦船賣掉。」路克說。

「路克，別賣——湯姆可以幫你照顧船。明年暑假學校一放假，他就能幫你開船出海，至少可以付貸款。」莎莉說。

「湯姆去上大學，就是為了不必開捕蝦船。」路克答說。

「不，湯姆去讀大學，是為了有權決定自己要不要捕蝦。我想要的是選擇。路克，我很樂意幫你營運捕蝦船，直到你回來。」我說。

「謝謝你，湯姆。知道船會在家裡等著我真好。」

「別去，路克。告訴他們，你因為信仰關係，拒絕服役，任何理由都行。」莎莉說。

「莎莉，他們會送我去坐牢。我寧可死，也不要坐牢。」他說。

⚓

我們在科勒頓展開安逸慵懶的南方教師生活，路克卻被調離這種日子，去我們世代中美國唯一發動的戰役裡扮演他的小角色。我在課堂裡教書，在路克和我一同擔任雙隊長的球場上當教練，莎瓦娜在東岸忙著參與每一場反戰示威，路克在越南的河流裡巡邏，被派到海軍最神祕的精英部隊——海豹部隊。海軍並不傻，不會白白浪費在美國動盪期間最強悍精幹的志願從軍者。我忙著把球員派到前場做阻攔練習，莎瓦娜埋頭創作要收在第一本詩集的作品，路克正學著如何在水底拆除炸彈，從低飛的飛機上跳傘，練習反游擊作戰，以及如何從敵人的陣線後方殺人於無聲。我們過著一種平行而令人難安的美國太平日子。世界即將失控，我們卻活在一種複雜的和諧裡，星群排列成迷人卻險惡的形狀，圖謀將我們家帶到無風無浪的平靜河面，將我們切開當成誘餌。

莎瓦娜聽到路克加入的海軍支隊叫海豹部隊時，寫信給我：「湯姆，『海豹』是個凶兆，惡毒的凶兆。對溫格家而言，這是個不祥的險惡字眼。記得你寫信告訴我，對上克萊姆森、讓你獲得大學生涯中唯二達陣機會的那場球賽吧？那天你得到天賜的神奇字眼，那就是『老虎』。你的對手是克萊姆森猛虎隊，而老虎對我們而言，一直是幸運符。可是『海豹』，湯姆，你記得馬戲班那隻海豹是什麼下場嗎？記得老虎把海豹怎麼了嗎？我覺得路克像海豹似的，闖入了老虎的國度，我好害怕。詩人在文字中尋找徵兆與意象，請原諒我，但我不認為路克能活過這場戰爭。」

我用路克寄到科勒頓高中教練辦公室的信件追蹤他的戰事。他會另外寫信給我父母、爺爺奶奶、莎瓦娜——但都是報喜不報憂的美麗謊言。他在給他們的信裡描述南中國海的落日，在西貢吃到的餐點，在叢林邊緣看到的動物，從朋友口中聽來的笑話。但是他寫給我的信，聽起來卻像即將溺斃的人。路克描述各種軍事行動，在北越炸橋、夜襲敵營、拯救被擄的美國人，在補給小徑上的埋伏。路克有一次在河裡游了四英里，割斷一名親越共的村長咽喉。路克是該次行動的唯一生還者，當時他們試圖偷襲一支撤退的北越正規軍。路克最要好的朋友在誤踩地雷後，死在路克懷裡。最後殺死他的不是地雷，而是路克。他哀求路克幫他注射嗎啡，說寧願死，也不要當個四肢殘缺的植物人。這位好友也許橫豎會死，但他能走得痛快，因為哥哥愛他。「湯姆，我根本不作夢。」路克寫信告訴我，「整個夜裡，我只是醒著，眼睛大睜。我根本就活在噩夢裡。殺人唯一的問題就在於變得如此容易，這不是很可怕嗎？」

路克每次殺死一個人，便會平鋪直述、不帶感情地告訴我，要我若經過薩凡納大教堂附近，順道去幫他點根蠟燭，讓死者的亡靈安息。我們都在大教堂受洗，那是路克最愛去禮拜的地方。路克返家之前，我在永援聖母像底下一共點了三十五根蠟燭，在搖曳的光暈中，為這群不知名的亡者誦念。至於對其他家人，路克則一逕表示，他根本沒遇到戰事。他給爸媽的信，聽起來像旅行社試圖吸引意興闌珊的觀光客到東方異域一遊。他在叢林裡為母親摘了蘭花，夾在他離家時爺爺送他的聖經裡，然後把書寄回來給媽媽當耶誕禮物。母親打開聖經時，經書聞起來就像走在墓園裡，乾枯的蘭花一朵朵像害羞的嬌龍出現在上百張書頁間。母親哭了出來，這是路克在島上錯過的第一個耶誕節。

「殺掉的竟然只有一些花，路克在越南真的變成孬種了。」父親說。

「我可愛的寶貝兒子，感謝上帝，他安然無恙。」母親哭著說。

我在科勒頓過著教師生活的固定作息。每天教學生英美文學和作文五個鐘頭，讓他們鑽研滿是陷阱的英文文法，逼他們進攻厚重的《織工馬南傳》和《凱撒大帝》。第一年到科勒頓教書，校長便指派我教高二生，算是作為本人大學主修英語的懲罰。荷爾蒙噴發的高二學生困在自己都不了解的身體變化裡，他們會嘴巴開開，昏沉沉地聽我高談濶論，講枯燥的文法，或卡西烏斯對凱撒的背信棄義。我在教書的第一年，因信心不足，老愛使用艱深過時的詞彙，與其說我是老師，倒不如說我是個老古板。科勒頓的高二生，因本人的無能而受盡折磨。

午餐時，我會坐在教師休息室，邊吃飯邊改學生亂七八糟的報告，他們就是有辦法破壞英文的雋永與優美。放學後，我換上教練服，吹起哨子，指導足球二隊直到傍晚六點。七點鐘之前，我便會回到家，開始煮晚飯。莎莉稍後才到家，漫長的通車時間令她疲累已極。她在查勒斯登的南卡醫學院上課，我們在離祖父母住處僅一條街外租了房子。路克原本希望我們住到他島上的房子，但莎莉領教過母親的脾氣後，明白梅洛斯島只適合有一位女人作主。我們的房子小小的，但就在溪邊，漲潮時我們能到碼頭游泳。我在早晨離家上班之前，會放一只蟹籠；九月末鱸魚季，在渠道裡釣魚。一場足球賽過後，我帶學生在小吃店裡舉辦賽後聚會，同一天，姊姊跑到中央公園參加反戰集會，哥哥則在通往北越河流的路上埋地雷。

復活節放假期間，我和父親把薩凡納小姐號放到乾船塢的軌道上，把船從水裡拖出來。我們刮掉船底的藤壺和塗漆，給破損的船木重新上漆。我訂了暑假要用的魚網，我們調整引擎試船，直到引擎在河渠裡像貓一樣發出呼嚕嚕的聲音。

那個夏天，我生平首度以捕蝦船船長的身分到河上工作，我是烈陽之下這個勞力兄弟會的菜鳥。

薩凡納小姐號就繫在父親的船邊，我得越過他的甲板，才能來到船上。

「早安，船長。」父親會說。

「你也早，船長。」我會回答。

「賭瓶啤酒，今天我放到秤上的蝦子會比你多。」他逗我。

「我不想偷老人家的啤酒。」

「那艘船你應付不來，船長。」老爸看著薩凡納小姐號說。

我在每個夏日早晨，重複著那些童年的儀式，看父親叨叨絮絮談他的發財計畫，駕船攔截湧入河裡的大批蝦群。只不過此時，換成由我掌舵——我開著大王松木打造的船，穿過瞭若指掌的河渠，解讀千百里的內陸水道上那些閃亮標記帶來的訊息，並在進入陌生水域捕蝦時，緊盯住深度記錄儀。每天早上我跟著父親的船出海，父子一前一後地捕蝦。

日出時，我們會約好捕撈的位置，我把轉速從一千五降至九百，聆聽雇來的副手艾克・布朗放網下水時絞盤發出的樂聲。等網子在水下張開，感覺到船身幾乎被網子拖住不動，我再把拖速調整到一又二分之一節。

第一個夏季，我捕獲三萬磅鮮蝦，付給艾克一筆不錯的薪資，我自己則得到更多，然後幫老哥把船款付清。等足球的暑期訓練在八月二十日開始，艾克・布朗已經被我訓練到能夠獨當一面，他把兒子埃文帶上船，充當副手。後來路克從海外回來，艾克要貸款買自己的捕蝦船，路克還當艾克的擔保人。艾克把船命名為「路克先生號」，人在為船取名時，總是會有光耀與感懷的情愫。

那年八月，等我再度回到足球教練的身分，莎瓦娜已經發表過第一場詩作朗讀會，路克的軍旅生涯也即將結束，回歸他所屬的河域。此時沒人知道，所有的魚網都正在沉默的河渠中，朝捕蝦人家族而去，慢慢地收攏。

南中國海的某個夜裡，飛機在轟炸過北越後，一架架返回航空母艦，此時無線電控制中心接到一名飛行員的緊急訊息，說他摔落在離海岸不到一英里的稻田裡。飛行員在無線電斷訊前，給出了正確位址。航空母艦艦橋裡很快召開了一場會議，決定派遣小組人員上岸，營救墜機的飛行員。

克里斯・布萊史托中尉獲選帶領這次任務，指揮官要他挑選另一個小組成員，他只說了一個名字：「溫格。」

天黑後，兩人坐上黑色救生艇，被垂放到海上，在滿月的高浪中，划槳三英里來到海灘邊。月色對他們極為不利，但兩人平安無事地抵達岸邊，把船藏到椰林裡，檢視他們的位置，往內陸摸進。

他們花了一小時才找到飛機，飛機栽在稻田正中央，千百片田畝映著明月的水影。後來路克告訴我，稻田是他見過水與莊稼最美的結合。

路克和布萊史托中尉沿著田埂朝絕美而危險的田地匍匐行進，這些田埂把大地分割成一塊塊閃亮對稱的池子。折掉一根機翼的噴射機亮晃晃側躺著，高長的稻子伸及機身。稻子隨風搖曳，令路克想到卡羅萊納的鹽沼，但稻子的氣味更細膩清香。

「湯姆，那可不是我們在美國吃的班叔叔牌爛米，是真正的稻米。在世界的那個角落，睡著一批優秀的農人。」

「當時你覺得飛行員還可能活著嗎？」我問。

「不可能，尤其在看到飛機的狀況後。」

「你們幹麼不折回船上？」

回到科勒頓一年的路克聽了大笑：「我們可是海豹部隊啊，湯姆。」

「笨蛋。」

「布萊史托是我見過最厲害的戰士，如果他要求，我會一路匍匐到河內。」路克解釋道。

兩人來到墜機旁邊，布萊史托示意要路克掩護他。布萊史托爬上完好的機翼，窺探空掉的駕駛艙。四分之一英里外的林線傳出動靜，當AK-47步槍對機身發動第一波掃射，布萊史托立刻潛入柔軟的泥水裡。路克看見五名北越正規軍朝他們奔來，越共蹲低身子，迅速穿行於高長的稻束中。他等候再次起風，稻子被吹彎後，才拿起衝鋒槍瞄準發射，看著五名越共全數重重倒進田裡濺起水花。他們撤回海邊的途中，感覺所有北越人都出來對付他們了。

迫擊炮把他們身後的飛機殘骸炸成碎片，兩人躲到堤防後方，沿著一片實地邊緣往南疾奔。黑暗中，兩人聽到越語的喝令，多數炮火仍擊在飛機上，兩人盡可能拉開與飛機的距離，才轉身沿著其中一條把稻田等齊劃分的窄直田埂爬行。他們聽到士兵集中火力，往田埂邊線和機身逼近，一枚手榴彈在一百碼外炸響。

「他們大概只有一百個人。」布萊史托在路克耳邊悄聲說。

「我還以為有更多。」路克也悄聲回道。

「這幫可憐的混蛋不知道我們是海豹部隊。」布萊史托低聲說。

「他們好像不太在乎，長官。」

「我們到林子裡，讓他們摸黑找人。」布萊史托終於低聲表示。

可是當他們往林子暗處爬去，越共已經搜查過飛機周邊，發現美國人逃過埋伏了。路克聽到跑步及涉過水田搜尋他們的人聲。然而田地極廣，阡陌縱橫的水田和錯綜的小路讓他們很難做地毯式搜尋。直到一群越共士兵從黑暗中沿著同一條小路衝過來，路克和布萊史托才本能地滾到水田的另一側。他們躺在水裡，等黑衣人幾乎快踩到他們，才在短短三秒內殺掉七個人，再拔腿奔過高長的水稻。子彈在四周稻田噴掃，兩人來到林線，布萊史托衝入叢林裡尋找掩護，這時路克聽到林子傳出一把AK-47發出的射擊聲，聽到布萊史托用衝鋒槍朝開火處回擊，接著聽到他倒下。路克從田裡衝出來，拿機關槍四下掃射。他蹲低掃射，直到彈藥用罄。路克抓起布萊史托的武器繼續開火，等第二把衝鋒槍的子彈也射光後，便開始拋手榴彈。他事後回想，當時扔了等於白扔，但他想引開敵軍的注意力。

身無槍彈的路克把布萊史托從殺死他的越共身上抬起來，扛到自己肩上，往太平洋走去，後邊是大批追兵。路克進入林子後，邊走邊聆聽，每一聽見有追兵，便停下來，直到聲音消失。他把這次的撤離當成一場漫長的獵鹿行動，發揮自小與白尾鹿交手的生平絕學。鹿隻的移動方式，決定牠的生死；一切端看鹿兒在聞到林中獵人的氣味後，能否做出明智的選擇而定。路克在傾倒的樹根底下躲了一小時，樹上長著他從未見過的奇異水果。他豎耳傾聽人聲和腳步，聽到來福槍在他近處及數英里外發射。路克再次把布萊史托扛到肩上，帶著這位任務指揮官，往浪潮拍岸的聲音前進。他花了三小時才推進半英里。路克並不慌張，他仔細聆聽，確保附近沒有人聽到他的動靜，才往前移動。他身在敵國，對方占盡優勢，熟知地形。不過這邊的地形與南卡羅萊納的海岸差異並不大，路克知道自己的童年沒有白過，天色漆黑，沒有人能在黑暗中追蹤一個人。

凌晨四點鐘，路克來到太平洋邊，看著一批巡邏兵經過他身邊往北去，他們的來福槍都已拉好槍機上膛了。他讓敵軍沿海岸走到四分之三英里外，自己才目不斜視地直直走向海裡。路克知道，萬一被瞧見他大膽入水，他便死定了，但他若等到天亮，就一點機會都沒有。路克來到海中，把布萊史托扔過一個浪頭，自己潛下去追他。路克花了十五分鐘才穿過潮浪，進入開放海域。一進入水域，路克便如魚得水，他知道北越沒有半個活人，能在海中與他匹敵。

路克到了外海後，查看星星的位置，找到方向，把布萊史托中尉拉在身後泅泳三英里。第二天早晨十一點，路克在海裡游了六個半小時後，被美國巡邏艇撈起。

太平洋艦隊的上將把路克傳到跟前做報告，路克表示飛行員不在墜毀的飛機上，這點布萊史托中尉親眼確認過了。他們不知道飛行員究竟是死亡、被捕，還是墜機前便跳傘了。他們在查看後，便遇到敵人重兵反擊，並在撤回海灘的途中與敵方交火，布萊史托中尉遭來福槍射殺，路克按照命令，返回任務的整備區。

「水兵，你知道布萊史托中尉已經身亡了，為何還要帶他的屍體回船上？」上將問路克。

「這是我們受的訓練，上將。」路克說。

「什麼訓練？」

「海豹部隊不會丟下死去的同袍。」路克答道。

路克在值勤結束後回到科勒頓，我們坐在慶祝高中畢業時的同一座木橋上。路克獲頒一枚銀星勳章和兩枚銅星勳章。

「路克，你會恨北越人嗎？」我問他，為他遞上一瓶野火雞威士忌。「你恨越共嗎？」

「不恨，我很佩服他們，那些人是優秀的農人，也是優秀的漁夫。」

「可是他們殺了你的朋友，殺了布萊史托。」

「湯姆，我在田裡的時候，想著我大概是第一個來到那片田地的白人，還帶了衝鋒槍，他們想殺我有何不對？我根本不應該在那裡。」

「那你究竟為何而戰？」

「我去打仗，是因為我住在一個如果拒絕參戰就得去坐牢的國家。我參戰是為了爭取回到科勒頓的權利。我永遠也不要再離開這座島了，我已經掙到在此安度餘生的權利。」

「在美國的人真幸運，不必擔心國土上有戰爭。」

「我不知道，湯姆，這世界亂七八糟。」

「科勒頓從來不會有事。」

「所以我才那麼愛科勒頓，這裡就像天地創造之初，就像生在伊甸園裡一樣。」

25

爸媽的婚姻，雖堪稱是怨偶的教戰手冊，但我認為慣性使然，兩人的婚姻仍牢不可破。待我年紀漸長，養育自己的孩子後，便不再留意母親對父親或曾有過的尊重已漸漸磨滅。媽媽在子女長大後，把她無窮的精力轉投到家庭以外。我們的長大成人，模糊了母親賴以為傲的自我定義，也解放了她，讓她不再侷限於狹隘錯誤的自我認定裡。母親一輩子都在等候適當的時機，讓追求權力的本能與手腕，在封閉的小鎮生活中得到澈底試煉。當機會降臨，母親早已做好準備，萊拉．溫格光憑美貌便能傾倒帝王將相，若再加上神鬼手段，能教無政府分子和弒君者為她獻上一打君王頭顱，放在藍色的名瓷盤裡，飾上荷蘭芹與玫瑰。

後來我們談到，不知母親是否經過多年的籌畫才堂皇地斬斷過去，抑或她只是隨機應變，逮住身邊的機會。我們一直懷疑母親不簡單，可是當她證實了自己的大膽不羈，莎瓦娜是唯一不訝異的。母親從未道歉也從不解釋，她只是依著自己的性子做事，而她絕非那種會被誠實或反省絆住的人。

母親以精心的算計，證實自己是美麗的恐怖分子，是冷血宣判死刑的皇后。她在過程中把亨利．溫格生吞活剝，但也付出了極高的代價。

在她收割最大的勝利，榮耀、光環、財富終於齊集於身，向所有人證實大家都低估了她的價值與重要性時，父親為了贏回她的青睞，做出最後一搏，終至入監服刑。而人們用盤子裝著她長子的頭顱，送給了我母親。母親領悟到，她的祈求，注定獲得的是飛灰，而非聲譽。

一九七一年某天，我跟路克在庫索淺灘靠海的一側，稍往東南邊靠近的水域捕蝦，母親打了電話來。

「溫格船長，路克．溫格船長，請回答。船長，請回答。」

「哈囉，媽媽，請說。」

「告訴湯姆，他快當爸爸了，恭喜他。完畢。」

「我馬上就到，媽媽，完畢。」我對著無線電大喊。

「這也表示我就要當奶奶了，完畢。」母親說。

「恭喜啊，奶奶，完畢。」

「兒子，我覺得你很無趣，完畢。」我母親說。

「恭喜你，湯姆，完畢。」我父親在無線電上說。

「恭喜你，湯姆。」其他十艘捕蝦船的船長也紛紛用無電線道賀，我則忙著收網，路克把船調頭，駛向科勒頓。

經過小鎮南邊的醫院，路克把船駛近河邊，我跳進水裡，游上岸，爬上坡，渾身濕答答地衝進待產室。護士遞給我毛巾和醫院浴袍，我握著莎莉的手，直到凱沙林醫師表示時間到了，他們才把莎莉推進產房。

當晚十一點二十五分，珍妮佛．琳．溫格出生，重七磅兩盎司。河上的捕蝦人全送花過來，學校裡的老師都跑來看寶寶。爺爺第二天早上帶了一本白色聖經來給她，並為她把聖經中央的家譜填上。

母親在莎莉病房的同一條走廊上，發現病弱又憂心忡忡的伊莎貝爾．紐布里，她因為便血，當天進醫院做檢查。紐布里太太害怕極了，吃不下醫院裡的食物，母親便在每次來探望莎莉和寶寶時，順便幫她送餐。一直到紐布里太太轉至查勒斯登的醫院，醫院才診斷出是腸癌。開車送紐布里太太到查勒斯登做檢查的人就是我母親，紐布里太太痛苦的手術期間，也是母親安慰她。我三個孩子中，母親最偏疼珍妮佛，倒不是因為她是長孫女，而是因為她的出生，使母親意外地與伊莎貝爾．紐布里結為好友。

沒有人能確定，那群帶著量尺開著貨車的測量員，究竟於何時入侵本郡，對土地的邊界與範圍展開漫長的研究調查。不過，確定的是，就是在同一年的夏天，爺爺阿莫斯．溫格的駕照被公路局吊銷了。阿莫斯年輕時就是個莽撞的不良駕駛，但隨著年紀，技術更加崩壞，威脅到踩在南方碎石地上的每個活物。爺爺因莫名的自尊心而拒戴眼鏡，也不認為應該為自己看不見而擅闖的紅燈負責任。

「紅燈架得太高了。」他拿交通號誌辯駁。「我開車的時候又不看天上飛的鳥。我是眼盯路面，心懷上帝啊。」

「你上週差點撞到福魯特先生。幸好他從路上跳開，才沒被撞著。」我對爺爺說。

「我可沒瞧見什麼福魯特先生。反正他一向瘦弱，根本指揮不了交通，他們應該只讓胖子指揮。福魯特先生老了，應該只讓他專門帶領遊行。」

「塞瑟巡警說，在查勒斯登高速公路上逮到你逆向行駛。」

「塞瑟！」爺爺火冒三丈。「我開車的時候，那小子都還沒出生呢。我跟他說過了，我那天是為了看一大片牛鸝鳥，欣賞上帝放到人間供世人觀賞的美景。何況，對向又沒有車，有什麼好大驚小怪？」

「我應該送他去安養院，他總有一天會開著那輛車撞死人。」奶奶說。

「我的身體只有我一半歲數。」爺爺不甘地說。

「阿莫斯，我們是在談大腦裡的灰質的問題。湯姆，我簡直就像跟瑪土撒拉[40]住在一起，

40 Methuselah：聖經中最長壽的人物，活到九百六十九歲。

他連晚上把假牙放在哪都不記得，我前幾天才在冰箱裡找到。」奶奶回道。

「爺爺，他們希望你自動上繳駕照。」

「科勒頓政府管得太多，我從沒聽過這種事。」

「能把您的駕照給我嗎？要不然塞瑟會自己開車到這兒處理。」

「我考慮考慮，我會跟上帝討論。」

「瞧見沒，我得送他進安養院。」托莉莎說。

經過漫長的討論，不出眾人所料，耶穌認為爺爺應該保留他的駕照，但他一定得戴眼鏡。對阿莫斯而言，上帝即一切：是交通控管員、調解員，也是驗光師。

兩天後，爺爺在同一個街角撞到福魯特先生。他戴了眼鏡，轉頭去看那群測量土地的人，他們在丈量貝特里街和潮浪街的建物邊線。阿莫斯既沒看到紅燈，也沒聽見福魯特先生瘋狂吹響的哨聲，直到福魯特先生倒在他五〇年福特車的引擎蓋上，他才踩煞車。福魯特先生僅有輕微瘀傷及擦傷，但巡警再也不覺得爺爺嘻嘻哈哈地坐在方向盤後是什麼好笑的事情。

塞瑟巡警當場扣下阿莫斯的駕照，用瑞士刀裡的小剪刀剪個粉碎。

「年輕人，你出娘胎前我就已經在開車了。」爺爺抱怨。

「溫格先生，我希望能活到您這把歲數，可是，如果我繼續讓您開車上路，這個郡就不會有半個活人了。面對現實吧，溫格先生，您的身體不行了，對社會是個威脅。」塞瑟回答。

「什麼身體不行了！」爺爺憤慨抗議。福魯特先生則還在驚恐哀嚎，救護小組把警笛開到最響。

「我是在幫你忙，溫格先生。而且是在保護公共利益。」塞瑟說。

「身體哪裡不行了。」爺爺重複這句。「我們來比腕力，到時就會明白到底是誰的身體不行，全郡的人都可以當裁判。」

「不行，先生，我得去醫院，確認福魯特先生沒事。」塞瑟說。

母親去朗恩藥局幫重病的伊莎貝爾．紐布里領藥時，目睹爺爺跟塞瑟巡警爭執的過程。她一聽到福魯特先生尖叫，看到阿莫斯的福特緊急煞車，便躲進伍沃斯商行，她不想看溫格家的人在外頭出洋相。後來我們才知道，母親是當天潮汐街上唯一知道為什麼會有調研小組跑來丈量科勒頓郡土地的人。

溫格爺爺隔週投書到《科勒頓公報》，抱怨塞瑟巡警不留情面，氣他公然剪掉自己的駕照，打算對塞瑟和全科勒頓證實，自己的身體沒有「不行」。爺爺宣布，他要在喬治亞州薩凡納及科勒頓之間的內陸河道上，滑水四十英里，並向「臭小子」塞瑟下戰帖，要他一起下來滑水。如果他完成整趟滑水，公路局便得公開道歉，立即返還他的駕照。

奶奶二話不說，積極詢問各處安養院是否還有空位，但我和路克則花了一個週末的時間，整理波士頓威拿船，為滑水做準備。爺爺是個單純的人，但偉大的想法總使他免於變得乏味。阿莫斯為科勒頓郡帶來第一組滑水板，並在五十五歲的時候成為南卡羅萊納赤足滑水的第一人。他保持全州跳台滑水紀錄長達十年，直到有一年，從佛州塞普洛斯花園來的冒名頂替者參加滑水節，才破他的紀錄。不過爺爺在報上發布公告時，已經有十年沒滑水了。

「爺爺，你要在滑水板上裝輪子嗎？」路克打趣說道。爺爺把一組全新的滑水板放到船上，我們準備把船拖到薩凡納。

「我根本不該在十字架上裝輪子，就是因為這樣，大家才會覺得我不行了。」阿莫斯回答。

「你要去哪兒，我都能載你去，你沒必要向全世界證明自己是白痴。他們知道你不會開車，但很多人不知道你瘋了。」奶奶說。

「托莉莎，我只需要在開車的時候更專心一點就好。我知道自己開車會犯點錯，但那是因為我忙著聆聽上帝說話。」爺爺回答。

「上帝要你從薩凡納滑水嗎？」奶奶問。

「要不然你以為我這點子是怎麼來的？」

「我就問問而已。孩子們，好好照顧你們爺爺。」

「我們會的。」我說。

「老爸，我在你身上押了一百塊。」父親拍著爺爺的背說。

「我不贊成打賭。」爺爺告誡他兒子。

「爸，你跟誰賭？」路克問。

「塞瑟那個臭小子。」父親喊道。「老爸，他說他會拿著新做的駕照在碼頭上等，因為他覺得你連史丹西川都到不了。」

「史丹西川離薩凡納邊界只有一英里。」爺爺說。

「你應該先去給凱沙林醫師檢查一下。」奶奶對爺爺說，然後對我們其他人表示：「他這輩子沒做過身體檢查。」

「阿莫斯，我看得出來，你辦得到的。」我聽到莎莉說。

「莎莉，你摸摸這臂膀。」爺爺驕傲地鼓著二頭肌說。「上帝沒把溫格家的男人造得絕頂聰明，可是祂把我們打造得很健壯，而且很懂得挑女人。」

「真希望上帝讓我更懂得挑對男人。阿莫斯，你又在鬧笑話了，萊拉已經窘到都不想露臉了。」托莉莎說。

「沒這回事，她只是在照顧伊莎貝爾・紐布里而已。自從伊莎貝爾生病後，萊拉像聖人似的，我幾乎都見不著她。」父親說。

路克從皮夾裡抽出五張二十元鈔票交給父親。「老爸，這裡是一百塊錢，賭阿莫斯・溫格能從薩凡納一路滑到科勒頓，隨便你跟誰賭都行。」

「孩子們，莎瓦娜昨晚從紐約打電話給我，她說我若辦到了，就把我寫進詩裡。」阿莫斯說。

「阿莫斯，你穿泳衣看起來會很可笑。」托莉莎說，大伙坐進卡車裡。

「等我拿到全新的駕照就不會了，到時我會好好打扮一番，帶你好好兜個風。」他回應。

「我會警告福魯特先生的。」托莉莎說。

⚓

正是這些驚喜與神聖的時刻，使我對南方生活永難忘懷。我害怕空虛的生活，害怕無所事事帶來的茫然、乏味、無助。沉悶的中產階級生活令我不寒而慄，使我的靈魂千瘡百孔。我若在日出前釣到一條魚，便感覺聽到地球深沉的吟唱。我若因受不了夜裡獨處或跟家人在一起而打開電視，便等於承認了自己活得像行屍走肉。我的南方魂，是我最本色天然與生猛的一面。這些深植的南方記憶，是指引我長大成人的北極星。我們家族因為愛恨分明，老喜歡幹些驚天動地的事，太過微不足道的事總是會惹惱我們。每當溫格家的人發現自己在敵對的世界中黯然失色，便會浮誇張揚地喧騰一番。我們家族憑衝動行事，不懂深思熟慮。我們永遠無法以智取敵，但總能用異想天開攻其不備。我們最擅長冒險，最愛往死裡鑽，若不跟世界鬥個你死我活，便很難真正感到快樂。即使在我老姊的詩裡，也總是能感受到風雨欲來的張力。她的詩讀起來，就像用薄冰與落石交織而成，詩中有動作、重量、光彩、技法。她的詩穿越滾滾的時間長流，狂熱而不受控，如同一個進入薩凡納河邊界，打算滑水四十英里，證實自己寶刀未老的老者。

「爺爺，天氣會比我們預計的冷一點。」我對他喊道，把拖繩放到船後。「太陽給雲遮住了，而且看起來好像會下雨。我們可以延期。」

「人們會在公共碼頭上等。」阿莫斯說著拉起手把，緊緊握穩。

「好吧，這一路都是漲潮，所以不太需要擔心沙洲。我們會盡量走直線，而且用最快速度行駛。」
「你覺得我應該一路做迴旋到科勒頓嗎？」
「那你得需要兩個滑水板才夠用。」
「但我可以用一點花式作結。」
「不行，爺爺。還有，別忘了，我在路上會扔柳丁給你。」
「我沒聽說過有人邊滑水邊吃柳丁的。」
「爺爺，你不是光滑水而已。」我在怠速的引擎上方說。「你要滑四十英里，體內得要有水分。你要盯準那些柳丁，萬一給打中頭，我們只能把你海葬了。」
「聽起來很好笑。」
「你得聽教練的話。」我對他豎起拇指。「準備好了嗎，老頭？」
「別叫我『老頭』。」
「等我們到科勒頓，你若還能站著，我就不叫你老頭了。」爺爺拿滑水板指著天空時，我對他喊道。
「到時你要叫我什麼？」他喊問。
「我會叫你超狂老頭。」我尖聲喊說，路克打開節流閥，沿濱水區往南駛。岸邊聚集了一小批觀眾，看爺爺啟航。爺爺平順地從水裡站起來，在船後留下尾波，人群發出歡呼，爺爺往他們拐過去，往船身做了一個酷炫的迴旋，噴得他們一身是水。

爺爺在浪尖上做跳躍，拉緊拖繩，沿水面疾馳，直到幾乎與船身平行。「不許耍花招！」我大喊。

「可別小看我這身手！」他壓過轟隆隆的引擎聲喊道。

爺爺一直等我們駛入史丹西川，進入南卡羅萊納的水域後，才乖乖放慢速度，移到船後方，讓船拖著他滑行。我盯著爺爺，路克則觀察渠道上的界標，我們的船經過一個個小島，看著岸邊的林蔭，水色從淡綠色轉成金屬灰。積雲後方的太陽彷彿想要找個空隙露臉，然而北方也有烏黑不祥的雷雨雲逐漸堆聚。

爺爺在我們後方，直挺挺地立在滑水板上，四肢精瘦結實，像一組細長的二號鉛筆，身上沒有半寸虛肉，令人聯想到精實的線卷，前臂和三頭肌在拖繩的拖曳下，繃成了一幅淺浮雕。他的臉、脖子、手臂曬得黝黑，肩膀則十分蒼白。天色漸暗，氣溫下降後，他的膚色慢慢透出微藍，像野鳥蛋上淡淡的顏色。滑行十英里後，爺爺漸露疲態，渾身發抖，顯得十分蒼老，但仍昂然挺立。

「他看起來像要去見死神了，給他一顆柳丁。」路克對我喊。

我拿小刀在印第安河橙上割了四分之一寸的小洞，走到船尾，高舉給爺爺看，他點點頭，表示明白。

我把柳橙拋到空中，但高度沒抓好，柳橙從他頭上高高飛過，他躍身去接，差點摔倒。

「爺爺，別跳，等柳丁往你飛過去就好了。」我對他大喊。

我浪費掉三顆柳橙，才抓準丟擲的範圍和速度，爺爺接到了第四顆，像外野手探身到圍欄外，攔截厲害打擊者的全壘打。爺爺接到時，路克舉起手臂做出勝利的手勢，爺爺把柳橙吸乾，果肉吃個精光，才把果皮丟到身後的水裡，像丟下一張豔黃的衛生紙。吃完柳橙，似乎令爺爺精神大振，他在尾浪上跳了幾次，坐到滑水板上，單手握著手把，直到我們再度讓他冷靜下來。

「十五英里了。」經過標示哈納漢海灣入口的浮標燈，路克說道。

有時候你會看出自己家族的特質，此時就屬於那種時刻。我們在阿莫斯眼中，看到了深植於溫格家族堅忍不拔的基因，我們以身為他的孫子為榮。到達二十英里標記時，爺爺全身哆嗦，深陷的雙眼已迷濛得有如垮掉的肉凍。不過他的滑水板仍像刀片削過光滑的瓷釉般，俐落地切過水面。他累到全身顫抖，但依然挺立，往科勒頓滑行。

爺爺一直等到我們抵達科勒頓海灣後，才倒下來，海水被逼近的暴風雨掀滾著，我們看到北邊的雲層雷電閃閃。

「他倒下了。」我對路克喊道。

「去水裡陪他。」路克開船繞一大圈，把引擎調到怠速，往阿莫斯靠近。

我跳進水裡，游到爺爺身旁，小心翼翼地把一顆切開的柳橙舉在頭上，不讓海水灌進切口。

「你還好嗎，爺爺？」我游向他問。

「塞瑟說的對。我抽筋了。」阿莫斯答說，我幾乎聽不見他的聲音。

「你哪裡抽筋？別擔心，不是每個滑水選手都有隨行的按摩師。」

「抽得很嚴重，我的腳趾以前可沒抽筋過，現在連牙齒都抽筋了，而且這些牙齒還不是真牙。」

「把柳丁吃掉，往後躺，我幫你按摩。」

「沒有用的，我已經累垮了。」

路克把船駕到我們身邊，我按摩爺爺的手臂和頸子，聽到引擎輕輕響著。

「路克，他說他想放棄。」

「不行，他不能放棄。」

「我不行了，路克。」阿莫斯說。

「那你麻煩大了，爺爺。」路克對著底下的阿莫斯吼道。

「怎麼說？」爺爺問，我揉開他臂上的筋結，他發出呻吟。

「往科勒頓的這十英里路，滑水會比游泳輕鬆很多。」路克說。

路克說著舉起自己的駕照。「往上再滑一小段，就有一張這玩意在等你。爺爺，等我們滑過那條河，我想看看塞瑟那張年輕的臉露出吃屎的表情。」

阿莫斯喊道：「湯姆，快幫我按摩兩腿，還有，再扔一顆甜橙給我。路克，我從不知道柳橙有這麼好吃。」

「爺爺，脫掉滑水板，我要按摩你的腳。」我說。

「我的腳向來長得很美。」他有些恍神地說。

「而且很健壯，健壯到足以再滑十英里。」我低聲說。

「想想耶穌走上各各他山。」路克的聲音從上方傳來。「爺爺，你想想看，耶穌若是放棄了，世界現在會在哪裡？祂在關鍵時刻展現出堅毅的意志力，你請祂幫你。」

「祂又不是滑水去各各他山的，時代不一樣。」我家爺爺大口喘氣說。

「可是必要的話，祂會那麼做的，為救贖人類，祂願意做任何事情，重點是祂沒有放棄，祂不會放棄。」路克鼓勵道。

「幫我再按摩一下頸子，湯姆。」爺爺閉著眼睛說，嘴含柳橙。「我的脖子酸死了，孩子。」

「放輕鬆，爺爺。讓救生衣托住你，讓全身肌肉休息。」我繞過去按摩他的太陽穴和脖子。

「你總是在耶穌受難日走三小時苦路，這輩子沒有放棄過，明天你就可以用福特車載全家兜風了。」路克說。

「路克，想去你自己去。」我揉著爺爺的肩膀說。「把水壺扔下來，我餵他喝點水。」爺爺睡著似的漂在我懷裡，直到聽見路克說話。「爺爺，你還是上船吧，不過你剛剛讓塞瑟變成南卡羅萊納最得意的人了。」

「握把遞給我，孩子。」爺爺突然張開眼睛說，「我再也不要聽兩個孫子廢話。」

「這邊過去，波浪挺大的。」我說。

「所以等你拖著我滑過科勒頓鎮，豈不是更棒。」他說。

我回到船上，再次鬆開繂繩，慢慢遞向阿莫斯，直到繩子拉緊，像是跟他的肚臍相連。看到他的滑板從兩邊繂繩升起，我大喊：「衝啊。」路克踩下油門，船往前穿破浪潮，這回站起來的阿莫斯，活像個垂死之人，被噴浪和疲累折磨得哆嗦不已，血色慘淡。他跟繂繩、海浪、暴風雨以及自己的疲累奮戰。此時暴風雨向我們襲來，滂沱驟雨使後方的阿莫斯糊成隱約的輪廓，就像對焦不準的負片。島上閃電四竄，河上雷聲隆隆，我滿眼雨水，路克在一片白茫中瞎駛，但他很清楚水深與浪潮的走向，我看著爺爺灰暗的身影對抗著時間及暴風雨。

「我們會不會害死他？」我對路克大喊。

「如果他沒成功，才會害死他。」路克吼說。

「他又摔了。」我喊道，看到阿莫斯一個浪頭沒控好，被下一個浪給打翻過去。

路克再次把船繞過去，我跳到爺爺身邊，頂著翻湧的海水游到他身後，再次按摩他的頸子和雙臂。我的手指按到他肩臂上的痠痛肌肉時，他大聲哀嚎。他整個氣色都不對勁，就像一條做壞的馬林魚標本。我幫他按摩雙腿和腳，他全身疲軟，思緒都不清楚了。

「我覺得我們應該把他抬上船。」我對著朝我們駛來的路克喊道。

「不行，還有多遠？」爺爺輕喊。

「七英里。」路克說。

「我看起來怎麼樣？」

「糟透了。」我答說。

「你看起來酷斃了，別聽湯姆亂講。」路克表示。

「我是教練耶。」

「是我教你滑水的，孩子。」阿莫斯仰漂著說，救生衣像軟木塞似的浮盪著。

「你也教我千萬不能在這種海況下滑水。」我按摩他緊繃的大腿說。

「表示我調教有方。」他大笑說。「我真的把你教得很好。」

「那就回船上吧。」我命令道。「你已經盡力了，爺爺，沒有人能說你什麼。」

「上帝要我繼續前進。」爺爺說。

「你聽那雷聲，爺爺。它說不可以。」

「雷聲說『不行，別停下來，阿莫斯』，我聽到的是這樣。」他答道。

「爺爺，湯姆的外語一向糟糕。」路克大喊著把船頭繞過來，把我從船側拉上去。爺爺再次套上滑水板。

「路克，這樣下去不妙。」我說。

「就差七英里了，你會喜歡的。」他答道。我們看著爺爺抓緊浮在水上的握把，準備滑行最後一程到科勒頓。

路克用力把油門一催，爺爺再次在大雨狂浪中掙扎起身，他終究克服萬難地站起來了。

他身上散發出成功的光芒，運動精神與不服輸的拚勁燃燒著他的靈魂，即使天上的瓢潑大雨和大西洋的海水無情地擊打他的身體，也無法澆息那股烈焰。

抵達小鎮前的兩英里，已有車陣排在河邊路上，擠在碼頭，等我們抵達。眾人在岸上一看到阿莫斯還屹立在滑水板上，便爆出一陣汽車喇叭聲，科勒頓居民閃著車前燈，向阿莫斯的勝利致賀。阿莫斯對著喇叭和燈光愉悅揮手，我們繞過河彎後，他又炫耀地耍了幾個老花招。我們沿潮汐街滑行，喇叭震耳欲聾，連雷聲都快被蓋過去。橋上人群擠簇，傘花遍開，爺爺揮著手得意地經過橋底下的格柵，大伙爆出歡呼聲。路克駛向公共碼頭，那邊還有另一群人等著。他把船開到全速，然後突然折回河上，爺爺風馳電掣地滑向岸邊，在我和路克往下游駛去時，鬆開繂繩。爺爺像行於水上似的，神奇地一路滑到公共碼頭，父親在那兒一把抱住爺爺。

路克把船繞過來，我們目睹那難忘的一刻，阿莫斯．溫格在群眾的歡聲雷動中，從佩服而一臉親切的塞瑟巡警手中，接下他的新駕照。

我們沒有看到阿莫斯慘兮兮在停車場倒下的那一刻，父親急忙送他去醫院急診室。凱沙林醫師逼著爺爺在床上躺一天，為他治療風吹雨淋和體力透支的病體。

一年之後，托莉莎叫阿莫斯出門買一磅自發麵粉和一瓶A1牛排醬。爺爺在快要走到牛排醬陳列架的走道時，突然停下腳，輕喊一聲，便往前一倒，跌在一堆展示用的蕪菁燉豬肉罐頭裡。倒地的當下，他便死了，塞瑟巡警雖然幫他做了人工呼吸，仍回天乏術。據說，救護人員開車載著爺爺的屍體往醫院飛馳而去時，塞瑟哭得像個淚娃。但塞瑟只是那晚科勒頓第一個哭的人，全郡的人都知道，鎮上失去了一個善良而無可取代的好人，沒有什麼比失去鎮上最稀罕珍貴的人更能衝擊一個小鎮。沒有什麼比失去為這個價值扭曲的世界帶來平衡、展現脆弱的人，更能打擊一個南方的家庭。爺爺的信仰，向來就是一種瘋狂的形式，他與世界的愛戀，是一首讚美他這種上帝羔羊的聖歌。《科勒頓公報》再也不會收到親筆投書，寫出上帝與阿莫斯聊天的內容，如今，那些對話將成為阿莫斯在飄滿天使美妙歌聲的華宅裡、幫上帝剪頭髮時，面對面的談話。以上是爺爺葬禮當天，透納．鮑爾牧師在教堂中所說的話。

對我而言，南方精神在那天便死了，或至少說，我失去了南方精神中最重要、最能引起共鳴的部分，失去了矛盾所帶來的神奇樂趣。爺爺會把抓到的蒼蠅蚊子放到罐子裡，拿到後院放生，因為他無法殺害任何上帝創造的生命。

「牠們是世界的一部分，是萬物的一環。」爺爺曾如是說。

爺爺的死，逼我正視冥思帶來的神祕智慧。爺爺過著遠離物欲與俗世的生活。小時候，他狂熱的信仰崇拜讓我覺得丟臉。長大後，我卻永遠羨妒他的單純磊落，他對於如何做個完整而有貢獻的人，看法非常簡單。他的一生就是忠貞的體現，為自己純淨無瑕的信仰而奉獻。我在他的喪禮上哭泣，並不是因為失去他，因為當你緬懷的是阿莫斯這樣的人，你能感受到人性的不朽。我哭，是因為我的孩子永遠沒有機會認識他，而我知道自己無法用任何語言精確描述這個獨立於世、心懷慈悲，對他在美國南方挨家販售的聖經上所寫的每個字，深信不移且身體力行的男人。你唯能用「良善」一詞形容「良善」本質，但這遠不足以表達。

六個男人在「哈利路亞」及「讚美主」的高呼聲中，拿著新製的木十字架，用底端敲擊教堂的木地板，表示對爺爺的敬意。他們整齊地擊著十字架，創造出一種不可思議的顫動圖騰，奏出對釘死於十字架者的哀樂。我父親扶著倚在他身上的托莉莎站起來，帶她走過中央走道，看阿莫斯最後一眼。阿莫斯躺在打開的棺材中，頭髮後梳，臉上帶著詭異的笑容（顯然是葬儀師溫托普．奧雷崔的手筆），看起來像早逝的唱詩班男孩。一部翻開的白色聖經上，耶穌的話以紅字標出，「我是復活，我是生命」。管風琴手彈奏〈以愛相連〉，信眾唱著聖歌，托莉莎彎下身，最後一次親吻爺爺的唇。

我們從教堂走到墓園，我牽著莎莉的手，路克陪著母親，莎瓦娜幫父親攙扶托莉莎。整個鎮上，無論黑人白人，嚴肅地默默跟在我們後方。拿十字架的幾名男子把十字架拖到街道中央，福魯特先生帶領隨行的眾人，淚流滿面地吹著哨子，塞瑟巡警是其中一名抬棺者。

我們在陰天的微光中安葬爺爺。眾人把阿莫斯安置到墓穴之後，我和路克、莎瓦娜留下來親自鏟土，花了一小時才埋好。填好土後，我們坐在為溫格家族墓地遮蔭的水櫟樹下哭泣，聊著阿莫斯的故事，以及他在我們童年所扮演的角色。我們的爺爺，在我們腳下安歇，透過層層的回憶，對我們娓娓輕唱。道別是一門藝術，但我們還太年輕，無法駕馭，只能單純地訴說這位自孩提時就幫我們剪頭髮的男子的事績，他窮其一生，堅貞不二地讚美創造他的上帝。

最後莎瓦娜表示：「我沒有不敬之意，但我還是要說，爺爺瘋了。」

「這哪叫沒有不敬之意？」路克問。

「路克，別忘了，爺爺以前每天都要談耶穌。精神科醫師不會認為那是正常的舉動。」

「見鬼，你還不是每天跟狗和天使說話，我覺得對耶穌講話要正常多了。」路克生氣地說。

「你好過分。」莎瓦娜說，悲傷的眼神泛起淚光。「我不希望你輕視我的問題，我過得很辛苦，而且將永遠相當辛苦。」

「路克不是有意的。」我說。

「我真不該回來，在家人身邊，對我很不利，太危險了。」她說。

「為什麼危險？因為這樣，我們才難得看得到你嗎？」我問。

「我們家的氣場太可怕了，總有一天你們兩個也會受影響，就像我一樣。」她回答。

「你到底在講什麼？我們才在說爺爺的好話，你偏偏要破壞氣氛，講那些精神科的鬼話。」路克問。

「你會是下一個，路克。你全身都是那種氣場。」

「下一個什麼？」他問。

「你們倆都不肯面對我們童年真正的遭遇，因為你們都是南方的男人，你們很有可能永遠不會面對問題。」

「身為南方男人，我很抱歉。但你希望我當什麼？愛斯基摩人嗎？還是日本的採珠人？」

路克說。

「我希望你能看看四周，認清發生什麼事。你和湯姆甚至沒有意識到此時此刻是怎麼回事。」她淡淡地說。

「你得原諒我們。」我跟路克一樣，脾氣也上來了。「我們只不過就是南方男人罷了。」

「路克，你為什麼討厭女人？你為何都不出去約會？為什麼這輩子沒對一個女人認真過？你問過自己這些問題嗎？」

「我不討厭女人。」路克的語氣有種真實的痛苦。「我只是不了解女人罷了。我不知道她們在想什麼，或她們為什麼會那樣想。」

「你呢，湯姆，你對女人有什麼感覺？」她問。

「我？我討厭強勢的女人，我覺得女人是世界上他媽的人渣，所以我才會娶其中一個，然後生三個女兒。憎恨就是我背後的驅力。」

「我可以理解你為什麼這麼不高興。」莎瓦娜用自持的語氣說。

「我沒有不高興。」我反駁。「我和路克只是受不了你的信念罷了。每次看到你，我們就得聽訓，說我們在南方多麼浪費生命，而你在紐約過得多麼充實，不但實現了自我，還結交當代最聰明的精英。」

「我沒有。我只是因為兩三年才回家一次，看事情比較透澈罷了。當局者迷，我能立即看出你們看不到的問題。你們最近和媽媽說過話嗎？」

「當然，我每天都跟她說話。」路克說

「你知道她在想什麼嗎？」莎瓦娜不理會路克的嘲諷語氣，逕自問道。「你可知道她打算做什麼嗎？」

「她醒著的每一刻，都拿去照顧那個可憐婊子伊莎貝爾．紐布里了。她通常回到家之後都累到做不了事，只能一頭倒在床上。」路克說。

「湯姆，莎莉看起來並不快樂。」莎瓦娜緊接著又說，「她看起來很疲累。」

「她是醫生，也是母親。光是其中一種已經不容易了，遑論兼顧，尤其是當父親的在學校教書，同時身兼三種球類的教練。」我說。

「至少她後半輩子不必當家庭主婦。」她說。

「你對家庭主婦到底有什麼意見？」我說。

「我就是家庭主婦帶大的，那差點毀掉我一生。」莎瓦娜說。

「我小時候老挨捕蝦人拳頭，但我從來不怪蝦子。」路克說。

「媽媽打算跟老爸離婚，她昨晚告訴我的。」莎瓦娜說。

「這算是新消息嗎？我們這輩子聽老媽說過多少回了？」路克說。

「沒有多少回，應該沒超過六千八百萬次。」我答道。

路克接著說：「有多少回，老媽叫我們坐到車裡，駛離這座島，然後信誓旦旦地說她永遠也不要在溫格家裡多待一個晚上了？」

「沒多少回，我們小時候，大概也就二、三十次吧。」我又說。

「她當時還能去哪兒？她要怎樣養我們，給我們溫飽？沒有男人，她要怎麼活下去？媽媽被南方困住了，所以才變得有些苛刻。可是我覺得這次她會離開老爸，她下個星期要去申請離婚，她已經請好律師了，律師正在幫她跑文件。」莎瓦娜說。

「她告訴老爸了嗎？」我問。

「沒有。」莎瓦娜答道。

「嘿，湯姆，一件一件來。」路克說。

「你們不覺得很奇怪嗎？媽媽做了這麼重要的決定，而你們竟然沒有人知道？那不正彰顯出這個家庭的溝通問題嗎？」她說。

「莎瓦娜，你幹麼一回南卡就伺機教訓我和湯姆該如何過日子？我們完全不曾指點你怎麼過活，你對我們卻有一大堆意見。我們是來這裡跟爺爺道別的，你偏偏要弄成團體心理治療。如果老媽要離開老爸，那也是他們的事，我和湯姆只能盡力協助他們度過難關。到時你人在紐約，只會打電話給我們，指指點點地罵我們做得亂七八糟。」路克說。

「我討厭溝通，莎瓦娜，這陣子每次和你溝通，最後都變成吵架。我發現每次我跟家人溝通，總是會發現一些我不想知道的事……或該知道卻沒被告知的事。」我說。

「你們不在乎媽要和老爸離婚？」她問。

「當然，我非常在乎。現在老爸不再打我，或根本打不過我了，他其實挺可悲的。小時候我恨他，因為我在他的屋簷下老是擔驚受怕，要原諒任何剝奪你童年的人都不容易。可是我已經原諒他了，我也原諒媽媽了。」我說。

「我無法原諒他們任何一人。他們造成太大的傷害，我每天都在面對他們留下的後遺症。」莎瓦娜說。

「他們不是故意的。」路克伸出一隻手臂勾住莎瓦娜，把她攬到胸前。「他們就只是很混蛋，連當混蛋都不夠上手，他們也很迷惘。」

「我不是故意要挑你們倆的毛病，我老是很害怕這個小地方會拖垮你們。」她說。

「喜愛科勒頓不是罪，真正唯一的罪，是不夠愛它。這是爺爺以前常說的話。」路克說。

「你看他落到什麼下場。」莎瓦娜朝爺爺的墳墓點點頭說。

「天堂並不是個壞地方。」路克答說。

「你明明不相信有天堂。」她說。

「有的，我相信有。我已經在天堂裡了。莎瓦娜，這就是你我最大的不同，我只想待在科勒頓，我需要的全都在這兒。」

「這裡沒有任何值得興奮或讓人驚豔的好事，沒有人，缺乏刺激。」她說。

「你在喪禮上為他致悼詞，那六名執事用十字架敲地板的時候，你有什麼感想？」我問。

「我覺得他們瘋了。」莎瓦娜答說。

「但那很動人，不是嗎？」路克說。

「錯，那純粹是瘋了，而且讓我想拔腿盡速逃離這裡。」

「他們只是讓大家知道，他們有多想念爺爺。他們是在告訴大家，他們愛他。」路克說。

「那也許能寫成一首好詩，詩名可以叫做〈敲十字架的人〉。」她自顧自地說。

「你那首關於爺爺滑水的詩寫完了嗎？」我問。

「快了，還需要修潤。」

「為什麼要花那麼久？」路克問。

「藝術可沒辦法趕工做出來。」她答道。

「是啊，你這個大白痴，藝術是沒辦法趕的。」我說。

莎瓦娜不理會我們，逕自起身說：「我們得去向爺爺道別。」

「那邊是我們將來埋葬的地方。」路克說著走到一小片光禿禿的地面。「這一片是給我的，那邊是你們兩個的，甚至還有足夠的空間給我們的妻小。」

「這也太悲慘病態了吧。」莎瓦娜說。

「我覺得知道自己翹辮子之後會埋在哪裡，挺讓人安心。」路克說。

「我要火化，然後把骨灰撒到濟慈在羅馬的墳上。」莎瓦娜說。

「多卑微的要求。」我說。

「不行，妹妹，我會把你帶回科勒頓，把你的屁股種在這裡，以便密切監視你。」路克和藹地說。

「噁心。」她說。

「我們回屋子裡吧，情緒激動的人應該都走了。」我提議。

「再見，爺爺。」莎瓦娜輕聲說，對著新翻的土地送上飛吻。「若不是你和托莉莎，我真的不知道我們幾個會怎麼樣。」

「爺爺，如果你不在天堂裡，這一切就都是鬼扯了。」路克說完，我們往墓園外離開。

⚓

我住在一個沒有白雪或杜鵑花的地方，我二十幾歲的青春就在訓練一批批笨拙又敏捷的男孩中度過。我以各種運動項目的結束劃分四季。秋天，飛高的足球呼呼旋向雲朵；冬日，高大的男孩轉身朝籃框運球，球鞋在打亮的木地板上吱吱擦響；暮春，球棒呼呼揮擊棒球。我喜歡當教練，在最理想的狀況下，教練是一種賦予男孩童年意義的藝術。我不是最好的教練，但也不糟，絕對不會是任何男孩的噩夢。我從來不曾擊敗薩默維爾高中歷屆紀律森嚴的足球隊，他們是王牌教練約翰．麥奇斯帶出來的。麥奇斯是足球王朝的創建者，而我只是個眼光和格局都十分有限的教練。我對贏球沒有野心或執念，我曾經與兩者皆具的球隊比過球，雖然贏球會更棒，但贏了球，也會少了全心拚比後仍力有未逮的悵然，以及從球賽中領悟到的智慧。我教導學生，贏得精采是一種本領，但輸得漂亮才是真正的男子漢。我告訴他們，輪球能打磨價值判斷的能力。

我努力在不下雪也沒有杜鵑花的科勒頓，過好自己的小日子。我賞鳥，當蝴蝶業餘收藏家，設置刺網，捕捉每年洄游的鯡魚，收集巴哈或海灘音樂。我成了那種企圖維持敏銳好奇，卻又過著庸庸碌碌、汲汲營營的中產階級生活的人。我用教師優惠價訂了五份雜誌：《紐約客》、《美食》、《新聞週刊》、《大西洋月刊》、《新共和》，覺得這些雜誌顯示我是個興趣廣泛、思想有深度的開明男子。我從沒想過，這些仔細思慮過後的選擇正好彰顯出自己是這個時代的老古板，是個笑話。莎瓦娜會寄來一箱箱從連鎖書店買的書，她認為我決定留在南方就是出賣自己的心智。她對書本有份執念，相信書籍能像救濟補助券一樣，遞出去便可換回各種有用的東西。我知道莎瓦娜擔心我，怕守舊和怯於冒險會害了我。我覺得她誤會了，我的毛病其實更怪。成年後，我對失去的童年有種懷舊情緒，渴望在南方養育我的孩子，彌補爸媽從我身上偷走的南方魂。我最想要的，是生猛有勁的生活。我有些知識能傳授給孩子，但那與大都市的生活無關。莎瓦娜不明白我只渴望成為一個誠懇正直的人，別無所求。臨終前，我希望莎莉在最後一次親吻我時能說「我選對人了」，這是支持我生存下去的動力，是我身為人所堅守的第一項準則。我覺得自己的失敗與自身無關，而是嘈雜的環境造成的。當我選擇回到科勒頓，完全不知道科勒頓將與南卡其他城鎮合併，當時就算有人告訴我，我也會一笑置之。我即將深入認識自己所處的這個世紀，但沒有一項是我喜歡的。

爺爺喪禮過後三週，我練完足球回家，看到父親的皮卡停在家門外。卡車後方的保險槓上貼了貼紙，貼紙的和平符號後邊寫了一句話：「美國弱雞的腳印。」我進門時，父親正坐在客廳裡跟莎莉說話。珍妮佛坐在老爸腿上，莎莉在沙發上幫露西換尿布。

「嗨，老爸，要我幫你弄杯酒嗎？」

「好啊，兒子，隨便什麼都行。」

我倒酒時，莎莉走進廚房。「要幫你調一杯嗎？還是你想等我們把這幾隻小老虎哄上床後再喝？」

「出事了，他剛剛還在哭呢。」莎莉悄聲說。

「我爸？他哭了？」我壓低聲說。「不可能。只有人類在難過時才會哭，他天生沒感情，就像有些人天生沒有小指頭。」

「對他好一點，湯姆，親切一點。我帶孩子去托莉莎家，他想單獨跟你說話。」

「我跟他去別的地方聊吧，這樣比較簡單。」

「他現在就需要談談。」莎莉答道，然後去叫孩子。

我回到客廳，見到父親把頭靠在扶手椅的椅背上，重重吸著氣。我從未看他如此心急如焚，像是被人綁在電椅上，雙手發顫，指節泛紫。

「球隊練得怎麼樣？」他問，我把酒遞給他。

「挺好，我想我們很有機會贏喬治城。」

「我能跟你談一談嗎？」

「當然可以，老爸。」

「你母親幾天前搬走了。」他每個字都說得勉強。「一開始我沒想太多，我的意思是，我們跟所有夫妻一樣，有時好有時壞，但通常很快就沒事了。可是今天警長拿著文件來找我，你媽想離婚。」

「我很遺憾，爸。」

「她找你談過這件事嗎？你知道她要跟我離婚嗎？」

「莎瓦娜在爺爺喪禮後說了一點。我當時沒多想。」

「你為什麼不告訴我？」他受傷地說。「我原本可以買花送她，或帶她上查勒斯登的好館子。」

「我當時不覺得我該插手，這應該你們兩人自己談。」

「不覺得你該插手？」他大吼。「我是你父親，她是你母親，如果你不該插手，誰該插手？如果她離開我，我到底該怎麼辦？告訴我，沒有你母親，我的生活還有他媽的什麼意義？你以為我辛苦一輩子是為了什麼？我希望給她所有她夢想的東西，雖然不是每件事都能如我所願，但我一向很努力。」

「你是很努力，沒有人能否認。」

「我要是能發一次財，她就絕對不會離開我了。你根本不懂你媽媽有多愛錢。」

「我想我懂。」

「所以她一定會回來。她不了解餬口的艱難，而且都這把年紀了，更學不會自力更生。」

「媽媽非常聰明，如果她離開你，我向你保證，她都計畫好了。」

「她愛怎麼計畫就怎麼計畫，但她沒有錢去實現計畫。她為什麼要這樣？幫幫我，兒子。她為什麼要離開我？為什麼要離婚？」

他一雙大手摀著臉痛哭，淚水自指縫間流下，淌在手背和腕上。他崩潰得像心臟塞住似的，我看到的不是悲傷，而是痛苦，一個自知將為自己的粗暴獨斷付出慘痛代價的男人。他必須為三十年的恐怖統治負起責任，而他竟然連一絲悔悟的能力都沒有。

「我把她像皇后一樣供著，問題就是這個，我對她太好了，我給她想要的一切，讓她裝模作樣地裝高貴，我什麼都配合她，其實我真該把她管緊一點。」

「老爸，你會揍她，就像你老是打我們。」

他試著回話，卻什麼也說不出口，只是號泣，像海潮擊在瀕危的海灘上。我差點對他生出同情，卻想起自己十八年來活在他的暴政底下。我好想對他說，為我的母親哭泣吧，老爸，為我哥哥和姊姊哭泣，為我掉滴淚吧。他體內的眼淚，並不足以化解他身為人夫與人父所犯下的過錯。我無法赦免這個在我小時候，除了用手背抽我巴掌、打得讓我跌在地上，從不碰我的男人。及至平靜下來，終於能開口了，他說：「我從來沒打過你母親，而且我一次都沒打過我的孩子。」我錯愕至極。

「什麼？」我對他吼道，老爸又痛哭起來。

等他安靜下來，我跪到他椅子旁低聲說：「這個家最令我抓狂的就是這點，老爸，我不在乎你打我們，真的，那已經過去了，我們任何人都無法改變什麼。可是我無法忍受，每當我只是說出這個家族的某些真相，你或媽就會告訴我，沒那回事。可是你必須知道，老爸，這句話我是以愛你的兒子的身分說的：你對媽媽和對你的孩子壞透了。雖然你不是一直那樣，也不是每日每月，但我們永遠料不準你為什麼發脾氣，何時會發飆，我們在家裡，被河上最強壯的捕蝦人四處追著打，於是我們學會了沉默。老爸，我們在你身邊小心翼翼，如履薄冰。媽媽是你忠貞的妻子，她不許我們把你打人的事情告訴任何人。大多時候，她跟你一樣，說我們記得的那些事根本沒發生過。」

他突然反駁：「湯姆，你說謊！你他媽的扯些什麼，你聽信你媽媽的話來反對我。我就是人太好，太好了，這是我唯一的錯。」

我抓住他的右臂，解開他的袖釦，把袖子捲到手肘，翻出他的手臂內側，撫摸一道深刻在他前臂肌肉裡鳥爪般的紫色傷疤。我溫柔地凝視他的手臂，辛勤的勞動把他的手臂雕塑得美極了，臂上的青筋像沿著蝕岸而生的巨樹樹根，突在手臂上。爸爸習慣在捕蝦船上戴帽子、穿長袖，因為他知道母親喜歡白淨斯文、不事苦力的男人。父親的手粗糙且沾著油汙，你可以拿刀片削他大拇指底處的老繭，割到四分之一英寸深才會見血。這雙手打過我，但也曾經為我辛勞，因為這雙手，我才能當上老師。

「爸，你這個疤是怎麼來的？你所謂說謊的兒子，愛你的兒子，想知道你手臂上的這道疤是怎麼來的。」

「我怎會知道？我是捕蝦人，全身都是疤。」

「抱歉，老爸，你解釋得不夠清楚。」

「你想幹麼？」

「如果你不能承認自己的過去，就無法改變你的現在。仔細想一想，那道疤痕怎麼來的？我來幫你吧。我和莎瓦娜坐在餐桌邊，那天是我們十歲生日，桌上有個蛋糕，不對，有兩個蛋糕，媽媽向來會幫我們各自準備蛋糕。」

「你說的事我都不知道，我應該去找路克，你想讓我覺得自己是爛人。」

「我只是問你，那道疤哪裡來的。你指責我說謊，所以我想讓你知道，我記得清清楚楚，你怎麼會得到那道傷疤。那道疤害我作過很多次噩夢。」

「我不記得就該死嗎？忘記又不是罪。」他吼說。

「有時遺忘就是罪。現在，我希望你能讓我把那天晚上的事告訴你，這很重要。老爸，那只是千萬個夜晚中的一個，但這將有助你了解媽媽為什麼現在要離開你。」

「我沒說我想了解，我是來找人幫忙的。」他抱怨道。

「我就是在幫你。」我說，接著開始訴說我的故事，父親則摀面痛哭。

事情的開始一如以往，沒有警訊，也來不及走避。父親早早離開餐桌，正在看綜藝節目《蘇利文劇場》。這一季蝦獲很差，且捕蝦季已近尾聲，因此他總是非常火爆，難以預料。晚餐時他沒說半句話，然後自己拎了一瓶威士忌到客廳，一切似乎都還平靜，他的沉默看起來也頗溫和，僅像是疲倦，而非怒氣的醞釀。母親在我們各自的蛋糕上點亮十根蠟燭，莎瓦娜開心地拍著手說：「我們的年紀現在是二位數了，湯姆，以後我們就一直會是二位數，直到一百歲。」

「亨利，快過來呀，孩子要吹蠟燭了。」母親說。

他們昨晚吵架了嗎？還沒吵完嗎？我不知道，也無所謂。

「亨利，你聽到我說話了嗎？」母親又說一遍，走向客廳。「該幫莎瓦娜和湯姆唱生日快樂歌了。」

父親沒有從椅子上起身，也沒表示聽到我母親的話。

「別說了，媽媽。」我盯著十根小蠟燭的火苗祈禱。

「快起來幫你的孩子慶生。」母親走過去關掉電視。

我看不到父親的眼睛，但我看到他雙肩一緊，把酒遞到嘴邊喝光。

「萊拉，以後不許你再這樣，我正在看電視。」

「你會讓孩子以為你不愛他們，連祝他們生日快樂都不肯。」

「如果你不打開電視，我會讓你希望你從來沒出生過。」他的聲音聽不出任何情緒。

「沒關係，媽媽。把電視打開，拜託，媽媽。」莎瓦娜說。

「我不要，等我們切完蛋糕，你爸爸愛看什麼就看什麼。」母親說。

兩人意見不合，戰事一觸即發，戰鼓在我十歲大的心中敲響，我無助地望著被生活擊垮的父親，眼露凶光地站起身，把母親推到電視機前，揪住她的頭髮，強迫她跪下，他的三名子女在生日的燭光中哭喊。

「把電視打開，萊拉，永遠不許你在我家裡對我頤指氣使，這是我的房子，我只是讓你住在這裡而已。」

「休想。」

他拿母親的臉去撞映像管，沒想到竟然沒撞壞。

「不要。」她再次表示，血從她兩邊鼻孔流下。

「快打開，媽媽。」我尖喊說。

莎瓦娜繞過他們兩人衝到電視機旁，蘇利文的聲音再次充斥屋內。

「是她開的，不是我。」母親喘聲道。

我父親彎身再度切掉電視，那瞬時的安靜，承載著極大的悲切。

「我叫你打開電視，萊拉。你給兩個兒子立了壞榜樣，他們得知道，男人在家裡，一定得受女人尊重。」

莎瓦娜再次扭開電視，但這回她把音量轉得太大了，蘇利文高嚷著進入我們家。父親用手背甩我姊姊巴掌，她跌過茶几摔在地毯上，像個胎兒蜷在地上。

母親衝到莎瓦娜身邊，兩人抱著痛哭，父親故意慢慢往她們逼近，站著俯視她們。這時有人用點三八左輪槍連發六槍轟掉電視，木頭和玻璃噴得到處都是。

我轉身看到路克站在我們的臥室門口，平靜地重新給槍上膛，硝煙從槍管上旋起。

「電視壞了，現在你可以為你的孩子唱生日快樂了。」路克說。

父親緩緩走向路克，眼神蒼淡凶惡，泛著野獸的晶光，他像個毆打妻小的魔王，氣呼呼地逼向路克。路克已重新裝好子彈，上好膛，拿槍瞄準父親的心臟了。

「怎麼會有你這種男人？怎麼會有個頭這麼大的人會打自己的老婆或年幼的女兒？你為什麼這麼凶狠？」路克問。

我父親繼續往路克走去，路克退往廚房，依舊舉槍瞄著父親的胸膛。我只聽到母親和姊姊混雜的哭聲和自己驚駭的尖叫。

父親一把抓住路克的手腕，扭下他手裡的槍，拳頭揍向他的臉。他吃痛跪下，但我父親揪住他的頭髮把他提起，再次痛扁已經被揍到半昏的兒子。

我騎到父親背上，咬住他的左耳，他大吼一聲，把我摔過廚房的流理台，落在爐子上面。我滾落到地板上，抬起頭，看到母親用指甲抓父親的臉。我衝到他們中間，試圖分開兩人，我聽到他揍母親的臉。我奮力撞父親的肚子和胸口，感覺他用力打我的頭，我被各種鬧聲和強光弄得頭昏目眩，當我抬起頭，看到光線中出現一把切肉刀，原是母親要拿來切生日蛋糕的。一道血噴在我臉上，糊了我的雙眼。我不知道被刺的人是母親還是父親，莎瓦娜放聲尖叫，我也在尖叫，母親吼著要我們快離開屋子，但我的眼睛還是看不到，找不到方向，我揉著被父親或母親的血噴得模糊的眼睛。

路克拖著我走向門口，我在一片紅暈中看到父親踉蹌地退回自己的臥室，鮮血從他前臂的傷口汩汩流出。母親雙手拿著染血的刀子對父親說，如果他再敢打小孩，她就拿刀刺進他的心臟。路克把我和莎瓦娜推出前門，叫我們跑去貨車上。

「你們要是看到爸爸從屋子裡出來，就跑去林子裡。」路克說罷，衝回去找母親。

我和莎瓦娜尖聲哭叫，跌跌撞撞地跑向卡車。後來我才知道，莎瓦娜以為我被切肉刀劃傷臉了，父親的血噴滿我整張臉，看起來像戴了血淋淋的恐怖面具。我的雙手看上去就像手術台上的海綿。

我藉著屋裡的燈光，看到路克和母親一起從前門衝出來，父親搖搖晃晃，口齒不清地跟在他們後邊。母親坐上駕駛座，父親已來到門廊。路克跳進貨車後斗，母親還在皮包裡找著鑰匙。

「媽媽，快點，他快來了。」路克喊道。

父親越過草地，蹣跚地朝我們走來，每踩一步就流更多血，但還是窮追不捨，凶狠地朝我們逼來，母親瘋狂地翻找鑰匙。「他快到了，媽媽！」莎瓦娜尖叫說，引擎咳嗽般地噗噗啟動，然後轟的一聲，我們開車衝出院子，離開那個踉蹌且流血不止的男人。

我們衝到通往大橋的泥土路，母親信誓旦旦對我們說：「我們再也不回去了，孩子們，我向你們保證。我們永遠不回他身邊了，如果我讓孩子在那種男人身邊長大，我算什麼母親？」

我們在托莉莎和阿莫斯家待了兩天，然後又回到島上。回去之前，母親把我們聚集起來，告訴我們，絕不能向任何人提起那晚的事。她對我們說，忠於家人是世上最偉大的美德，只有最好最高尚的人才擁有這種情操。我們回去的當晚，父母異常恩愛，父親過了近乎六個月，才再次對她或孩子動手。

「直到今天，我都認為當時你若走到貨車邊，一定會殺掉我們四個。」我對哀哭不已的父親說。

「這不是真的，沒有一個字是真的，你怎麼能這樣說你自己的父親？」他悲傷地說。

「我說得毫不勉強，爸。」我表示。

「我什麼都不記得了，如果真的有那種事，我一定是喝醉了，根本不知道自己在幹什麼。我一定是喝到糊塗了，我承認自己不太會控制酒量。」

「有一次我問莎瓦娜，她也不記得。路克則是壓根不肯跟我談。」

「所以有可能只是你自己想像的，沒錯，就是這樣，你老愛編派別人的故事，你一定是跟你媽串通好，要編出來告訴法官，對不對？」

「那麼你這疤是怎麼來的？」我問。

「我說過，我是個捕蝦人，我的工作很危險，有可能是絞盤或纜線斷掉……」

「那是切肉刀的刀痕。」我淡淡地說。「電視機的事又怎麼說？你記得我們得買一架新電視嗎？因為我們是愚蠢的南方家庭，寧可挨餓也不能一天沒有電視，我們很快就把壞掉的電視換掉了。事實上，我們回家的時候，就已經有新電視了，也看不到任何血跡或暴力或打鬥的痕跡。我們一如以往，繼續假裝什麼事都沒發生地過日子。」

「也許我們現在就應該這麼做，假裝什麼事都沒發生。即使我說什麼，都無法讓你相信我。」他說。

「可是眼前就有事發生，你終於必須面對自己以前的惡果，因為媽媽離開你了，我們再也無法佯裝無事了，對吧？我們家終於遇到再也無法逃避的時候了。」

「你為什麼這麼恨我？」他問，眼淚再次湧現。

「小孩子很容易憎恨打他的男人，老爸。但我只有在被迫想起那些事情的時候，才會恨你。」我輕聲說。

「如果我做過那些事，我很抱歉。」他抬眼看我。「我真的一件也不記得了，我不知道該如何補償你。」

「你可以從給我一大筆錢開始，最好都用二十元大鈔給我。」

老爸抬頭困惑地看著我，我說：「我只是想幽默一下，親愛的老爸。現在你希望我為你做什麼？我能幫你什麼？我倒是知道一件事，你沒辦法不當南方混蛋，因為你天生就是。」

「你能找她談一談，看她想怎樣嗎？告訴她，如果她肯回來，我什麼都願意做，任何她想要的，我都給她，我保證。」

「如果她就是不想回來呢？」

「那我該怎麼辦？沒有你母親，我怎麼辦？」

「你依然是河上最厲害的捕蝦人，依然擁有世上最美麗的島嶼。」

「但我將失去世上最美麗的女人。」。

「還用說嗎。不過，這麼久以來，你一直把她往外推。她現在人在哪兒？我會去找她談一談。」

「她在平常待的地方，在照顧紐布里家的婊子，我從來不懂，你媽為什麼要對那個老是看不起她的女人那麼好。」

「我完全理解，媽媽一輩子都在等候伊莎貝爾．紐布里需要她。」

「但是我才需要她。」老爸怨道。

「你告訴過她嗎？」

「我哪需要說，我都娶她了。」

「噢，原來如此，顯而易見不是嗎？」

他又哭了，我靜靜看著他，心想，悲傷或許能證實亨利．溫格想補償。我之所以冷眼旁觀，也是認為父親的每一滴眼淚都是我家人應得的，那些淚珠來得他媽的真遲。

父親再次冷靜下來後，說道：「你知道托莉莎在我小時候離開過你們爺爺嗎？」

「知道。」

「我從來不懂做丈夫的該如何對待妻子，我以為，托莉莎會離開阿莫斯，是因為他太懦弱。我父親在我眼裡從來不像個男人，我不希望自己重蹈覆轍。」

我傾身向他說：「我的母親當初並沒有離開我父親，所以我藉由觀察你對待媽的方式，學習如何對待我妻子。我發現男人打老婆跟小孩很正常，他隨時可以傷害全家人，因為他比家人更強壯，因為他的妻小無法回擊，也沒有地方可逃。爸，我從你身上學到當男人該有的一切，這點我想感謝你，因為那讓我希望成為像你父親阿莫斯那樣的男人。我想成為懦弱、溫柔、善待世間萬物的人。還有，老爸，我寧願死，也不想變成你教我成為的那種人。」

「你以為你比我優秀，你母親也總是認為她比我好，其實她的父母土到掉渣。」

「我不認為自己比你優秀，但我覺得我比你善良。」

「我真該去找路克談，我根本不該來這裡，路克絕對不會對自己的爸爸講這種話。」

「而且他也不會出面找老媽談。」

「你還是會去找她談嗎？」

「是的，我覺得你有機會學到這輩子的第一次教訓。誰會料到，山裡的老猩猩在老婆走了之後竟然會哭？還有，即使老媽離開你，我還是覺得你有機會變成好父親，我並不介意這輩子第一次真正擁有一個老爸。」

「我不喜歡求別人做任何事。」

「所以別人也很難給你任何東西。」我答說。

「嘿，別忘了，你的命是我給的。」

「感恩不盡。」我吼道。

26

我站在紐布里家的豪宅前廊，看月亮的金光夢幻地灑落在沼澤上。我敲門，里斯・紐布里前來應門，月兒映在他臉上，使他變得很不一樣。他的稜角比我上次站在他家門口時柔和多了，眼袋疲倦鬆垮，但眼神依然炯亮精幹，他的眼眸在臃腫蒼白的身體中仍散放著威嚴。

「紐布里先生，我需要跟我母親談一談。」

他在門廊的燈光和月色下瞇起眼睛，接著才認出是我。「湯姆，她真是天使，沒有她，我們真不知該怎麼辦。你母親是個了不起的女人，孩子，希望你知道。」

「是的，先生，我向來知道。能麻煩你告訴她，我來了嗎？」

「進來吧，請進。」我跟著他走進安靜的華宅入口。

他悄聲說：「她正在陪伊莎貝爾，幾乎寸步不離，即使吃飯的時候。幾個醫生都說，時間不多了，癌症已經擴散到全……」

他語音漸落，沒法再繼續說。他極力控制自己，我聽到幾座大鐘滴滴答答敲響，以尖長的金屬指針切割如絲的時間。我們站在昏幽中，所有時鐘哐哐地敲著九點鐘，屋中每個房間、每座時鐘，都以憂鬱可怕的鐘鳴揮別逝去的那一個小時。不知是否因為在臨終患者的家裡，才會對時鐘的存在格外敏感。

「你何不先上樓，到我書房裡等？那裡很隱密，方便你們談話。」

「我知道在哪兒。」我跟著他走上鋪了地毯的樓梯。

我坐在他的書房裡，心想，他該不會是故意帶我到這個房間的吧。但話又說回來，里斯·紐布里這輩子壞事做絕，也許根本不記得打過一個跟他兒子幹架的十二歲小孩了。書房裡放著一排排同樣沒翻過的書，和那幅用大頭釘標出他手下土地的地圖。

母親進來，低聲說：「湯姆，伊莎貝爾想見你，她很高興你來探訪，她很窩心對吧？」

我實在不懂伊莎貝爾·紐布里有什麼好開心的，但我母親似乎很高興伊莎貝爾竟然知道我跟她住在同一顆星球上。母親拉起我的手，帶我走過陰暗安靜的走廊。

「就在這裡。」母親說，她忘了我曾經把兩百磅的赤蠵龜搬進這個房間。

可是無論我之前對伊莎貝爾·紐布里有多麼反感，看到她靠在床枕上憔悴得不成人形，我的恨意已了無影跡。我可以一輩子恨一個人，可是看到他們這種死法，仍忍不住要為他們禱告。她的肉體枯瘦到泛出薄光，她渾身滾燙，房中飄著葡萄似的死亡氣息，藥物、鮮花、香水混合成一股劣酒的氣味。

「湯姆，你母親是唯一來看我的人，其他人都害怕見我。」她說。

「才不是那樣，伊莎貝爾。我只是盡朋友的義務罷了，你收到的卡片與花，遠超過任何人所能想像。」母親說。

「湯姆，我以前對你和你的家人很不客氣。」她緩緩地說。「我向你母親道歉不下一百遍了。」

「我說過沒什麼好道歉的，伊莎貝爾。」母親很快表示。「我一向當你是好友，只是我們都忙著照顧家庭，不太有空見面罷了。」

「我接受你的道歉，紐布里太太。你能道歉真好。」

「湯姆，你太沒禮貌了！」母親說。

「謝謝你接受我的道歉。過去幾週，我一直躺在床上思索我的一生，我做過一些自己也無法理解的事，我不知道幹那些事的人是誰，她跟我似乎毫無關係。可惜人要到臨死，才會了解這些事。」紐布里太太說。

「伊莎貝爾，誰說你快死了？你一定會好起來，然後跟里斯一起去航行。」母親說。

「我唯一會去的地方，就是葬儀社。」她回答說。

「別講那種話。」母親說完用手摀住臉。「別輕言放棄，我希望你撐下去。」

「死亡不過是生命的最後階段，人終有一死，萊拉。但我敢說，這絕不是我最喜歡的階段。」紐布里太太說。

「泰德還好嗎，紐布里太太？」我問。

「泰德？還不是老樣子，自私，任性。他娶了個好女孩，維吉尼亞州李家的女孩，有空就欺負人家。我生病後，他只來看過我兩次，不過無論如何，他每個月會打一次電話來。」

「他上個週末才來過。」母親對我說。「看得出媽媽生病對他打擊很大。伊莎貝爾，他非常愛你，他跟很多男人一樣，不善於表達感情。」

「他就出一張嘴，都不來看我。」

「你累了，跟湯姆道別，我幫你準備休息。」母親說。

「親愛的萊拉，能麻煩你再幫我弄點冰水來嗎？我好渴。」她指指床頭几上的水壺。

「我馬上回來。」母親說。

聽見我母親踏上樓梯後，伊莎貝爾·紐布里用瀕死憔悴的眼神看著我，說出一句永遠改變我人生的話。

「湯姆，我先生愛上你母親了，我贊成他們在一起。」

「什麼？」我目瞪口呆地低聲說。

「里斯需要有人照顧，他沒辦法一個人過日子。」她說得理所當然，有如在聊天氣。

「你母親一直對我非常好，我真的很喜歡她。」

「多了不起。但你有沒有想到我父親？」

「你父親的事，她全告訴我了。我猜你跟她一樣恨你父親。」

「錯了，夫人。我喜歡我父親，勝過喜歡里斯·紐布里一百萬倍。」

「那是柏拉圖式的，我向你保證，你媽媽也許甚至沒有覺察到。」

「紐布里太太，你怎麼可能讓一個連你那該死的食譜都上不了的女人，上你老公的床？」

「別這麼粗鄙。」她用虛弱的聲音斥道。

「你還有臉罵我粗鄙？臨死前幫自己丈夫拉皮條的人可是你。」

「我只是在交代後事，我覺得你應該知道，我不希望你們全蒙在鼓裡。」

「是啊，我討厭驚喜。我母親知道嗎？」

「不知道。我和里斯討論過，我們什麼事都談。」

「那麼你告訴里斯，除非我死，否則他休想娶我母親。這世上我能接受的事情非常多，但成為里斯．紐布里的繼子不在其中，成為泰德．紐布里的同母異父兄弟也不在其中。你是哪裡有毛病？從我出生後，你就一直找我們家麻煩，這是終極必殺技嗎？是你最後一次的侮辱嗎？」

我們都聽到母親再次朝門口走來，紐布里太太用手指壓住自己的嘴唇，母親進屋為她倒了一杯冰水。

「你們剛剛聊得還開心嗎？湯姆，我常向伊莎貝爾提到你，她說她沒見過有哪個母親比我更以子女為傲，我覺得那是真話。對我而言，我的孩子就是我生命的全部。」母親說。

「謝謝你來，湯姆。有空請再過來，希望不會等太久。」紐布里太太握了握我的手說。

「紐布里太太，希望你能趕快好轉。有什麼能效勞之處，請讓我知道。晚安，夫人。」我客套地說。

母親和我在書房裡面對面坐著，我考慮要不要當唱反調的人。如果母親和里斯．紐布里在他臥病垂危的妻子面前眉來眼去，那不關我的事，尤其人家老婆頗樂於慷慨大度地撮合他們。

「媽，她為什麼不住院？她顯然快不行了。」我暫時避開所有問題說。

「她希望死在家裡，她所有祖輩也都是在家中去世的。她決定在自己床上安逝。」

「她得的是哪種癌症？」

「癌症已經擴散到全身了，一開始是直腸癌。」

「拜託，媽，上帝會不會太幽默了呀。」

「我沒聽過這麼冷酷的話。」母親說著站起來，確定門口沒有人聽見。「我和伊莎貝爾．紐布里是非常要好的朋友，我不許你那樣對她不敬。她最好的一群朋友在她受難的時候棄她而去，害她十分傷心。唉，她們一個月會來一、二次，待個一小時，但伊莎貝爾看得出她們很想離開她床邊。」

「媽，最令人吃驚的是，她最討厭的死敵萊拉．溫格竟然每天照顧她，而且幾乎每晚隨侍在側。」

「我常說，過去的事就過去了，我從來不記仇，可憐的里斯實在很難熬，他非常痛苦。」

「很好，我很高興他難受，我總覺得可以按照痛恨里斯．紐布里的程度來測量自己的人性。」

「大家對他誤解太深了。」

「媽媽，我覺得大家都非常了解他。如果得直腸癌的人是他，我們就會知道上帝做了一件大善事。」

「湯姆，不許你再說紐布里家的壞話。」她生氣地說。「我是說真的，他們是我現在最親近的朋友，我知道你一定覺得很奇怪，可是他們對我的幫助，感恩到無以復加，我從來不曾因為盡鄰里之責而受人感激，我一向慷慨助人，不求回報，可是自從我幫他們之後，才了解到他們是何等的寂寞，我是說真的。他們沒有我們所謂的真正的朋友，他們身邊只有那些覬覦他們財富和社會地位的人。當然了，像他們那樣精明的夫妻，一眼就能看穿那些假殷勤的人。」

「那是一定的，他們一定不敢照鏡子。媽，我來這裡是因為今天晚上老爸跑到我家。」

「我知道你為什麼過來，湯姆，我一直在等你。」

「他說他很抱歉，如果你肯回家，他什麼都願意做。」引用老爸的奇怪語句，讓我感覺很不舒服。

「我已經在你父親身上浪費太多歲月了，你知道嗎，連剛結婚的時候，我都沒愛過他。」

「他今天拿到文件了，我想，那些文件讓他相信，你是真想跟他離婚。」

「里斯和伊莎貝爾讓我住在他們蘭尼爾街的小房子裡，甚至沒有收我租金，是不是很貼心？」

「老爸的事，你想要我轉告他什麼？」

母親站直身子說：「告訴他，我很後悔遇見他，後悔跟他生孩子。我永遠擺脫他的那一天，將是我這輩子最快樂的一日。」

「你確定不再把話說得更狠一點嗎？」

「你有什麼權利反對我的決定？你以前常求我跟你父親離婚，為什麼改變心意了？」

「我覺得老爸變得很可憐，我沒有辦法，每次看到他，我就深深同情他。他從來無法擺脫失敗者的衰樣，他甚至看起來都不像我那個老爸了，比較像是某個我每年過節會去看一、二次的殘障叔叔。」

「所以你認為我不應該離開他嗎？」

「我認為你應該做自己想做的事，做能讓你開心的事。」我們四目相接。

「你真的這麼想嗎？」

「也許不，但我覺得應該這麼說。」我表示。

「所以你完全支持我？」

「我完全支持你們兩個。」

「那麼你同意幫我到法庭上作證嗎？」

「不要，在法庭上，你們兩個我誰也不幫。」

「那算哪門子完全支持？」她問，燈影遮去她半邊臉。

「媽，希望你仔細聽好，我被這個家害得夠慘了，有你和老爸這樣的父母，我的成長過程千瘡百孔，但我現在長大成人了，如果你不介意的話，我希望你們二位離婚時，別再拖我下水，讓我血痕斑斑。你和爸爸年紀夠大了，不必拉子女一起蹚離婚的渾水。我鼓勵你這麼辦。」

「你不願意作證，說你小時候他會打我？」

「不要。我會說我不記得。」我答說。

「我能理解你為何不記得，因為我會被打，通常是為了阻攔他打你或路克。」她憤憤地說。

「媽，我知道確實有過那種情形。我要說的是，拜託你再保護我們一次，我們若被逼著出面，做出對你們其中一人不利的證詞，對我們真的很不好。」

「罷了，我不需要你。莎瓦娜已經表示，我若需要她，她願意到法庭上作證了。她說我是她所見過受過最多凌虐跟剝奪的女人，她會盡一切力量，幫我展開新生活。」

「抱歉我無法幫你，可是你離開後，總得有人留下來陪老爸收拾善後。」

「就像你小時候，他揍你的臉，我得收拾善後一樣。」

「媽，亨利．溫格是我老爸這件事，你為什麼要怪我？為什麼要因此生我的氣？」

「我只氣你一件事，我會永遠氣這件事：我只求你幫我一次，你卻拒絕。我熬了一輩子，現在好不容易第一次有機會得到幸福，你卻不肯幫忙。」

「紐布里太太剛才說，紐布里先生愛上你了。」我閉上眼睛。

「她現在半昏半醒的，老說些瘋狂的囈語，各種沒頭沒腦的事。她患了癌症，她跟我和里斯講那些話，我聽了只是大笑。我們根本不會放在心上。」

「你怎麼做是你的事，任何令你開心的，也會令我開心，我向你保證。不過我希望你答應我，離婚過程別毀掉老爸。」

「我只想得到我該得的，那是我從這場婚姻裡掙來的。」

「我就是怕會那樣。媽，我坐在這裡跟你講話，眼神老是飄到你頭上的那張地圖。幾年前我跟泰德．紐布里打過架後，你帶我上這兒來道歉，泰德告訴我，綠色大頭釘標示的是里斯．紐布里的土地，紅色大頭釘標示的是他想擁有的土地。鎮上現在謠言四起，說聯邦政府打算在科勒頓啟動重大計畫，到處都是土地探勘人員，居民有可能大撈一筆。」

「我不懂你在說什麼。」她冷眉冷眼地說。

「從地圖上科勒頓郡所有的綠圖釘看來，里斯已經買下大部分的土地了。」

「大家都知道他是科勒頓最大的地主。」母親用不該有的驕傲語氣說。

「媽，你告訴里斯，他還沒拿下我們家的島，就在上頭釘了綠圖釘，實在有點惡劣。」我指著地圖說。「還有，你還未合法擁有梅洛斯島，就說要賣掉家裡的島，讓我很不是滋味。媽，如果你得到梅洛斯島，就表示里斯．紐布里得先幫你把島偷走，而我們都知道，他是辦得到的。他身邊的馬屁精比鄉下馬場裡的馬還多，而且有半數以上的人都是鎮上的法官。」

「我對那座島的事一點都不感興趣，我在那裡差點寂寞而死，我很樂意永遠不再踏上那座島。」

「老爸只知道濫用權力，我不希望你跟他犯同樣的錯誤。」

「我這輩子唯一的錯，就是對每個人太好。」

「真好笑，老爸也是這麼說的。」

「就我的狀況而言，這剛巧是事實。」

我起身要走。「媽，如果這樣說能讓你高興些，我覺得你離婚是對的，老爸從來不適合你。」

「我覺得我本來可以當第一夫人。」她沒來由地冒出一句話。

「什麼？」

「我覺得我有擔任第一夫人的資質，我會是總統或州長的賢內助。沒有人知道我其實很有手腕，善於招待賓客，而且樂於結交達官貴人。有時我會想，若非那天在亞特蘭大遇見你父親，我不知能成為什麼樣的人。」

「你們離婚的事，我就不選邊站了。」我走向門口，「我知道你們倆大概會因此恨我，但這就是我的立場。」

「湯姆，你是個沒出息的人。」我們親吻道別時，母親悲傷地說。「你跟你爸一樣，是個沒出息的人。多年來我一直騙自己說你是最像我的一個，你有那麼多的潛能。」

「現在誰最像你？」

「路克，他會為自己的理想而戰，他是天生的戰士，就像他母親一樣。」

我的事情已經辦完了，起身準備離開，接著母親說了：「請別把伊莎貝爾今晚對你說的話告訴別人，將死之人不該為他們所說的話負責。」

「我什麼都不會說的，媽媽。」我答應道，跟她一起走向門口。

我在前廊親吻她，搭住她的雙肩，仔細打量她。母親的美深深觸動了我，我以身為她的兒子為傲，卻也為她的未來感到憂心。

母親帶我到客廳，悄聲說：「你看，這個客廳裡有八件博物館等級的家具，八件呢。」

「在這裡不就很難放鬆嗎？」

「我很擔心你父親，我若真的離婚，我怕他會傷害我。」她突然說。

「他不會傷害你的，我保證。」

「你怎麼能確定？」

「因為如果他敢動你一根寒毛，我和路克會宰了他。你再也不必擔心那種事了，媽，我和路克已經不是小孩子了。」

可是母親沒在聽我說話，她兩眼泛著喜光，緩緩盤查客廳裡所有物件。

「你要不要猜猜看，哪八件是博物館等級的？」我離開紐布里家時，她問道。

伊莎貝爾．紐布里在受盡折磨後，於睡夢中去世。葬禮上，我母親和他們家的人坐在一起。父親對離婚百般刁難，說他是天主教徒，教會不接受離婚這種事。可惜南卡羅萊納政府接受。莎瓦娜在開庭的前一天從紐約趕回來，準備擔任母親的主要證人。

莎瓦娜整個作證過程一直哭，萊拉和亨利．溫格也是。凱文德法官和里斯．紐布里是長期的商業伙伴，開庭時雖難免傷感情，但並無意外。爸媽在法院走廊錯身而過，互裝不認識。他們已當對方是陌生人，漸行漸遠。他們的過去，就像個在雪中找到的被謀殺了的孩子。審理過程有如一場抽象的臨終看護，而最能象徵兩人怨念的，就是他們的三名子女。我們痛苦地看著父母斬斷這段全家都覺得可怕的婚姻。亨利·溫格的拳頭和脾氣，在鄙視虐妻人夫的法律面前，根本微不足道。父親在證人席上發牢騷、撒謊、阿諛法官，他那十足人性化的演出真教我心碎。母親表現得十分迷人、自制而優雅，但聲音有些做作浮誇。她的話似乎是對著窗外偷聽的鎮民說的，而非說給律師或凱文德法官聽。

法官在聽完所有證詞後，立即批准離婚，接著分配財產：亨利·溫格獲得捕蝦船、島上的房子和家具、所有定存及活期存款、所有車子與農具、所有流動資產。父親毋須支付半毛贍養費，也毋須幫忙償還我母親離家後的任何欠款。就在母親似乎被法官判到身無分文，法官做出最後也最意想不到的判決。

他把梅洛斯島的所有權判給了我母親一個人。

一年後，母親嫁給里斯·紐布里，由南卡羅萊納州長主持這場私人儀式。母親在同一週交清了會費，以科勒頓婦聯會會員身分，參加她的第一場會議。

父親於母親再婚的那天早晨，駕著捕蝦船航出三英里界線外，往南邊的佛羅里達去了。我們整整六個月沒有他的消息，直到路克收到一張寄自西嶼的明信片。老爸說他捕到一噸蝦子，而且終於找到賺大錢的辦法。他沒提到我們的母親，或讓我們知道何時能再見到他。待聯邦政府終於宣布對科勒頓郡的規畫，父親正在牙買加西邊的海上。

在哥倫比亞州長的華宅中，里斯·紐布里和我母親都出席的一場記者會上，美國原子能委員會宣布其新廠將由馬里蘭州巴爾地摩的穆夏公司負責設計、建造、營運，廠址將設在南卡羅萊納科勒頓郡的指定邊界內。全郡將納為工廠之用，因此該計畫的名稱為「科勒頓河計畫」。這些新廠，旨在製造核武生產的材料，或運作核能發電廠所需之燃料。美國國會已撥下八億七千五百萬的建造經費。

會議發言人表示，經過密集考察美國境內三百多處地點，才終於選定廠址。他同時強調，為了挪地蓋廠、劃定安全區域，在接下來的一年半內，遷離三千四百戶人家勢在必行。聯邦與州立農業單位將進行籌組，協助被迫遷移的家戶。科勒頓的遷移，是共和政體史上第一遭，由聯邦政府接管一個建制社區。工廠將於三年內營運，屆時科勒頓的鈽產量很可能領先全球，並且比任何蘇聯以外的地方製造出更多的氫彈。

「為了拯救國家不受俄共的威脅，我不介意放棄自己的故鄉。」里斯．紐布里對著電視攝影機說。

政府大肆宣揚該工程，說這是聯邦政府在梅森—迪克森線[41]以南進行的最大規模、最昂貴的產業，將為南卡的經濟挹助幾十億美元，也為查勒斯登到薩凡納區的居民提供就業機會。美國政府實施國家徵用權，徵收科勒頓郡邊界內所有土地。官方強調，那是州內最貧窮、人口最稀少的郡。政府將派員到當地評估土地的價值，以公正的市場價格向地主收購。政府委任特殊上訴法庭，以裁定鑑定人與地主之間的紛爭，並且承諾，任何科勒頓兩百英里以內的搬遷費用，一律由政府支付。

由於科勒頓具有一定的歷史地位，政府希望盡可能保留小鎮風貌，並在查勒斯登郡的南邊清出四千英畝的土地。該鎮將命名為新科勒頓，被迫搬遷的「舊」科勒頓居民可以免費運用該鎮的土地。州裡的報紙談到科勒頓時，已開始使用過去式了。各種社論對政府決定把如此龐大的建設計畫設在南卡羅萊納，大肆稱讚，並對科勒頓居民為了國防利益做出犧牲，表示感激。州內每個政客都讚揚這項計畫，那真是妖孽橫行、謊言滿天的時代。科勒頓郡長全力支持「科勒頓河計畫」，郡議會亦然，地方官員也齊來共襄盛舉。里斯・紐布里在消息發布前就一一知會他們了，這些人在郡裡已投資了大筆土地。

官員和居民之間有過多次場面火爆的會議，但是可怕的政府機制已經啟動，輾壓地方，我們根本無力回天。科勒頓居民向報紙和議員投書抗議，但所有掌權人士都樂於損失一個相當落伍的小鎮，換得能支持無數技術工人和科學家的科勒頓郡。只有八千二百個人在替換過程中會失去家園，而且政府答應，要盡心並慷慨地協助居民遷居。他們沒有舉行投票、公投，或民調。某天早上我們醒來，就發現我們的小鎮將會消失，不留下半點記憶。我們無法扭轉政府的決定，因為如果我們拒絕接受政府的基本前提——科勒頓必須以進步的神聖名義

41 Mason-Dixon Line：由 Charles Mason 和 Jeremiah Dixon 共同勘測後確認劃定。美國內戰期間，北方自由州及南方蓄奴州之間的界線。

搬遷——他們就不聽我們申訴了。

政府舉辦了一次會議，僅此一次，對科勒頓居民解釋搬遷計畫如何運作。會議在炎炎八月於高中體育館舉行。人群擠到外頭街上，他們架起擴音器，好讓站在外頭的人也能聽到。一名在原子能委員會工作的聯邦人員負責說明及回答所有的問題。他名叫派崔克．法賀帝，長得精瘦英俊，風度翩翩，看起來一副高高在上、難以取悅的樣子。此人說話不帶土腔，根據地方規定，他代表了政府、科學，以及一批批湧入本郡的陌生人，也代表了所有用來粉飾他們在扼殺科勒頓之實的扭曲說法，及殘酷的語言。

派崔克．法賀帝是現代美國男性的完美代表，我不可置信地聽著他說話，他一字不漏地應用所有陳腔爛調，聽得我麻木無感。他的舌頭完全吐不出新意，每個動作和所說的每個字，都帶著紆尊降貴的味道。他是典型的公務人員，官腔官調，每句話都在打太極，說得乾淨好聽，卻沒有分毫熱情。派崔克．法賀帝像我們這個荒謬世紀的一根大芒刺，站在我們面前。他夾帶各種統計數據的說詞，充斥在體育館裡，那是一種生硬而沒有感情的聲音，用字遣詞似乎都蒙上一層明亮但致命的矽土微粒。眾人默默聽他說明，我們的城鎮將如何被挨家挨戶、一磚一瓦地給遷走。

接著他總結道：「我想說的是，我認為科勒頓居民是美國最幸運的人民。你們有機會向全世界證實各位的愛國心，且知道美國將因爲各位的奉獻，變得更安全。美國需要鈽，需要核子潛艇及 MIRV 多彈頭飛彈，因為美國熱愛和平。你們可以把鈽想成『和平』二字。我們知道有許多人捨不得離開家園，請相信我，參與本計畫的人士都與各位感同身受，我可以告訴各位，我心裡也相當難過，可是我們知道，各位雖然愛科勒頓，但更愛美國。各位鄉親父老，你們若認為自己熱愛科勒頓，請耐心等候，看我們為各位在新科勒頓打造了什麼。我們有新的消防局、法院、警局、學校、公園。我們保證，等新科勒頓建造完畢，必定會成為美國最美麗的社區。各位若深愛這座先人的古老家園，那麼我們會樂意出資，幫大家把小鎮搬到新科勒頓。我們到這裡，是為了讓各位滿意，因為當美國需要援手時，各位挺身支持美國，同意了原子能委員會的『和平原子』計畫。我覺得大家應全體起立，為自己鼓掌。」

沒有人動彈，體育館裡一片靜寂，只有派崔克．法賀帝獨自拍著手。

被沉默搞得很尷尬的法賀帝問道，有沒有科勒頓的人想對其他居民說點什麼。

哥哥路克從我身邊起身，在全郡居民的注目下，穿過體育館，所經之處便引起一陣騷動。他來勢洶洶，臉色陰沉悲悽，站到麥克風前，完全不理會身後那幫政客，也沒向隨其他貴賓一起坐在台子上的母親打招呼。他小心翼翼地把三張黃色紙張攤在面前的講壇上，開口說話。

「我在亞洲打仗的時候，軍方讓我到日本休假。我造訪了兩座城市——廣島和長崎。我跟那些目睹『和平原子』爆發的倖存者談話，跟一九四五年兩顆原子彈投下時住在那兩座城市的人聊天。有個男人給我看一張照片，一隻飢餓的狗在斷垣殘壁間啃食女嬰。我看到婦女身上的恐怖疤痕，我到廣島的博物館參觀，感到身為美國人令人作嘔。鈽與和平一點關係都沒有，銻是世界末日，是錫安山之獸的代碼，將來它會以現在對付科勒頓的方式去對付全世界，很快會把我們美麗的城鎮變成一個致力於毀滅宇宙的地方，而我卻沒聽到本地有一男一女願意挺身說不。我不斷自問，『一個城鎮，能產出多少羔羊？獅子都跑哪兒去了？牠們在哪裡沉睡？』

「自從聯邦政府宣布要偷走我的家鄉，我便採取任何南方人會有的作法：向聖經尋找慰藉與力量。我努力在聖經裡尋找能在這段苦惱的期間給予安慰的訊息。我讀著索多瑪與娥摩拉的故事，看能否將這兩座邪惡之城與科勒頓做比較。我老實告訴各位，我什麼都沒找到。科勒頓是個滿布花園、美麗船隻，週日遍響鐘聲的地方，沒有半分能被我判定為邪惡的地方，我覺得科勒頓唯一的錯，就是培育出一批不夠愛它的居民，寧願為了錢出賣它。於是我繼續讀著聖經，希望從上帝那裡找到訊息，把我從非利士人的憤怒中拯救出來。因為，如果我不努力搶救我深愛的這座人間城鎮，那麼我希望上帝因我未回頭張望，而把我變成一根鹽柱。我寧可成為一根沒有生命的科勒頓鹽柱，也不願意變成穿金戴銀、染滿家鄉鮮血，跑到世上其他地方的猶大。」

路克說話時，你可以感覺到居民昏死的意識悄然甦醒，群眾竊竊私語騷動起來。路克的聲音觸動了熱愛家鄉的男女老幼，像一記醒鐘，在大家的胸中敲擊激盪。他溫柔的聲音，像是在譴責如塵埃般遮蔽了全郡的昏昧。當他提到猶大之名，你可以感覺到，鎮民的反抗之火逐漸堅實清晰地燃起。

「我在聖經中一直找不到自己想要的訊息，直到我從頭看起。接著我聽到上帝以我所能夠理解並服從的聲音對我說話，你們許多人相信聖經字面上的解釋，我也相信上帝之語的字面解說。可是我們都知道，在聖經中，上帝以兩種方式對我們說話，我們必須區分兩者之間的差異。其中有啟示錄與預言之書，啟示錄告訴我們歷史事件，如耶穌的誕生、十字架上的受難與死亡。啟示錄本身即是一部預言書，傳教士在書中預言了最後的審判及啟示錄四騎士。這些事件都還沒發生，但我們知道，它們終將發生，因為那是以上帝名義所寫的。

「我在閱讀創世紀時，看到了栩栩如生的畫面。創世紀不是啟示錄，而是預言書。我認為它預示了未來將發生的事，而非過去已發生的事。對於那些在科勒頓河邊長大、了解科勒頓四季與沼澤之美的人來說，真的有那麼困難嗎？我們有那麼難以想像，自己仍住在天堂裡，尚未從伊甸園被逐出嗎？亞當和夏娃仍等待著出世，而你和我，仍住在天堂裡，卻渾然不覺。

「各位知道耶穌在聖經中，喜歡以寓言的方式敘事。有沒有可能，創世紀只是另一則寓言，上帝以說故事的方式，警告我們世間的諸多危難？如果你能稍稍同意我的看法，覺得創世紀可能是一則寓言，那麼不妨考慮一下：當夏娃抬手觸摸禁果，失去天堂，被逐出幸福的伊甸園，會不會是上帝在對今天住在科勒頓的我們說話？有什麼將毀去我們完美的家園？有什麼會把我們逐出天堂，去往未知的境地？是什麼將奪去我們所認識、深愛、日日感謝上帝所贈與我們的一切？

「各位鄉親父老，我在讀完創世紀之後，覺得自己知道答案了。我祈求上帝賜給我智慧，我想祂也賜予了我。

「創世紀是一則寓言，上帝千百年來試圖警告科勒頓的居民，以及世上所有人類，有一件事將毀去所有人的天堂。

「那不是夏娃所碰觸的蘋果。」路克頓了一下又說，「我認為，鈽，才是那顆禁果。」

在我後方的銀行出納員露茜．艾默生從看台頂端跳起來大喊：「阿門，兄弟。」

接著群眾齊聲發出吶喊。

派崔克．法賀帝走到講壇上，意圖拿走路克的麥克風，但路克的話已經被麥克風傳送出去了：「坐下，搞科學的，我還沒說完。」

此時群眾騷亂不已，在陽光下躁動著，被演說的力量轉了念。

路克接著說：「我認為，科勒頓擁有所有別人在尋求的東西，這是一個值得爭取的小鎮。我甚至認為，科勒頓值得我們拋頭顱灑熱血。朋友啊，我一直很訝異，我們竟然放任陌生人侵門踏戶，信誓旦旦地說要毀滅我們的城鎮，搬遷我們的家戶，挖掘我們已逝的先人。我還以為我們是南方人，我們對土地的熱愛，使我們有別於其他美國人。接著我想起來了，把陌生人引到我們鎮上，為了錢而出賣科勒頓河域的，就是南方人和科勒頓的居民。」

他轉過身面對我母親，以及坐在講台上那群政商人士。

他做了個驅散的手勢說：「這些是新南方人，他們的心與靈魂是用來賣的，陌生人的錢便能買得動。他們可以住在新科勒頓或直接住到地獄裡，他們不是我的兄弟姊妹，沒有我深愛的南方魂。

「我只有一個建議，這是我走投無路下提出來的，因為他們應該已經開始清除我自小長大的島嶼上的樹林了。讓我們記得自己是誰——我們是南方人的後代，我們的祖先曾撼動世界，因為他們拒絕向聯邦政府低頭。我們的先人死於牛奔河之役、安提頓戰役、錢斯勒斯維爾之役。雖然他們奮戰的理由不正當，因為我不希望有人當我的奴隸，可是我也不想做任何人的奴隸，不允許任何人把我從出生後上帝便賜予我的土地上放逐出去。他們告訴我說，路克·溫格得在一年內打包好，離開科勒頓郡，否則便會依土地法懲處。」

路克停頓一會兒，用平淡冷峻的聲音說：「我向各位保證：路克·溫格絕對不會離開，他們得放馬過來，把我從這片土地上趕走。路克·溫格向各位打包票，事情沒有那麼容易。

「我跟你們很多人聊過，我知道你們並不喜歡搬家，可是他們在玩弄各位的想法，告訴各位，像敗犬一樣越過大橋，搬到陌生的土地，是一種愛國的表現。他們知道各位是南方人，以為你們很蠢，可是各位如果不戰而降，那才是真正的大傻瓜。他們說，這些炸彈、潛艇、飛彈將用來對付蘇俄，可是這座體育館裡，沒有一個人見過俄國人。今晚如果有個該死的俄國人跑到你家說，『我們要把鎮裡每個人都遷到四十英里外的地方，拆掉你們的學校與教堂，拆散你們家庭，褻瀆你們親人的墳墓』，只怕到處都有橫死的俄國人了，這點你我都很清楚。他們送我到俄羅斯，跟送我到新科勒頓，是一樣的意思，我根本不認識新科勒頓這個地方。」

「路克，告訴我們該怎麼做。」有個聲音喊道。

「路克，告訴我們。」其他人也說。

他回應道：「我不知道該怎麼做，但我有一些建議，我不知道這些建議是否有效，但值得一試。明天，我們去罷免請願，把本郡的官員都罷免掉，把這些貪婪的混帳趕走。然後大伙通過一條規定，禁止在本郡進行所有新的聯邦工程。當然了，他們會祭出反對我們的規定，以及所有土地法規，叫州政府對我們施壓。

「如果他們堅持不退，我想建議科勒頓郡引用南卡羅萊納州的脫離法案。根據歷史，沒有任何一個州，比南卡羅萊納更了解脫離的迫切性。讓我們把命運掌握到自己手裡，宣布科勒頓郡永遠不會從事鈽的生產。必要的話，讓我們宣告科勒頓為自治州，給聯邦政府三十天的時限，停止並放棄科勒頓河計畫的施作，以及遷移科勒頓居民的念頭。讓我們大聲吼出傑佛遜在《獨立宣言》中所說的話，在他們來到我們家門時，讓我們喊出那些話：『當任何形式的政府破壞了這些目的——人民之生命權、自由權、追求幸福的權利——人民便有權改變或推翻這個政府，建立新政府。』假如他們拒絕聆聽我們的心聲，我認為便應該宣戰。我們會輕易被擊潰，但我們可以帶著光榮離開我們的故鄉。百年之後，人們將歌頌我們的勇氣，我們讓人民學會了拒絕的力量。

「若是聯邦政府人員持續到你家，繼續逼科勒頓所有公民遷移，那麼我要對所有我認識了一輩子的朋友鄰居們說：起身反抗，反抗他們。

「當他們來到你家門前，請戴上綠色臂章，讓他們知道你是我們之中的一員。這將是我們表達不滿的制服，客氣地請他們離開你的土地，他們若是拒絕，便拿槍指著他們的臉，然後再次要求他們離去，假若他們還是不依，就用子彈射他們的腳。

「我曾經讀過，英國剛開始有普通法的觀念時，若未經同意，連國王也不能越過最貧窮的農家門檻。我來為大家宣布，國王不得越過我們的門檻，我們沒有邀請那個王八蛋。」

⚓

魯卡斯警長從後方欺近路克，拿手銬扣到他腕上。警長和兩名副警長粗暴地把路克推往門口，這場會議便結束了。擠在體育館裡的上千人都沒有出聲。靜默的群眾雖有些不滿與鼓譟，但不成氣候。

路克被登記在案，留了指紋，遭控恐嚇威脅聯邦及州府官員，他還遭控煽動反南卡羅萊納政府的行動。路克說他再也不認可州政府或聯邦政府了，並自認是科勒頓與美國政府對峙情勢當中的戰犯。他報上自己的姓名、位階、編號，朗誦日內瓦公約中處置戰犯的相關條文，拒絕回答所有問題。

翌日，《查勒斯登新聞》登了一篇頗為諷刺的文章，報導科勒頓警長驅散南卡羅萊納州一百多年來脫離主義者的首次集會。潮汐街的商家並未提出罷免請願，也沒有人戴上綠色臂章表示反對科勒頓河計畫。科勒頓只有一個人把路克的話放在心裡，而此人已經被關到河岸邊的牢房裡。

路克的戰爭已經開打。

第二天晚上，我不甚情願地陪母親去監獄探望路克。她挽著我的手臂，我們往鎮上走，餐廳窗戶上閃著蒼白的燈光。我曾經覺得亙古不變的華廈，此刻似乎脆弱得有如寫在雪上的情書，一擦即逝。街燈下一輛默默蹲伏的矮推土機，剛巧闡釋了科勒頓的命運。我的故鄉泥土，在這個既像昆蟲又像武士的機器上，由齒齦間淌洩如鮮血。母親和我靜靜走著，我感覺到家人逐漸地被拆散了。街道上飄著雨氣的芳甜，我們聞到花園中懸長的紫藤和朵朵的玫瑰香氣，我心想，這些花園會變得如何？難以言喻的悵然令我心痛，我難過自己無法對母親說出一句好話。我若是夠男子氣，便應該抱住母親，告訴她，我完全理解。可是湯姆．溫格這傢伙就是能找到辦法，減損自信男人該有的美德。我根本算不上是真正的男人，就像虛有其表卻不戰而降的火砲。

進監獄前，母親用力握緊我的手說：「湯姆，這件事請你務必支持我。我知道你現在生我的氣，可是我好害怕路克會做傻事。我比任何人了解他，他這輩子都在找一個能讓他獻上生命的理念，我怕他覺得自己找到了。如果我們現在不阻止他，我們便會失去他。」

牢房是八個大小相等的隔間，路克便是其一。警長留我們在路克牢門外跟他說話，他正望著外頭的河川，月光在他髮間滾動，鐵欄的光影把他的臉劃成等分的八度音琴鍵。月光打在他肩頸的肌肉上，我端詳他，知道自己再也看不到更美的男子軀體。他的肌肉纖長細緻，精確勻稱地沿著骨架層層布置。他散放出冷硬的氣勢，你可以嗅出他的憤怒，或從他緊繃的肩膀線條上看出來。他沒有回頭對我們打招呼。

「哈囉，路克。」母親猶豫地說。

「嘿，媽媽。」路克眼神定定望著波光粼粼的河流說。

「你很生我的氣，對不對？」她盡可能輕鬆地說。

「是的，媽媽。這件事情你知道多久了？紐布里什麼時候讓你參與這件大事？你什麼時候開始計畫偷走老爸唯一擁有的東西？」

「島嶼的所有權是我掙來的，我為那片土地流過好多血。」

「你偷得一乾二淨，別期待你的子女會因此而愛你。」路克說。

「你什麼也不能做了，島沒了，科勒頓也沒了，我們全都得重新來過。」

「你要如何重新來過，媽？」他對著河流說。「一旦無法往回看，如何重新來過？一個男人回頭張望自己的出處，探看自己的本質，結果只看到一個寫著『勿入』的牌子，他該如何？」

「你那篇演說是誰幫你寫的？昨晚的那篇講稿。」母親問。

「我自己寫的，其他人的想法都跟我不同。」

「謝天謝地，其他人比較有理智。但究竟是誰幫你寫的？你可以告訴我。」

「媽，我從小到大，你都覺得我很笨。我一直不理解，但你也說服我相信了。我在學校老覺得自己蠢，在湯姆和莎瓦娜身邊也覺得自己笨，我只是看法和多數人不一樣，我的觀點不同。多數人擅長很多事，而我只在行四五件。有一點你倒是說對了，創世紀是預言書的那一段不是我寫的，那是阿莫斯去世前，在他的小教堂裡傳道時，被我聽到的，我很喜歡那次的講道。」

「你是說，阿莫斯認為鈽就是禁果？」母親不可置信地問。

「不，那部分是我改過的。阿莫斯認為冷氣機是禁果，但那並不符合我想說的。」

「政府是最清楚事態的。」母親語氣一軟。「美國需要這座工廠，作為國防用。」

「政府什麼時候最清楚過了，媽？」路克疲累而無奈地說，「最清楚什麼？我去越南那時，你也說過一模一樣的話，於是我到處去殺農人，只殺那些窮到讓人想哭的農人。我殺掉他們的水牛、他們的妻子和孩子——殺掉任何在我面前移動的東西。媽，我甚至殺掉幾個士兵，但並不多。我那麼做，全是因為我的政府『最清楚』。媽，我現在站在你面前，我要告訴你，政府什麼屁也不懂，政府最惡劣，無論是哪一種。這件事我算是想明白了，如果他們餵養窮人，那是因為他們認為窮人可能割斷他們的喉嚨。鬼扯什麼俄共啊，你知道我怎麼看蘇俄嗎？我覺得蘇俄是狗屁，美國也是狗屁。我幫忙防衛的越南政府是屁，北越也是屁。你知道我為何去越南打仗嗎？因為我如果不去，他們就會送我去坐牢，這算哪門子的選擇？所以我也必須繳稅，因為我若不繳稅，他們也會把我關進大牢，而現在，如果我想回去我出生的地方，我偉大的政府就要把我扔進牢裡。昨天我引用獨立宣言裡的話，我優秀的政府就把我關起來了。」

「你不能違抗法律，兒子。」

「誰說我不能？我都打過越共了。告訴我，我為什麼不能反抗法律？」

「路克，你以為你可以把世界打造成你想要的樣子……」母親把頭倚在路克牢房的鐵欄上，「你太不懂轉圜，太固執，太……」

「太愚蠢了，是嗎？」他說著走過來隔著鐵條面對我們。「我知道你心裡是這麼想的。」

「不，我想說的不是愚蠢，路克，我要說的是單純。可是你的單純永遠成不了智慧，只會令你陷溺在注定的敗局裡。」

「我不認為這是注定的敗局。我只是單純地拒絕罷了，我有說不的權利，我是他媽的美國人，我去參戰，是為了讓自己能夠說不，這種單純的權利是我掙來的。我的國家去一個爛國家打了一場爛仗，而我接受了。可是他們告訴我們，打那場仗是為了保護人們選擇生活方式的權利。他們一而再、再而三地告訴我們。當然了，他們是在撒謊，可是我選擇相信了。我去打那場仗，沒有想到我自己的政府後來會奪走我的故鄉。我要是知道，就會去幫越共打仗。莎瓦娜和湯姆對戰爭說不，而我去參戰，是為了讓他們能安然地反戰。因為，媽，你是對的，我很笨，我相信他們告訴我的有關美國的一切。沒有人比我更愛這個國家，沒有人。

只是，我愛的不是整個美國。我才不在乎愛達荷或南達科他，我從沒去過那兒。我的郡就是我的家，是我能從這扇窗口看到的地方，在地球上僅占四十平方英里，但那是我所愛、也是我為之而戰的地方。」

「也是你將離去的地方，路克。你聽說可憐的尤斯提斯先生的事了嗎？他今天拒絕讓官員去看他在奇亞瓦河邊的農地，他好像把你昨晚的演說當回事了。瓊思老先生也幹了同樣的事，而他還只是住在拖車裡。結果警方現在都拿到這兩個人的逮捕令了。」母親說。

「媽，等我出獄，我死都不會離開我家。」路克憤憤地說。

「你這話只能講給自己聽，如果你硬要留在島上，他們會像對付尤斯提斯和瓊思那樣，過來捉你。」母親說。

「我不是可憐的尤斯提斯，也不是老瓊思。」

「你從小學的，是要當個奉公守法的公民。」母親說。

「我從小長大學習的地方，已經不存在了。你丈夫和可惡的政客合謀，把我的家送人了。」

「里斯沒有合謀任何事，你那樣影射我先生，我很不高興。」

「他獵地很多年了，媽，還逼迫可憐的農人離開科勒頓，他很久前就知道有這項計畫。郡裡的人口，十年來一直往下掉，因為他一直把人從他們的土地上趕走。他娶你，是因為那樣才能擁有最後一大塊他買不了的土地。」路克說。

母親把手探入鐵欄裡，重重甩路克一巴掌。

「他娶我，是因為他敬重我腳下踏的這片土地。」母親暴跳如雷。「也許我的子女沒發現到，但我值得他每一分敬重。」

「你是啊，媽媽。」路克喃喃道，「我向來都相信，我一向相信你很棒，也總是遺憾你和老爸這麼不快樂。我很高興你終於幸福了，我了解你只是在做自己該做的事。現在我希望你能理解，我也必須用自己的方式做事，這件事我全仔細想過了，自從計畫公布，我心裡只想著這件事。」

「你覺得你能做什麼？」母親問。

「我認為我能阻止他們。」

「你瘋了，路克。」我說，這是我今晚首度發話。「我跟警長談妥了，如果你同意去州立精神病院，作為期兩週的觀察，他就同意放你走。我覺得你應該答應。」

「為什麼？」

「因為你在說瘋話。這件事你根本無處施力，木已成舟，一切都結束了，你得思索如何展開新的生活。」

「每個人都告訴我，我什麼都不能做。人類就是喜歡像狗一樣撒歡討好。」他說。

「你打算怎麼做？」

「去申請一場小小的抗議活動。」他答道，頭髮在月光下格外綿軟。

「不會有半點用處的。」我說。

「那倒是真的，湯姆。但那又如何？」他笑說。

「所以你幹麼還要做？」我急切地問。

「那樣我才能活得心安理得。你何不跟我一起去？我們兩個可以讓他們費盡工夫。沒有人比我們更了解這些林子和水域，我們可以讓越共看起來像菜鳥。」路克說。

「我是有家庭的人，還是你都沒注意到？我跟你的情況不一樣。」我生氣地說。

「你說的對，你的情況不一樣。」

「我不喜歡你說話的語氣。」

「語氣不重要，你知道嗎，湯姆，我認為你比我們任何人有前途，可是不知為什麼，你從大有可為變成了無所作為，而且你一事無成的機率還挺大的。人的機會有限，很快就會用光了。」他答道。

我對他吼道：「我是在對你說『不』。」

「不對，小弟，你是在對他們說『好』。」

「你阻止不了政府的，路克。」母親說。

路克用憂鬱發亮的眼神望向母親，像一雙馴服的豹眼。

「我知道，媽媽，可是我想我會是個可敬的對手。」

27

路克‧溫格確實成了可敬的對手。

我現在不是以目擊者的身分說話，而是一絲一縷地慢慢篩撿，細細聆聽，把這一年裡拆散我故鄉和家庭的模糊謠言與暗諷匯整起來，一路跟上最新的破壞進度。政府以一年的時間，拆解這個蜿蜒河川邊的秀麗城鎮，科勒頓的最後一個春天美極了，有如婚禮上撒米的小女孩，在鎮上撒滿了杜鵑花。科勒頓的花園鮮花怒放，小鎮籠罩在濃香之中。沼地的草叢中，冒出一隻隻敏捷悠哉的藍鷺，一批水獺家族從大橋附近殘船的白浪中漂游而過，一群群害羞的白鷺擠簇在河岸邊的枯樹林裡。魚鷹叼著撲顫的鱒魚，飛到高築在電線桿上的帽狀鳥巢，餵食雛鳥。海豚在河渠中游舞，蝦群遷往溪流裡產卵。

可是沒有捕蝦的船隊，也沒有一片網子攔阻數不盡的蝦子，游向輕輕搖曳的廣袤沼澤中。科勒頓的水域因安全理由，禁止撈捕魚蝦。那個春季，科勒頓開始搬遷了。

我看著數百名工人搬移潮汐街上的華宅。他們以千斤頂、滑輪、巨大的斜板，把大房子從地基上鬆脫開來，接著以各種奇巧細膩的物理學工法，把房子滑移到候在河裡的駁船上。屋子以鋼纜壓妥固定，遷往上游的查勒斯登。我看到母親的房子漂在潮水上，彷若國王的婚禮蛋糕。她和里斯‧紐布里站在陽台上，對岸上的人揮手。他們在精美的水晶杯裡倒了香檳，向科勒頓敬酒，然後把酒杯扔進黃褐色的水中。大橋打開了，母親和她的新房子、新丈夫，神奇地漂在乍現於河上的大隊白柱豪宅之中。接下來的幾週，河上總能見到熟悉的房子，奇異而傲然地漂移在沼地上，揮別輝煌的往昔。

公路上也擠滿搬遷房子的大卡車，奔往南卡羅萊納各個目的地。一天，我看到一棟房子從身邊經過，嚇了一跳，直到房子過去幾分鐘後，才發現自己看到奶奶家的首航。幾分鐘後，浸信教會教堂的尖頂像某種臥倒的大飛彈，從我身邊駛過。我用 Minolta 相機拍下照片，寄給莎瓦娜，她為小鎮的拆除寫了一首長詩。透過相機光圈，我看著人們完整地搬走整棟聖公會教堂。教堂優雅地穿過黎明的曙光，宛如在空中淩飛。我拍下汗流浹背的工人從土裡挖出棺材，套上塑膠袋，遷往查勒斯登和哥倫比亞的州際高速公路旁，一片尚未長出新草的新墓園裡。如果建物無法搬遷或出售，政府便予以拆毀，當垃圾賣掉。領有特殊執照的獵人負責射殺流浪狗，野貓也被抓到公共碼頭邊溺斃。番茄蔓生亂長，無人取用。廢棄的小屋邊滿是爛在田裡的帶藤西瓜和哈蜜瓜。他們炸掉校舍和法院，拆除潮汐街上每間店面。到了九月一日，科勒頓已經如龐貝城或赫庫蘭尼姆，不復存在。

政府總共花費九千八百九十六萬七千美元徵收土地，母親的島便占掉二百二十二萬五千美元。

感知家人分崩離析的母親，準備了四張十萬元的支票。我和莎瓦娜千恩萬謝地收下，莎瓦娜自此擺脫窮困潦倒的藝術家角色。這筆錢付清了莎莉的醫學院學貸，讓我們能在沙利文島買下自己的家。自從母親嫁給里斯．紐布里的那天，父親就再也沒出現過，因此母親把支票存進定期存款的戶頭裡，直到父親現身領取。

路克當著母親的面把支票燒了，他提醒哭泣的母親，他是路克．溫格，在科勒頓河邊長大的男孩，母親曾教他，河邊長大的男孩不能為任何代價出賣自己。

六月，工頭派了一組拆除人員到梅洛斯島，拆毀我成長的那棟屋子。十二人的拆除隊、三輛卡車、兩輛推土機，前來執行工作。其中一人拿著撬桿走到前門時，林子裡射出一槍，把工人頭頂上方兩英寸的木門打碎。接著步槍掃射院子，三發子彈射穿三輛卡車的輪胎，工作人員連忙衝出小島，往市區狂奔。

等他們離去後，路克從林子裡走出來，用藏在穀倉裡的汽油彈炸掉陌生人派來拆毀老家的三輛卡車和推土機。

事態變得緊張了。

第二天，拆除隊的人帶著一整營的國民警衛隊回來，他們在房屋四周的林子裡搜索，最後表示已經清空，可以動工拆除。路克從河對岸的樹上看著他們把我們自小生活的房子鏟平，後來他告訴我，那就像目睹全家人在他眼前死去。

我的小鎮就這樣毀於無形，不像還留下廢墟的古文明，科勒頓並未殘留任何存在過的痕跡。政府把小鎮的記憶抹得一絲不剩。科勒頓的位址消失了，在美國農業部的贊助下種上了白松。每天有六千名工人開著貼上特殊印花的車子和卡車，從通往工地的橋上蜂擁而至。十月一日，往科勒頓郡的出入口永久封閉，不許任何非原能會聘用的市民進入。民航局也禁止飛機從限制區上空飛過。科勒頓四處的施工地點如火如荼地開工。

南卡羅萊納州長宣布，已把全數科勒頓居民遷至州內其他城鎮，科勒頓河計畫將在三年內全面運作。

我們這群科勒頓人像綿羊般，順從地被放逐到新造的城鎮裡，我們在新的地方沒有深沉的回憶共鳴，彷彿失了根。我們走在卡羅萊納的土地上，卻沒有先人的智慧與經驗，能在危急或犯錯時指導。我們漫無目標地移往城市的郊區，我們不是被擊敗的部族，而是像披了黑紗、即將滅絕的物種。我們獨自或成雙成對地，離開了那片倖免於被這個時代摧毀和保護的綠色群島。身為一鎮居民，我們錯在沒有擴展它——在美國，沒有什麼比這項罪過更難以原諒。

我們緘默地遵守了官方的命令，他們盛讚我們的無私，用慷慨撒錢的方式瓦解我們，把我們遷往各地，讓我們住到陌生人之中。我們跪爬著越過那些橋，感激涕零地舔食他們扔到泥地裡的每塊餅屑。我們是美國人，是南方人，托天之福，南方人蠢笨至極，且千依百順。這批順民或許能繼承土地，但他們是繼承不了科勒頓了。

我們只剩一個人留下來做小小的抗議。路克把捕蝦船賣給來自聖奧古斯汀的捕蝦人，開始籌備他的行動基地，企圖延緩施工進度。他籌畫了一場小規模的防禦行動，令穆夏公司和工人不堪其擾。可是路克在旗開得勝後，起義之夢也逐漸放大。他的反抗任務變得愈來愈大膽，他愈是肆無忌憚，成就便愈高，他自早期的勝利中，得到一個危險的公式。

原能計畫施工的第一個月，保安局長發現科勒頓西陲的主要工地有四公噸的炸藥去向不明。他覺得炸藥是長時間一點一滴給人搬走的。六十名建地工人的車子，在主工地附近的泥土停車場上給人劃破了車胎。一夜之間，十輛推土機遭到焚毀，總工程師的拖車被炸毀，四隻警衛犬在巡邏工地四周時遭到射殺。

有個武裝的傢伙躲在樹林裡，此人十分危險。工人每早越過橋來上班時，都十分不安。

我父親就是在這段時間，隆重地重返南卡一處不甚知名的港口。他在西嶼捕蝦的時候，有個衣著光鮮亮麗、手戴名表鑽戒的男子主動接近他，男子問我父親有沒有興趣賺大錢。三天後，父親便出發去牙買加，到蒙特哥灣的豪華酒吧跟鑽戒男的合夥人會面。父親發現第二個男子的左手小指上也戴了一顆皇帝豆大小的鑽石。亨利．溫格等了一輩子，想結交手上戴滿珠寶的土豪。他從來不知道那兩人姓什麼，但他信任他們的品味。

「有格調，品味真好。」父親事後說。

兩個牙買加人在我父親的捕蝦船上裝了一千五百磅的頂級大麻，這點父親是知道的，另外還有十四公斤的純海洛因，他們就沒對他說了。其中一個牙買加人在度假飯店裡當餐廳雜役，但一逮到機會，就去搬大麻裝船。另一個叫維克多．派拉莫的牙買加人，是美國財政部的線民。父親的案子在查勒斯登立案時，他是第一個被傳喚的證人。等父親在奇亞瓦和海溪島之間登陸，美國南方大多數的毒販便會過去找他們。後來證實，那是父親最後一次嘗試的風險投資。

父親在法庭上並未替自己辯護，也沒有選擇找辯護律師。他告訴法官，自己犯下大錯，沒有任何藉口，也不會找藉口，他應當承擔法律的制裁，因為這罪行使他自己和家人蒙羞。父親獲判十年刑期，罰鍰一萬元。

母親用賣掉島嶼後替父親存下的錢為他支付罰金，哥哥和父親在短短一年裡都去坐牢了。可是等父親到亞特蘭大服刑，我已不抱期望能再看見活著的路克。

「再搞大一點，再搞大一點。」夜裡，路克在郡裡遊蕩時，對自己說。他是科勒頓留下的最後一個人，他立誓，在被捉到前，一定要讓政府疲於奔命。

路克反抗的前幾個月，占到了大優勢。政府並不確定森林裡的破壞者就是路克——他當然是頭號嫌犯，但沒有人見過他，因此無法確認。路克就像他非常欣賞的越共一樣，善用午夜後日出前的漫長時間，讓那些低薪警衛過得心驚膽顫。在這個他再無家可歸的故鄉裡，路克僅在夜間行動，他避開河中的巡邏艇和荒棄道路上巡邏的警車。幾個星期過去，路克穿越童年熟悉的林子時，有了強烈的使命感。他聽到各種聲音，看到家人的面容在樹枝間聚形。所有這些幻象——或他樂於稱之為「願景」的畫面——莫不伴隨著滿滿的掌聲與認同，稱讚他效率奇高，在戰區中扛起解放的神聖任務。路克察覺自己會自言自語後，也擔心起自己了。

但他在反抗政府的最初幾個星期，掙的是一種可貴的基本人權，而且他對神祕的低地擁有獨門的見解。他們所要追獵的，是個把河域摸得熟透的本地孩子。他調查自己誓言保持開放的這一大片土地，以步行、駕著小帆船的方式，環行整個科勒頓。他留意河裡及橋上的交通流量，以及在州郡北邊兩座高架橋間來回運送煤礦的火車。路克在薩凡納和喬治亞州的布倫瑞克各搭了一個藏身處。每次出手攻擊後，他便離開科勒頓三週，直到追緝他的人兵疲馬累，逐漸失去他的蹤跡。路克把違禁品、武器、食物藏在各處海島的棄井中，或埋到房子的地基底下。

一開始，路克只是搞些簡單但技巧純熟的破壞。多年來，他養成了良好的習慣，而且會持續鑽研，讓技巧更上層樓。他檢討自己的錯誤與小小的勝利，為將來的行動收集資料，修正手法，使達完美。他的孤立、自給自足，以及極度的專注，使他變得謹慎而所向無敵。他在浩瀚的沼澤森林深處，以弓箭獵殺白尾鹿，對自己能靜如處子地守在鹽沼上方的樹林中感到訝異。他覺得充滿朝氣，無所不能，且由衷地為樹林、鹿隻、群島感到開心。他像千年前的人，以嫻熟的技法狩獵，在這個潔淨而永恆的領域中，用耶馬西族的相同手法，追蹤鹿隻。路克感謝那些維繫他生命的動物，他懂了原始人為何把鹿當成神祇膜拜，並畫在洞穴牆上，以示歡欣與祈願。他從不曾感覺如此朝氣勃發、真實而意志堅定。他老是看到影像，但影像彷若夢境。他白日睡覺，在睡夢中唱歌，並在夢中搜尋追獵他的飛機和直升機。他夢見各種炫目神奇的事物，當他在星光中醒來，開心地發現夢境並未淡去，它們的形貌像壁畫似的，在橫過天空的光影和血色中保留了下來。路克被革命的熱情燃燒，各種點子從他腦中竄生而出，野火似的在髮間穿流。

某方面而言，路克覺得自己像美國最後一個神智正常的人。對自己的使命有所懷疑時，便大聲朗誦廣島和長崎的統計數據。如果他能阻止上千顆核武的製造，理論上便應該能拯救千百萬條人命。他聆聽心中熱切的諮詢之音，那聲音如此迫切堅定，設下了行為規範，訂定長期的目標，展開游擊行動。路克認為那是他的良心在發話，他專注聆聽，在無國籍的狀態下自在遊走，開心地發現自己輕鬆地成為一名俠盜。他偷取物資，偶爾竊走快艇、來福槍、彈藥。他堅定不移地倡議自己對這片瀕危土地的愛，如果他的愛拓展到科勒頓之外這美好星球所有其他地方，也不是他的錯。

路克經常闖入毀損到失去原貌的科勒頓，在不復存在的街上穿行，大聲說出每片雜草地上定居的家族名稱。他在墓園殘破的荒地上遊蕩，感受推土機在地上刨出的傷痕，那裡曾經是科勒頓人的安葬之處。他走在潮汐街，卻再也聽不到喧鬧的買賣聲或鄰人的低語，聞不到咖啡的濃香，或看到打結的交通。路克覺得科勒頓仍鮮活地活在他腳底下，感覺小鎮亟欲破繭而出，以嶄新健康的姿態重新復甦。他再次夢想自己聽見小鎮對他吶喊，吟誦悽愴悠長的輓歌，悲唱它的毀滅與失去，小鎮要求恢復原樣，聲嘶力竭地高喊它的滅絕。路克就著月光走向奶奶家，結果憤然發現自己竟找不到河邊那半畝地，地標全被剷除了。直到路克找到刻著我們三兄妹名字的那棵櫟木，才確定自己找到正確的位址，那是他、我、莎瓦娜三人在某個復活節週日刻上去的。托莉莎和阿莫斯住過的地方滿目瘡痍，蔓生著馬尾草和野葛。路克走回浮碼頭，在長草中絆到某樣東西，他往後一探，便知道那是什麼。他抬起爺爺的十字架，扛到肩上，為了表示敬意，他把十字架扛回潮汐街，快樂地踏上那條苦路，緬懷爺爺。路克感覺十字架的重量吃進他肩肉裡，木頭完好的紋路印在他皮肉上，標誌他、弄傷他、提醒他這次任務的正當性。

他背著十字架走在街上，所有聲音從空中朝他翻騰而至，鼓勵他們的大河男孩、南方之子、領頭者，繼續向前。路克發誓絕不讓他最愛的小鎮消亡，那些聲音跟著歡呼。路克對自己、對那些興奮高昂的聲音、對著大河和他被屠的城鎮發誓，說他會表達他的訊息，為這片備受侵害的土地注入新的生命、新的城鎮，他要讓科勒頓像耶穌的門徒拉撒路一樣，從被掠奪的大地上復活。

路克大喊：「他們將認識我，他們將得知我的名字，他們會尊敬我，我會讓他們把這座城鎮打造得跟從前一模一樣。」

路克停下腳步，那些聲音也消失了。他把十字架放到泥地上，感覺自由的音律貫穿全身。他沿潮汐街跳舞、旋轉、大喊。他會突然停下來說：「就是這裡，我要在這裡建造丹納先生的布店，旁邊蓋席恩先生的食品店，再旁邊是莎拉・柏司頓的服裝店和貝蒂・沃爾的花店，還有伍沃斯的十元商店。」

路克覺得行經之處，大地震動，那些睥睨的老店掙扎著想重生。他聽到全鎮的人聚集在老店的屋頂上對他歡呼。路克在心中重建記憶裡的街道，那晚他離開潮汐街時，回首一望，看到店鋪都點起了燈，耶誕裝飾跨街懸吊，一個男孩在微風戲院的篷幕上貼字，路德先生拿著掃帚在自家店門口掃地，魯卡斯警長從哈利餐廳吃完飯走出來，鬆開皮帶，還打著嗝。

路克心想，他終於成為真格的男人，一個崛起於春季、冒險犯難的人。

他驕傲地回頭看著他創造的小鎮。

聽到身後傳來聲音，路克火速轉身，拔出手槍。

接著他再度聽見聲音，那是一記哨音。

他看到一個男子沿著河，開心地朝他走來。

是福魯特先生。

三月，路克以一次對他個人——而非政府——極具象徵意義的行動，把小規模的攻擊正式擴大成全面游擊戰。三月十四日凌晨三點，四顆臨時湊合但威力強大的炸彈，把四座銜接陸地與科勒頓北方及東邊要塞的大橋炸毀了。一小時後，又有兩顆炸彈，把南方火車公司的貨運火車駛往郡裡的兩座鐵道橋炸毀。

其中有輛載送大批煤炭到施工地點的貨運火車，在棧橋炸毀後的二十分鐘，在夜裡從查勒斯登出發。火車司機全速駛向長棧橋，火車騰空飛躍了六十碼後，才重重撞進小卡羅萊納河的黑水裡。司機與三名工作人員當場死亡。戰爭已經開打，不久報紙稱之為「科勒頓脫州之役」。

路克投書到南卡羅萊納州十五間報社，宣稱科勒頓半徑四十英里地內——包括三十座海島和四萬七千英畝的陸地——不得用作鉨的生產。他向四名撞車殉職的員工家屬道歉，表示自己願意付出一切，只求他們能復生。他的任務是維護生命，不是摧毀或奪取生命。信件內容，就是派崔克．法賀帝告訴居民，他們的家鄉將如何被拆那晚，路克對大家演說的縮簡版。他宣稱科勒頓郡的舊地爾後將成為自治州，由他擔任州長、治安官、軍隊司令，直至人口回流，擁有自己的公民為止。路克同意聯邦政府發布的命令，說這片土地屬於美國人民，但他無法苟同治理的方式。這片面積相當於羅德島二十分之一的新州，應被稱為科勒頓州。他給聯邦政府三十天期限，停工並終止科勒頓河計畫，歸還所有從科勒頓居民手中竊奪的土地。假若政府未能取消該計畫，科勒頓州將正式脫離聯合政府，並正式宣戰，而施工的工人將被視為侵入軍，成為攻擊目標。

路克還徵請自願者組成非正規軍，在科勒頓邊界巡邏，防止聯邦探員入侵。他命令自願者獨自進入新領地，戴上識別用的綠色臂章，在被剝奪權利的科勒頓郡四周，架設監聽點和前哨站。等沼澤和森林四處布妥足夠的監聽點與前哨站後，路克會與大家聯繫，他們再以小組軍團的形式行動。不過，剛開始的時候，參與者在游擊戰中都得先獨自行動，阻斷物資運送，中止工廠的建造。

這封信登上了全州報紙的頭版，上面有路克和我高三那年贏得州際足球冠軍時高舉巨大獎盃的照片，還有一張《捕蝦人的女兒》書封上的莎瓦娜照片。政府派出國民警衛隊，保護所有通往科勒頓郡的大橋，並立即修復被破壞的橋與棧橋，加強營地的安全防備，同時發出路克的搜捕令。那封信刊登後，似乎每個南卡的警察和執法官員都來找我了。路克被視為擁武、危險、也許神智失常的人。各大報紙紛紛登出歇斯底里的社論，《新聞快遞》引用恩尼斯特．霍令參議員的話：「這孩子也許瘋了，不過從科勒頓通往外界的橋確實是不多了。」南卡羅萊納大學的兄弟會舉辦了一場綠臂章派對，幫身障兒童募款。《卡羅萊納州》報社登出一封給編輯的信，信中稱路克．溫格是「最後一位偉大的南卡羅萊納人」。

路克的信件發表三週後，曾是毛皮獵人的七十歲老人陸西斯．督德，在科勒頓河計畫的主要工程區附近被逮。《新聞快遞》報導了此一事件，但沒有提到老人被捕時戴著綠色臂章，而且拿著來福槍拒捕，力抗二十名幹員，直至彈藥用罄。和平遊行婦女會全數十名成員，躺到一輛載送工人上班的巴士前面，她們全戴上了綠色臂章，在被送往監獄的途中不斷念誦：「拒絕核武。」

州裡的保守人士把路克當成凶手和瘋子，但有少數幾人奉他為終極環保戰士——共和史上唯一對駭人的核子時代做出清醒且合理回應的人。與此同時，公眾對路克反叛的看法也在改變，聯邦政府極其嚴肅地想終止路克與政府的對戰。路克已證實自己是個無可匹敵的游擊高手，而且狡猾無比，但作為一種象徵人物，政府擔心他會毀掉整個科勒頓河計畫。路克已成了危險人物，一個公共關係上的燙手山芋。路克炸掉六座橋，展現了他的破壞天才及精密計算的戰略能力。大批ＦＢＩ探員抵達科勒頓郡，還有來自北卡布拉格堡受過反暴亂戰訓的特種部隊，他們在各個島上做夜間搜尋。路克藉著派來阻止他的人員素質，估算自己所剩的時間。他發現沼地上空的偵察機愈來愈多，海巡隊也加強河上的巡邏。他們的參與，是一種對他的尊敬，他欣賞那些派來拘押他、把他繩之以法的人員。雖然他們為了抓他，用盡各種卓越的技巧，但路克在他從小長大的熟悉地形中，實力遠非他們所能匹敵。

我學會了從一百碼外老遠就認出ＦＢＩ探員，而且從不失手。他們的特徵明確得猶如響尾蛇一樣。這些人看太多吹捧他們查案特權的電影和書。無論ＦＢＩ餵給探員什麼，他們都照單全收。我向來討厭那種下巴堅毅、握手用力，看起來像在模仿二流演員演技的人。ＦＢＩ探員彷彿都是從同一間廉價男性服裝店的同一排架子上買下同一套顏色單調的西裝，他們的證章是衣櫥裡最吸引人的飾品。路克在科勒頓樹林裡開戰的第一年，有十幾個探員來找我，害我覺得有點好笑。跟這些有一天可能會殺死哥哥的人談話，很容易冒犯到我。ＦＢＩ覺得我有敵意，遇到心情不好的時候，他們那模樣還頗能逗樂我的。

路克的案子過了近一年，才交到Ｊ．威廉．柯文登的手上。他在一次足球春季練習時出現，當時我正在安排一種新的轉向進攻法，以善用一個跑速像鹿但傳球也像鹿的後衛優勢。練習到了尾聲，我們讓球員做衝刺。我剛從要塞軍校聘來的助理教練鮑伯．馬克斯，看到了坐在官派雪佛蘭車裡的威廉・柯文登。

「湯姆，他們又來煩你了。」

「看來我明年得乖乖交稅了。」我說著走向車子。

看到我走過去，柯文登從車上下來。他是典型的探員，如果他光著身子在百合花田裡跳舞，你還是能認出他是FBI來的。

我對他說：「不好意思，先生，我們不許印度教的克瑞須那派在足球場上分發文宣，機場離這裡往西十五英里。」

他大笑起來，我訝異他的笑聲竟然十分真誠。「我聽說你很幽默。」他說著伸出手。

「不是吧，你應該是聽說我很狡猾。」我答道。

「你的檔案上寫著，你很不合作。我叫J・威廉・柯文登，我的朋友都喊我柯文。」

「那你的敵人怎麼喊你？」

「柯文登。」

「很高興認識你，柯文登。現在，為了繼續本人的不合作事業，我會把知道的一切告訴你。我不知道路克躲在哪裡，沒聽到我哥哥半點消息，他沒有寫信、打電話或發電報來。我沒有提供他食物、住處或任何支援，還有，我不會以任何方式協助你調查。」

「湯姆，我想幫路克脫離這場困境。我喜歡我所聽到的每項關於路克的事，我想我能跟檢察官談條件，用認罪協商的方式，把判刑減到只有三到五年。」

「那麼死在火車上的四個人呢？」

「路克顯然不知道當時火車會來。你們家住在科勒頓那時，從來沒有火車會在夜裡走那條棧橋。我會稱之為過失殺人。」

「他炸毀橋梁，可能會判超過五年刑期。檢察官幹麼吃你這一套？」

「因為我能說服檢察官，若能達成協商，或許能救下本郡南部所有的橋。」柯文登說。

「你為何要告訴我這件事？我不懂自己能如何幫你。」

「因為我仔細讀過路克的檔案。如果其他人夠用心的話，便會知道有三個人能找得到路克。令尊，但你也知道，他目前不方便。」

「『不方便』，我喜歡你的措詞，柯文登。」

「另外兩位是你和令姊，她的詩寫得棒極了，我是她的詩迷。」

「她一定會很高興。」

「我能指望你幫忙嗎？」

「不，你別指望了，柯文。你沒聽清楚我第一次說的，我不會以任何方式協助你調查。」

「穆夏公司提供兩萬五千元賞金，給任何能解決令兄的人。我需要幫你翻譯『解決』這兩個字嗎？他們開始在郡裡布置人手了，令兄不是那些人的對手。其中包括兩名陸軍特種部隊，都是獲頒國會榮譽勛章的綠扁帽隊員，此時就在這個郡裡追他。湯姆，他們也許無法在明天或後天逮到路克，但最終總會有人殺掉他的。我想阻止這件事，我相當欽佩令兄，希望能救他的命。沒有你的協助，我無法辦到。」

「到目前為止，柯文登先生，你是聯邦調查局第一個不令我反感的人，不過這令我異常緊張。你為什麼決定當FBI探員？還有，你他媽的為什麼自稱是J．威廉？」

「我的名字叫傑士寶，Jasper。我寧可死，也不要別人那樣喊我。我妻子想到J．威廉的稱法，因為我工作的機構由J．艾德格創建，內人覺得這麼做，對升遷或有好處。我加入FBI是因為我的運動很爛，而且我跟大多沒有運動細胞的人一樣，高中過得相當淒慘，也十分懷疑自己的男子氣概。FBI探員在這方面真的深受折磨。」

「你答得很好，傑士寶。你跟你的同事不一樣，你透露一些小細節，讓我感覺自己在跟個人類交涉。」

「我仔細研讀過你的檔案了，我知道我們若無法建立基本信任，你絕對不會跟我合作。」

「傑士寶，我可沒說我信任你，而且我說過了，我不會合作。」

「未必，因為你正在跟世上唯一有興趣拯救令兄、而不是殺害他的人說話。」

我打量柯文登的臉，那是一張英俊、有感情、帶著俠氣的臉，勾起我心中極大的不信任。他坦然地與我對視——又是一種對他不利的特徵。他的眼神清澈坦蕩。

「傑士寶，我想我能幫你找到我哥，但我要你把剛講的協議寫成白紙黑字。」

「我會寫下來給你，我向你保證，每個人都會遵守那張協議。」

「我會去找他，但我永遠不會喜歡或信任你。還有，我不喜歡你的西裝。」

「我也不想知道你的裁縫師是誰。」他指著我的卡其褲和運動衫說。

學期結束後，莎瓦娜飛到查勒斯登，我們花了幾天時間準備物資，擬定計畫，到失去的科勒頓遠征。夜裡，我、莎瓦娜、莎莉一起研究科勒頓郡的航海圖，那是比例尺一比八萬的麥卡托投影法圖，緯度三十二度十五分。河川與溪流上寫滿精確的小數字，以英尺標示四周平均低潮的深度。我們的手指在沼地、河渠和童年熟悉的廣大平坦的地貌上遊走。我們試著設想路克的立場，用他現在的眼光來衡量世界。我認為他一定住在科勒頓郡南邊的薩凡納河沼地，夜裡才出來偷襲破壞，然後在天亮之前迅速返回迷宮般的沼地。

莎瓦娜不贊同，她認為路克在科勒頓郡裡有個行動基地作為庇護，而且就在我們全都知道的地方。她提醒我，路克喜歡慣性，他要宣戰解放科勒頓，就一定會住在那兒。

「你一定是個爛游擊手。」我說。

我還告訴她，軍警帶著獵犬到各島做地毯式搜尋，我覺得那些狗不可能找不出路克的基地。

「那麼，那一定是個他們不知道的地方，一個只有路克才知道的地方。」莎瓦娜說。

「他們曉得路克知道的每一處地方，美國任何港口都能買到同一份地圖，美國的地圖做得非常完備。」

「如果地圖做得那麼好，他們為什麼找不到路克？」

「他很小心地把自己藏起來了。」我望著地圖說。

「你大學時提過的那個地方是哪裡，湯姆？你跟爸爸常去那裡釣魚什麼的。」莎莉問。

「秧雞島。」我和莎瓦娜齊聲大喊。

父親小時候，沿著上埃斯底河的大片沼地獵秧雞，由他的朋友划著小船，穿過漲潮時的沼澤草地，把秧雞從葱鬱的互花米草中趕出來。父親獵了十幾隻秧雞後，看到沼地上冒出一小片矮林。他們在漲潮中划向不知名的小島，兩人勉強登陸，發現得等下一次漲潮才能返回主渠道。他們離最近的村鎮十三英里，而且還意外找到一處祕密的庇護所，有處可去的小男生狂喜不已。那片四分之一畝的土地並不在地圖上，上頭長了一小片棕櫚樹和一棵細長的橡樹。他們意外來到浩瀚鹽沼上的荒島了，這島嶼從陸地或河渠上都看不到。他們把秧雞清理乾淨，泡到海水裡，架起帳篷，生起火，用三湯匙的培根油炒洋蔥，然後把秧雞滾上麵粉，炸到呈巧克力色。他們在鍋裡加水，慢慢燉煮，直到肉變軟嫩。等待燉雞起鍋前，他們到泥灘裡挖蛤蜊，直接生吃。他們相信自己來到一個從未有人涉足過的地方，宣稱那是他們的島嶼，父親和朋友把名字刻到橡樹上，並在下次漲潮離開前，把他們發現的島命名為秧雞島。

奶奶離開阿莫斯搬到亞特蘭大後，有一次父親逃家，幾個朋友最後在秧雞島上找到他，他哭著要媽媽回家。每年春季，海鱸和鯡魚進入河川產卵時，父親便會到他的島上待一週，捕魚，抓蟹，在星光下露營。父親首次帶我們三個孩子去年度釣魚之旅時，我七歲，那時他已經造好一間避雨用的小屋。那年春天，我用活鰻誘捕到一條三十磅重的海鱸，我們在河裡設置刺網捕抓鯡魚。一整個星期，我們就吃小火烤的海鱺魚排，用一條條厚培根包起來的鯡魚卵維生。每次想到避世而居的父親，便會看到一頓頓的海鮮大餐，想起父親駕船穿越沼地、順著潮水把我們帶到那座與世隔絕的荒島時，所發出的爽朗笑聲。後來父親發現他的祕密營地被其他漁夫用過了，才終止到秧雞島的年度之旅。這座島嶼不再是祕密後，便失去了魔力，也失去了價值。秧雞島讓好奇的陌生人登島之後，已背叛了它的發現者。父親認定，一個地方的神聖不可侵，僅能有一回。他再也沒去過島上，而他的孩子在感知父親的幻滅後，也不再造訪。

但莎瓦娜和我都知道，就算你在科勒頓郡住了一輩子，閒暇時都在最隱密的河川支流裡捕魚抓蟹，也絕對想像不到，會有一小片心形的土地，像藍寶石似的，鑲在喬治亞州格林郡北邊，最大的鹽沼正中央。其他少數知道這件事的人，就是父親、哥哥，和那些不知名的漁夫，他們無心的腳步玷汙了父親這塊崇高的祕密隱居地。

我在地圖上做記號，在綿延三十英里的沼澤中，標出記憶中秧雞島的位置。我知道那裡並不適合稱為島，只是隱匿在沼澤中的一小片旱地罷了。

⚓

出發去科勒頓的前一晚，我為三個女兒讀床邊故事，幫她們蓋被子。莎莉去醫院上晚班，我和莎瓦娜調了酒，端到前面門廊。港口對面，查勒斯登的燈光籠罩在薄霧中。那晚母親陪我們吃飯，氣氛緊繃到令人難以忍受。她把路克的違抗怪罪到父親和我們頭上，她告訴我們，里斯說要聘請南卡最棒的律師幫路克辯護，莎瓦娜暗示路克也許會反對這種安排，母親大發雷霆。母親就是看不清，里斯・紐布里的施恩其實是拐著彎羞辱。母親哭著離開我們家，我們心情糟到谷底。

「不管路克結果如何，媽媽才是這件事裡頭真正的悲劇人物。」我們望向桑特堡時，莎瓦娜說道。

「是她自己活該，她根本沒誠意。」

「你不明白當女人有多困難。她經過那種日子後，做任何事我都不怪她。」莎瓦娜嗆道。

「那她在你身邊的時候，你為什麼一副很討厭她的樣子？你為什麼不能有一刻好好對她說話，或讓她覺得真正被愛？」我問。

「因為她是我母親，討厭母親是一種自然律，而且當一個女人能集結足夠的力氣去恨自己的老媽，表示她精神還算健康。我的分析師說，那是我必須克服的重要階段。」她答道。

「你的分析師？你離開南卡後，到底見過多少心理醫師、分析師、治療師和江湖術士？」

「湯姆，我很努力要重建自己的人生，你沒有權利貶抑我接受的療法。」她受傷地說。

「紐約市可有沒看過心理醫師的人？我的意思是，總應該有個容易上當的傻子，因為沒有空到上東城區做五十分鐘諮商，而在拉瓜地亞機場改變計畫的吧。」

「你比我認識的人都更需要看心理醫師。如果你肯聽聽自己的聲音，如果你知道自己聽起來有多麼憤怒就好了。」

「我不懂得如何對付一個知道所有答案的親人。媽媽知道所有答案，你知道所有答案，這好像是我們家族所有女人的通病。你從來不受疑慮所苦嗎？」

「當然會，我對你就有很大的疑慮。湯姆，我非常懷疑你的各種人生選擇。我看不到你的生命有任何方向，我看不到企圖心、改變的欲望，看不到冒險。我看到你隨波逐流，對自己的妻小若即若離，對工作半冷半熱，不了解自己要什麼，或想去何處。」

「所以我才會是個美國人啊，莎瓦娜，像我這樣的人不少。」

「你教完球回到家，給自己弄杯酒，然後坐到電視機前，直到累了或醉了，才去睡覺。你不看書，不跟人談話，有如行屍走肉。」

「我現在不就在跟你聊？所以我才討厭談天。」

「你是討厭面對自己，湯姆。」莎瓦娜說著探過身，捏捏我的手臂。

「你耽溺在缺乏自省的生活裡，我擔心你遲早嘗到苦果。」

「你為什麼要逼迫每個人承認自己不正常又不快樂？為什麼你老是覺得唯有瘋狂才是對世界的正當回應？」

「我聽說過有心理健康的人，但我從沒遇過那些人。他們就像印加帝國的人，你讀到他們的事，研究他們的廢墟，但你永遠無法親自訪問他們任何一個，明白他們是如何辦到的。」

「莎瓦娜，如果我們不找到路克，政府就會殺了他。如果政府殺了路克，我不知道自己會怎麼樣。」

「那我們就去找到他，把他帶回來。」

「他們雇了人手，把他當鹿一樣獵殺。」

莎瓦娜表示：「比起路克，我更替那些人擔心。你我都知道路克在樹林裡有多厲害，他從來沒有辦不到的事。如果他曾經失手過，例如救海豚的時候被逮到，沒能把海龜放到紐布里的床上，或帶著他指揮官的屍體游離北越，他現在應該就不會在外頭了。他一向堅信自己辦得到，而他也一直是對的。」

「可是這沒有意義，這次他沒機會達成任何目標。」

「他確實引起官方注意了。你常想到他嗎？」

「我努力不去想他，努力不去想路克或老爸，有時我會假裝他們兩個不在我的生命裡。」

「媽媽的老伎倆：你選擇記住的，才是真實的。」莎瓦娜大笑。

「我每週給老爸寫一次信，感覺就像寫給愛沙尼亞的筆友，像是寫給某個我不會謀面的陌生人。他會回以充滿感情和智慧的信。我對一個慈父有何認識？更別提是有智慧的父親。透過信件，我們簡直要變成朋友了，可是我一想起我們的童年，就對媽媽滿懷感謝。我對她有滿滿的愛，可是現在我幾乎無法忍受待在她身邊。路克的事讓她難受至極，而我一點都幫不上忙。」

「你幹麼這麼氣路克？」

「因為我覺得他愚蠢，只想到自己，固執又自私。可是，莎瓦娜，還有別的事我不明白。我嫉妒他能用我永遠無法理解或感受到的熱情，激越憤怒地主張自己的信念。我嫉妒他能在他單純而該死的每個信念中，灌注決絕而難以理解的熱情，讓整個地方草木皆兵。莎瓦娜，我一定得阻止他，我真的相信他是鐵了心要跟世界對抗到底。他的投入，不斷地提醒我自己做了多少讓步。我被房貸、車款、修課計畫、子女，還有比我更有夢想與企圖心的妻子給馴服了。我在臥室裡看七點鐘新聞，每天玩字謎遊戲打發日子，而我哥哥卻吃著生魚，跟那群偷走我們唯一家園的占領軍頑抗到底。我告訴自己，我不是激進分子或破壞分子，我告訴自己，我是良民，我有各種義務與責任，我這樣告訴自己。可是路克證實了一件事，我是個沒有原則的人，我沒有信仰，也不是實踐者。我是打骨子裡的順民，傀儡政權總部就設在我的靈魂裡。我變成了自己最憎惡的那種人，我把草坪修剪得美美的，從來沒收過超速罰單。」

「我把路克看成現代版的唐吉訶德，我想把這件事寫成一首長詩。」莎瓦娜說。

「我相信他也那樣看待自己。但我看不出那對他或其他人有任何幫助。有四個人因路克而死，我再怎麼自圓其說，也無法認同謀殺。」

「他沒有謀殺那些人，那是意外事故。」

「你要這樣向他們的妻小解釋嗎？」

「你太感情用事了。」莎瓦娜說。

「我想他們的妻小也一樣。」

「路克不是殺人凶手。」

「那他到底是什麼，莎瓦娜？」

「他是藝術家，也是個完全自由的人。這兩件事，你永遠也不會明白。」

我們等到一個風止月明、利於航行的夜晚才行動。莎莉在查勒斯登碼頭親吻我和莎瓦娜，祝我們去科勒頓一路順風。

「把路克安全地帶回來，告訴他，很多人非常愛他，女兒們需要她們的伯父。」莎莉說。

「我會的，莎莉，但我不知道我們會去多久。」我抱著她說。

「你們有一整個夏天。我媽明天會過來幫忙帶孩子，萊拉下個月會接她們去波麗斯島，而我會拚命搶救生命，為人類奉獻。」

「幫我們祈禱，莎莉。」莎瓦娜說，我發動引擎，把船開出碼頭，進入埃西利河。「也幫路克祈禱。」

「我還以為你不信上帝。」我對莎瓦娜說，船緩緩經過查勒斯登半島尾端的巡邏隊營地。

「我是不信，但我相信路克，而路克相信上帝，所以當我真的需要他的時候，總是會相信上帝。」

「有條件的信仰。」

「沒錯，討厭鬼。」她開心地回答。「這是不是很棒？我們一起參與另一場冒險，像我們去邁阿密救白海豚一樣。我們會找到路克的，我感覺得到，打從心底感覺到。湯姆，看看我們上方。」

我望向她所指的天空說：「獵戶座。」

「不對，我得教你用詩人的思維去思考。湯姆，那是躲在低地的路克的倒影。」

「莎瓦娜，如果你繼續把路克說成你未來詩文裡的主題，我可能要吐了。我們不是在寫詩，這是一趟拯救我們哥哥的最後一次機會。」

「這會是辛苦漫長的奧德賽之行。」她逗我說。

「生活跟藝術之間是有區別的。」我們駛入查勒斯登港。

「你錯了，你一直都錯了。」

我駕著船，途經歡喜山的燈火、桑特堡孤獨的陰影、沙利文島上我家的燈光，行經燈塔，以及噗噗低吟、與巴拿馬貨輪會合的領港船。我破浪而行，詹姆士島就在我的右舷側，燕麥草的穗子在潮汐推出來的沙丘上，被月亮照得閃爍不已。含磷且帶著浮游生物的海浪擊在船首，像柔軟的羽翼碎落而下。海水蕩漾，空中飄著詭異的奶味，沼地裡有種生猛原始的氣息。這一夜，我們在不見任何小船的情況下，於無風的海洋上航行了五百英里。我們離開煩人的堰洲島群，進入繁星點點、遼闊無邊的大西洋，水面被月光灑成滑亮的白貂毛。

我直接把船開向墨西哥灣流，駛往百慕達，朝東邊非洲方向而去，直到再也看不到後方南卡羅萊納的燈火。然後我駕船南行，航向我的出生地，一邊祈禱哥哥別再那麼鑽牛角尖了。我祈求自己能教會他妥協的藝術，向當權者屈服。祈求自己能教他不再當路克，祈求自己能馴服他，讓他變得更像湯姆。

我航往科勒頓，莎瓦娜和我手握著手，姊姊的秀髮如面紗般在海風中飛揚。我花了兩個鐘頭觀察星子，參看羅盤，直至看到科勒頓海灣入口航道標示的閃爍綠燈。我們以入侵者的身分進入這片封鎖的水域，一九四四年的那場颶風，我們就是在這裡吸入此生的第一口氣。

午時剛過，我們在平均低潮時，於基諾沙島的背風處下錨，等待海潮再度改變。我們發現至少還需要兩英尺的漲潮才能接近秧雞島。海潮再起時，我們感覺船身扯緊了錨纜。凌晨三點鐘，我打開馬達，慢慢往科勒頓郡最難辨視的溪流裡穿行。低沉的行船聲在四合的死寂裡顯得格外擾人。我們走了一小時，才抵達那片把秧雞島暗藏在核心的鹽沼。我試走三條溪流，結果都遇到死路，只得返回河裡，找到方位後再重新出發。我們循著兩道通往遼濶沼地但沒有定向的水路航行，結果還是無功而返。我們一越過沼地，互花米草就在兩側形成穿不透的草牆，使我們寸步難行。一直等太陽從東升起，漲滿潮水，我們絕望已極，才遇到一條之前試過的溪流。我們差點擱淺在秧雞島上。

我把馬達從水裡抽出來，莎瓦娜跳到船首，踏到旱地上。我把馬達固定好，聽到莎瓦娜在我後方的漆黑中說：「他待過這裡，湯姆，老天啊，他一直待在這裡。」

「莎瓦娜，我們得把船藏起來，不能讓他們從空中瞧見。」

「他是故意讓我們好找的。」

莎瓦娜站在路克的行動基地中心，就在經風受雨的橡樹和密密麻麻的棕櫚樹林底下。路克在樹林裡掛了迷彩網，在網子下搭了一座防水大帳篷。我們找到好幾箱覆著油布的炸藥和數桶汽油，基地裡有來福槍、成箱的彈藥、藍渠牌蟹肉湯。這兒有一艘小帆船和一艘八馬力引擎的小平底船。莎瓦娜找到好幾個裝滿淡水的三十一加侖水桶。

路克整修了父親以前搭建的捕魚小屋，他安上新的屋頂，換掉腐爛的地板，他的睡袋就在小屋的角落裡。屋子中央有把木椅和桌子，單人臥鋪旁的桌上擺了喝掉一半的野火雞威士忌，盤子邊有一本題贈給路克的《捕蝦人的女兒》。

「路克對文學一向很有品味。」莎瓦娜說。

「我訝異他讀的不是《毛語錄》。」

「他不需要讀，他正在身體力行。」

我們火速卸下船上的物品，把船拖到迷彩帳篷裡。曙色如金箔捲過沼地，海水持續上漲，抹去船的龍骨在軟泥上留下的深痕。我們把自己的睡袋放到路克的睡袋旁，我在汽化爐上煮咖啡，太陽已經完全露臉了。

「他已經有一陣子沒來這兒了。」我說。

「如果他不在這兒，你會去哪裡找他？」莎瓦娜問。

「不知道，感覺就只能在這裡。科勒頓很不適合打游擊戰，太容易被困在其中一座島上。」

「他似乎混得還不錯。」

「那個叫柯文登的FBI探員告訴我，上星期他們以為逮到路克了，他們把他困在鎮上，派了上百名人手和六隻獵犬，想把他趕出林子。」

「他是怎麼逃掉的？」

「當時是夜裡，除非太陽下山，否則路克連屁都不會放。柯文登認為他們的動作不夠快，他覺得路克應該是想辦法跑到沼地，爬往河流，然後順著潮水漂走。他們在河裡布了船隻，但路克都避開了。」

「幹得好，我向來喜歡好人能逃得掉的電影。」

「究竟誰是好人，還有爭議。他們追得太近，路克在黑夜中引爆一條炸藥，狗嚇著了，追獵者也非常不安。」

「他傷到人了嗎？」莎瓦娜問。

「他把一棵白楊樹炸碎了，不過神奇的是，竟然沒有人受傷。」

「路克來這裡的時候，你打算對他說什麼？」我遞了咖啡給莎瓦娜。「既然你知道路克相信自己的作法，認為那是合乎道德、正確的，也是唯一對他具有意義的事，你要用什麼說服他放棄抗爭？」

「我會詳細描述我們在他的葬禮上會多麼難過，我會說，如果他堅持無理取鬧，就遇不到他的妻子，生不了他的孩子，過不了安穩日子。」

「路克從來沒交過女朋友。我看不出你跟他談妻子、熊熊的爐火、拖鞋、兩個黃毛小孩這些日常，能夠把他引出林子。湯姆，對有些人來說，美國的中產階級生活是一種死刑。」

「你是指我的生活嗎？」

「對我而言是的，我覺得對路克可能也是。好了，我沒想要傷害你……」

「感謝老天，我無法想像如果你真心想傷害我，會有多殘忍，不過我們這些被判死刑的美國中產階級都很遲鈍，麻木無感，我們不太容易受傷。」

「真嬌貴，開不得玩笑。」

「有人罵我行屍走肉，我當然有權利變得嬌貴。」

「你活得不開心又不是我的錯。」

「我受不了的是你這種高高在上的態度。是你在討論我們做的選擇時，那種令人抓狂的優越感。你染上紐約病了，老愛恭喜從其他小鎮移居曼哈頓的人。」

「我得老實告訴你，我認識最優秀最聰明的南方人，全在紐約市找到了自己。住在南方，得閹割掉太多自己的潛能。」莎瓦娜表示。

「我不想談這件事。」

「你當然不想談，這個話題一定令你很痛苦。」

「一點也不痛苦，我只是受不了你的洋洋自得，我覺得這個話題害你滿口胡言，而且我覺得你很刻薄。」我嗆道。

「我如何刻薄了？」

「你很愛說我是在浪費自己的生命。」

「這樣說我也不好受。」她低聲說。「說這些話讓我非常心痛，我只是希望你和路克能擁有世上的一切，能對萬物萬事敞開胸懷，別讓他們偷走你們的靈魂，讓你們成為典型的南方人。」

「看到太陽了嗎，莎瓦娜？」我指向沼地遠方，「那是卡羅萊納的太陽，我們三人自小在南方的烈陽下長大，我不在乎你在紐約住多久，南方魂是洗不掉的。」

「我們現在談的是其他事，我擔心南方會榨乾你的獨特，會害死路克，因為他把南方想像成某種致命的天堂。」

「莎瓦娜，等路克到了，拜託你幫忙勸他，跟我們回去，別被他的觀點帶跑了。他很有感染力，且極度浪漫。他熱情四射，噴發浪漫的光芒，他的眼神會變得迷茫，而且他不想聽反對的意見。你的詩魂一定會喜歡上路克的游擊戰士魂。」

「我到這兒是來幫你的，我是來幫忙帶路克回家的。」

「他會告訴你，他『已經』在家裡了。」

「他難道說錯了嗎？」莎瓦娜伸手去拿咖啡杯。

「當然沒錯。」我坦承。

「我絕不會扮演紐約的評論員，我保證。」

「我也不會再扮演南方佬了，我向你保證。」

兩人握手言和，開始漫長的等候，等待路克出現。

我和莎瓦娜在廣闊的鹽沼中過了一週，我們利用這段時間，重溫以雙胞胎之姿面對世界的艱辛與榮耀之時，那彼此之間脆弱而空洞的關係。白天，我們躲在小屋裡，不斷回憶一家人的故事來打發時間。我們談論每個想得起來的幼年遭遇，試著評估在亨利與萊拉·溫格的養育下，日後長大所造成的傷害與優勢。我們在河濱的居家生活雖然危險又傷人，但姊弟倆都覺得其實挺精采的。他們養出優秀又有些奇特的孩子，那棟房子培育出瘋狂、詩文、勇氣、堅貞不渝的忠誠。我們的童年相當辛苦，但也趣味橫生。雖然父母的罪狀罄竹難書，但他們的獨一無二，使我們的靈魂不至流於枯燥乏味。沒想到我和莎瓦娜竟然都同意，我們大概擁有最糟糕的父母親，但我們絕不做他選。在秧雞島等候路克期間，我們似乎慢慢原諒了父母。我們會先聊著種種殘暴或背叛的回憶，但最後又會一再確表我們對父母錯綜而真誠的愛。我們終於都夠大了，也都能原諒父母的不完美了。

夜裡，我和莎瓦娜輪流撒網到漲起的潮水裡。我看著她撒網，看網子拓成完美的圓，擴散成一大片圓影，然後聽到網子的重量像隱形的魚兒在黑水中濺出水花。數以千計的蝦子在水面上起舞。我們捕到的魚獲遠超過我們所能消化，我烹煮美味的餐飯，兩人吃得不亦樂乎。我抓到一條十磅重的鱸魚，塞入蝦子和新鮮蟹肉，然後用炭文火慢煮。早餐，我用培根的油脂煮蝦，做紅眼肉汁，然後把蝦和肉汁淋到一盤雜糧粥上。

睡前，我們會坐在星空下喝法國紅酒，莎瓦娜背誦她寫過的每首詩。大部分都是獻給南方的情歌，她的文字精妙，如沼地上飛舞的蝴蝶，銀翼翩然迷亂，汲取時光星辰和太平洋海風所釀的神祕花蜜。莎瓦娜在書寫有關卡羅萊納的詩句時，名稱精確，權威感十足。她的詩裡不會只統稱鳥類，而是充斥著唐納雀和蠟嘴鳥等鳥名。她把這片土地上豐富詳實的詞庫應用到自己的作品裡。她讚美蜂鳥蛾可愛的模仿天分，愛極了知更鳥的精湛技藝，她可以講出捕蝦網從河渠裡打撈上來的各種各樣海洋生物的名稱，知道三十種康乃馨和玫瑰的個別變異。她對低地的知識是渾然天成的積累，炫目得有如夏日裡海邊拾荒者閃閃發亮的頭髮。莎瓦娜在她的詩中，把玫瑰擲入我們共享的如火浪般的過往。玫瑰拋盡，她便引出噩夢裡的煩亂天使，唱著與利刃、與她蒼白腕上脆弱藍色靜脈相關的頌歌。莎瓦娜如同我們這個世紀所有優秀的女詩人，把自己的吶喊與傷痛，熔鑄在永恆不朽的絕美詩句裡。

她坐在黑暗中，淚流滿面地朗誦自己的詩作。

「別背誦那些讓你難過的詩了。」我抱著她說。

「那些是唯一有價值的。」她答道。

「你應該寫些美好的主題，那種能給全世界帶來快樂歡愉的詩，你應該寫點關於我的詩。」我建議她。

「我正在寫一些關於紐約的詩。」

「真是個歡樂的主題。」

她警告：「別再鄉巴佬上身了，你保證過的。是因為我太愛紐約，你才那麼痛恨那裡嗎？」

「我不知道。」我聽著在島嶼間互相傳唱的蟬聲說。「我生長在六千人的小地方，我甚至不是最有意思的人。媽的，我連自己家裡最有趣的人都稱不上。我沒準備好要面對八百萬人的都市。我去過紐約的電話亭，感覺連接線員的品格都比我優。我討厭會對我吼著『溫格，你連屁都不是』的城市，我不過是想去買個煙燻牛肉三明治而已。紐約什麼都太過頭了。我覺得我可以適應任何事，除了那種龐大無邊的，但這不會讓我變成壞人。」

「可是對一個鄉下人來說，那是可預期的反應。我擔心的正是這個，你從來都不可預期。」

「錯了，心愛的姊姊。你得記住我們有共通的根源。老爸是典型的南方佬，母親老練到連南方人都認可她不是天才就是冒充天才。路克是典型南方人，媽的，路克跟北軍切割得可澈底了。我是澈底的南方佬。南方人沒有思想，只會烤肉。我被釘在南方的紅土裡走不了啦，但我能吃到所有想吃的烤肉。而你有翅膀，莎瓦娜，看到你飛上該死的天空，是人生一大樂事。」

「可是代價呢？」

「想想看你若留在科勒頓，要付什麼代價。」

「我會死掉，南方會逼死像我這樣的女人。」

「所以我們才會把你們這些姑娘送到曼哈頓，可以省下不少喪葬費。」

「紐約系列的第一首詩叫〈練習曲：喜來登廣場〉……」她的朗誦聲再次於夜色中揚起。

白天藏身的時間，莎瓦娜拚命寫她的日記，記下我所說的每則童年往事，直到這時，我才第一次意識到，她對我們在科勒頓的生活，記憶極度殘缺。壓抑是莎瓦娜這輩子的重大主題與包袱，她的瘋狂是嚴酷的審查機制，不僅毀掉她在紐約的日常生活，還抹去她的過往，代之以空洞的遺忘。她的日記保留了她人生的細節，她用冷硬的事實填寫日記，別的都不多寫。日記是她探訪過去的窗口，寫日記只是她為了搶救人生而發明的另一項技巧。

自從我大學畢業，莎瓦娜每年耶誕節都寄給我一本她也在用的漂亮皮裝日記，鼓勵我每天記下生活細節。裝幀精美的棕皮日記，一本本排列在我家書桌的書架上，好看極了，因為我從沒使用過，連一次雜感也未曾寫下。不知為何，我在自己的生命之書裡，從不曾打破沉默的誓約。我白白浪費了一整排日記簿，裡面沒有揭示絲毫內在世界。我擅長自我批判，但我的缺點中最不可原諒的，就是虛榮自負。我知道就算自己整天嘻嘻哈哈地像個混蛋，也無法抹滅一項事實——我永遠無法擺脫自嘲時不忘自吹自擂的特質。我告訴自己，等我遇到有趣而特別的事情，便會寫日記了。我不想把自己的失敗寫成傳記，我想要真正說點什麼。那些空白的日記本，便是我空洞人生的最佳隱喻。我害怕等我老了，卻還在等待展開自己真正的人生。

我已經開始同情那個老人。

在島上的第六夜，我們趁著午夜漲潮，跑去溪裡頭泡澡。我們游到沼澤裡，光著身子打肥皂，感覺潮水在髮間穿流。受月亮牽引的潮水，感覺美妙極了。兩人聊到，不知回查勒斯登補給物資之前，還能撐多久等路克來。我們回小屋擦乾身體，睡前都倒了杯白蘭地。莎瓦娜在屋裡噴殺蟲劑，我在身上抹完防蚊液後，把瓶子遞給她。要是沒有蚊子，這就是一次完美的度假了。我們那週獻給蚊子的血，應該足夠寫本小書。莎瓦娜覺得，如果蚊子吃起來跟蝦子一樣美味，而且能用漁船撒網打撈，世界一定更美好。我們就寢時，西邊揚起涼風。

我驚醒，被人用來福槍管抵住喉頭。我從睡袋裡站起身，被一小束光刺到眼睛睜不開。

接著我聽到路克的笑聲。

「是你嗎，切．格瓦拉。」我說。

「路克！」莎瓦娜尖聲叫著，兩人摸黑互相尋找對方。

他們的身影在月光中擁抱，在木地板上抱著轉圈，木椅都給撞到牆上。

「幸好沒殺你們兩個，你們嚇我一跳。」路克喊道。

「路克，很高興你沒殺我們！」莎瓦娜說。

「殺我們，我的老天爺，你怎麼會想到要殺我們？」

「他們找到這個地方了，老弟，時間所剩不多。我沒想到你們兩個小鬼還記得這裡。」他答道。

「我們是來勸你跟我們回去的。」莎瓦娜說。

「連你的口才都說服不了我，小姑娘。」路克表示。

我們來到星光下，我和莎瓦娜看著路克把他的皮船拖到帳篷裡。莎瓦娜拿出威士忌瓶為路克倒了一杯，三兄妹坐在小門廊上，聞著吹在沼地上的海風。我們有十分鐘沒吭聲，光是思索要如何表達自己的論點與對彼此的關愛。我想說些能拯救老哥性命的話，卻不確定該說什麼。我的舌頭像石頭一樣躺在嘴裡，各種凶惡的言語、斬釘截鐵的聲明和要求，在我腦中失控旋撞。暴風雨前的寧靜，伏著危險的電光火石。

「路克，你看起來很不錯，革命似乎挺適合你。」莎瓦娜終於打破沉默。

路克大笑道：「我又不是革命家，整個反抗軍就只有我一個。我得再努力召集一些人馬。」

「你到底想證明什麼？」我問。

「不知道，大概是想證明世界上還有一個人不是順服的綿羊吧，反正事情就是那樣開始的。我實在很氣老媽，氣科勒頓和政府，害我困在這整件事裡，無路可退。我炸毀那些橋、害死火車上那些人後，就再也無法回頭了。現在我大多時間都在躲他們。」

「你沒想過放棄嗎？」莎瓦娜問。

「沒有，得讓他們知道，有人誓死反對他們的計畫。除了害那幾個人死掉，我對做過的事沒有一件感到後悔，我只希望當時能更有效率一點。」

「他們派人四處到這些小島抓你。」我說。

「我見過他們。」

「聽說他們很厲害，裡頭有兩個前特種部隊隊員，喜歡早上吃嬰兒配咖啡，他們在林子裡找你。」我說。

「他們不熟這裡的地形，所以難上加難。我考慮過追殺他們，可是我跟他們無冤無仇。」

「你跟受雇來殺你的人無冤無仇？」莎瓦娜問。

「那只是他們的工作，就像我以前的工作是捕蝦一樣。老媽和老爸還好嗎？」

「老爸在做車牌，賠償他對社會的虧欠。媽媽覺得去郵局看到長子的通緝照在牆上很丟臉。不過她現在是紐布里家的人了，人家放屁都隔著絲綢，呼氣時帶著淡淡的魚子醬味呢。」我說。

「他們都非常擔心你，路克，他們希望你能放棄，跟我們一起回去。」莎瓦娜說。

「我剛起頭的時候，一切都非常明確，我認為那是正確該做的事。那是身為一個人唯一應有的理性反應，我只是自然為之，很難認為自己的行為像個混蛋。你們知道我偷來放在這座島上的炸藥足夠轟掉半個查勒斯登嗎？不過現在我甚至沒辦法接近施工地點，炸掉工人的午餐桶。之前我試了三次，都差點被抓到。我在一個月前，炸掉一間住滿守衛犬的狗舍。」

「天啊，你不再當好好先生了是吧，路克？」我說。

「狗是很嚴重的威脅，他們放狗追捕我。」

「所有環保人士都支持你，他們雖然不贊成你的策略，但他們全都同意，你的抗爭是驅動他們行動的動力。」莎瓦娜說。

「所有山脈俱樂部和奧杜邦協會的會員在聚會的時候，都戴了綠色臂章。」我說。

他答道：「好啦，這事我仔細研究過了，我知道你們倆都以為我這輩子沒讀過半本書，但我很仔細地研究過這些議題。每次有錢人跟環保人士互摃，總是有錢的人贏，這是美國律法，就像人民有集會的自由一樣。唯一不同的是，有人會在這個郡裡製造鈽，賺大錢。有人會把鈽變成核子武器，發大財。湯姆、莎瓦娜，我一想到那些武器就忍無可忍，我受不了。所有打造武器的政客、軍官、士兵、平民，對我來說都不是人類。我不在乎別人是否贊同我的看法，反正我就是這樣。我講的是我唯一在乎、又有意義的事。他們把科勒頓拱手讓人是一回事，那點我可以忍受，真的。如果他們能提供六千份工作，讓人們種番茄、養牡蠣或種梔子花，媽的，我當然可以犧牲。如果是蓋鋼廠或化學公司，我雖然不怎麼喜歡，但也勉強能適應。可是為了鈽毀滅對科勒頓的回憶，抱歉，老子無法接受。」

「多數人都覺得你瘋了，他們認為你是殺人凶手，而且你精神異常。」我說。

「我頭疼得很厲害，那是我唯一的毛病。」

「我也有偏頭痛，但我沒有殺掉四個人。」

「那不是我的計畫，那輛火車不在車班表上。」

「他們還是照樣通緝你謀殺。」我說。

「他們製造氫彈，卻說我是殺人凶手。」他說著灌了一大口酒。「你們聽著，這世界病了。」

「阻止世界打造氫彈不是你的職責。」莎瓦娜說。

「那是誰的職責？」

「你把事情想得太單純了。」我說。

「教我怎麼變複雜，我覺得自己現在所做的事，實在不太有道理，可是湯姆，你和其他人所做的事，則是完全沒道理。」他答道。

「你這個神奇的道德魔性是從哪兒來的？你在越戰開心地執行搜索殲滅任務，後來我和莎瓦娜參加反戰示威，你還氣到跳腳，當時你怎麼沒像現在這樣呢？」我問。

「政府說，我們打仗，是為了讓越南人自由，我覺得聽起來挺不錯的，看不出有什麼問題。我不知道去打戰是為了讓他們在我返家後，能偷走我的家。」

「你為何不能以非暴力的方式，反對科勒頓河計畫？」莎瓦娜問。

「我以為這麼做比較能引起他們注意，我以為這樣更有效率，而且我以為自己夠厲害，可以把那些混蛋趕出科勒頓。我低估他們、高估了自己，我甚至沒幹出什麼能拖慢他們速度的事。」

「炸掉那些橋，他們的速度被拖得可嚴重了。我可以向你保證，你逼得很多卡車繞道。」我說。

「你們不懂，我還以為自己可以終止整個計畫。」

「怎麼終止？」莎瓦娜問。

「因為我看得到，我真的預先看到了整件事，我這輩子，只要一件事能在心中預演過一次，我就能讓它成真。我們去偷白海豚前，我在心中已經把那趟旅程預演過上百回了。抵達邁阿密後，沒有一件事是出乎我意料的。」他回答。

「那整件事倒是大出我的意料，我無法相信沿著海岸公路躺在白海豚上的人是我。」莎瓦娜說。

「我以為我能讓工地工人畏懼我，嚇阻他們再踏入科勒頓一步。」路克說。

「你做到了，路克。他們的確怕你，但他們有家要養。」我說。

「我獨自在這裡，想通了許多事。」他微微一笑。「我能說服自己做任何事。你們可都記得，小時候媽媽為我們朗讀《安妮日記》嗎？」

「她實在不該讀那本書給我們聽，害莎瓦娜作了好多年的噩夢，夢見納粹破門而入。」

「記得我們讀完那本書之後，莎瓦娜逼我們去見雷根斯坦太太嗎？」

「我一點都不記得了。」莎瓦娜說。

「我也不記得，媽媽讀那本書給我們聽的時候，我們還小。」我說。

「雷根斯坦太太是德國來的難民，她和艾倫．葛林堡一家同住，雷根斯坦太太的家人全死在集中營裡。」

「她讓我們看她的刺青。」我想起來了。

「不是刺青，湯姆，她給我們看的是集中營在她前臂上刺的編號。」路克說。

「你幹麼講這個故事？」我問。

「沒幹麼，只不過，那是我第一次明白莎瓦娜有多偉大。」他說。

莎瓦娜抱住他：「請一字不漏地說給我聽。我喜歡在故事裡當偉人。」

「你這戰鬥營裡有嘔吐袋嗎？」我問。

「媽媽念完安妮．法蘭克的故事後，莎瓦娜花了三天時間，在穀倉裡弄了一個藏匿處，在裡頭放了食物飲水和所有東西，她甚至弄了一小面公布欄，好讓其他小朋友能學安妮．法蘭克那樣，把雜誌上的圖片放上去。」

「真誇張。」

「是啊，湯姆，但那是一種態度，意義深遠。大多數歐洲人聽到猶太人的故事，都無所作為。我老妹才八歲，就會在我們家穀倉裡做準備，防止事情再度發生。但我記憶中最深刻的，還不是這件事。」

「我一定是幹了什麼非常英勇的事吧。」莎瓦娜自得地說。

「倒沒有，但你做了一件貼心的事。你逼我和湯姆陪你一起去探望雷根斯坦太太。我一直很怕她，因為她說英文帶有濃重的口音，我並不想去。可是你硬逼著我們去。雷根斯坦太太應門時，我和湯姆就站在你後面。她看到我們，說了『Guten Morgen, Kinder.（孩子們，早。）』。她的眼鏡很厚，身子非常瘦。莎瓦娜，你記得那天你對她說什麼嗎？」

「我連那天都想不起來了。」

「你說『我們會把你藏起來』。你告訴她，『雷根斯坦太太，你永遠不用擔心納粹會來科勒頓，因為我和我的兄弟都在這裡，我們會把你藏起來。我們在穀倉裡面弄了一個很棒的地方，我們會幫你送食物和雜誌』。」

「那天雷根斯坦太太什麼反應？」莎瓦娜問。

「她崩潰了。我從沒見過一個女人哭成那樣，你還以為自己做了天大的錯事，便開始道歉。葛林堡太太來到門口安撫雷根斯坦太太，還在我們離開前，給了我們一些牛奶和餅乾。從那天之後，葛林堡太太就很疼我們。」路克說。

「我就知道我是個好孩子，路克，謝謝你告訴我這個故事。」莎瓦娜說。

「我也可以講出不下三十個你是爛小孩的故事。」我說。

「到底是誰邀請他來這座島的？」莎瓦娜指向我問。

「絕對不是我。」路克說。

「路克，我們帶了一份提議來，惡勢力那方想談條件。」我說。

他悲傷地表示：「別告訴我，我若跟他們談和，他們會讓我保留南卡羅萊納全州。」

「好像沒差太多，他們派了一個叫柯文登的人來。」

那兩天，在因路克現身而精神一振的世界裡，在這個晨光萬丈、飄著棕櫚香的祕密世界中，我們聽路克傾訴他對美國的小小反叛。路克深覺冤屈不平，他全副武裝地在被竊走的家園裡遊蕩，一心想要復仇。由於未能改變任何一件事，路克變得分外固執，他敗得赤裸裸，無法從自己的戰爭號令裡抽身。他成了自己騎虎難下的蠻幹行動中第一個受害者。最初，路克認為他返回科勒頓，是因為他是鎮上唯一有原則的人。然而在獨力掙扎如此之久後，他發現自己似有若無的虛榮心，把一個單純的政治決定變成了一場榮譽之爭。他不知該如何脫困，儘管有時，他依然認為這是他這種人出於本能唯一會做的事。路克不覺得自己有錯，只覺得孤身行動是他最重的罪。

路克講述故事的聲音美如樂音，談著自己在夷為平地的科勒頓徘徊、遇見武裝守衛、在一次成功偷襲後躲入喬治亞州的兩處藏身點、耐心地從工地偷取炸藥，以及每次駕船到河上所面對的風險。他從越共身上學會如何在敵眾我寡時巧用黑暗與耐性。他描述自己長時間監視科勒頓北方要塞的四座橋，無法相信那些橋的防衛有多差，描述如何輕而易舉地設置強力定時炸彈，同時於凌晨兩點鐘引爆，還能趕在日出前回到秧雞島。他告訴我們，他大幅提升了通往科勒頓的橋梁安全防護，可是死於火車上的幾個人扭轉了他的抗爭本質。一旦出了人命，他向奪地的政府宣戰一事便失了道德立場。如果他非殺人不可，他希望那些人沒有白死。

「我應該射死穆夏公司那三名主導這項計畫的總工程師，我透過準星觀看他們每個人，考慮射殺他們。接著我想到他們的妻小，聽到爸爸的眼睛被子彈射穿而難受至極，我就把槍放下了。我發現自己進行的這場游擊戰，實在史無前例地愚蠢、烏龍，我甚至得不到本地人的支持，因為本地已經沒有人了。他們在以前蓋房舍的土地上挖壑，所以我炸掉幾輛拖曳機和卡車，把幾個私人警衛嚇到屁滾尿流。我唯一的勝利，就是還沒被他們逮到，如果那也叫勝利的話。不過上帝啊，他們可真是卯足全力呢。」

路克不覺得被擊敗，只覺得進退維谷。最初他用來維護立場的隱喻，已失去新鮮感與力度了。路克在獨處時發現，自己的異議缺乏有力的哲學基礎。他對這些島嶼徒具熱情，卻拿不出一套完整的理念。他的想法矛盾、浪漫、輕率、荒誕。他無法逼迫這個時代變得合理，但他在其中找不到自己的定位。他曾經努力當個光明磊落的男子漢，一個無法被收買或出賣的人，卻在一天早上醒來，發現自己被懸賞通緝。路克打心底深處無法理解，為什麼所有美國人聽完他對政府感到幻滅的理由後，沒有人加入他在島上的行動。他原本以為自己了解美國魂，卻發現連自己心底的想法都說不清楚。他從不知道，美國人會為了錢，爭相逐利地出賣自己的土地和繼承權。我們的父母從小教我們相信，南方人最重視土地。是土地和南方人對土地的尊崇，使我們如此獨特，有別於其他美國人。路克認為自己犯了一項錯，他太相信崇高的南方精神；而且他不僅是嘴上說說而已。

「我剛到這裡的時候，覺得自己是最後一個南方人。但最近，我覺得自己是最後一個南方混蛋。」他說。

「路克，我們家的基因池跟尼斯湖一樣大，在事情結束前，難免會有怪獸浮出湖面，犯點錯誤。」莎瓦娜說。

「如果你再也不相信自己所做的事，為何還硬留在這裡玩戰爭遊戲？」我問。

「因為我縱有千般不是，也沒有他們來得過分。我待在這裡，可以提醒他們，偷取一座城鎮真的對健康有害。我甚至考慮在大白天攻擊施工營地，先殺死武裝守衛，然後解決二、三十名工人。我知道如何打這種仗，我只是狠不下心而已。」

「你若殺掉那麼多人，他們一定派海軍陸戰隊過來。」

「我獨自行動的時候，沒有勇氣殺害無辜的人。我只在背後有世上最強大的國家撐腰時，才能下手殺害無辜的越南人。我很早便發現，除非你願意殺死無辜者，否則就沒辦法打贏，甚至無法引起注意。」

「路克，你一向不善於妥協。」我說。

「妥協？他媽的哪裡有得妥協？他們可沒告訴我們，說他們要在科勒頓的一端蓋工廠，但我們可以繼續住在生活一輩子的地方。他們只說：『滾，混蛋，都給我滾！』我明白他們為何非那麼做不可。萬一他們的工廠出了意外，那麼所有下游的東西，每隻蝦、章魚、鱟，往後兩百年都會在夜裡發光。他們只要搞砸一次，就能殺死半徑五十英里內所有的海洋生物，把這整片鹽沼變成沙漠。」

「你什麼時候變得如此激進了，是在越南的時候嗎？」莎瓦娜問。

「我他媽的才不激進。」他憤憤地堅持道。「我痛恨所有激進分子，無論他們自稱是自由派或保守派。我對政治一點也不感興趣，而且我討厭政客和任何形式的示威者。」

「錯了，親愛的路克，你是我見過最厲害的示威者。」莎瓦娜說。

路克說他常回去梅洛斯島，在我們已成荒煙蔓草的老家和穀倉舊址漫步。一天晚上，他睡在我們以前臥室所在之處，從拆除人員棄置的蜂巢中取蜜，在母親的花園裡摘採杜鵑、玫瑰、大理花，放到虎兒凱撒墳上。路克在島嶼南邊用弓箭射殺到一頭挖胡桃的野豬。

第二天晚上，路克談到自己返回小鎮原址，看到小鎮神奇地從土裡竄升而起。他害怕又不解地說，他愈來愈常自言自語，這些獨處時的冥思令他感到恐懼，卻又令他更加堅定。他回憶，自己費盡千辛萬苦才找到爺爺奶奶的舊址，他在黑暗中絆到阿莫斯的十字架，在詭異的月色掩映下，背著十字架來到潮汐街。接著他召喚所有商店活起來，見到它們在眼前掙扎重生。小鎮在滅絕的憤怒中復甦了，他親眼看見。然後他轉身看到福魯特先生沿街朝他狂亂而落拓地跑來，依舊在生活了一輩子的街角演出奇怪瘋狂的舞蹈。福魯特先生吹著哨子，單純而熟練地指揮不復存在的交通。可是，隨著福魯特先生出現，新生的小鎮便化成海市蜃樓般的噩夢，灰飛煙滅，消失無蹤。

路克不可置信地說：「小鎮出現了片刻，我不知道如何解釋，那一瞬間，我聞到新刷的油漆和咖啡，聽到商家說話和清掃人行道的聲音，好美，好真實。」

莎瓦娜牽起路克的手溫柔地親吻，接著說：「路克，你不必對我解釋，我這輩子一直看到像那樣的事物。」

「但我沒有發瘋。」路克抗議。「一切就立在我面前，我看到那些商店了，櫥窗裡還放了打折的標示，我甚至聽到鞋店裡的金剛鸚鵡說『早安』。紅綠燈全都亮了，你一定得相信我，這不是作夢。」

「我知道那不是夢，那只是小小的幻覺罷了，我可是幻覺皇后，這方面我有很多能傳授給你。」莎瓦娜說。

「你是在說我瘋了，你向來才是發瘋的人。」

「不對，路克，我只是唯一知道自己瘋了的人。」

「但這是很宗教感的，我覺得像被上帝觸摸過。如果我堅持自己的任務，祂就讓我瞥見未來。」路克說。

「你獨自待在林子裡太久了。」我說。

「但福魯特先生不是我想像出來的。」路克說。

「那是你的幻覺中最奇怪的一項。」莎瓦娜說。

「不，他真的在那裡，他們遷走小鎮時，把福魯特先生給忘了。他們開始拆房子後，他八成嚇到了，便躲進樹林裡苦撐。我在街角看到他指揮交通，他衣衫襤褸，餓到不成人形。你要如何向福魯特先生這樣的人解釋錵和國家徵用權？我遇到他的時候，他已經營養不良快半死了。我費盡千辛萬苦，才把他從那個街角帶走，弄到船上，送他到薩凡納的天主堂，他們再把福魯特先生轉送到米奇維爾的州立精神病院。我解釋他只是需要找個新的街角，讓他感到自在即可，但沒人肯聽。不過，你得在科勒頓長大，才能理解福魯特先生的舉動。沒人肯聽我說，我沒辦法讓他們了解福魯特先生有多重要。」

莎瓦娜說：「你也跟福魯特先生一樣需要幫助，你跟他一樣，都是遷鎮的受害者。」

「莎瓦娜，小鎮出現的那一刻，真的好清晰。你寫詩的時候，一定能看見詩文藏在空白紙頁的某個地方吧。我看見我們的鎮出現在一片黑色的土地上。我說的是想像力，而不是精神錯亂。」路克說。

「你得跟我們回去，你該重新過自己的生活了。」莎瓦娜說。

路克一雙巨手摀住自己的臉，那份痛苦，如野獸般原始。他的面容高傲如獅，眼睛卻柔和驚懼如幼鹿。

「湯姆，你信任那個FBI探員柯文登嗎？」他問。

「我對他的信賴，就像對任何獵捕我老哥的人一樣。」

「他說我會關三年嗎？」路克問。

「他說你會關三到五年，那是他談到的條件。」

「說不定我能跟老爸擠一個房間。」

「老爸也希望你自首，他非常擔心，媽媽也是。」莎瓦娜說。

「說不定五年後，我們家就能團圓了。」路克說。

「我們可以辦在奧許維茲集中營。」莎瓦娜說。

「湯姆，你去告訴柯文登，我會到查勒斯登橋自首。我想向一位國民警衛隊的軍官投降，我希望能以士兵的身分投降。」路克說。

「你何不今晚就跟我們回去？我可以從家裡打電話給柯文登。」

「我想獨自在這裡待兩夜，我想跟科勒頓道別。星期五，我會在查勒斯登橋跟他們碰面。」路克說。

「莎瓦娜，要漲潮了，我們要走就得快。」我說。

「路克，讓我留下來陪你吧，我不放心留你一個人在這裡。」莎瓦娜擔心地說。

「妹妹，我能照顧自己，我不會有事。湯姆說的對，如果你們接下來一小時不趁著漲潮走，今晚就走不了了。」

路克幫我把船拖到水裡，他抱著莎瓦娜良久不放，莎瓦娜伏在他胸膛上哭。然後路克轉向我。

他一碰到我，我就崩潰了。

他抱住我說：「都結束了，湯姆。三年後，我們會一起笑談這件事，這全是一場屁，但我們可以把它變成某種美好的事。等我出獄後，我們去買艘大的捕蝦船，把東海岸所有的捕蝦人都比下去。我們會名揚四海，喝遍水手酒吧，歡快痛飲。」

我和莎瓦娜坐上船，路克幫我們推船入浪。莎瓦娜對他拋送飛吻，我們留下了站在月華中的路克，轉進漂亮廣大的鹽沼裡，這是我們此生最後一次離開我們的故鄉。我駕船穿行於窄小的河渠，對著河水許下小小的祈禱，那是感激的祈禱。上帝雖然給了我奇怪扭曲的父母，卻也賜給我最棒的哥哥姊姊，平衡我的缺憾。沒有他們，我無法走到現在，也不會選擇走到現在。

⚓

路克去查勒斯登橋會面的途中，繞到科勒頓河邊我們長大的白色小屋，做最後一次的懷舊探訪。他站在屋子的地基時，被科勒頓郡聘來追緝他的前特種部隊隊員，以來福槍一槍擊斃。路克未能抵達查勒斯登橋，向拜森・凱賀上校投降。星期六，J・威廉・柯文登來到沙利文島，為我帶來路克的死訊。

喪禮結束後，我和莎瓦娜帶著路克的遺體，到三英里外的禁海區、路克所愛的海灣川，為他海葬。我們把加重了的棺材推下船，莎瓦娜朗誦一首寫給路克的訣別詩，詩名為〈潮浪王子〉。

莎瓦娜念完詩後，我們回到查勒斯登，知道從今往後，再也沒有路克相伴。我們要花很多年的時間，學著內斂含蓄地適應這場死別。

尾聲

最後還有一些事想說。

我對蘇珊．陸文斯汀慢慢陳述路克的故事，雖然字字血淚，但對著我深愛且日日低聲對我訴說愛意的女人傾吐，會比較容易。她喚起了我心中寂滅許久的感覺，不僅使我再次熱情滿溢，也感到希望重燃，一掃記憶裡所有危險的風暴和警訊。

我整個暑假為三個女兒寫愛之歌，也寫情書給妻子。我非常思念女兒，光提到她們的名字便覺得心疼。女兒們無法把我摒除在她們的生命之外，但我以為自己將永遠失去莎莉。我在給莎莉的信中不斷重複一個主題：沒有人比我更明白，她為何會在家庭之外尋求愛。滿心悲楚的我，硬把自己的妻子變成陌生人、闖入者，最殘忍的是，我把她變成一個守著滿屋子悲傷的寡婦。湯姆．溫格這個海島男孩推開了所有愛他的人，任自己在漫長無夢的波流裡逐漸損耗。我告訴莎莉，她和克里弗蘭醫生的外遇讓我領略到，原來哥哥死去後，被我廢棄不用的心依然會感覺疼痛。這讓我不再耽溺於自憐，再次感受到心中的鬥志。現在我明白了，救贖往往需要以背叛作為序曲；有時背叛本身，便是一種愛的行為。我把莎莉推出心房外，而傑克．克里弗蘭把她迎入心中。我不喜歡她外遇，但我告訴她，我完全能夠理解。莎莉在回信中揭露她受傷迷惘的心情，說她需要時間，於是我便給她時間，等待她做決定。我從沒想過決定權會落在我手裡，也沒想到我在離開紐約時，除了歡喜，還會有其他任何感覺。

八月的最後兩週，陸文斯汀在緬因州海邊租了一棟小屋子。我望著狂野冷冽的大西洋撲擊著荒涼冷寂的斷崖，對她訴說路克死亡的故事。我對她道盡一切，訴說自己在痛失兄長後，再也找不到生命的價值。在那個每年冬天被白雪洗淨的國度裡，我在緬因州盛夏的綠意中，緬懷兄長的精神，哀悼他的亡逝。我向她坦訴心中的悲涼與忠誠。我無法衡量，對一個家庭如此愛恨至深，究竟要付出多少代價。

當我談到為路克海葬，陸文斯汀把我攬在懷中，輕撫我的頭髮，為我拭乾淚水。她不是以心理醫師的身分聆聽我傾訴路克的故事，而是以我的情人、同伴、摯友的身分傾聽。那兩週裡，我們狂歡做愛，彷彿畢生都在等待走入對方的懷中。我們每天在海濱散步數英里，採摘野花和黑莓，挖掘蛤蜊，直到她轉向我，用指甲滑過我背部輕聲呢喃：「我們回屋裡做愛，把世上的一切都告訴彼此吧。」對陸文斯汀傾吐世間的一切，是一大享受。

緬因州的最後一夜，我倆擁臥在岩石上，毛毯拉至肩高。月亮在海上灑出一片銀光，天空清朗，繁星閃爍。

「湯姆，你不會期待回城裡嗎？」她親吻我的臉頰說。「我厭倦這裡的靜謐、舒心、美景，還有可口的美食和絕妙的性愛了。」

我大笑後問：「陸文斯汀，我們要是在一起，我是不是得變成猶太人？」

「當然不用，赫伯就不是猶太人。」

「我倒不介意，我們家每個人都變來變去。別忘了還有蕊娜塔。」

「我們剛好趁此機會，看兩人若在一起會是什麼樣子，不是嗎？預想美好的未來。」她說。一開始我沒答腔，接著莎莉與孩子們的身影在黑暗中出現了，清晰有如螢火。「我在遇見你之前，是個沉睡不醒、有如行屍走肉的人，而且毫無自覺。我現在應該喊你蘇珊了嗎？」

她答道：「不要，我喜歡你叫我『陸文斯汀』，尤其是做愛的時候。湯姆，我又能感覺自己的美了，我覺得豔光四射。」

我等了一會兒，才說：「我們回去後，我得見見莎瓦娜。」

「是時候了，對你們兩個人都是。」她同意。

「我得告訴她一些事，我得告訴每個人一些事。」

「我好怕莎莉會打電話來要你回去。」

「你怎麼知道她會希望我回去？」

「這種事情我見多了。我等不及回屋裡褪去衣衫，與你互訴紅塵的一切了。」她低喃說。

我轉身吻她。「陸文斯汀，你對於戶外還有很多事情要學。」

語畢，我解開她的衣釦。

醫務人員帶莎瓦娜進訪客室，她見到我，似乎很訝異，親吻我時，也不太自在，但她緊抱我一會兒，說道：「他們放你進來了。」

「陸文斯汀讓你外出一天。萬一你在帝國大廈上做花式跳水，我必須負全責。」

「我會努力克制自己。」她說，差點笑出來。

我帶她去現代藝術博物館，那兒正在展出施蒂格立茲的攝影和歐姬芙的畫作。我們在一起的頭一個鐘頭很少說話，只是肩並肩地慢慢逛著一個個畫廊。我們一起在沼地裡度過太多慘痛的時光與夏季，兩人都不急於說話。

莎瓦娜的第一個問題令我猝不及防。

「你知道蕊娜塔．賀本的事嗎？」她在我們細看一幅紐約街景的照片時問。

「知道。」

「當時我覺得挺合理，那時我的狀態不太好。」

「你需要一個出口，任何人都能理解，尤其是我。」

「你能嗎？你留在南方，能理解什麼。」她語帶怒意。

「你知道南方對我的意義嗎？」我回問。

「不知道。」她說，但知道她說謊。

「莎瓦娜，那是我的精神糧食，我情不自禁，那是我的本質。」

「南方粗俗、鄙陋又落後，南方的生活是一種死刑。」她說。

我從年輕美麗的歐姬芙照片前轉過身說：「莎瓦娜，我知道你的感覺，類似的對話我們有過上千遍了。」

她拉起我的手緊捏住。「你太小看自己了，你不該只當個老師或教練。」

我也緊捏她的手。「聽我說，莎瓦娜，我喜歡『老師』一詞，勝過任何詞彙，沒有什麼比得過它。學生叫我『老師』的時候，我的心會跟著歌唱，而且向來如此。當老師，對我和我們全家的男人來說，是一種尊榮。」

莎瓦娜看著我，問道：「那你為什麼不快樂？」

「我不快樂的原因跟你一樣。」

我們走進莫內的展間，坐到畫廊中央的長椅上，端詳畫滿蓮花和池水的大畫布。這是世上莎瓦娜最愛的地方，她總是來到這裡提振心情。

「陸文斯汀很快就會讓你回家了。」

「我想我已經準備好了。」

「莎瓦娜，如果你又決定離開，讓我幫助你。」

「我可能還是會需要遠離你們所有人一段時間。」

「無論你做什麼，我都愛你，可是我無法忍受一個沒有你的世界。」

「有時候，我覺得這個世界沒有我，會比較好。」她悲傷的語氣深深觸動了我。

「自從路克去世，我們還不曾在彼此面前提他的名字。」我拉著姊姊的手說。

她把頭倚到我肩上，用疲累害怕的聲音說：「還不能提，湯姆，拜託你。」

「是時候了，我們那麼愛路克，都忘記我們有多麼愛著彼此。」

「我心裡有個東西碎了，某個無法修復的東西。」她幾乎喘不過氣。

「我知道有什麼能修復它。」我指著莫內那些漂在吉維尼清涼池水裡，夢幻而不朽的花朵說。莎瓦娜抬眼望著這幅位於曼哈頓她最愛的展間中的巨大畫作，聽我說道：「你的藝術能修復它，你可以用美麗的詩句，書寫我們的哥哥，你是唯一能把路克帶回我們身邊的人。」

她哭了起來，但我能感受到她的釋然。「可是他死了，湯姆。」

「那是因為他去世之後，你還沒寫過他。莫內畫花，你寫路克，善用你的藝術，把他還給我們，讓全世界的人愛上路克・溫格。」

那天傍晚，莎莉來電，陸文斯汀害怕的正是這通電話，也是我所擔憂的。莎莉開口說話，聲音卻哽住了。

「怎麼了，莎莉？」我問。

「湯姆，他還劈腿另外兩個女人。我原本打算離開你，讓他搬來跟我和孩子們同住，結果他竟然跟另外兩個女人亂搞。」

「因為他收集英式摩托車。收集海泡石菸斗是一種無害的嗜好，可是當醫師開始收集摩托車，就表示他太過大男人了。」

「湯姆，我愛他，這種事我不會對你撒謊。」

「你對男人的品味向來不優。」

「我覺得被利用、冒犯了，而且作嘔。我連搞個外遇也不會，完全生手，害自己顏面掃地。」

「你幹得算不錯了，沒有人知道怎麼正確地搞外遇。」

「我找他對質，問到別的女人，他的反應好可怕。他對我說了一些傷人的話。」

「你要我去揍他一頓嗎？」

「不要，當然不要，為什麼要揍他？」

「因為我想揍他，我會讓你在一旁觀賞。」

「他嫌我太老，不會考慮跟我結婚。他其中一個女友才十九歲。」

「他從來就不是個有深度的人。」

「湯姆，我們怎麼辦？我們之後要怎麼走下去？你的信寫得好美，可是我若是你，就永遠不會原諒我。」

「莎莉，我得跟你談談陸文斯汀的事。」

我等陸文斯汀從辦公室出來，看到她從褐石公寓的階梯走下，極力思索該如何開口。她從對街看著我倚在路燈上，她的美向來令我悸動，但當她向我走近，卻是她的善良令我心碎。我試圖說話，淚水卻奪眶而出。沒有人知道該如何好好地跟陸文斯汀道別。她一看到我哭，便尖叫著奔過大街。「不，不！湯姆，不行！這不公平！」

她把公事包丟在人行道上，雙手環住我的頸子。公事包啪的打開，紙張撒在人行道上，飛到成排的汽車底下。她擦去我臉上的淚，吻去一滴。

「我們知道這天遲早會來的，我們談過了。我之所以愛你，就因為你是永遠會回歸家庭的男人。可是我還是討厭莎莉，她憑什麼比我早認識你。」

她的話刺痛了我，我哭得更凶了。我把頭靠在她肩上，她撫著我的頭說：「我得幫自己找個善良的猶太男孩，你們這些異教男孩快把我煩死了。」陸文斯汀和我一起含淚狂笑。

她坐在公寓的椅子上，望著窗外的布利克街。她的髮色黯然，膚色蒼白浮腫。我進房時，她沒有轉頭看。我前一晚已經打包好了，行李就放在廚房門邊。我在第八大道的花店買了一束盛開的梔子花給她。我摘下一朵，走到她身邊，把花插在姊姊髮上。

然後我問她一個老問題。「莎瓦娜，你以前的家庭生活是什麼樣子？」

「原爆後的廣島。」她答說。

「你離開那個美妙的家庭後，生活變成什麼模樣？」

「像長崎。」她還是沒轉身面對我。

「你向家庭致敬所寫的那首詩叫什麼來著。」

「〈奧許維茲集中營史〉。」她答，我覺得她好像快笑出來了。

我朝她俯下身子，聞著她髮上的梔子花。「以下這個問題非常重要，在這世上，你最愛誰？」

她把我的頭按到她的臉龐和淚水上，低聲說：「我愛我弟弟湯姆．溫格，我最珍愛的雙胞胎弟弟。對於發生的一切，我好抱歉。」

「沒關係的，莎瓦娜，我們還是回到彼此身邊了，我們有很多時間慢慢修復過去的傷痛。」

「抱著我，抱緊我，湯姆。」

我準備離開她家公寓，我把袋子放到走廊上，艾迪．德塔威等著幫我拿行李。我抱抱艾迪，親吻他的臉頰，告訴他，我很少認識這樣慷慨有愛心的男人。接著我轉身向姊姊道別，她從椅子上抬眼，疼愛地看著我說：「湯姆，你覺得你跟我是倖存者嗎？」

「我想我是的，但我不確定你是不是。」

「生存，原來那是溫格家給你的禮物。」

我親吻她，擁抱她，然後走向門口。我拎起行李對她說：「是啊，可是溫格家給你的禮物棒多了。」

「哈，什麼禮物？」她苦澀地問。

「才華，高絕的才華。」

當天晚上，陸文斯汀帶我到紐約高處的世界之窗餐廳，共進最後一頓晚餐。我們抵達時，太陽已經西沉，地平線上的大片雲朵僅剩下一縷淡淡紅光。我們腳下的紐約市，像一片無聲的火海與水晶海。無論你見過它多少回，或從任何角度看，紐約總是展現不同的面貌。夜裡從空中俯瞰，上帝的世界裡沒有什麼比曼哈頓島更美。

我啜飲著紅酒問：「陸文斯汀，你今晚想吃什麼？」

她默默瞅了我片刻，然後說：「我打算點一份超級難吃的飯，我不希望在你跟我永久道別的夜晚，吃到可口的食物。」

「我就要回南卡羅萊納了，那是我歸屬的地方。」我伸手按住她的手。

「你可以屬於任何你想去的地方。」她說著望向外頭的城市，「你只是選擇不屬於這裡罷了。」

「你為什麼要讓兩個朋友的聚散變得如此困難？」

「因為我希望你留下來陪我。我覺得你愛我，我確信自己愛著你，而且我認為我們後半生有機會給彼此帶來幸福。」

「我無法讓任何人的後半生過得幸福。」

「你所說的一切，都只是離開我的藉口罷了。」她說著猛然拿起菜單仔細研究，以免兩人四目相交。

接著她說：「這菜單裡最難吃的是什麼？我想點那道菜。」

「有人推薦生吃豬屁眼。」我說。

「今天休想逗我笑。」她拿菜單遮著自己的臉說。「今晚你要為別的女人離開我了。」

「那個別的女人，剛好是我妻子。」

「你怎麼可以放任我們陷得這麼深？假如你知道自己最終還是會回到莎莉身邊？」

「我當時並不知道，我以為我們兩個會永遠在一起。」

「發生什麼事了？」

「我的個性作祟，我沒有勇氣離開妻子女兒，隨你去過新的生活，我的性格裡沒有這種膽，你得原諒我。我心底有一部分渴望你多過世上任何事，另一部分卻害怕人生發生任何重大改變，而那是最強烈的一部分。」

「可是你愛我。」

「我以前不知道自己可能同時愛上兩個女人。」

「然而你選擇了莎莉。」

「我選擇尊重自己的過去。如果我是個更勇敢的男人，就辦得到了。」

「我能做什麼把你留下來？」她急切地問。「拜託告訴我，我不知道如何求人，但我會努力學會哀求的語言和所有步驟，請你幫助我。」

我閉上眼睛，拉起她的雙手說：「讓我生在紐約市，奪走我的過去，把我所知所愛的一切拿走，這樣我就不會遇見莎莉，一起生下孩子，也不會愛著莎莉了。」

她泛起微笑，然後說：「我以為若能讓你覺得罪惡深重，覺得對我有責任，就能逼你留下來。」

「你們心理醫師真的很不要臉。」

「如果你和莎莉還是無法重修舊好……」她話說到一半便打住。

「那麼你會發現我在中央公園西大道，你家大樓外頭，像狗一樣亂吠。陸文斯汀，我覺得好奇怪，此時此刻，我對你的愛，勝過我記憶中對莎莉的愛。」

「那就留在我身邊。」

「我必須努力從毀壞的關係中發掘美好的地方。」我凝視她的雙眼說。「我不知道自己能否辦得到，但我非努力不可。今天下午我見到莎瓦娜的時候，就是這麼對她說的。」

「說到毀壞的關係，赫伯今天打電話來了。」她揮手請點菜的侍者退下，「他求我再給他一次機會，甚至還說他跟摩妮克分手了。」

「你手邊該不會剛好有摩妮克的電話吧？」

「即使按照你的標準，這也很難笑。」

「現在氣氛這麼凝重，我以為自己能讓氣氛輕快一點。」

「我不想要輕快，我悲慘極了，我有哀怨的權利。」

「我想到赫伯哀求的樣子就高興，陸文斯汀，他一定是變了個樣。」

「他不善於求和。我把我們的事告訴他了，他簡直無法相信我會跟你這種人在一起。」

「告訴那個混蛋，我的老二和大象一樣大，還有，我做愛的時候有各種花招。」我語氣微慍。

「我告訴他，我們在床第之間非常契合。」她茫然地望著外頭的紐約。「我說，我們是天雷勾動地火。」

「天雷勾動地火，你把我們講得像動物似的。」

「我變得超喜歡傷害他的，真糟糕。你把我們的事告訴莎莉了嗎？」

「說了。」

「所以你利用了我。」

「是的，我利用了你，蘇珊，但那是在我愛上你之後的事。」

「湯姆，如果你夠喜歡我……」

「錯了，陸文斯汀，我根本是愛慕你，你改變了我的一生，讓我再次覺得自己是完整、有魅力又性感的男人。你讓我面對一切問題，並讓我覺得那麼做是為了幫助姊姊。」

「所以故事就這樣結束了。」

「我想是的，陸文斯汀。」我答道。

「那麼讓我們的最後一夜完美無憾吧。」她親吻我的手，緩緩吻著我每一根手指。大樓被凜冽的朔風吹得微微搖晃。

飯後我們來到洛克菲勒中心的彩虹廳，互敬香檳。我吻著她，整座城市就在我們底下，大西洋的海浪湧入哈德遜河。姊姊再次置身家中，睡在她葛洛夫街的公寓。這晚我們住進了廣場飯店，徹夜未眠，我們聊天、做愛，然後再繼續聊天。我們沒安排任何計畫，對我們兩人而言，這世界僅剩下八小時。但我已經拒絕她，對她說不了。

在拉瓜地亞機場道別時，我吻了她一下，然後頭也不回地快步走向登機門。可是她喊了我的名字，我回頭聽見她說：「湯姆，記得我夢見你和我在暴風雪中跳舞嗎？」

「我永遠不會忘記。」

蘇珊哭了，離開她令我心碎，只聽她說：「答應我，教練，等你回到南卡羅萊納，為我作一場夢，為陸文斯汀作場夢。」

紐約的那個夏季過後一年，我獨自開車到亞特蘭大接父親，那天他從聯邦監獄出獄。我想先給他一點沉澱的時間，再去面對不知如何歡迎他回家的破碎家庭。我們如此愛他，卻又深負愧疚。我們沒有人知道父親在失去那麼多歲月、體力大不如前之後，人生會變成什麼模樣。他瘦了，臉面蠟黃鬆垮。我陪著他收拾私人物品，看獄吏簽發他的出獄單。獄吏說，監獄的人會想念他，這裡需要更多像亨利．溫格這樣的囚犯。

「我唯一做對過的事，就是當個好囚犯。」父親說。

我們去體育場看了一場勇士隊的球賽，到凱悅酒店過夜。第二天我們一早離開，走小路去查勒斯登，我車開得很慢，花點時間重新認識彼此，試著用適當安全的話語聊天，盡可能避開不恰當的話題。

父親看起來變老了，但我也是。我在他臉上看到路克的容貌，我知道靦腆地打量我的父親必然也從我臉上看到母親的面容。此時看到我的臉，父親一定很難過吧，但我們對此都無能為力。我們聊著各種運動和教練指導，談著那些明確劃分我們每一年生活的漫長足球季、籃球季、棒球季，這些球季提供了這對父子表達感情的唯一語言。

「老爸，勇士隊第一季只贏了四場球。」越過薩凡納河時，我說。

「尼克羅得卯足全勁才可能有一絲機會。只要他的蝴蝶球投得順手，大聯盟裡沒有一個人打得到他的球。」老爸答道，可是在他的回答裡，我聽出無法言語的吶喊，那是做父親的拙於表達對孩子的愛時，所發出的心碎哭聲，我聽到了，那就足矣。

「你今年的球隊還行嗎？」

「我想我們可能會帶來驚喜，也許你能來幫我訓練線衛。」

「我很樂意。」

我們把車開到沙利文島的後院，莎瓦娜已經從紐約飛過來了。女兒們衝出房子，害羞地靠近她們的爺爺。

「小心啊，女孩們，他會打人。」我說。

「不會的，我不會打人，孩子們，快過來給爺爺親親。」他用疲累憔悴的聲音說，我很後悔說了那些話。

莎莉來到門口，她看起來纖瘦，髮色深重，皮膚銅亮而表情肅穆。她奔向我父親，抱住他，父親也抱住她不斷轉圈，把臉埋在她肩上，莎莉忍不住淚流滿面。

「歡迎回家，爸爸。」她說。

接著莎瓦娜從屋子裡出來，看到父女奔向彼此時，我心中漾起一股莫名的悸動，那感覺來自我最深沉、最無法碰觸的地方，與某種發自本能、根植於人類起源的東西一起震盪著——雖無以名狀，但我知道，只要感受得到，便能說出名堂來。這份共鳴和熱血奔騰的激動與認同，並非莎瓦娜或父親的淚水所造成的。是親情的美與恐懼，是血濃於水，觸動了我心中的恐懼與令人敬畏的愛。父親是所有這些生命的起源，所有淚水的肇因。此時的他，哭得如此放肆而毫無遮攔，那淚是鹹鹹的水，我能看見並聞到他身後的那片海洋，能嘗到自己的淚水。我心中的海洋與傷痛滲入了陽光之中。三個孩子見到我哭，也跟著哭了起來。我們家族的故事，是鹹水的故事，是捕蝦船、淚水、暴風雨交織的故事。

我美麗而傷痕累累的雙胞胎姊姊，用她布滿刀疤的手腕圈住父親的頸子。她的眼神因盤繞不去的幻影而黯淡，她揮灑語文的力量，清晰地描繪這些景象，把噩夢與驚駭轉化成意想不到的詩文，烙印到這個時代的意識裡，把悲傷化成了生命的美。而我嫁入溫格家的妻，被迫忍受我們這一家牛鬼蛇神，她因為愛我而接受了一切，雖然我無法回應女人給我的愛，害她永遠無法感覺被愛、被需要或被渴求——即使那是我在人世間最想給予她的東西。我可以用似乎與自己無關的完美之愛，去愛護我的三個女兒，因為我死也不願她們擁有像我一樣的童年，我希望她們永遠不會挨我打，永遠不會畏懼接近她們的父親。我藉著女兒，試圖重建自己理想的童年，藉由她們，試圖改變世界。

傍晚時分，我們把啤酒保冷箱和野餐籃放到旅行車裡，驅車到查勒斯登。我們折往珊姆溪的捕蝦碼頭，我把車子停到能看到碼頭唯一剩下的一艘捕蝦船的地方。

「你知道怎麼操作那玩意兒吧？」我指著捕蝦船問老爸。

「不知道，不過我敢說我學起來佷快。」

「那玩意兒是登記在亨利．溫格船長名下的。這是老媽歡迎你回來的贈禮。」

「我不能收。」

「你在信上說，你想回河上。媽媽想表示一點心意，我覺得挺好的。」

「那是一艘很棒的船。這一季的蝦獲好嗎？」父親問。

「好手都捕到不少。我還有一個月才要開始足球訓練，老爸，在你聘到人手之前，我會幫你打下手。」

「我一磅付你六分錢。」

「最好你真的會付，吝嗇鬼。你一磅得付我一毛錢，現在人工漲了。」
他笑了笑說：「向你媽說聲謝謝。」
「她想見你。」
「再說吧。」
「你有很多時間可以慢慢想。好啦，你載我們去汪渡河看看好嗎？」
我們在日落前一個小時，進入查勒斯登海港的大渠道，聖米榭爾教堂的鐘聲清亮地穿透夕陽的金光和舊城區香潤的空氣。父親駕著捕蝦船，穿過庫珀河上兩座大橋的鋼鐵橋墩，我們經過一艘滿載著貨物，來自北查勒斯登碼頭往大海駛去的白色貨船。大伙對著看不見的船長揮手，他以汽笛聲向我們打招呼。我們右轉進入汪渡河，潮水很高，但父親連一眼也沒看過航海圖。我們航行一英里，來到河流彎口的大片沼地附近，放眼望去沒有一棟房子。
「時間差不多了，湯姆。」莎莉進入駕艙說。
「什麼時間？」父親問。
「這是歡迎你和莎瓦娜回家的驚喜。」莎莉看著手表說。
「告訴我們，媽媽。」小孩們問。
「不行，說出來就不算驚喜了。」
我們在溫暖但混濁的水裡泅泳，從捕蝦船首往深處潛游。游泳過後，我們吃著野餐籃裡的晚餐，用香檳舉杯慶祝父親回家。莎瓦娜走向父親，我看著他們手拉著手，走向船頭。

我想說點什麼作結，卻什麼都想不出來。我習於聆聽心中的黑暗之音，從中選取自己適用的東西。此刻我好不容易讓家人安然地聚在身邊，我祈求他們能永遠平安，自己能知足於所有。我生於南方，受南方的淬鍊，主啊，可是我懇求你，讓我保留我所擁有的。主啊，我是個老師，是個教練，如此而已，但我心足矣。可是當那些黑暗之音，主啊，當它們在我心中響起，我便忍不住充滿敬畏與驚異。我一聽到，便想把自己的夢境化成音樂。當它們到來，我覺得像是有位天使如玫瑰般在我眼中燃燒，而最細膩優美的頌歌，亦從神祕狂喜的最深處破水而出。

夜裡，白海豚會來找我，在時光的河流裡歌唱，由上千隻海豚在四周伴游，帶來潮浪王子迷人的問候，呼喊著我們的名字：溫格、溫格、溫格。那就足夠了，主啊，足夠了。

「時間到了，湯姆。」莎莉說著踮起腳親吻我的脣。

全家聚在船首，看白日將盡。

巨大的紅太陽開始自西方沉落，同時間，月亮帶著淡紅的光華，自河流另一側升空，像隻赤褐的火鳥般從林中飛起。太陽與月亮似乎彼此相識，隔著橡樹與棕櫚樹林，並列且和諧地跳著令人屏息的光之舞。

父親望著這片景色，我以為他又會哭起來。他剛從監獄回到大海，而且他擁有一顆低地人的心。孩子們指著太陽高聲尖叫，轉身看著升起的月亮，一下對太陽喊，一下朝月亮喊。

父親說：「明天蝦子會很多。」

莎瓦娜來到我身邊摟住我的腰，我們一起走到船後方。

「湯姆，很棒的驚喜。」她說。

「我想你應該會喜歡。」

「蘇珊要我代為問好，她現在在跟一位律師約會。」

「她在信中說了。莎瓦娜，你看起來氣色很好。」

「我能撐過去的。」莎瓦娜再度望著太陽與月亮說道，「都完整了，湯姆。我全想起來了，全都是一個圓。」

她轉身面對此時已爬得更高的銀月，踮起腳尖，雙手往空中一送，用細薄但充滿鬥志的聲音說：「噢，媽媽，再做一遍！」

莎瓦娜的那句話，應該算是結尾了，但實際上不然。

每天晚上練球結束後，我開車回家經過查勒斯登的街道，會把福斯的敞篷車頂放下來。天色總是很黑，空氣中秋意甚濃，風颯颯吹過我的頭髮。我來到橋的頂端，對著港灣上璀璨的星光望向北方，再次希望世間男女都能擁有兩輩子。身後的查勒斯登兀自閃爍清冷而永恆的美，而我的前方，是等待我回家的妻子與女兒。我從她們眼中，認清自己真實的人生與命運，然而此刻維繫我的，卻是我的祕密人生。我來到橋的頂端，低聲輕訴，那是祈禱，是懊悔，也是讚揚。我無法告訴你，我為什麼要那麼做，或那代表什麼意義，但每天晚上，當我開車返回南方的家和南方的生活，我都會輕吐這幾個字：「陸文斯汀，陸文斯汀。」

後記

佩特・康洛伊談南方、其母親，以及《潮浪王子》

（摘自一九八五年，作者於美國書商協會年度大會中的演說）

家母是不折不扣的南方人，她曾對我說：「所有的南方文學，都能總結成以下幾句話：『好人慘死的那個晚上，老媽活活被搞亂倫的老爸氣死。』」她費盡千辛萬苦才把我培育成南方作家。其實我並非成長於傳統的南方，童年時，我們得隨著海軍陸戰隊幾乎年年搬家，而且總是搬到離沼澤和海洋很近的南方城鎮。我總以訪客的姿態回鄉，從來沒有在故鄉待過一天。美國軍人的子女都了解這種揮之不去的疏離感所帶來的客氣與謹慎。我在二十種不同樣貌的南方城鎮長大，卻不歸屬其一。我很小就開始蒐集各種具草根性的故事。

家母認為家父野蠻而遲鈍，不讓他親近自己的孩子。父親放工回家，我姊姊便會大喊「哥吉拉回來啦」，然後七個孩子便躲入當時我們房子裡的祕密藏身地。父親完全不敵母親的霸氣與詭計多端，她的小孩也是。我一直到三十歲，才明白自己是在母親的屋簷下長大的，而不是父親的。我和他一樣，毫無立錐之地。

一九八四年，我在撰寫《潮浪王子》期間開車南下，到喬治亞州奧古斯塔的醫院，陪伴母親兩個星期。她當時正在接受化療，治療後來奪去她性命的白血症。母親最愛的小說人物是《亂世佳人》的郝思嘉，而她最喜愛的女演員，就是扮演郝思嘉的費雯麗。小時候我覺得媽媽跟費雯麗一樣漂亮，而郝思嘉在最美豔時也無法與我母親匹敵，可惜化療對美人並不仁慈。

在一個滿月之夜，我待在母親房中伴她度過艱困的病苦，母親想談一談《潮浪王子》。

「佩特，你的新書裡寫了我吧？」

「沒有。」

「騙人，你在寫《The Great Santini》的時候還不夠厲害，沒能把我寫進去。我比你父親強勢多了，你只是沒看出來。」

「我看出來了，媽媽。但你說的對，我還不夠厲害，沒法寫出來。」

「我想請你在這本新書裡幫我個忙，別寫我現在這副模樣，把我寫得漂漂亮亮的，讓我再美麗起來。」

我跪在母親床邊，用自己幾乎認不得的聲音說：「媽媽，我會把你寫得非常美麗。你讓我成為作家，我要帶你離開這張床，讓你永遠在我書中的紙頁裡唱歌跳舞。」

「等我死後，我希望梅莉史翠普能在電影裡演這個角色。」母親帶著微笑說。

家母像是集三千女性於一身的標緻女子，她複雜、辛辣、無可取代。以我的功力，永遠無法寫出活色生香的她。《潮浪王子》有一部分，等同於寫給家母陰暗面的情書。

媽媽，我想你大概不會喜歡這樣的形象，但無論如何，我把你寫得很美。

木馬文學
潮浪王子（下）

作者　佩特・康洛伊 Pat Conroy
譯者　柯清心

副社長　陳瀅如
責任編輯　陳瀅如
文字編輯　Fion
行銷業務　陳雅雯、趙鴻祐、張詠晶、張偉豪
裝幀設計　莊謹銘
內頁排版　Sunline Design
印刷　前進彩藝有限公司

出版　木馬文化事業股份有限公司
發行　遠足文化事業股份有限公司（讀書共和國出版集團）
地址　231023新北市新店區民權路108之4號8樓
電話　02-2218-1417
傳真　02-8667-1065
客服信箱　service@bookrep.com.tw
客服專線　0800-221-029
郵撥帳號　19588272木馬文化事業股份有限公司
法律顧問　華洋法律事務所　蘇文生律師

初版一刷　2024年10月
定價　NT$950
ISBN　978-626-314-750-8（平裝上冊）978-626-314-751-5（平裝下冊）
978-626-314-752-2（平裝套書）978-626-314-748-5（EPUB）

國家圖書館出版品預行編目（CIP）資料

潮浪王子 / 佩特.康洛伊(Pat Conroy)著；柯清心翻譯. -- 初版. --新北市：木馬文化事業股份有限公司出版：遠足文化事業股份有限公司發行, 2024.10
2冊；14.8×21公分. -- (木馬文學；173)
譯自：The prince of tides.
ISBN 978-626-314-750-8(上冊：平裝). --
ISBN 978-626-314-751-5(下冊：平裝). --
ISBN 978-626-314-752-2(全套：平裝)
874.57　　113013924